ハヤカワ・ミステリ文庫
〈HM⑯-3〉

悪魔が唾棄する街

アラン・パークス
吉野弘人訳

JN092136

早川書房
9044

BOBBY MARCH WILL LIVE FOREVER
by
Alan Parks

Translated by
Hiroto Yoshino
First published 2024 in Japan by
HAYAKAWA PUBLISHING, INC.
This book is published in Japan by
arrangement with
BLAKE FRIEDMANN LITERARY AGENCY LTD.
through THE ENGLISH AGENCY (JAPAN) LTD.

パメラ・ハンターとデイル・バークレイに

「汝の情熱が汝に復讐しないよう律せよ」

――エピクテトス

「つまりきみはロックンロール・スターになりたいんだろ」

――バーズ

悪魔が唾棄する街

登場人物

ハリー・マッコイ……………………グラスゴー市警察の部長刑事
ワッティー……………………………同刑事。マッコイの相棒
マレー…………………………………同警部。マッコイの上司
バーニー・レイバーン………………同部長刑事。警部補代理
トムソン………………………………同刑事
ビリー…………………………………同巡査部長。受付デスク担当
トレイシー・ウォーカー……………同新任の巡査
フィリス・ギルロイ…………………検察医
ミラ・デ・リフト……………………フィリスの友人。写真家
メアリー・ウェブスター……………『デイリー・レコード』の記者
スティーヴィー・クーパー…………マッコイの幼馴染。ギャングのボス
ビリー・ウィアー……………………クーパーのナンバー2
ジャンボ………………………………クーパーの手下
アイリス・マクリーン………………クーパーのもぐりの酒場の女主人
アンジェラ……………………………マッコイの元妻
アリス・ケリー………………………行方不明の少女
フィン・ケリー………………………アリスの父親
ローラ・マレー………………………マレー警部の家出中の姪
ジョン・マレー………………………ローラの父親。マレー警部の弟
ドニー・マクレー……………………ローラの恋人。若手ギャング
ボビー・マーチ………………………グラスゴー出身のロックスター
ウリー・マーチ………………………ボビーの父親
タム・ディクソン……………………〈ストラスモア〉の店主
ウィー・タム…………………………タムの息子
ウィリアム・ノートン………………元銀行強盗

電話を受けたのは受付担当の巡査部長のビリーだ。電話口の女性は息も絶え絶えで、怯えていて今にも泣きだしそうだ。その女性が言う。「行方不明の子供を届け出たいのですが」

そして突然、すべてが変わる。

そのような通報の知らせが伝わると、だれもが机で姿勢を正し、プール賭博（サッカーの試合結果の予測に基づいて行なわれる賭博）の投票券への記入をやめ、食べかけのロールパンを置く。子供がいる者は机の下で自分の財布を開け、コリンだか、アンだか、小さなジェーンだかの写真を見て、行方不明になったのが自分の子供でないことを神に感謝する。若い警官たちは真剣な表情をして、地下室やベッドの下から泣いている子供を引き寄せる自分、上司に祝福され、涙ぐむ母親から感謝される自分の姿を想像しないようにする。

信心深い者は十字を切り、子供の無事を祈って黙禱《もくとう》を捧げる。以前にも同じような経験をしたことのある者は、胃のなかのおなじみの恐怖に挨拶をする。男たちが子供たちにする悪事には際限がなく、行方不明の子供はすでに死んでいるほうがよいかもしれないと知っているのだ。

そして水面《みなも》に落ちた小石のように、波紋は街じゅうに広がりだす。箝口令《かんこうれい》が敷かれようが、行方不明の子供のニュースは必ず広まる。警官は家に戻り、妻や恋人に話す。だれにも話さないようにと言うが、それも無駄だ。署の向かいにある電話ボックスに一シリングが投じられ、『デイリー・レコード』の記者が電話に出る。そして巡邏《じゅんら》警官は十ポンドを稼ぐ。セントラル署の外で新聞を売っている少年が、「最終版だよ！　少女が行方不明だ！」と叫ぶのにそう時間はかからない。

気がつくと、街じゅうが行方不明の少女の話で持ちきりになる。捜索の指示を受けるために教会の礼拝堂に集められた警官たちが話すのもその話題ばかりだ。記者たちの話題も、どうすれば両親から話を聞けるか、いつ発見されるかに賭けるといったことばかりだ。裏庭で遊ぶ子供たちは車に引きずり込まれることについての噂や話をささやき合う。

そして夜になり、おしゃべりが静まっても、グラスゴーで何が語られているのか、知らない人物がひとりいる。アリス・ケリー。彼女だけが、グラスゴーで自分のことを語られているのを知らない。彼女が知っているのは、頭から布袋をかぶせられ、両手を縛られ、パンツを濡らしていることだけだ。そしてもうひとつアリスが知っていることがある。ママを求めてどんなに激しく泣いても無駄だということだ。ママには聞こえない。だれにも聞こえない。

一九六四年二月十六日

グラスゴー

列車は凍えるほど寒かったが、彼は気にしなかった。六時十五分発キングス・クロス行き。ほんとうに行くつもりだ。トムが缶ビールのパッケージを持ってきて、セントラル駅を出るときにみんなに配った。今、それをみんなで飲んでいる。彼、スコット、バリーそしてジェイミー。全員が座席に足を掛け、フライドポテトで腹いっぱいになり、煙草を吸っていた。冗談を言い合い、緊張していないふりをする。

ボビーは前かがみになり、もう一度ポケットを探った。あった。これまでもたしかめたときと同じように。契約書。父親に署名してもらうよう頼まなければならなかった。まだ十七歳で、若すぎるため自分では署名できなかった。父親は建具職人の見習いになるべきだと言った。安定した収入。だが、そんなことはできなかった。二週間ふくれっ面《つら》のまま懇願した結果、最終的には父親が折れた。

それを眼にしたときは信じられなかった。一番上に〈パーロフォン〉と書いてある。ビートルズと同じレーベル。ビートキッカーズの楽曲の独占権。彼——アーデン出身の若きボビー・マーチ——が、ビートルズと同じレーベルでレコーディング・セッションをするために、ロンドン行きの列車に乗っている。大丈夫だ、心配することはないとトムは言った。このなかですばらしい演奏ができるのは彼だけだと。

彼は個室のなかを見渡した。トムの言うとおりだ。ジェイミーは頑張ればそこそこのドラマーだった。スコットのベースはひどかったし、バリーはなんとか調子をはずさないで歌うのがやっとだった。かろうじて。だが重要なのはそこじゃない、とトムは言った。重要なのはバリーがハンサムだということだ。とてもハンサムだということだ。そしてそのことはバリー自身もわかっていた。スチールの櫛《くし》をいつも手放さず、髪を整え、高さを出すために逆立て、完璧なブロンドの前髪を作っていた。服もいつもおしゃれで、ボビーがこれまでに見たこともないような真っ白な歯をしていた。

個室のドアが開くと、トムが立っていた。ポロシャツにジーンズというでたちだ。百八十センチを超える大柄でたくましい男だった。以前は家具の運搬車で仕事をしていたという。今はビートキッカーズのマネージャーで、スーツや何もかもを買い与えたのも彼だった。そして彼らは成功をつかもうとしていた。トムが手を叩く。

「順調か、野郎ども」

彼らはうなずき、缶ビールを掲げて乾杯をした。

スコットが顎を胸につけて大きなげっぷをした。みんなが笑った。

「汚えな」とトムは言い、スコットの耳のあたりを殴るふりをした。スコットがよけ、座席から落ちそうになる。

「もうすんなよ」とトムは言った。そしてバリーを指さすと言った。「おまえ、ちょっといいか」

ボビーはぬるいビールをひと口飲み、なぜトムはいつもバリーに話があるのだろうと不思議に思った。明日のことやマイクロフォンのことか指示を与えているのだろう。バリーが立ち上がり、トムのあとを追ってドアを出た。スコットがまたげっぷをした。みんながまた笑った。

一九七三年七月十三日

1

マッコイは腕時計を見た。八時十五分。電話があったのは昨晩の六時ちょっと前だったから、彼女が行方不明になってから十五時間が経っていた。迷子になったり、友達の家に泊まったりしている時間はとうに過ぎていた。十二歳の少女がひと晩じゅう、十五時間も連絡がないのはよほどのことが起きていないかぎり、ありえなかった。

ネピアーズホール・ストリートに入ると悪態をついた。静かに見てまわりたいという彼の望みは消え失せた。すでにサーカスになっていた。子供を抱いた心配そうな顔つきの母親たちが声をひそめて話し合っている。子供たちはパトカーに興味津々で、見覚えのある日刊紙の記者が何人か、壁際に坐って煙草を吸い、新しい動きがあるのを待っていた。『イブニング・タイムズ』のカメラマンがネクタイでカメラのレンズを拭いていた。パブの外にはパトカーが四、五台止まっており、警察の指揮車両も一台、道路の向かい側に止まっていた。聖書からの引用が書かれたサンドイッチ・ボードを持った男が、通りを行ったり来たりしながら小冊子を配っていた。マッコイは小声で悪態をつくと、道路を渡り、入口に向かった。

〈ウッドサイド・イン〉のドアは、空気を入れるため、くさびで留めて開け放たれていた。一歩、足を踏み入れるとすぐにマッコイはそれがあまり効果がないと悟った。なかのほうが暑かったのだ。締め切られたシャッターから射し込むかすかな光が、埃《ほこり》と煙草の煙のもやを突き刺していた。そこはメアリーヒルのパブというよりも教会のようだった。暗がりに眼を慣らすのにしばらくかかった。〈ウッドサイド・イン〉がどれだけ変わったかをたしかめようとした。

そこはもうパブではなく、臨時の警察本部になっていた。二十人かそこらの制服組が帽子を脱ぎ、袖をまくり上げて奥のベンチに坐り、トムソンから個別訪問の割当表を渡されていた。周囲の地域――メアリーヒル、ノース・ウッドサイド、ファーヒル――の大きな地図がテーブルのひとつの上に置かれ、四隅が〈ジョニー・ウォーカー〉の水差しで押さえてあった。地図はいくつかに区切られており、その一部にはすでに印がつけられている。若い女性警官が水がいっぱいに入ったジョッキを持って歩きまわり、みんなに配っていた。オーバーオールを着た男がふたり、バーカウンターに置かれた紺色の三台の電話をつなごうとしていた。大家は何が起きているのかわからないような様子で、片手に煙草、もう一方の手にビールを持って脇のスツールに坐っていた。

男性用のトイレのドアが開き、マッコイの会いたくない男がペーパータオルで手を拭きながら出てきた。バーニー・レイバーンはどこか誇らしげだった。よく見かける、見た目に気を遣いすぎる男だ。ブリルクリームを塗りたくった髪、きちんと整えられた口ひげ、銀のネクタイピン、磨き上げられた靴。おそらく自分ではひとかどの人物に見えているつもりなのだろう。マッコイには詐欺師《さぎし》にしか見えなかった。レイバーンはテーブルの脇のごみ箱にペーパータオルを捨てると、マッコイに眼をやった。彼を見てうれしそうではなかった。まったく。

「ここで何をしている？」とレイバーンは訊いた。

「角を曲がったところで無線を聞いた。何かできることがないかと見に来ただけだ」とマッコイは言った。

「今さらか？」とレイバーンは言った。おもしろがっているようだった。「なんとか大丈夫だと思う。もうすでに充分いるからな」

「わかった」マッコイは彼の部下たちにどこを捜索させるべきか、細かく教えてやりたい衝動に駆られた。「何かニュースは？」

「もうすぐだ」とレイバーンは言った。「もうすぐたどり着く……」

彼は指を立てた。待った。スーツの上着を脱ぎ、淡いブルーのシャツを撫でてしわを伸ばした。そして話す準備ができたと判断した。

「実はマッコイ、きみにもできることがある。署に戻ったら受付のビリーに電話をかけまくるように言ってくれ。まだ休暇に入っていないやつがいたら出勤させてほしい。すぐにだ。個別の訊き込みに人手が必要なんだ」

マッコイはうなずいた。怒りを抑えた。バーカウンターの上の新しい電話を見ないようにした。

「早ければ早いほうがいいんだがな、あ？」とレイバーンは言い、ドアのほうを見た。

マッコイはその場に立ったまま、どうすべきか考えた。パブは突然静まり返り、大きな黒いハエが窓を叩く音までも聞こえた。みんなが見ているのがわかった。何が起きるかを待っているのだ。レイバーンとマッコイの諍《いさか》いはこれまですでに二十ラウンドにも及ぼうとしていた。署では賭けが行なわれているほどだ。どちらかが殴りかかるまでにどれだけかかるか？　現在の一番人気は一週間だった。

マッコイは息を吸うと微笑んだ。レイバーンの言い方に思わずキレそうになったが、彼にはわかっていた。レイバーンの言うとおりにしなければ、彼の太い指ですぐに報告書を書かれてしまうということを。彼の計画は単純だった。ただひたすら圧力をかけてマッコイに反応させ、追い出す口実を見つけようというのだ。このクズ野郎を満足させるつもりはなかった。とにかく今日だけは。

「わかった」マッコイは明るく答えた。

パブの外に出ると、拳《こぶし》をほどいた。ポケットから煙草を出し、火をつけると、レイバーンを痛めつける方法をいろいろと考えた。顔を上げるとワッティーが立っていた。

「ここにいると聞いたんだ」と彼は言った。

「無線を聞いた。手伝おうと言ったんだが、レイバーンは必要ないらしい。署に戻れと言われた」

ワッティーの金髪が汗で額《ひたい》に貼りついていた。半袖シャツの脇の下に黒い輪が広がっている。彼はハンカチで額を拭い、マッコイが見ていることに気づいた。

「個別の訊き込みをしてるところだ。このあたりの路地のクソ階段を上ったり下りたりしている」と彼は言った。「ガラス職人のケツみたいに汗をかいてる」

マッコイは笑った。「まったく、ワッティー、そんなセリフどこで覚えたんだ？」

ワッティーはニヤリと笑った。「親父《おやじ》がよく言ってたんだ」彼はネクタイを緩め、シャツの一番上のボタンをはずした。「親父の言ってた意味が初めてわかったよ」

「それが勇敢なるレイバーン殿の偉大なる考えってわけか？」とマッコイは尋ねた。「何も見てもいなければ、聞いてもいない人たちに訊き込みをして、リストから消していくのか？　あいつは思っていた以上にばかだな」

「ハリー、頼むよ。レイバーンがばかなのはおれのせいじゃない」

「わかってる、わかってる」とマッコイは言った。「冗談だよ」

ワッティーの言うとおりだった。彼のせいではなかった。可哀そうに、彼はマッコイとレイバーンの板挟みになっているのだ。マッコイにはそれがよくわかっていた。あのろくでなし野郎には脱帽せざるをえなかった。マッコイを挑発するには、今年最大の事件から彼を遠ざけ、さらにはワッティーを自分の右腕にするのが一番だと考えたのだ。わざわざマッコイの傷口に塩を塗るようなことをする必要はなかった。

ワッティーは住所のリストを掲げてみせた。「もう少し訊いてまわりたい。いっしょに来るか？」

マッコイはうなずき、ふたりは通りの日陰を縫うようにしてメアリーヒル・ロードを進んだ。

「何か情報は？」マッコイは訊いた。

ワッティーは首を振った。「昨日の晩から何も進展はない。アリス・ケリーはいまだ行方不明で、グラスゴー市警察の半分が彼女を見つけようとアオバエのように飛びまわっている」

「母親はなんと言ってる？」とマッコイは訊いた。〈マクガヴァーン〉の前のバス停で待っている人々の列をよけて通った。

「あまり。あの哀れな女性は泣いていないときは、ほとんど呆然と固まっている。妹がリンリスゴーからやって来て、今はいっしょにいる。赤ん坊は隣の家が預かっている」ワッティーはハンカチをポケットから取り出し、額の汗をもう一度拭った。「一度、あの家を見てみるといい。めちゃくちゃだ。まるでクソ聖廟《せいびょう》だよ。セルティックFC、ローマ法王、ジョン・F・くそったれ・ケネディのポスターやらなんやらでいっぱいだ」

マッコイは微笑んだ。「ほかのよきカトリックの家庭と同じように聞こえるがな。グラスゴーの家の半分はそんなもんだろう」

「かもな」とワッティーは言った。「けど家じゅうがとんでもなかった。くそリスボン・ライオンズ（セルティックFCのこと。一九六七年にポルトガルの首都リスボンで開催されたヨーロッパ・カップで優勝したことにちなんでこう呼ばれる）が描かれたマグカップでお茶を飲まされたよ」

「セルティック嫌いのおまえが歯を食いしばってそれを飲んだのか？　そりゃあ驚いたな」とマッコイは言った。「母親は供述したのか？」

ワッティーはうなずいた。「あの娘《こ》は朝からずっとアイスクリーム代をせがんでいたらしい。赤ん坊はぐずるし、彼女がうるさかったので、母親は折れて五ペンスあげたそうだ」

マッコイは通りを振り返った。「〈ココッツァ〉に行ったのか？」

ワッティーは首を振った。「フラットを出たところを、赤ん坊を連れて出てきた近所の人と会って、〈ジャコネリ〉に行くと言ったそうだ」

ふたりは坂を見上げ、遠くに〈ジャコネリ〉の見慣れた日よけを見た。

「アイスクリームは〈ココッツァ〉なら五ペンスだが、あそこなら四ペンスだ。〈ジャコネリ〉に行けば一ペニー余るから、一ペニーの商品トレイから〈バズーカ・ジョー〉（風船ガム）でも買うつもりだったんだろう。母親は通りの向かい側の〈ココッツァ〉に行くだけだと思ったから行かせたんだ」

「で？」とマッコイは訊いた。ポケットから煙草を取り出した。「当ててみようか。そのあと〈ジャコネリ〉で目撃されたんだろ？」

ワッティーは首を振った。「いや、最後に目撃したのは、近所の女性だった。その女性がフラットに戻る前に彼女がメアリーヒル・ロードを歩いていくのを見ている。アパートメントと〈ジャコネリ〉のあいだのどこかで忽然《こつぜん》と消えてしまったんだ」

「レイバーンはそれに対してなんと言ってるんだ?」とマッコイは言い、煙草に火をつけるために立ち止まった。

ワッティーは住所のリストをたしかめ、通りを見上げた。ふたりはふたたび歩きだした。

「彼はだれかが彼女を見たはずだと言っている。おれも含めて、集められるかぎりあらゆる警官を動員して個別に訊き込みをさせている。これまで四十六戸に当たってみたが、昨日の晩も今朝もだれも出てこない」

「あいつはゴヴァン出身だ。生まれも育ちもグラスゴーだ」とマッコイは言い、頭を振った。「こんな個別の訊き込みをしたところで時間の無駄だってことはわかっているはずだ」

ワッティーはマッコイを見た。「どうして?」

「だれも出てこないのには理由がある。今日はフェア・フライデーだ。昨日まではこのあたりにいた連中もみんな休暇でここを離れてしまっている。おまえはだれもいない家のドアをノックしてるんだ。もしだれかが彼女を見ていたとしても、二週間は帰ってこない」

ワッティーは悔しそうな表情をした。「くそっ。考えもしなかった」

「あい、しょうがないさ。おまえはグリーノック出身だからな。だがレイバーンはわかっていなきゃおかしい。これから二週間、街全体が休暇になる」

ワッティーはリストをチェックし、建物の玄関ホールの外で立ち止まった。「ここだ。昨日の晩も来たが、だれも出てこなかった。もう一度やってみよう」

「すばらしい」とマッコイは言った。「最上階だなんて言わないでくれよ」

「運がいい」とワッティーは言い、暗い玄関ホールに足を踏み入れた。「二階だ」

ふたりは重い足取りで階段を上がった。玄関ホールのなかはひんやりとして暗かった。部屋のどこからかラジオの音が聴こえていた。なんとルル（スコットランド出身の歌手）のようだ。

「父親はどこに？」ワッティーがドアをノックすると、マッコイは訊いた。

「ベルファストにいるらしい。仕事で。一週間かそこら留守にしている」

返事はない。もう一度試す。

「母親に恋人は？」とマッコイは訊いた。

「知らない」とワッティーは言った。

「見つけ出すべきだ。こういった事件は十中八九は父親か、義理の父親のしわざだ」

もう一度ノックする。待った。

「言っただろ」とマッコイは言った。「休暇で留守にしてるんだ」

ワッティーはうなずき、リストを見た。

「あといくつだ？」とマッコイは訊いた。

さっと数えた。「十二戸」

ふたりは階段を下りた。ラジオの音がよく聴こえるようになった。間違いなくルルだ。

《アイム・ア・タイガー》。ふたりは玄関ホールを出ると、暑さと太陽のギラギラとした光の下に戻った。

「さて、おまえに付き合ってやりたいのはやまやまだが、ワッティー、おれも命令を受けてるんでな。署に戻らなければならない」

ワッティーはつらそうな表情をした。「ハリー、レイバーンといっしょに仕事をすると決めたのはおれじゃない。おれは望んだりなんか――」

マッコイは手を上げた。「わかってる、わかってる。心配するな。これはおれとレイバーンの問題だ。それに気にしちゃいない。平穏で静かなひとときを愉しんでいる。だが、おまえはここで頑張るんだ。これは大きな事件だ。しっかり学んでこい」

ワッティーはニヤリと笑った。「それであんたに報告すればいいんだな？」

「そんなこと言ったか？　レイバーンが捜索隊を出す前に、さっさと片付けろ」

ワッティーはうなずいた。通りを歩きだしたが、立ち止まって振り向いた。「言うのを忘れてた。レイバーンはあんたを銀行強盗事件に割り当てるかもしれない」

「なんだって」とマッコイは言った。落胆した。「冗談だろ？」

ワッティーはニヤリと笑った。「喜ぶと思ったよ。暇を持て余してるよりはいいと思ったんだがな」

「そりゃどうかな。おれは暇なほうが好きなんだ」だんだんわかってきた。「そいつはおまえとレイバーンが二カ月もかけて、なんの手がかりも見つけていないあの強盗事件のことか？　すばらしい。ありがたいが断るとあいつに言っといてくれ」

「選択の余地はないんじゃなかったか」とワッティーは言った。「彼にはなんと言う？」

マッコイはため息をついた。ワッティーの言うとおりだった。これ以上事態が悪化することはないと思った矢先にこれだ。

「レイバーン部長刑事殿に、ぜひ喜んで捜査に協力すると伝えてくれ」

ワッティーは微笑んだ。「そのとおり正確には伝えないかもしれないけどな。ファイルはおれの机の上にあるから、見といてくれ」

ワッティーは手を振り、リストを見ながら通りを歩いていった。マッコイは彼が去るのを見送った。すでにこんなに暑いのが信じられなかった。この暑さでは署まで歩いて帰る自信はなかったので、タクシーで帰ってもよかった。もっとも、どのみちレイバーンの言うとおりにだれかを呼び戻すつもりもなかった。休暇を取っている連中はとっくに街を出ているだろう。そうでなかったとしても、わざわざ電話に出て、仕事に引き戻されるようなばかはいない。煙草のパッケージを開け、あと一本しかないことに気づいた。通りを横切って、新聞売り場に行った。外の壁にボードが立てかけてあり、針金でできたラックのなかに見出しが見えた。

行方不明の少女は引き続き捜索中

レイバーンには手に余る事件だ。これは新聞が売れ、人々が話題にし、ぞっとするような詳細まで知りたがる事件だ。法廷の外で人々が騒ぎたてるような事件。警察本部も彼にプレッシャーをかけるだろう。発見が遅れれば遅れるほど、警察は無能に見える。上層部はそんなことを許さない。彼らはできるだけ早く少女を見つけたいのだ。もしレイバーンが少女を見つけたときにすでに死んでいたらどうなるだろうか？　とにかく犯人を見つけたほうがいい。それもすぐに。

2

マッコイはそのシャツに見覚えがあった。黒のシースルー素材で、銀色の星が描かれていた。見覚えがあったのは、昨夜もそのシャツを着ていたからだ。そのときは〈エレクトリック・ガーデン〉のステージ上にいた。今、眼の前にいるように、注射器を腕に突き刺したまま、乱れたベッドの上で横たわっていたわけではなかった。ほかの衣装も昨日と同じだった。ジーンズ、先の尖ったカウボーイ・ブーツ、首には細い銀のチェーン、手首には布製のバンドを巻いていた。髪の毛はおどろくほど乱れていなかった。例の百メートル先からでもわかるようなつんつんとした金髪のフェザーカット。そしてわし鼻と大きな笑み。それらがロックスター、ボビー・マーチを形作っていた。

署に戻って五分も経たないうちに、受付担当のビリーから電話をかけるリストを手渡されていた。サミー・ハウにアビモアへの旅行は中止だと電話をしようとしたときに、電話がかかってきた。〈ロイヤル・スチュワート・ホテル〉の支配人からだった。不審死。署に残っていた唯一の警官として、マッコイが対処しなければならなかった。てっきりグラスゴー・グリーン・ガーデン（グラスゴーの東にある公園）で拾った娼婦に財布の中身を奪われたビジネスマンが、心臓発作で死んでいるのを見るものと思っていた。まさかこんなことは予想だにしていなかった。

マッコイは口で呼吸をしようとしたが、あまり効果はなかった。無理もない。ホテルの部屋のなかは線香や汗、前の晩にボビー・マーチが食べたもののにおいが充満していた。部屋のなかを進み、窓を開けた。すぐに橋を渡る列車の轟音《ごうおん》と眼下のクライド川を照らす太陽のまぶしい光が飛び込んできた。しばらくそこに立って外を見つめ、部屋のなかの腐敗した空気を外に出そうとした。少しは効果があった。

振り向いた。「彼女らはもう知ってるのか？」彼はホテルの支配人に訊いた。

「だれのことですか？」

「階下《した》にいる熱狂的なファンだ」とマッコイは言った。

マッコイはホテルの正面玄関から入るのに彼女たちをよけて入らなければならなかった。四人から五人の十代の少女に、ラメで顔じゅうをキラキラにした少年がひとり。全員が布製のバングルをつけ、ほとんどの女の子が同じようなショートヘアをしていた。何人かはボビー・マーチのTシャツを着ていた。少年のそれは手作りのようだった。ニュースを知ったとき、彼女らがどうなるかは知る由もなかった。

「知らないはずです」支配人は言った。

マッコイは支配人を見た。ツイードのジャケット、歯ブラシのような口ひげ、背筋はぴんと伸びていた。ロックスターにもドラッグの過剰摂取にもあまり縁《えん》はなさそうだった。練兵場で怯える新兵に怒鳴っているのが似合いそうだ。

「ほかのメンバーは?」とマッコイは訊いた。

「下の階のデラックスルームに泊まっています」と支配人は言った。「みんなまだ眠っているようです」その表情は、そのような行動について彼がどう思っているかを正確に物語っていた。

「メイドはいつ彼を発見したんだ?」とマッコイは尋ねた。

「十時半頃です。何度かノックして呼びかけましたが、返事がありませんでした。チェックアウトしたのだと思いました。ほとんどの人はその時間にはチェックアウトしていますから。返事がなかったので、彼女がマスターキーを使ってなかに入ったんです」

「そうしたら彼が……」

支配人はベッドを指さした。「あのような状態でした」

マッコイはもう一度ボビー・マーチに眼をやった。昨夜のステージでの様子を思い出していた。正直に言えばひどい出来だった。心ここにあらずといった感じで、歌詞は忘れるし、曲の半分は演奏していなかった。ここまでにしようと帰りかけたところで、ボビー・

マーチがバンドのほうを見てうなずいた。

《サンデー・モーニング・シンフォニー》の最初のフレーズが響き渡ると、マーチが突然ギアを上げ、かつてそうであったように、世代最高のギタリストになった。マイクをつかむとニヤリと笑い、最初の歌詞を歌った。マッコイを含む観衆は熱狂した。これこそが彼らが聴きに来たものだった。彼は十二分の曲を力強く、そして見事に演奏し、ローリング・ストーンズが彼に参加を要請した理由を思い出させた。そして最後はいっきに締めくくった。

会場は興奮のるつぼと化し、全員が立ち上がって拍手をして叫んだ。マーチは汗まみれで立ち尽くしていた。疲れ切っているようだった。そのパワーがなんであれ、使い尽くしたようだった。

「次はニューアルバムからの曲で、《スターシャイン》!」と彼は言った。マッコイはその場をあとにした。不運にも聴いたことがあり、二度目はたくさんだったのだ。

ローリング・ストーンズの件は、それが起きて以来、ボビー・マーチに付きまとってきた。ブライアン・ジョーンズが追い出されたあと、ストーンズはボビーにオーディションに参加するよう頼んだ。彼はバーンズにやって来て、〈オリンピック〉で何曲かリハーサルをした。キース・リチャーズが外で待っていた記者に、「ストーンズの過去最高バージョンだ」と言い、マーチにバンドへの参加を要請した。

ボビーはだれも――キース・リチャーズさえ――予想しなかったことをした。「ありがとう、だが辞退する」と言ったのだ。彼は自分には追うべきキャリアがあると考えた。ホテルの部屋の様子、食べかけのテイクアウトの箱、〈オールバニー〉ではなく、〈ロイヤル・スチュワート・ホテル〉に泊まっていたこと、〈アポロ〉ではなく、〈エレクトリック・ガーデン〉で演奏していたことを見るかぎり、ボビー・マーチが下した決断はベストとはいえなかったのかもしれない。

「二十七歳」とマッコイは言った。「またもうひとり」

支配人は無表情だった。

「ジミ・ヘンドリックス、ジャニス・ジョプリン、ジム・モリソン。みんな二十七歳で死んだ」

支配人はうなずいたが、まだマッコイが何を言っているのかよくわかっていないようだった。

マッコイは隅に置かれた椅子のひとつに坐った。コーヒーテーブルにはアコースティック・ギターが立てかけてあり、革のジャケットがもうひとつの椅子に掛かっていた。『メロディ・メイカー』(英国の音楽雑誌)と、吸い殻であふれた灰皿がベッドの脇に置かれていた。

プライベート・ジェットやテレビはもはやそこにはなかった。結婚式やフリーメーソンのディナーで儲けるようなホテルの一室だった。

もしボビー・マーチが死ななければならなかったのだとしたら、ふさわしいときだったのかもしれない。生きているよりも死んだほうが有名になるだろう。二枚の偉大なアルバム——一九七〇年の《サンデー・モーニング・シンフォニー》と七一年の《ポストカード・フロム・マッスル・ショールズ》。それでもくだらないアルバムを山ほど出すよりは二枚のすばらしいアルバムのほうがまだましだ。マッコイは体を乗り出してよく見た。いくつかの煙草の端に口紅がついていた。

「ガールフレンドは?」

彼は首を振った。「ミスター・マーチだけです」支配人に訊いた。

マッコイはベッドのそばまで行き、部屋のなかを見まわした。何を探しているのか自分でもわからなかった。枕に口紅? 忘れられたイヤリング? それがなんであれ、そこにはなかった。ロックスターがひとりで寝るというのは奇妙に思えた。あるいはセックス、ドラッグ、ロックンロールという話をマッコイが信じているだけのことかもしれない。バスルームに行った。そこでも自分が何を探そうとしているのかわからなかった。鏡に赤い口紅でメッセージが書いてあるとでも? 見つけたのはひげ剃りセットと花粉症の錠剤のボトル、シンクの縁《ふち》に置いてあるギターのピックだけだった。彼はピックをポケットに入れた。記念品だ。ベッドルームに戻った。

部屋の悪臭がまたマッコイを襲った。この暑さでは避けることはできなかった。彼にできることはなく、ベッドに置かれた死体を見ているとしだいにこたえてきた。マッコイは階下《した》で検視官が来るのを待つと支配人に言い、死体を見つめている彼を残して部屋をあとにした。長い廊下に出るとにおいはわずかに弱くなった。バケツに入った床用洗剤と食べかけのハンバーガーが部屋の外のトレイに置かれていた。

ほんとうなら記者やカメラマンを入れないよう、支配人に言っておくべきだったのに忘れてしまった。正直なところ、彼はボビー・マーチと彼の早すぎる死に集中できなかった。それよりも彼の心を占めていたのは、不審死事件の担当をしているという事実のほうだった。ボビー・マーチの音楽は好きだったが、彼の死亡時刻を書類に書き込んで、近親者に電話をするというのは、最もやりたくない仕事だった。

エレベーターが鳴り、乗り込むと一階のボタンを押した。奥の壁にある鏡で自分を見た。床屋に行く必要があった。休暇が必要だ。どこかに行く必要があった。うだるような暑さのエレベーターのなかでボビー・マーチが最後に食べたカレーのにおいをさせながら、ジャケットを腕にかけ、シャツの脇の下に黒い染みの輪を作り、顔に汗をにじませているのではなく。
状況を変えなければならなかった。それもすぐに。

3

エレベーターのドアが開くと、ホテルのレストランが輝かんばかりに姿を現わした。マッコイはこのレストランがオープンしたときのことを新聞で読んだのを思い出した。オーナーはフィジーかどこかに休暇で行ったことがあったことから、レストランを〈チキ・バー〉と名付け、南海の隠れ家のようにしたのだった。そういうアイデアだったのだが、現実は映画『南太平洋』のアマチュア製作版のようだった。ブースの上にはちっぽけな竹の屋根、白い砂浜の壁画、そしていたるところにプラスチックの造花とココナッツがあった。

　マッコイは顔をしかめながら席に着いた。バーカウンターの後ろにいたウェイトレスが、噛んでいたチューインガムをカウンターの下にくっつけてから出てきた。彼女はラフィア（ヤシの一種）のフリンジスカートのようなものにビキニトップ、首には花輪をつけていた。彼女がポリネシア人だったら、あるいはせめて日焼けさえしていれば、それほど悪くはなかったかもしれない。そばかすと半分カールの取れかけたパーマの青白いスコットランドの少女では台無しだった。

「アロハ。南太平洋にようこそ。カクテルをお持ちしましょうか？」退屈そうなグラスゴー訛りでそう言った。

「ビール」とマッコイは言った。朝のこんな時間からカクテルなんて考えられなかった。

彼女はうなずくと、ふらふらと去っていった。大きなネイビーブルーのニッカーズがラフィアのスカートのあいだから時折ちらちらと見えた。飲み物を待つあいだ、メニューを見た。店の名物は鶏胸肉のバナナ・シェリーソースがけだ。がらがらなのも無理はなかった。

ビールが来ると、マッコイはぐいっと飲んだ。

「ミスター・マッコイ、こんなところで会うとは思わなかった」

顔を上げるとフィリス・ギルロイが眼の前に立っていた。さすがにこの暑さに譲歩して、検察医のいつものツイードはライトブルーのパンツと花柄のシャツに代わっていた。くたびれた茶色い革のブリーフケースはあいかわらずだ。驚きと恐怖の入り混じった表情でレストランを見まわしていた。

「南太平洋が料理で有名だとは知らなかったわ」と彼女は言った。

「メニューを見た。信じてくれ、そんなことはないから」

「これはあなたのするような仕事じゃないんじゃない？　薬物の過剰摂取？」そして気がついた。「まさか、レイバーンのせい？」

マッコイはうなずいた。彼女は向かいに坐った。ウェイトレスが現われ、ギルロイはコーラを注文した。去るのを待ってから続けた。

「マレーにはこのことを話したの？」と彼女は訊いた。

うなずいた。「彼にできることはない。セントラル署にいるのもあと六カ月だから。あるいは連中が代わりを見つけるまでは」

「ええ、彼もとうとう折れたみたい。何度も何度も説得されてきたから。それでもあと六カ月で世界が終わるってわけじゃないわ」

「ほんとうに？　パースですよ？　一度行ったことはあるが、それでたくさんだった」

「たしかに」彼女はためらいながら続けた。「わたしが言うべきことじゃないかもしれないけど、わたしの——ありがたいことにかぎられた——バーナード・レイバーンとの経験から考えて、彼がマレーの後任にふさわしいとは思えない。特にこの少女失踪事件が起きている状況では。いったいどうなってるの？」

マッコイは肩をすくめた。「おれには充分な経験がないし、トムソンでは力不足だ。リードは年金まであと三カ月。マレーの後任にだれかを持ってこなければならなかったところに、レイバーンはこの何年か昇進を待っていた。お偉方とのディナーでの握手とケツ舐《な》めがようやく実を結んだようだ」

ウェイトレスがふたたび現われ、うなるように「アロハ」と言いながら、コーラを置いた。マッコイはポケットから小銭を取り出した。「おごるよ」

ギルロイはゆっくりと飲みながら、ラフィアのスカートがバーのほうに戻るのを見ていた。「よりによってグラスゴーでね。変わってるわ」

マッコイはもうひと口飲むと、ウェイトレスがカウンターの下からガムを取って、口に戻すのを見ていた。「ああ、そのひとことに尽きるな」

「とはいえ、やっとあの服装もふさわしくなってきたようね。今朝は九時で二十度よ。信じられない」

マッコイは微笑んだ。「あなたは慣れてると思ってましたよ」

彼女は微笑んだ。「全然。三歳のときにインドを離れているから。ほんとうに覚えているのは、緑の葉のあいだから射し込む太陽の光と、庭の散歩道にあったイチジクだけよ」

彼女は階上《うえ》を指さして言った。「有名人らしいわね？」

マッコイはうなずいた。「ボビー・マーチ。ギタリスト。全盛期は過ぎてるが。昔はすばらしかった。ほんとうに。聞いたところでは、ここ何年かはジャンキーだった。運を使い果たしてしまったようだ」

彼女はうなずいた。「よくあることね。何かニュースは？」

なんのことか訊く必要はなかった。街じゅうがアリス・ケリーに関するニュースを待っているのだ。よいニュースにしろ、悪いニュースにしろ。

マッコイは首を振った。「新しい知らせは何も。もっとも、このままだと、おれが何かを知るのは最後になりそうだけど」

彼女は椅子のなかで、もぞもぞと動いた。苛立っているようだ。「ほんと、ばかげている。あんな事件が起きているというのに、あなたはここに坐っていて、あのばかレイバーンが責任者だなんて……」

マッコイは肩をすくめた。実際よりも苛ついてないように聞こえるよう話した。「おれにできることはない。あいつがおれのことを靴についたクソ以下だと思ってるのは明らかだ。死んだジャンキーについて報告書を書いているのが一番いいようだ。もっとひどいこともありえただろう。広報担当にすることもできたんだからな」

「なぜ、そこまで敵視するの？」と彼女は訊いた。「まったく理解できない」

マッコイはため息をつくと、話し始めた。「警官になった頃、三カ月ほどイースタン署にいてレイバーンと組んでいた。あいつはあの署のほかの連中といっしょだった。賄賂《わいろ》にでっちあげ。陥りやすい道だ。なりたいと思った警官じゃなかった。おれが異動を申し出たことを個人的なものと捉えたようだ。それで、今になっておれのケツに嚙みついているってわけだ」

彼女はうなずいた。「わかった。残念ながら、ミスター・レイバーンなら、その話を聞いても全然驚かない」

もっとささいな話として、レイバーンがスティーヴィー・クーパーのトールクロスのサウナを見逃してやる金を値上げするよう迫ったという事情もあったが、ギルロイにそのことを話すつもりはなかった。レイバーンは執拗に迫り、毎週のように家宅捜索を行なった。しまいにクーパーが腹を立て、店をたたんで移転してしまった。営業していた頃は週に二十ポンド稼いでいたのに、マッコイの親友であるクーパーのせいでまったく稼げなくなってしまったのだ。マッコイを嫌うのも無理はなかった。

ギルロイは微笑んだ。何か考えていた。「今夜は何か予定はある？」

マッコイは顔を上げた。「今夜？　いいや何もない。今回の件で唯一いい点は定時に帰れることだ」

「すばらしい。今夜ディナーを催すんだけど来てくれない。ひょっとしたら、ひと晩愉しく過ごせば、少しは元気が出るかもしれない。七時半か八時でいい？」

マッコイはうなずいた。心が沈んだ。うまく乗せられてしまった。言いわけをする暇もなかった。ひと晩愉しめば元気になるかもしれなかったが、フィリス・ギルロイの家でのひと晩は彼が考えているようなものではないだろう。まったく。

ギルロイは立ち上がると、バッグを手に取った。「さて、ミスター・マーチに会いに行ってくるわ。じゃ、またあとで」

マッコイはさようならと言うと、彼女がエレベーターに向かって歩き、ボタンを押すのを見ていた。どうしてこんなことになってしまったのだろう？

ギルロイのディナーは有名だった。毎週開かれていて、グラスゴーの名士が集まっていた。彼らはみな、間違いなく、マッコイが聞いたこともないような世間話をするのだろう。マッコイを見て、彼がそんなところで何をしているのか不思議に思うはずだ。その上、この暑さのなか、くそスーツにネクタイをして行かなければならない。ビールを飲み干すと立ち上がって去ろうとした。ほんの五分前までは、これ以上自分を哀れに感じることはないと思っていた。間違いだったようだ。

正面玄関の外にいた四、五人のファンは、歩道に坐り込み、手をつないで《サンデー・モーニング・シンフォニー》を歌っていた。まだニュースを聞いていないようだが、知るのにそう時間はかからないだろう。こういったニュースはあっという間に漏れる。客室係、バーテンダー、ポーター。彼女たちが泣き始め、報道陣が集まる前に退散するのが一番だ。顔にキラキラしたラメをつけた少年が顔を上げた。「彼はまだそこにいますか？」マッコイはうなずき、ジャマイカ・ストリートを歩き始めた。だれかがニュースを伝えてくれるだろう。

4

ウィスキーを飲んでから、風呂に入ってひげを剃ったあと、大きなグラスに入れた水道水を飲みながら、下着姿で部屋のなかをうろついていた。窓は大きく開いていたが、気にしなかった。だれかが下着姿の彼に興味を持つのなら、それもいいだろう。気温はまだ二十一度ほどで、風の吹く気配もなかったから、ぎりぎりまで服を着るのを待った。ふと思った。何か持っていくべきだろうか？　ウエストエンドの上流階級のディナーパーティーではそうするものかもしれない。だとしたら何を？　チョコレート？　花？　彼に買えるような不味《まず》いワインとか？

スーザンに訊こうと思い、電話を取ることまでしたが思いとどまった。彼女がマンチェスターの大学に移ってから、ふたりの仲はあまりうまくいっていなかった。彼女からの電話もしだいに少なくなり、週末にマンチェスターに行くのも気まずくなっていた。彼女の新しい大学の友人たちはグラスゴーの警官をどう扱っていいかわからないようだった。ふたりは沈黙を埋めようと、すべてが順調なふりをしようとした。ふたりともほとんど終わっているのだと気づいていた。休暇中のロマンスのようなものだったのだ。タイミングがよかっただけだ。それ以上でもそれ以下でもない。そのことを認めて、先に進むしかなかった。

シャツを着てボタンを留め、ズボンを穿いた。家のなかを見まわしたが、とりあえず持っていけそうなものはなかった。マントルピースの上に〈グランツ〉のハーフボトルがあったが、手土産《てみやげ》にふさわしいとは思えなかった。店ももう閉まっていたので、手ぶらで行くしかなかった。ネクタイを結びながら鏡のなかの自分を見た。顔は日に焼けて赤く、鼻のあたりにはそばかすがある。靴を履き、ジャケットを羽織ると本棚から鍵を取った。玄関を出てドアを閉めた。

フィリス・ギルロイの家までは徒歩でもそれほど遠くなかった。坂を登りきるとすぐに変化に気づいた。通りにいる子供たちが兄や姉のお下がりを着ていないのだ。子供たちの乗っている自転車は新品のようにぴかぴかだった。アクセントさえも違っていた。柔らかく、気取っていた。アイスクリームのワゴンを待つ列は、ワニが這うように整然としている。そこに自由競争はなかった。彼は今、まさにハインドランドにいた。

ボーモント・ゲート六番地は、赤い砂岩の背の高いタウンハウスだった。世襲の資産家と特権階級のにおいがするような場所だ。四階建てで地下室があり、前庭にはトゲの生えた低木が生い茂り、玄関のドアにはハイランドの風景を描いたステンドグラスのパネルがあった。ベルを押して待った。九時半までに出れば、いつもの金曜夜のロックイン（バーなどが閉店後に一部の客だけにサービスを続けること）に間に合うだろう。足音が聞こえ、ドアが開いた。

「ハリー！　すてき。来てくれてありがとう」ギルロイが輝くような笑顔で言った。

パンツとブラウスは、大きな赤い花のついた白いドレスに変わっていた。一瞬、頭を怪我したのかと思ったが、同じ素材のターバンだと気づいた。

「すまん、何も持ってこなかったんだ」

「ばかなこと言わないで。戦艦が沈むほどのワインがあるんだから！」彼女はドアを大きく開けた。「どうぞ、入って！」

マッコイはギルロイのあとを追って、玄関ホールを抜け、階段を下りた。話し声と笑い声が聞こえてきて、そこが彼のフラットの部屋全体の二倍ほどの大きさの地下キッチンだと気づいた。真ん中の木製の大きなテーブルにはパッチワークの布が掛けられ、その上にろうそくがいくつも置かれていた。テーブルの上には金属製のラックのようなものがあり、銅製のフライパンがぶら下がっていた。反対側の壁は赤毛でそばかすのあるふたりの小さな子供が描かれた一枚の巨大な絵でほとんどが覆われており、そのまわりを文字や新聞の切り抜きが囲んでいた。絵の横にはベルと階上《うえ》の部屋の名前が書かれたパネルがあった。重い腰を上げることなく、それぞれの部屋から使用人を呼ぶことができるのだ。

背後ではレコードがかけられていた。よりによって《サンデー・モーニング・シンフォニー》だ。テーブルには六人が坐り、その前にはワイングラスが置かれていた。マッコイが入っていくと、全員が顔を上げた。

ギルロイが彼の肩に手を置いた。「みなさん、いいかしら？　こちらは同僚で、願わくは友人でもあるハリー・マッコイよ。今夜はちょっと暇そうだったから、参加してもらったの」

ギルロイはテーブルを指さした。

「ハリー、こちらはジャックとエデンのコイア夫妻よ」小柄な老夫婦がマッコイに微笑んだ。「その左がエドウィンとジョン」と彼女は続けた。眼鏡を掛けた年配の男性と若い男性。彼女は続けて、ふたりが立っているところから一番遠い席を指さした。「一番奥がホッブス教授よ」禿頭で太った、赤らんだ顔の男だった。ギルロイはだれも坐っていない席を顎で示した。「そしてあなたの隣がミラ・デ・リフト」ジーンズと襟のない男物のシャツを着た金髪の女性だった。彼女は顔を上げて、手を振った。

「どうぞ」とギルロイは言い、マッコイを坐らせた。「ご覧のとおり、今日はキッチンでのディナーだから、少し涼しくて、あまり堅苦しくはないの。愉しんでちょうだい。赤、それとも白？」

彼は数分間、ただそこに坐っていた。ワインをなんとか半分飲んだところで、避けられない質問が来た。

「で、ハリー、フィリスはきみが警察官だって言ってたけど？」ホッブスは〝警察官〟ということばをまるで一度も聞いたことがないかのような発音で言った。

マッコイはうなずいた。

ホッブスは煙草でレコードプレイヤーを指した。「フィリスはきみが今日、あそこにいたと言っていた」

「ふたりともいたのよ」とギルロイが言った。「せめて彼の曲を聴いてみようと思って、帰りに買ってきたの。なかなかいいわね」そう言うと、パンとチーズ、オリーブが載った大皿をテーブルの上に置いた。「〈ウールワース〉に残っていた最後の一枚よ」

「ある日はロックスターが死に、その次の日には銀行が襲われる。きみの人生はなんとも魅惑的なんだね」ホッブスはブリー・チーズをナイフで突き刺しながら訊いた。

マッコイはちょうどチェダー・チーズを口元に運ぼうとしていたところだったが、全員が自分を見ていることに気づいて、それを置いた。

「かもしれませんね」と彼は言った。「けど、ほとんどの仕事と同じです。おもしろいこともあれば、溝に溜まった水のように淀んで、さえないときもあります」

「あの少女のことかね？」ホッブスは続けた。

マッコイはうなずいた。なんのことか訊く必要はなかった。

「あの可哀そうな母親がどんな思いでいるのか想像もできないわ」エデンが頭を振りながらそう言った。「すべてが悲劇よ」

ホッブスは期待するようにマッコイを見た。「何か知っているんだろ？」

「あなたと同じですよ」マッコイは落ち着いた口調で言った。

「それは信じがたいな」とホッブスは言い、支援を求めるようにテーブルを見渡した。

「どんな説に基づいて捜査を進めてるのかね？」

「何かひとつの説に基づいて捜査をすることはありません」とマッコイは言った。だんだん苛立ってきた。たとえアリス・ケリーについて何か知っていたとしても、この太ったクソ野郎に話すはずもなかった。

ホッブスは笑った。「それじゃ安心できんな！　なぜそうしないのか訊いてもいいかね？」

「警察の捜査は秘密厳守なのよ、フィリップ。わかってるわよね？」とギルロイが言い、助け舟を出した。「だからわたしたちのゲストをいじめるのはやめてちょうだい。これはディナーなのよ、尋問じゃないの。さて、どなたかガスパチョはいかが？　こんな暑い日に、熱いスープを作るなんて耐えられなかったの」

マッコイはしばらくそこに坐ったまま、ガスパチョを食べながら――飲みながら？――もう腹を立てないようにしようと思った。来なければよかったとわかっていた。スプーンを置くと、詩人のエドウィンがテーブル越しに体を乗り出して、小さな声で話した。

「心配することはない。フィリップ・ホッブスはやなやつだ。ずっとそうだったし、これからもそうだろう」そう言うとニヤッと笑った。

そのあとは、少し気分もよくなってきた。詩人のエドウィンはなかなかおもしろいやつだった。気が利いていて、笑いのセンスは少し下品だった。ギリシャに旅行したときにトラブルに巻き込まれたことを話すと、友人のジョンは絶えずあきれたように眼をぐるりとまわしていた。

ミラはあまり話さなかった。グラスゴーの訛りはかなり難しく、オランダ人にはなおさらなのだろう。だが微笑んで、なんとか会話に参加しようとしていた。都市計画における公共スペースの価値――それがなんであれ――について、ミセス・コイアとエドウィンのちょっとした議論を話半分に聞いていると、ミラが体を寄せてささやいた。

「退屈ね」

マッコイは思わず笑ってしまった。眼を向けると、彼女がマッコイに微笑みかけていた。

「フィリスは好きなんだけど、彼女の友達は退屈なのよね」と彼女は言った。

「おれも含めてかい？」

彼女は鼻にしわをよせた。「まだわからない。フィリスは、あなたがわたしの力になってくれると言ってた」

「どうやって？」とマッコイは訊いた。

彼女は煙草に火をつけ、煙を吹き出すと、高価そうなカメラを持ち上げて見せた。

「わたしは写真家なの。〈シェルター〉という慈善団体から、グラスゴーで貧困のなかで暮らす人々の生活を記録するように依頼されてるの。劣悪な住宅や路上《ロード》で暮らす人々……」

「ストリートだ」とマッコイは言った。「おれたちはストリートと言う」

　彼女は微笑んだ。「ごめんなさい、ストリートね。フィリスは、あなたがそういった人々を何人か紹介してくれるかもしれないと思ったのよ」

　マッコイはため息をついた。自分がグラスゴーの社会的弱者の代表と思われていることにうんざりした。この暑さのなか、ミラといっしょにホームレスの乳母車チャーリーを探してグラスゴーをさまよい歩くなんて、いくら彼女が美人だとはいえ、勘弁願いたかった。

「今は無理だ」と彼は言った。「人手不足で忙しい。けど知り合いがいる。リアムという友人だ。まさにきみが必要としているような人間だ。今度紹介するよ」

「その人はソーシャルワーカー？」とミラは訊いた。「それとも慈善団体の人？」

「正確には違う」とマッコイは言った。最後にリアムに会ったとき、彼が〈セントイーノック・ホテル〉の裏の鉄格子のハッチの上で酔いつぶれていたとは言いたくなかった。

「彼はだれよりもグラスゴーを、グラスゴーの人々をよく知っている。彼こそが適任だ。信じてくれ」

「ありがとう」と彼女は言った。「とても助かるわ」

　なぜその慈善団体がオランダ人の彼女にグラスゴーで写真を撮らせようとしているのか訊こうとしたとき、階段を下りてくる重い足音が聞こえた。顔を上げると、最も予想していなかった人物が階段を下りてきた。マレー警部だった。新しいスーツを着ており、髪も切ったばかりで、旅行かばんを持って微笑んでいた。とてもくつろいでいるように見えた。「外はまだうだるように暑いな」と彼は言い、ジャケットを脱ぐと、ひとつだけ空席だった椅子に腰かけた。「食べ損ねたかな？」

彼が坐ると、フィリスが料理を持ってきて、彼の前に置いた。「たしか全員知ってるわよね、ヘクター？　あっと忘れてた。こちらはミラよ。友人の写真家。ロッテルダムから来たの。休暇中に彼女の写真をいくつか買ったのよ」

ふたりはたがいにうなずき、マレーが皿に料理を取り始めると、ギルロイが大きなグラスに赤ワインを注いだ。

マッコイはただ驚いて見ていた。マレーはワインは嫌いなはずだった。やむをえない場合を除いて、スーツを着るのも好きではなかった。そして何よりもマッコイが知っていたのは、ディナーに参加することは、マレーにとっては死ぬよりも最悪の運命だということだった。なのにここにいて、料理を食べながら、エドウィンにギリシャでの休暇はどうだったかと訊き、ミセス・コイアと笑い合っている。ひとつだけ思いついた説明があった。マッコイはマレーとギルロイが友人だとは知っていたが、それだけではないのかもしれない。考えていたことが顔に出てしまったに違いなかった。

「何をニヤニヤ笑ってる？」マレーがフォークを向けて訊いた。

「別に」とマッコイは言った。「なんでもありません」

コーヒーを飲むと、マレーが立ち上がった。「フィリス、十分ほど席をはずしていいかな？　仕事の話だ」

彼はマッコイにうなずいた。マッコイは立ち上がって、彼のあとについて階上《うえ》に上がった。ふたりは大きな居間に入った。グランドピアノが置かれ、ダークウッドの羽目板がふんだんに使われている。蜜蠟《みつろう》の艶出し剤のにおいがした。厳粛な表情のエドワード朝風の口ひげを生やした中年男性の大きな肖像画が、暖炉の上からふたりを見下ろしていた。額《がく》に〝フィリップ・ギルロイ卿〟と小さく書かれていた。

マレーは寝ていた赤茶色の猫をクッションから押しのけると、革張りの肘掛け椅子に腰を下ろし、向かいの席を手で示した。

「いつから続いてるんですか？」とマッコイは訊いた。椅子に坐り、ニヤニヤしないようにした。

「おまえには関係ない」とマレーは言った。

ふいに思いついた。「マーガレットは知ってるんですか？」と訊いた。

マレーはうなずいた。その表情からは何もわからなかった。

「それで？」とマッコイは訊いた。

「マーガレットは問題ない。彼女は今ピーブルズに住んでいる。友達といっしょに」

マッコイはその友達について訊こうとしたが、やめておいたほうがいいと思った。

「その話はいい」とマレーは言い、パイプを探し始めた。その会話は終わりのようだ。

「レイバーンのやつはどうしてる?」

マッコイは肩をすくめた。

「あいかわらず、おまえを締め出してるのか?」

「ええ、何にも近づかせてもらえません」とマッコイは言った。

「レイバーンはほんとうに役立たずだ。さっさとあの少女を見つけるべきだ。ばかなやつほど、どんな助けでも受けるべきなんだ」彼はパイプをポケットのひとつから取り出すと、靴のかかとで叩き、灰を暖炉のなかに落とした。

「おれにできることはありません」とマッコイは言った。「パースはどうですか?」

「なんとかやっている。去る日までの日数を数えてるよ」マレーは椅子に坐るとマッコイを見た。「ここに来たのにはもうひとつ理由がある。おまえに話したいことがあるんだ」

「おや、まあ。なんですか?」マッコイは警戒するように言った。

「ジョンを覚えてるか?」マレーはズボンのポケットを叩きだした。マッチ探しが始まった。

「あなたの弟のジョンですか？」とマッコイは訊いた。

マレーはうなずいた。探すのをやめて、コーヒーテーブルの上のブロンズのライターを手に取り、パイプに火をつけた。

「ええ。彼がどうしたんですか？　何かしたんですか？」とマッコイは訊いた。

マレーの顔が青っぽい煙のなかから現われた。「ジョン？　いや違う。彼は何も問題はない。娘のローラだ。彼女がまた家出したんだ」

マッコイは、マレーが以前も同じ話をしたのを聞いていた。ローラは十五歳で、母親や父親とうまくいっておらず、酔っぱらって帰ってくることも何度かあった。男の子と付き合っていて、学校もさぼっていた。

「ほかの十五歳の子とたいして違わないようにも思えますが」とマッコイは言った。

「今度は違う。ふた晩も家を空けていて、ジョンとシーリアは心配でやきもきしてる」

マレーは身を乗り出すと、手を後ろにまわし、ポケットから財布を取り出した。開けると、マッコイに写真を渡した。家族のお祝いの席で撮ったものだろう。レストランかホテルのようだった。ローラは大きな黒い眼に茶色い長い髪をした美少女だった。家族から少し離れて立っている。それほど離れているわけではなかったが、両親や弟といっしょに立っているよりも、どこか別の場所にいたいのだろうとわかるほどには離れていた。写真を見るかぎり、マッコイには彼女が十五歳というよりも、十八歳か十九歳のように見えた。

「よくわかりませんね」とマッコイは言った。「どうしてこんなスパイみたいな真似を？　なんで署に通報しないんですか？　彼女は十五歳だ。全員で探すでしょう。特にボスの姪なんだから。弟さんは捜索願を提出したんですか？」

マレーは肩をすくめた。少し後ろめたそうだった。「正式には出していない」

「どうして？」とマッコイは訊いた。「何か問題でも？」

マレーはため息をついた。「ジョンはグラスゴー議会の副議長だ。家出した娘が『イブニング・タイムズ』の一面を飾るなんてことは最も避けたいことだ。それにここだけの話だが、あいつは来年には国会議員に立候補する予定だ。グラスゴー西地区選出の。決定事項だ。ローラの行動のせいで、自分のチャンスをふいにしたくないんだ」

「なんとまあ、ご立派なこって」

マレーはどこかあきらめ顔だった。「あいつはいやな野郎だ。弟じゃなかったら、あいつに火がついていても、小便を引っかけに通りを横切ったりはしない」彼はまた煙を吐き出し、それを手で払った。「内輪のごたごたは自分で解決しろと言いたかったが、おれはローラのことは好きなんだ。あの子に何かあってほしくない」

「両親を困らせようとして、友達の家にいるだけでは？」

マレーは首を振った。「そうならいいのだが。若いローラは、この街の裏社会に興味を持っているようだ。昨夜、〈ストラスモア〉で見かけた者がいる」

そこまでは予想していなかった。〈ストラスモア〉は今、ふたりがいるところから半マイルほど行ったところにあったが、メアリーヒルのすぐ近くだった。そして〈ストラスモア〉は、メアリーヒルのあまりかんばしくない基準から見ても、充分あやしい店だった。

「どうやら彼女はドニー・マクレーという男といっしょのようだ。酔ってばかな振る舞いをしていたそうだ」

「ドニー・マクレー？　あのドニー・マクレーですか？」聞けば聞くほど事態は悪くなっていくばかりだった。

マレーはうなずいた。あごに生えた赤みがかった無精ひげを撫で、紙やすりのような音をたてた。「頼みがある、ハリー。彼女を見つけ出して、ベアーズデンの快適なベッドに送り届けてくれ。おれからあのくそったれの弟を追い払ってくれ」

マッコイはうなずいた。ノーと言えるはずもなかった。彼が世界じゅうで借りがあるとすれば、マレーしかいなかった。「二、三日ください。見つけ出します。レイバーンのおかげで、ほかにやることもありませんから」

「それにハリー、これはおまえとわたしだけの話にしておいてくれ、いいな？　公式には何もなしだ」

マッコイはうなずいた。暖炉の上の時計が九時を告げると顔を上げた。

「今夜はオフのはずだったんですがね。〈ビクトリア・バー〉のロックインに行くつもりでした」

彼は去ろうとして立ち上がった。

「マーガレットは気にしていない」とマレーは言った。「彼女のことは心配しなくていい。今は彼女には自分の人生がある」

マッコイはうなずいた。信じていいのかどうかわからなかった。

ふたりは地下に戻り、マッコイはギルロイとほかの客に別れを告げた。思い切って声をかけてみようと思った。失うものはない。

「実は」彼はミラに言った。「もう行かなければならないんだ。この先にあるパブを見に行くんだが、いっしょに行かないか？　もし気に入るようなら、写真を撮るにはいい場所かもしれない」

彼女は感謝するように微笑んだ。「ええ、行くわ。フィルムを取ってくるから待ってて」そういうと彼女は階上《うえ》に消えていった。

マレーはギルロイの隣に坐っていた。赤ワインのグラスを片手にネクタイをはずしていた。マレーは何歳だっただろうか？　五十代後半？　彼にはまだ人生があるのだ。それでもショックだった。玄関ホールでミラが下りてくるのを待った。ポケットから写真を取り出してもう一度見た。ローラ・マレーが彼を見つめ返してきた。十八歳でも通る十五歳。危険だ。階段からミラの声が聞こえ、写真を財布に戻した。

ふたりは外に出ると、暑さの残る夜に足を踏み入れた。街灯がちょうど灯《とも》り、蛾が黄色い光のまわりをはたはたと飛びまわっていた。ミラがマッコイの腕を取り、ふたりはバイヤーズ・ロードを〈ストラスモア〉に向かって歩きだした。通りは混み合っていた。この天気に加え、休日ということもあって、人々は夜に繰り出していた。途中、立ち止まると、ミラがタクシー乗り場で三人の酔っぱらった女性を写真に撮った。彼女たちは手をつないで体を揺らし、声をかぎりに《デライラ》を歌っていた。

マッコイは写真については何も知らなかったが、ミラは自分のしていることをわかっているようだった。何枚かポーズを取らせ、ニコリと笑わせ、それからカメラを腰のあたりまで下ろして、彼女たちと話し続けた。そのときも気づかれないようにシャッターを押し続けていた。歌が終わると、彼女はひとりずつにキスをし、通りをマッコイのほうに走って戻った。

「ずるいんだな」と彼は言った。

ニヤリと笑った。「昔からあるトリックだけど、意外と気づかれないのよ。観察力が鋭いのね、ハリー・マッコイ」

「仕事柄ね」と彼は言った。「〈ストラスモア〉はこっちだ」

5

外から見たかぎりでは、かつてと同じ〈ストラスモア〉のようだったが、なかに入ってみると、すべてが変わっていた。今はまるで学生会館のようだ。パブ全体は薄暗く、照明はといえば、壁の上のほうに備え付けられた緑と赤の光だけで、壁に貼られたバンドのポスターやレコードジャケットを照らしていた。聴いたこともないほど大音量のジュークボックスが《オール・ライト・ナウ》を鳴り響かせていた。においさえも違っていた。お決まりのこぼれたビールやすえた煙草の煙ではなく、パチョリオイル（香水やアロマに使われる精油の一種）と汗のにおいがした。店内に入ると熱気が襲ってきて息苦しくなった。

客層も変わっていた。かつての〈ストラスモア〉は、酒飲み御用達のパブで、ビールのジョッキを持った男たちはたがいに会話を交わすこともなく、ラストオーダーを聞き逃すまいと壁の時計を見ていた。若い客がいたとしても、常連客から賭け金を集めるためにやって来る賭け屋の使い走りの少年だった。マッコイはそういった哀れな雰囲気がミラの目的にぴったりだと思ったのだ。だが今は違った。

今は客はだれもが二十五歳以下だった。男性は長髪にひげを生やし、制服であるかのようにベルボトムのジーンズにTシャツかタンクトップを着て顔に汗をにじませていた。女性はみなストレートのロングヘアでオーバーオールかホットパンツに厚底の靴といういでたちだった。何人かは頬に小さな星をくっつけていた。男女を問わず、だれもが手巻き煙草を吸っていた。

マッコイはできるだけジュークボックスから遠いテーブルをなんとか確保した。ミラはすぐにジャケットを脱ぐと、ウォッカ&トニックを注文した。マッコイもジャケットを脱いだ。袖をまくり、ネクタイをはずしてポケットに押し込むと、シャツの一番上のボタンをはずした。少しは警官らしくなくなった。

「ちょっとはずしていいか？」と彼は訊いた。「すぐに戻る」

「彼女は大丈夫よ」隣のテーブルに坐っていた女の子が言った。「わたしたちが見ていてあげる。こっちに来なよ。ねえ、おいで！」

ミラは断ろうとしたが、少女は聞き入れなかった。ベンチの自分の隣を空けてそこを叩いた。

「ほら。ここへどうぞ！」

ミラはあきらめて立ち上がり、少女の隣に坐った。テーブルの上にバッグを置こうとしたが、空《から》のグラスや灰皿のあいだに置き場所はなかった。そのテーブルの女の子たちはしばらく前からそこにいたようで、みな愉しげに酔っぱらっていた。全員が挨拶をして、おしゃべりを始めた。ひとりがブラウスをどこで買ったのかとミラに尋ねた。もうひとりは彼女に自分のビールをひと口飲むよう勧めていた。

マッコイは彼女らを残し、バーカウンターに行くと周囲を見まわした。ローラもドニー・マクレーも見当たらなかった。ふたりの女性がもうひとりの女性を支えてトイレに連れていこうとするのを脇によけて通した。支えられている女性はどう見ても、望んでいないものを飲まされたようだった。眼を大きく見開き、〝壁紙のなかの眼〟について何かつぶやいていた。半分泣きながら半分笑い、足を引きずっていた。

ジュークボックスがブーンという音をたて、ガチャンという音とともにレコードが落ちると、デヴィッド・ボウイの《ドライヴ・インの土曜日》が鳴りだした。マッコイはバーにいる汗だくの人ごみをかき分けて進み、一番奥の席にたどり着いた。〈ストラスモア〉も、少なくともいくつかの点については変わっていなかった。タム・ディクソンは今もカウンターの奥にいた。傷痕、しかめっ面《つら》、そして短く刈り込んだ髪型は以前のままだった。握手をした。「ハリー・マッコイ」とタムは言った。「久しぶりだな、どういう風の吹きまわしだ？」

「何があったんだ、タム？」とマッコイは訊き、若者たちを見まわした。そのうちの何人かは以前はドミノテーブルがあったところで踊っていた。「いつからこんなことになったんだ？」

タムはジュークボックスの音に負けないように体を乗り出して言った。

「一年かそこらになる。息子のウィー・タムがやったんだ。ジュークボックスを置いて、若い客を集めた。今夜はバンドの演奏がなくてラッキーだったな。そのときはもっとにぎわう」バーにいた女の子が「おーい」と叫んで、一ポンド紙幣を振った。タムがその女の子をにらみつけると、一ポンド紙幣と笑顔は消えた。

「聞いてくれ、ハリー、ひどいありさまだよ。騒がしいし、女の子たちはところかまわず吐く。けど若い連中が飲んでくれることで、これまでの人生で一番儲かってる」

バーにいるマッコイの隣に、ミッキーマウスのTシャツにベルボトムのコーデュロイ、スニーカーを履いた少年が割り込んできた。さっきまで踊っていたのだろう、長髪が汗で頭に貼りついていた。タムは彼にビールのジョッキをふたつ手渡した。

「年齢のことはもう気にしないのか、タム？」とマッコイは訊いた。少年がダンサーたちのところに戻り、ジョッキのひとつをマリアンヌ・フェイスフル（英国のロックシンガー）の妹のような少女に手渡すのを見ていた。「彼は十六歳以上には見えない。ここはまるでユースクラブだ」

「そのためにここに来たのか、ハリー？」タムは身構えるようにそう言った。「客をチェックするために」

マッコイは首を振った。「いや違う。習性だな。ついやってしまう」

彼はポケットからローラ・マレーの写真を取り出して手渡した。「ここ二、三日のあいだ、夜にここで見なかったか？」

タムはズボンのポケットから黒縁《くろぶち》の眼鏡を取り出して掛けると、写真をよく見た。ピントを合わせようと近づけた。首を振った。「いや、見たことないな」

「演技のクラスにでも通ってるのか、タム」とマッコイは言った。「眼鏡もそのためなのか？　説得力があるように見せるための。別の晩、彼女はここにいて、ドニー・マクレーにケツを触られていた。彼女は十五歳だ。おれも今じゃ立派な刑事だ。二十分もあればここを閉鎖できるんだぞ。さあ、戯言《たわごと》はやめるんだ」

タムはため息をついた。レッド・ツェッペリンのTシャツを着た赤い縮れ毛の若いバーテンダーに、あとを任せるといってうなずき、カウンターを上げて出てくるとマッコイを手招きした。マッコイは彼のあとをついていき、壁の公衆電話、空のボトルの入った木箱、大きな金属の樽の横を通り過ぎてリビングルームに入った。

ドアが閉まると、叫び声とデヴィッド・ボウイはすぐに聞こえなくなった。マッコイは周囲を見まわした。渦巻き模様の青いカーペット、音を消した白黒のテレビのなかではロビン・デイ（英国の政治ジャーナリスト）が何か話している。暖炉の上にはハイランド地方の渓谷の絵画があった。懐かしの故郷。

タムはサイドボードにあったボトルからウィスキーを注いだ。いい酒だ。バーで出しているものとは違って。そして大きな体をソファに沈めた。

「あんたの言うとおりだ。この前の晩、彼女はここにいた。ひどく酔っぱらっていて、ドニー・マクレーといっしょに出ていった」彼はそわそわとした様子で唇を舐《な》めた。「あいつのことは知ってるんだろ？」

マッコイはうなずいた。「アレック・ペイジの手下のひとりだ、違うか？」

タムは歯のあいだから口笛を吹いた。「今は違う。アレック・ペイジは病院にいる。しばらくは出られない」

「彼に何が？」とマッコイは訊いた。「何があった？」

タムは新しい〈ケンシタタス〉のパッケージの金色のテープを取り、煙草を取り出して火をつけた。

「二週間ほど前だ。バローノックのフラットで見つかった。顔に大きな切り傷があって、鼻はほとんど切り落とされていた。両耳も切り落とされていた」

「なんてこった……」

「それだけじゃない。指も一本ずつ折られ、骨は粉々になっていたそうだ」

「だれか捕まったのか？」とマッコイは訊いた。

タムは鼻で笑った。「なんでおれに訊く？　あんた警官だろうが！」

「あい、だがバローノックはおれの管轄じゃない。ノーザン署の管轄だったはずだ。連中はだれか逮捕したのか？　もしそうなら、あの田舎者どもにとっちゃ、初めてのお手柄だ」

タムは首を振り、ウィスキーをひと口飲んだ。「いや、してないし、これからも捕まえるとは思えない。だれも言わないが、今、ペイジの手下どもを動かしているのはドニー・マクレーだ。どう考えるかはあんたの自由だ」

「写真の少女は彼といっしょにいるのか？」とマッコイは訊いた。

タムは肩をすくめた。「わからん。この前の晩はいっしょだった。彼女のためにも、あんたのためにもずっとそうじゃないことを祈るがな。マクレーのようにトップになるにはろくでなしじゃなければ無理だ」

マッコイはウィスキーの残りを飲み干すと、タイル張りのコーヒーテーブルにグラスを置いた。「彼女を見つけ出す必要があるんだ、タム」

タムは気乗りしないようだった。椅子の袖に置いた灰皿のなかの吸い殻をいじっていた。そしてようやく話す決心をした。その声は真剣で、怯えているようでもあった。「おれはこのことをあんたに話してはいない。本気だぞ、ハリー。マクレーにはおれに近づいてほしくない。おれの名前さえ知られたくない。約束するか？」

マッコイはうなずいた。

「やつはとんでもないろくでなしだ。おれに話せるのは――」

マッコイは両手を上げた。「オーケイ、オーケイ。わかった、タム。びびるなよ。だれにも話さない。それでいいか？」

タムはうなずこうとしたが咳き込んでしまった。ヘビースモーカーの咳だった。ハンカチに唾を吐き、ちらっと見てからたたんだ。

「マクレーはデニスタウンのフラットに住んでいる。ホワイトヒル・ストリートだ。工場の手前の一番奥の小路。ここにも〈ランプライト〉にもいないなら、そこにいるはずだ」

マッコイは椅子に坐っているタムをリビングルームに残して、バーに戻った。ミラにはウォッカ&トニックを自分にはビールを注文して、テーブルに戻った。長くかかったことを謝ろうと思ったが、テーブルにはだれもいなかった。ミラと女の子たちは帰ってしまっていた。

「あんた、おまわり？」

振り向くと、茶色い長髪の少年がビールを持って立っていた。

マッコイはうなずいた。

「ミラはパーティーに行くから、あんたに伝えてくれって。心配はいらないからって」彼はマッコイのジャケットを差し出した。「また今度会おうってさ」

マッコイはドリンクを片方の手に、もう片方の手にジャケットを持って立ち尽くしていた。ばかみたいな気分だった。それも年老いたばかだ。ディナーの赤ワインのせいで調子に乗ってしまったようだ。ミラの気を惹けると思ってしまったのだ。今となっては明らかだった。ミラのような十歳も若くて、美しく、才能のある女性が自分に興味を持つわけがなかった。〈ジョン・コリアー〉のスーツを着て、髪がグレーになりかけ、シャツに汗染みをつけた三十歳のおまわりを。

ウォッカ&トニックをいっきに飲み干し、ビールのジョッキをテーブルに置いた。急げば、〈ビクトリア・バー〉のロックインに間に合うかもしれない。そこに坐って、金曜の夜にさらにもう一杯を飲みたがる悲しい孤独なろくでなしどもと天下国家を論じるのだ。

ジュークボックスがまた鳴りだした。T・レックスだ。もう行く頃合いだ。最後に見まわして、ローラ・マレーを探したがどこにも見当たらなかった。もっとも彼女のような少女はおおぜいいた。ここにいるには若すぎる少女たち。化粧が濃く、酔っぱらっていて自分の世話もできない。ローラとの違いは、彼女たちはベアーズデン出身でもなければ、父親が議員だったり、伯父が警部だったりしないだけだ。そしてマッコイのように彼女たちを探してくれるような人間もいない。

マッコイは仲睦《なかむつ》まじいカップルを押しのけて進み、ドアを押し開けてメアリーヒル・ロードに出た。新鮮な空気を吸うと、煙草に火をつけた。マッチを溝に捨て、歩きだした。

彼らのことはだれかほかの人間が心配するだろう。

一九六五年八月八日

リッチモンド

ビートキッカーズは始まる前に終わっていた。シングルがラジオから流れることはなく、チャートにも入らず、〈パーロフォン〉も突然興味を失った。以上。彼以外はみんな家に帰った。彼はアーデンに戻るわけにはいかなかった。結局は父親の言うとおり、建具職人の見習いになるべきだったとは認めたくなかった。

だからロンドンに残り、スーツを質に入れて、ケンサル・ライズに部屋を借りた。アイルランド人の作業員たちとの共同生活だった。彼らはボビーのギターを見て、キルバーンあたりのパブで演奏すれば金を稼げると言った。そうした。結局、ガルティモアの地元のバンドで演奏することになった。彼らはその週のヒットチャートに入っている曲ならなんでも演奏した。年配者向けのアイリッシュ・バラードや《ハッピー・バースデー》も。そうといったことも気にせず、金を稼ぎ、ボンチャーチ・ロードの西インド人からマリファナを買うようになった。愉しかった。だがわかっていた。自分がただ足踏みをしているだけだということを。

『メロディ・メイカー』を読むようになり、いいバンドがどこで演奏しているかを探した。〈イール・パイ・アイランド〉、〈マーキー〉。アイリッシュ・パブを週に一度は休み、人に会いに行き、友人を作ろうとした。自分の望んでいるものに近づこうとした。本物のバンドに。

ある夜、〈マーキー〉でザ・フーを観ていたところ、彼らのマネージャーだという男に話しかけられた。ウェーブのかかった髪をしたおかしな恰好の気取った男で、キットと名乗った。ボビーが自分がギタリストであると告げると、彼はロング・ジョン・ボルドリーが新しいバンドを始めてメンバーを探していると言った。うまく立ちまわれば、オーディションを受けさせると言った。そしてそうした。

陽が昇り、暑くなってきた。ボビーは最後のマリファナ煙草を吸うと、それを川に弾き飛ばし、リッチモンド陸上競技場に戻った。芝生の上に坐っている人々のあいだを縫うようにして進まなければならなかった。だれもが酔っぱらっているか、酔っぱらっているふりをして、安物の赤ワインをまわしていた。ようやくステージが設置された場所にたどり着くと、裏にまわった。ジョンを見つけた。二メートルもある巨体を見逃しようもなかった。彼に向かって歩き始め、彼がエリック・バードン、ジュリー・ドリスコール、若いスティーヴ・ウィンウッドに囲まれていることに気づいた。ボビーは背を向けると、反対の方向に向かって歩きだした。

　まさに初めてのギグに必要な連中だった。そういった連中がそこにいると知って、ひどく緊張してしまった。ジョンは、何人かゲストが来るかもしれないと言っていた。全員を知っていたが、予想していなかった。子犬を連れたカップルのそばに坐ると、女性のほうが体を近づけて、ボトルに入ったワインを勧めてきた。彼はぐいっとひと口飲むと、ありがとうと言った。自分が演奏できることはわかっていた。そのことは心配していなかった。だがああいった連中と何を話したらいいかわからず、それが心配だった。

「おい！　そこの間抜け野郎！」向こうからロンドン訛りの声がした。

　顔を上げると、ロッドが自分のほうに歩いてきていた。微笑んだ。ロッド・ザ・モッド（ロッド・スチュワートの愛称）。髪の毛を逆立てて前にやり、白いジーンズに黒いタートルネック、ストライプのブレザーを着ていた。このなかで、自分のことを気にかけ、話しかけてくれるのは彼だけだった。グラスゴー出身であることを気に入ってくれたのだ。

「なんでこんなところに坐ってんだ？」とロッドが訊き、子犬を連れた女性をちらっと見た。

ボビーは頭を振った。「ちょっと考えごとをしていた」

「じゃあ、それはあとにしてくれ。あと二十分で本番だ。酔っぱらうにはちょうどいい」ボビーはうなずくと立ち上がった。「なあもう一度教えてくれ、どうしてあんたがスコットランド人なんだ？」バックステージに向かって歩きながら彼は訊いた。

「なぜなら、おれがそう言っているからだよ、この野郎！」ロッドは叫んだ。

そしてボビーの頭の後ろを叩いて走りだした。

振り向くと叫んだ。「急げ！　もう十九分しかないぞ！」

一九七三年七月十四日

6

マッコイは、タクシーがキラーモント・ストリートに入るとすぐに、グラスゴー・フェア（グラスゴーで七月後半にある休日のこと）がどれだけ大きなイベントであるかを思い出した。バスターミナルの外に三十台ほどの臨時バスが列をなして止まっており、フロント・ウインドウには行き先を示す紙が貼ってあった。ダンウーン、フェアリー、トルーン。運転手はみなバスの外にいて、帽子をやや頭の後ろにかぶり、腕をまくり上げ、最後の煙草を吸いながら、〈アイアンブルー〉（スコットランドの炭酸飲料）のボトルをまわしていた。

タクシーが信号で停まり、マッコイは乗車を待つ家族連れの長い列を見ていた。ママやパパ、おばあちゃんのいるグループもあり、みんながバッグやスーツケースを持ち、旅行のために着飾った、興奮した子供たちを落ち着かせようとしていたが、無理だった。二百人はいるだろう。彼らはみな、質素な宿泊施設――食堂のテーブルには頼まないと調味料入れも置かれておらず、ベッドシーツがナイロンのような場所――で二週間を過ごすことを愉しみにしていた。彼らが満足ならそれでいい。

マッコイは座席のなかで身を乗り出してジャケットを脱ぎ、シャツの腕をまくった。まだ八時半だというのに、気温は十五度を超えているに違いない。暑さは和らぐ気配すら見えなかった。マッコイも人並みには天気のいい日が好きだったが、さすがに行き過ぎだ。グラスゴーの街自体もこのような天気には慣れておらず、どこか似つかわしくなかった。厳しい陽射しがこの街の現実をはっきりと映し出していた。その姿を和らげてくれる曇り空や霧雨はなかった。陽の光は通りに散乱するごみやくず、酒屋の前で開店を待つ酔っぱらいの集団の落ちぶれはてた顔を際立たせていた。

街は埃っぽく、乾いていた。暑さのなかで熱せられたアスファルトや排水溝、ひっくり返ったごみ箱さえも違ったにおいを放《はな》っていた。こういった天気のせいで、人々は苛立ち、愚かなことをし、飲み過ぎ、喧嘩をする。すでに問題を抱えたグラスゴーには必要のないものだった。

街の中心に向かって車を走らせているうちに、あくびが出だし、止まらなくなってしまった。土曜の朝、こんなに早くに起きるのには慣れていなかったが、必要なことだった。

零時過ぎまで〈ビクトリア・バー〉にいたという事実も言いわけにはならないだろう。片方の手にビール、もう片方の手にウォッカを持ち、〈ストラスモア〉に立っていた自分の姿が眼に浮かんだ。あまりいい絵面《えづら》とはいえなかった。まだばかみたいな気分だ。眼を覚ますとすぐに署に電話をした。受付担当のビリーによると、まだなんのニュースもなかった。全員が全力で捜査に当たっていたが、いまだ暗闇のなかだった。

こんなに早く起きた理由は、ドニー・マクレーのような男は、普通こんな早い時間には起きていないと思ったからだ。半分眠っている彼を不意打ちで捕まえたかった。ローラ・マレーが泊まっているなら、なおよかった。昼前には家に帰すことができるだろう。午後には公園で新聞を読みながら、サンドイッチと缶ビールで過ごすことができるかもしれない。

十分後、タクシーはアレクサンドラ・パレードにある〈ウィルズ〉の煙草工場の前に停まった。どういうわけかマッコイはこの工場がずっと好きだった。三〇年代の宮殿のような外観で、片方の翼には〝キャプスタン〟、もう片方の翼には〝ゴールデン・バージニア〟と書かれた大きな看板があった。閉鎖されているところを見るのは初めてだった。門にはチェーン、ドアには鍵が掛けられていた。グラスゴー・フェアの二週間は、どの工場も、好むと好まざるとにかかわらず、閉鎖され、休暇となるのだ。

運転手に金を払うと、通りを渡って、ホワイトヒル・ストリートを歩き始めた。片側にはすすで汚れたフラットが並び、もう片方には化学工場があった。歩道に半分乗り上げるようにして、〈オースチン・モーリス〉が一台、さびしげに駐車されていた。彼はタムから聞いた建物を見つけた。二八六番地。壁に白いペンキで〝スパー・ヤ・バス〟と書かれ、入口の横には割れたガラスを茶色いテープでふさいだ窓があった。

煙草を捨てて踏み消すと、建物の玄関ホールの闇のなかに足を踏み入れた。心のなかでは、マレーと少女の両親のやり方は間違っていると思う部分もあった。ローラのような少女を家に戻すには放《ほう》っておくことが一番のように思えた。こんなクソみたいなフラットの一室で、まともな会話も交わせないようなボーイフレンドといれば、たとえ彼がどれほどハンサムな男だろうと、あっという間に魅力も消えてなくなるだろう。金もなければ、家族もいない。なぜ洗濯をしないのだと言い、言うことを聞かせるために平手打ちを食らわせる。それでもマッコイにはどうでもよかった。自分は言われたことをやっているだけだ。なんとかうまくやるしかない。

最上階にたどり着くと、廊下に転がった空《から》のビール瓶や新聞のあいだを縫って進み、マクレーの部屋の玄関の前に立って耳を澄ました。

何も聞こえない。

ノックをした。

何もない。

もう一度ノックをした。今度はより強く。足でも蹴ってみた。それでも反応はない。悪態をつくと、ドアノブをまわした。まわったことに驚いた。今度ばかりは運が向いてきたようだ。ドアを押し開けてなかに入り、すぐに後悔した。

マクレーが出てこなかった理由はすぐにわかった。彼は折りたたみ式のベッドに横たわっていて、ひどく青白い表情をしており、死んでいるのは明らかだった。青の下着のパンツと赤のフットボールソックス以外は裸だった。眼を大きく見開き、天井を見上げていた。胸は切り傷と刺し傷でめちゃくちゃになっていた。彼が横たわっている薄汚い白いシーツは血で汚れていた。マッコイは血が乾き始めていることに気づいた。

めまいが襲ってきて、すぐに眼をそらし、十、九、八と数え、ゆっくりと呼吸しようとした。窓にハエがぶつかる音、アレクサンドラ・パレードを大型トラックが通り過ぎる音、牛乳配達車の瓶がガチャガチャいう音が聞こえた。壁にはレンジャーズ（グラスゴーのプロサッカーチーム）のポスターがあったので、それを見て選手の名前を思い出そうとした。サンディ・ジャーディン、ジョン・グレイグ、アルフィー・コン？　めまいは治まってきた。普通の状態に戻ってきた。マクレーをもう一度見ようとした。なんとか頭がくらくらすることはなくなった。大丈夫なことを願った。

マクレーのフラットは典型的な独身者用の部屋だった。角のワンルーム。ベッドやキッチンといった何もかもが、壁紙が剝がれ、湿った悪臭のする六メートル四方の部屋に詰め込まれていた。チッチッという音がしていた。それがなんなのかわかるのにしばらくかかった。最初は時計の音だと思った。違った。マクレーの手の先から滴《したた》り落ちる血が、リノリウムの床の上にできた輝く血だまりに落ちている音だった。

ベッドににじり寄ると、ローラのボーイフレンドの死体を見下ろした。ドニー・マクレーの赤毛は血でこわばっていた。淡いブルーの眼の下にはナイフでつけられた傷がいくつかあり、そこから流れた血が鼻と口のまわりで固まっていた。ハンサムだ。いやハンサムだった。顔がめちゃくちゃにされていても、それはわかった。ボクサーのような体をし、痩せていたが、筋肉質だった。上腕にはウィリアム二世《キング・ビリー》のタトゥー。ローラ・マレーのような反抗的な中流階級の少女があこがれる、完璧な不良少年だった。彼女が恋に落ちたのも無理はない。ベアーズデンの快適な大邸宅よりも、ここみたいなはきだめのような場所に住みたいと思うほど激しい恋に落ちたのだ。ハエがマクレーの顔に止まり、這いまわって眼のまわりの血のあたりにたどり着いていた。マッコイは眼をそらした。もうたくさんだ。片付ける時間だ。

片付けるものはあまりなかった。ベッドの上のペーパーバック、テーブルにはスコティッシュ・テリアのブローチ。ベッド脇の灰皿は、端に口紅のついた吸い殻でいっぱいだった。ブローチと吸い殻をポケットに入れ、ペーパーバックを手に取った。『グレート・ギャツビー』を途中まで読んでいたのがドニー・マクレーとは思えなかったので、それもポケットに入れた。

枕の下に手を滑り込ませた。看護婦が患者を楽にさせるようにしてマクレーの体を起こし、あちこちを探した。丸まったネグリジェとイヤリングを取ると、体を元に戻した。マクレーは完全には冷たくなっていなかった。死んでそんなに時間は経っていないようだ。もっとも、この暑さではっきりとしたことは言えなかったが。マッコイはジャケットを着ると、ネグリジェをほかの彼女のものといっしょにポケットに押し込んだ。

ローラ・マレーが慌てて部屋を出ていったのは明らかだった。ドアを開けたままにしておくくらいに慌てて。問題はそれがドニー・マクレーが傷だらけにされる前か、あとかということだった。それはマッコイの問題ではなかった。それはマレーが心配すればいい。マッコイが自分の仕事をこなし、何も見落としていないかぎり、ローラはそこにはいなかったことになる。

靴に血がついて足跡を残していないことを確認してから、マクレーの部屋のドアを閉めて階段を下り、通りに出た。ホワイトヒル・ストリートは静かだった。まだだれも起きて通りを歩いていない。運がよければ、だれにも見られていないはずだ。もし見られていたとしても、売春宿からの帰り客だろうし、心配はなかった。

〝ジーンのロールパン〟と横に書かれたヴァンが工場に沿って止まっており、ハッチを開け、砂糖の入ったボウルとティースプーンの瓶が折りたたみ式のカウンターに置いてあった。買ってくれる工場の労働者はいないのに、なぜ店を開いているのか不思議だったが、不満はなかった。朝食を食べておらず、腹ペコだったのだ。理由はすぐにわかった。マッコイは紅茶とソーセージロールを頼んだだけだったが、カウンターのなかの女性が話してくれた。

「ほかにすることもないんだよ、お若いの。工場の労働者のために毎日六時からここに来て、パブが閉まるまでここにいるんだ」彼女は笑った。「ずっと工場の付属品みたいなもんさ」

女性は、コンロの脇に掛けてある額《がく》のなかの、眼鏡を掛け、紺色の制服を着た内気そうな少年の写真を指さした。

「息子を戦争で亡くしてね。ドイツ野郎が息子の船を爆破したんだ。乗員全員が死んだ。連中が降伏するわずか二週間前だよ。ついてない」彼女は十字を切った。「死後勲章をくれるって言われた。言ってやったよ、いったいどこにつけりゃいいんだってね。あいつらが息子を連れていったんだ。息子を返してほしい。クソみたいなメダルにリボンをつけたものじゃなく。そんなわけで、雨の日も晴れの日もここにいる。家で何をしろって言うんだい？　だれもいない家でぼうっとしていろとでも？　冗談じゃない。うんざりしちまうよ。ここに来て、世のなかを眺めているほうがましさ。愉しけりゃそれでいいだろ？」

「そのとおりだ。それで充分だ」とマッコイは言った。その女性が自分に人生のすべてを話したがっていることにいささかたじろいだ。「それにこのロールパンも美味《うま》い。もうひとつもらえるかな」

彼女が忙しく作っているのを見ながら、マッコイは試してみる価値はあるかも知れないと思った。

「ひとつ訊いてもいいかな？」マッコイはヴァンの横を指さした。「あんたがジーンなんだね？」

彼女はうなずいた。

ローラ・マレーの写真を取り出した。その女性は手に取ると、じっと見た。

「このあたりで見かけなかったか？」と彼は訊いた。

ジーンは彼を見た。「どうして知りたいんだい？」

「彼女の両親が探している。まだ十五歳なんだ。家に帰してやろうと思ってる」

　ジーンはマッコイにロールパンを渡すと、カウンターから先の曲がった棒を取り出し、フラップを下ろして、大きなベーコンロールの絵が見えるようにした。まあ、茶色い丸に二本のストライプがあるだけのものだったが、何を意味しているかはわかった。彼女はヴァンの後ろから煙草をふた箱持って現われた。

「ひと箱どうだい？　山ほどある。工場の女の子たちがロールパンと交換してくれたんだ」

　マッコイはうなずくと、ひと箱取った。ふたりで通りを横切ると、モンクランド運河を見下ろす壁にもたれかかった。その運河はもはや運河ではなく、ただ長い溝が伸びているだけだった。数年前に水を抜かれ、高速道路が建設されることになっていた。

　ジーンは〈スワン・ヴェスタス〉（マッチの銘柄）の箱を取り出して火をつけた。マッコイはもうひと押し必要な気がした。たわいのない嘘が。

「例のケリーの娘が行方不明になったことで、この娘《こ》の両親もパニックに陥っている。自分たちの娘にも同じことが起きてるんじゃないだろうかと。母親は特にひどくて、ずっと泣きっぱなしだ。父親は一日じゅう街を飛びまわって娘を探している。この娘《こ》を知らないか？　このへんで何が起きたか知ってるんだろ。教えてくれ、ジーン。お願いだ」

そう言って、できるだけ悲しそうな表情をした。うまくいったようだ。ジーンは話しだした。

「今朝、ここにいた」と彼女は言った。「真っ赤な眼をして泣いていた」

「どうして?」とマッコイは訊いた。無邪気に聞こえるように。

「わからない。何も聞き出せなかった。お茶を飲ませて落ち着かせようとしたけど、タクシーに乗って行ってしまった」

「どこに行くか言ってたか?」とマッコイは訊いた。

ジーンは首を振った。「いいや。けど運転手に言ってるのが聞こえた」

「なんと?」とマッコイは訊いた。

「クイーン・マーガレット・ドライブで降ろすように言ってた。児童公園の近くで」

マッコイは彼女に礼を言い、通りを歩きだした。ジーンは多くは話してくれなかったが、ローラ・マレーを見つけ出すには充分かもしれない。王立病院の外にある電話ボックスで立ち止まった。受話器を取ると、ライトをつけてサイレンを鳴らした救急車が止まった。

「冗談だろう!」マッコイがひととおり説明すると、マレーはそう言った。「死んでいた? ほんとうか?」

「ああ。間違いなく」とマッコイは言った。電話ボックスのドアを持って、開けっ放しにした。暑さのせいで小便のにおいに圧倒されそうだった。「死体はめちゃくちゃにされていた。少なくとも二十回かそこらは刺されたに違いない」

電話の向こう側が静かになり、がさがさという音がした。いま話した知らせについて考えながら、パイプを探しているのだろう。すぐに声がした。

「なんてこった。めちゃくちゃだ」

「いろんな意味で」とマッコイは言った。「だが、そのめちゃくちゃも彼女とは結び付かないはずです。現場からはローラ・マレーの痕跡はすべて消しました。ノーザン署に匿名の電話を入れておきます。あそこの連中は被害者がだれでどんなふうに死んだかを聞けば、すぐにギャングのしわざだと思うでしょう」

「それで？」とマレーが訊いた。

「さて、どうですかね？　最近、権力争いがあった。そんなところでしょう」

間《ま》があった。避けられない質問。マッコイも自分自身に訊きたくなかった。

「ローラは関係していないと思っている、そうなんだな？」

ガスの請求書を持った男が電話ボックスのそばに現われ、悪意に満ちた眼でなかを覗き込んだ。マッコイは反対側を向いた。気づかないふりをした。

「逆に訊きたいですよ、マレー。彼女はあんたの姪だ。おれは彼女のことは何も知らない」

「おれにはもうわからない。あの子が事件に関係しているのなら、彼女を連行しなければならない。なんてこった……」

「いいですか」とマッコイは言い、ドアを開け閉めして風を送った。いったい何人がここで小便をしたのだろうか。「彼女のはずはない。彼女は十五歳。いい子で、私立の学校に通い、おそらくネットボールでもしてるんでしょう。そんな彼女がドニー・マクレーのような男を殺せますかね？　抵抗されることもなく刺し殺せますか？　マクレーだってばかじゃない。十代の少女にされるがままに殺されるはずはない、違いますか？」

彼女が襲いかかったときに、彼が寝ていれば話は別だ、と考えたが、マレーにはまだ言わないでおくことにした。マレーが心臓発作を起こす前に、彼女と話をして、実際に何があったのかを訊き出す必要があった。

「聞いてますか？」とマッコイは言った。男が電話ボックスの反対側にまわり、またなかを覗き込んだ。

「ああ」とマレーは言った。「考えていたんだ。おまえの言うとおりだ。ギャング仲間のしわざで間違いないだろう。彼女を見つけられそうか？」

「近づいてます」とマッコイは言った。「また連絡します」

電話を切った。外のろくでなし野郎を困らせるために、もう一本電話をかけようかと思ったがやめておいた。ドアを開けて、押さえてやった。

「さあ、どうぞ。小便の香りを愉しんでくれ」

男はドアを押さえて、「クソが」と小声でつぶやくと、後ろ手にドアを閉めた。

7

受付担当のビリー巡査部長の表情から、彼がすてきな一日を過ごしていないことは明らかだった。一台の電話の受話器を首と肩のあいだに挟んでいる一方で、別の電話が怒ったように鳴り響いていた。必死で留守を守っていた。首の下の電話を切ると、もうひとつの電話を取り、机の上に置いてから受話器に向かって「失せろ！」と叫んだ。

「うまくいってるか？」とマッコイは訊いた。

「あい、おまえも失せやがれ、クソ野郎」とビリーは言った。

「何かニュースは？」とマッコイは訊いた。

ビリーは首を振った。「〈ウッドサイド・イン〉からの無線は依然として沈黙したままだ」机の上から固くなったロールパンを取り出し食べ始めた。また電話が鳴りだした。取った。

「セントラル署」

耳を傾けた。顔をしかめる。

「もちろんです、奥さん。アリスを見つけ出すために全力を尽くしています。いいえ——」

耳を傾けた。また顔をしかめた。

「ええ、食べてますよ。言わせてもらいますが、昨日の固くなったロールパンをね。ひと晩じゅうデスクに向かっていて、それしかないんだ。気がすみましたか？」

マッコイには机の反対側からでも、キーキーという女性の怒鳴り声が電話口から聞こえた。ビリーを置いて刑事部屋に向かった。

今日ばかりは刑事部屋も無人のデスクが並んでいた。いつものおしゃべりも電話のベルもなく、いつもの煙草の煙さえなくなっていた。こんなにからっぽの刑事部屋は見たことがなかった。休暇とアリス・ケリーから自分だけ取り残されている。気のせいかもしれないがそう思った。

「〈ウッドサイド・イン〉から何かニュースはありましたか？」

ウォーカー巡査が鉛筆を手に机の下から現われた。「落としちゃったんです」彼女は微笑みながらそう言った。

「ビリーによれば、ないそうだ」とマッコイは言った。気づいた。「きみはなんであそこにいないんだ？」

「いました」と彼女は言った。「ミスター・レイバーンに戻るように言われたんです。お茶汲みの人数は足りてるんでしょう」

「トレイシー、ここに来てどれくらいになる？」とマッコイは言い、ジャケットを脱いだ。

彼女は一瞬考えた。「四カ月近くになります」と彼女は言った。

「愉しんでるか？」と彼は訊いた。

彼女は警戒しているようだった。

「オフレコで」とマッコイは言った。

ほっとした表情をした。「正直に言えば、あまり。お茶を淹《い》れたり、侮辱的なジョークに笑う以上のことを期待していたんですが、今のところはそんな感じです。あっと、それと生理用品を持っていない女性の酔っ払いを監房で世話することもあります。これが人生の目標だったとはね。お茶を淹れますけど、いかがです？」

マッコイはうなずき、彼女が小さなキッチンに向かうのを見ていた。二十代半ばだろうか。美人で頭もよさそうだ。そんな女性がどうして警官になりたいのかわからなかった。彼女はスタートを切る前から負け組なのだ。このような仕事では女性はまともに扱われるのは難しい。若くて美人とあってはなおさらだ。

マッコイは自分のデスクに坐った。刑事部屋のなかはとても静かで、どこか奇妙な感じがした。身を乗り出して、トムソンのラジオのスイッチを入れ、だれもいない空間を音楽で埋めた。《ブラウン・シュガー》の聴きなれたギターのリフがしだいに小さくなっていき、《イエロー・リバー》が始まった。もう一度身を乗り出すと、スイッチを切った。もう充分だ。

椅子の背にもたれ、キッチンでトレイシーが鼻歌を歌うのを聴きながら、〈ウッドサイド・イン〉はどうなっているのだろうと思った。アリス・ケリーはもう四十時間近く行方不明だった。生きている彼女を見つけるつもりなら、今頃はとっくに見つかっていなければならなかった。認めようと認めまいと、彼らは今、死体を捜しているのだ。電話が鳴り、マッコイを驚かせた。取った。

「マッコイ」と彼は言った。

「刑事さんと話したい」老人のようだった。しわがれた声。

「刑事です。どうしましたか?」マッコイはそう言うと、耳の後ろから鉛筆を取り出し、紙を探した。

「わたしが彼女を殺して、それから何度も犯した」

マッコイはため息をつき、鉛筆を置いた。「で、あんたの名前は、ミスター？」

耳元で電話は切れた。マッコイは受話器を戻すと、ビリーに向かって叫んだ。

「ビリー！　頭のおかしいクソ野郎はおまえのところで止めることになってるんじゃなかったか？」

苛立ちに満ちた叫びが返ってきた。「勘弁してくれ！　ここにはおれしかいないのに、クソ電話が五分おきに鳴りやがる！　頭のおかしいやつを全部止められるかよ！」

もっともだ。このような事件は蜜壺《みつつぼ》のまわりのハチのように、ああいった連中を惹きつけるのだ。

「おれがやった」

「犯人を見た、おれの上司だ」

「隣人があやしい。ごみ箱にポルノ雑誌があった」

「メアリーヒル・ロードの上空を宇宙船が浮かんでいるのを見た」

「義理の兄が幼女が好きで、いつも小学校の校庭の外をうろついています」

延々と続くのだ。グラスゴーじゅうの変態が木工製品のなかから這い出してきたようだった。

ウォーカー巡査が紅茶のマグカップをふたつ持って現われ、ひとつをマッコイの机の上に置いた。

「ありがとう」

ひと口飲んだ。不味い。電話がまた鳴った。彼は叫んだ。「ビリー！」

叫び声が返ってきた。「そいつはまともだ」

「ほんとうだろうな」マッコイは小声でつぶやき、電話を取った。聞いた。

今度はほんとうだった。

8

住所はグラスゴーの端のソーンリーバンクだった。あまりにも端すぎて、マッコイにはそこがまだグラスゴーなのか自信がなかった。ペイズリーだっただろうか？　それともイースト・レンフルーシャー？　わかっていたのはクソ何マイルも離れた場所だということだった。

五人制サッカーの試合のためにペイズリー署に向かう制服警官をなんとか捕まえ、途中までと説き伏せて車に乗せてもらった。ジェイミーという名前で、砂色の髪をして、シャベルのような大きな手をしたハイランド出身の大男だった。今では彼のような大柄のハイランド人も少なくなった。マッコイが警官になった頃にはおおぜいいた。北のほうから来た無愛想な男たち。決して弱音を吐かない。警官の半分はそんな連中だった。警察はそういった連中を好んで採用した。グラスゴーの人間とつながりがなければ、不正を犯す可能性も低く、押し込み強盗をする従兄弟《いとこ》がいても、見て見ぬふりをしなければならない可能性は低いと考えたのだ。〝道徳的な人格〟を有しているとも考えられていた。彼らの半数は厳格なバプテストであるウィー・フリー（一九〇〇年にユナイテッド自由教会へ加わることを拒んだスコットランド少数自由教会派のメンバー）だった。信心深い男たち。ウエスタン署にはまだそういった刑事がいた。マコーマックといっただろうか。思い出せなかった。おかしなことにその刑事はマッコイの家の近くに住んでいた。バラチュリッシュ出身。物静かな男で、あまり人付き合いのいい男ではなかった。だが評判はよかった。

　ジェイミーはあまりスピードを出さず、話もしなかった。マッコイには好都合だった。ウインドウを下ろして風を入れた。刈り取られた草、車の排気ガス、乾燥した大地のにおい。夏だ。

「制服を着たままで、茹《ゆ》だっちまわないのか？」とマッコイは訊いた。

ジェイミーはうなずいた。「溶けちまいます」

それだけだった。マッコイを降ろすまで、何も話さなかった。おそらくマッコイのせいでかなり遠まわりをしていることに気づいたのだろう。

ソーンリーバンクの通りのほとんどの建物と同様、アーデン・アベニューは小石打ち込み仕上げのフォー・イン・ア・ブロック・フラット（スコットランドで一般的な住宅のスタイル。一ブロックに四戸の住宅で構成されるフラット）が並ぶ長い通りだった。フラットの前にはこざっぱりとした小さな庭があり、自転車やローラースケートに乗った子供たちが走りまわっていた。マッコイはホースで庭に水を撒いている男の横を通り過ぎ、二三番地の前で立ち止まった。ウリー・マーチに何を話したらいいかわからなかった。ボビー・マーチの父親は、自分の息子に何が起きたのかを知っている人物と話がしたいだけなのかもしれない。実際には儀礼的な訪問だ。制服警官だった頃にはよく行なっていた。ため息をつくと、ドアベルを鳴らして待った。

「ウリーを探してるのかね？」

マッコイは周囲を見まわし、その声が隣の庭から聞こえてきたことに気づいた。ランニングシャツにショートパンツ、黒い靴下の中年の男性が、陽射しに乾いた芝生の真ん中のベルベットで覆われた肘掛け椅子に坐っていた。傍らの小さなテーブルの上には缶ビールと『パピヨン』のペーパーバックが開いて置かれていた。

彼はマッコイが肘掛け椅子を見ていることに気づいた。「今朝、引っ張り出してきたんだ。小屋の鍵が見つからなくてな」

マッコイはうなずいた。が、意味がよくわからなかった。

「デッキチェアは小屋のなかにあるんだ」と男は説明した。

「ああ、なるほど」とマッコイは言った。「ウリー・マーチ、あい、そうです。見かけませんでしたか？　午後はいると言ってたんですが」

男は微笑んだ。「そう言ったのか？　ばかなやつだ。おりゃせんよ。いつものところにいる」そう言うと、男は通りの向こうの大きなビルの裏を指さした。

マッコイはバーヘッド・ロードにまわり込み、〈トレードウインズ・ホテル〉を眺めながら、しばらくその場に立っていた。大きな錬鉄製のボートの上に置かれたやはり錬鉄製の看板が誇らしげに主張していた。建物の正面は白く、すっきりとしたラインだった。ヨットクラブか何かのように見えることを意図しているのだろうが、側面の落書きによって台無しにされていた。

壁の穴ギャングの土地だ！（壁の穴ギャングは米国の西部開拓時代のギャング。ワイオミング州ジョンソン郡のホール・イン・ザ・ウォールに隠れ家を持っていたことからそう呼ばれた）

スプレー缶でこれを描いただれかさんがカウボーイ映画の観すぎなのは明らかだった。グラスゴーの周辺には〈トレードウインズ〉のような場所がたくさんあった。パブではなくホテルだ。だれも泊まることはないが、二階にベッドルームがいくつかあれば、ホテルのライセンスを申請して、日曜日にも酒を売ることができる。日曜は稼ぎどきで、ほうぼうから人が集まってくるのだ。彼はドアを押し開けてなかに入った。

ラウンジは巨大で、大きなブースに座席の列とスロットマシンの列があり、奥にはステージがあった。脇の大きな窓から射し込む光を受けて、煙と埃が渦巻いていた。パブというよりは、バトリンズやポンティンズといったホリデー・キャンプ（観光客向けのレクリエーション施設を備えた行楽地）にあるような場所だった。違いはホリデー・キャンプがにぎやかな場所で、愉しく時間を過ごす多くの人であふれているのに対し、〈トレードウインズ〉はまったく違うことだった。その大きさにもかかわらず、五、六人の小グループが点在するだけで、そのせいでより惨めに見えた。年配の男性ばかりで、みんなビールを飲み、盛大に煙草を吸っていた。

マッコイはバーに近づくと、コーラとビールを注文した。コーラをいっきに飲み干すと、グラスをバーテンダーに返した。

「よっぽど喉が渇いていたんですね」とバーテンダーが言った。

「ああ」とマッコイは答えた。「外はまだうだるような暑さだ」彼はビールをひと口飲んだ。「ウリー・マーチを知ってるか？」

バーテンダーがうなずき、窓際にひとりで坐っている老人を指さした。この暑さのなかでも、ハンチングをかぶり、カーディガンを着ていた。そしてこの距離からでも、ビールジョッキを口に運ぶ手が震えているのが見えた。

「ウィスキーをダブルでくれ」マッコイはバーテンダーに言った。「彼はどんな種類の酒を飲むんだ？」

バーテンダーは鼻を鳴らした。「細かいことにはこだわらないさ。ちょうど酒がなくなったところだ」彼は〈ベル〉を酒量分配器で二回分グラスに注ぐと、マッコイに差し出した。「それをやってくれ。自分のが来たと思うはずだ」

マッコイはそれを受け取ると、テーブルに向かった。ウリー・マーチの後ろの一枚ガラスの大きな窓からは、新聞販売店、精肉店、駐車中の〈ビバ〉、そしてバス停で待つ人々の列が見えた。そこはカウズ（ヨーロッパ王室のリゾート地として知られる英国ワイト島にある港町）ではなかった。

「ミスター・マーチ？　署に電話をしてきて、おれと話しませんでしたか？　マッコイ刑事です」

ウリー・マーチの小さなしょぼしょぼとした眼がマッコイを捉えた。それからマッコイが持っているウィスキーのグラスを見た。

マッコイは差し出した。「どうぞ」と彼は言った。「坐ってもいいですか？」

マーチはうなずいた。震える手をウィスキーに伸ばし、飲み干した。すぐに安堵の表情を浮かべた。

「このたびはご愁傷さまでした」とマッコイは言った。「まだ若かったのに。ショックだったでしょう」

マーチはうなずいた。ウィスキーの気晴らしがうまくいったのか、彼はマッコイをしっかりと見ていた。マッコイも見つめ返した。マーチはおそらく五十歳くらいのようだったが、長年の酒のせいで頬と鼻のあたりが内出血したように赤らみ、充血して涙ぐんだ眼をしていた。両手が震えていた。スーツのズボンはてかてかで、カーディガンの下の白のナイロンシャツは襟が黄ばんでいた。

「ああ。あんたが息子を担当した警官か？」と彼は尋ねた。

「そうです」とマッコイは答えた。

「あいつのバッグは？　あんたが持ってるのか？」とマーチは言った。

マッコイはぽかんとした。「バッグとは？」

マーチは顔をしわくちゃにした。心から落胆しているようだった。

「すみません、思い出の品か何かでしたか？」とマッコイは訊いた。「そのなかに何かあったとか？　写真とか？」

落胆の表情は一瞬で怒りに変わった。マーチはことばを吐き出すように言った。「やっぱりな。どこかのクソ野郎が盗んだんだ。クソ思ってたとおりだ」

彼はマッコイを見た。怒りは憤怒《ふんぬ》に変わっていた。ニコチンで汚れた指で指さした。

「おまえか？　おまえが盗んだんだな、そうだろ？」

「おれが？」とマッコイは言った。「まさか！　おれは警官だぞ」

「だからなんだって言うんだ、あ？」とマーチは言った。「腐った警官は山ほど知ってるぞ」

「たしかに」とマッコイは言った。「その点をあんたと議論するつもりはないが、おれは違うし、息子さんの部屋にバッグはなかった。あれば見ていたはずだ」

マーチは拳《こぶし》を握りしめており、顔も赤くなっていた。「だれかが持っていったってわけだ。それはおれのものだ。返してもらえるんだろうな、あ？」

マッコイはうなずいた。酒がウリー・マーチにいったいどれほどのダメージを与えたのかについて疑問に思い始めていた。

「どんな種類のバッグでしたか？」話を元に戻そうとして尋ねた。

マーチはあきれたように頭を振った。「くそヒッピーみたいなやつだ。布製で、長いストラップがあって肩から掛けるような。ギリシャで手に入れた。薄茶色だ。もう何年も持っていて、どこに行くときも手放さなかった」

「何が入ってたんですか？」マッコイは訊いた。

マーチの顔がぱっと明るくなった。「金《かね》だ。金が入ってたはずだ。息子は成功した。金を持っていたはずだ」

彼はマッコイを見ていた。ぞっとするような笑みを浮かべている。「その金は今はおれのものだ。そうだろ？　おれが近親者なんだからな」

マッコイはうなずいた。ベッドに死んで横たわっていたボビー・マーチのことを考えた。父親が彼の様子がどうだったかについて何も訊こうとしないことを考えた。父親の考えていることは、くそバッグのことと、もっと酒を飲むための金を手に入れたいということだけだった。そのバッグの中身は父親が想像しているような札束ではなく、ドラッグや煙草だった可能性のほうが高かった。

「ここにはまだ彼の友人はいるんですか？」マッコイは訊いた。「ガールフレンドとか？　だれかと会っていたとか？」

マーチは首を振ると、空《から》のウィスキーグラスを見た。その手には乗らない。今はまだ。

「いや。おれにも会いに来さえしなかった。グラスゴーが嫌いだった。さっさと抜け出したがっていた。十七歳のときにロンドンに行って、あるバンドに加わった。まだ若かったから、おれがレコーディングの契約書にサインしなければならなかった。できるなら二度とグラスゴーには戻ってきたくはなかっただろう。大嫌いだったんだ」

彼は心ここにあらずといった感じで、通りの向こうのバス停に並んでいる人々の列を見つめていた。はっとわれに返ったようにマッコイを見た。「バッグを盗んだやつを捕まえてくれるか？　犯罪だろ。そいつを盗んで、おれの金も盗んでいきやがった。もう何年も働いていないんだ。それが必要なんだ。おれには権利がある」

マッコイは両手を上げた。「何ができるか考えてみます。それでいいですか？」

マーチはうなずいた。震える手で煙草の入った缶から作ってあった手巻き煙草を取り出した。

「どうしてそんなにグラスゴーを嫌っていたんですか？」とマッコイは訊いた。

マーチは頭を振った。「わからない。故郷なのに」そう言うと、何かに気づいたようにマッコイを見た。「だれか新聞記者を知ってるか？　連中ならおれの話に金を払ってくれるかもしれない、違うか？　ボビーのことなら連中の知りたいことをなんでも話せる。小さい頃の写真もある。ゴールドレコードも。どのくらいの価値があると思う?」

マッコイは首を振った。「おれは警官です。新聞やゴールドレコードのことはわかりません」

マーチは空のウィスキーグラスを見た。今にも泣きそうな顔をしてみせた。「ああ、なんて可哀そうな子だ」カーディガンのポケットから汚れたハンカチを出して、鼻をかんだ。マーチが大げさに演技していることはわかっていた。気がつかないふりをしていたが、最後には折れた。結局のところ、彼の息子は死んだのだ。ウィスキーのお代わりを買うと渡した。何かわかったら連絡すると言ってその場をあとにした。

9

マッコイは地方裁判所の階段に腰を下ろし、煙草に火をつけた。通りの向かい側のグラスゴー・グリーン・ガーデンは芝生の上で日光浴をする人たちでいっぱいだった。公園のどこか遠くのほうでは、アイスクリーム・ヴァンのチリンチリンと鳴る音がしていた。遺体安置所は背の低い、大きな箱のような建物で、裁判所の隣にあったが、マッコイはなかに入ろうとしなかった。できるなら入りたくなかった。フィリス・ギルロイは彼のことをよく知っているので、ここで彼を見つけてくれるだろう。血や死臭、それがなんであれ水がシンクに流す何かから離れたところで。ただこの階段に坐って、陽光を愉しみながら、ギルロイが出てくるのを待つつもりだった。

ジャケットを脱ぎ、靴紐がほどけかけているのに気づいて、かがんで結びなおした。顔を上げると、少年が立っていた。ホテルの外にいた少年だった。顔のキラキラしたラメには、涙が頬を伝った線がくっきりとついていた。唇を震わせている。

「大丈夫か、坊主？」マッコイは訊いた。

「彼は死んだんですね。そうなんでしょ？」少年が訊いた。

マッコイはうなずいた。

少年の眼に涙が浮かび、頬を伝った。彼はマッコイの隣に坐ると泣きだし、鼻水をすすりながら、声を詰まらせてすすり泣いた。マッコイは少し驚き、どうしたらいいかわからなかった。悲嘆に暮れる十六歳の少年の隣にいるなんてめったにあることではない。手を伸ばして、少年の背中を軽く叩いた。薄手の綿のシャツが汗で濡れていた。少年が自分で飾り付けた〈ウールワース〉のタンクトップだった。

「さあ、坊主、しっかりするんだ。悲しいことだが、起きたことは起きたことだ、そうだろ?」

何度か鼻をすすり、眼を拭うと、少年は背筋を伸ばした。タンクトップにフェルトペンで書かれた〝ボビー・マーチ〟の文字が汗と涙でにじんでいた。少年はそれに眼をやった。

「父さんが本物は捨ててしまったんだ。だから自分で作った。ひどい出来だろ。わかってるんだ」

マッコイはそんなことはないと言おうとしたが、説得力があるように言える自信がなかった。

「どうしてお父さんは捨ててしまったんだい?」

「ぼくのことをゲイだと思ってるんだ」と少年は言った。「女の子みたいなTシャツを着るって言って」

彼は鼻水を拭い、石段になすりつけた。

「レコードも割られた。そして、今度は彼が死んでしまった」

唇が震え、今にもまた泣きだしそうだった。マッコイはすばやく考えると、ポケットを探り、ピックを取り出した。片面に小さくボビー・マーチのロゴがあった。裏側にはレスポールのロゴがある。それを少年に差し出した。

「さあ」と彼は言った。「あげる。だれにも言うなよ。彼が使ってたものだ」

少年はマッコイを見つめた。その眼は大きく見開いていた。

「さあ、受け取れ」とマッコイは言った。

少年は手を伸ばしてそれを受け取った。聖職者が聖遺物を見るようにそれを見ていた。そして慎重にポケットに入れた。

「元気になったか、あ？」

少年はうなずき、マッコイに微笑んだ。

「今までもらったもののなかでも最高のものです。ありがとう、ミスター」

「遺体安置所はひどいところだ」マッコイは言った。「こんなところにいても意味はない」

「彼のいるところの近くにいたいだけなんです」と彼は言った。痛々しいほどの誠実さだった。

マッコイには言ってやれることはなかった。少年が特に害を及ぼしているわけではない。

「昨晩のコンサートには行ったのか？」彼は少年に訊いた。

首を振った。「若すぎるから、入れてもらえなかった」

マッコイは彼を見た。涙でにじんだラメ、フェルトペンで書いたタンクトップ、彼には短すぎる制服のズボン。

「家に帰ったらきみのお父さんはなんて言うかな？」マッコイは訊いた。

「何も言わない」少年は静かに言った。「死ぬほど殴るだけだよ。いつものように」

その少年の何かが、マッコイに同じ年齢だった頃の自分を思い出させたが、それがなんなのかはわからなかった。たぶん人生はつらく、彼のような人間にとってはこれからもずっとつらいままだという悟りなのかもしれない。マッコイはポケットを探って、小銭を探した。五ポンド紙幣を取り出した。くそっ。

「これを持っていけ」彼はそう言うと、金を差し出した。「レンフィールド・ストリートの〈リスン〉に行ってちゃんとしたTシャツを買うんだ。それからトイレに行って、ラメを洗い流せ。残った金で《サンデー・モーニング・シンフォニー》をもう一枚買うんだ。ベッドの下に隠しておけ。今日の晩、一番されたくないのはお父さんに革のベルトでぶたれることだろ」

少年は紙幣を受け取った。驚いているようだった。「ありがとう、ほんとうにありがとう」

「ひとりのファンからもうひとりのファンへの贈り物だ、な？」マッコイは言った。

少年はうなずき、それからマッコイに抱きついた。また泣きだした。マッコイはなんとか彼を引き剝がすと、売り切れになる前に〈リスン〉に行くようにと言った。少年はアーガイル・ストリートのほうに走っていった。

マッコイは彼が去っていくのを見送った。今日の善行は終わりだ。腕時計を見た。三時。避けられない瞬間はまだ訪れていないのだろうか。ラックヒル・パークか、運河のそばを犬を散歩させていた女性が、茂みから小さな足が突き出ているのを発見し、うろたえて電話をしてくる。そのあとはどうなるだろう？　報道合戦がさらに激しくなり、むごたらしい詳細や、悲しみに暮れる両親の写真が新聞に載るのだろう。そしてピット・ストリート（グラスゴー市警本部があった通り）からの圧力もさらに激しくなるだろう。

「何を考えているのかしら」とギルロイが言い、彼の隣の石段に坐った。「心ここにあらずといった感じだったわよ」

「すみません」とマッコイは言った。「ちょっと考えごとをしていました」

彼女はマッコイを見た。「頬にキラキラしたものがついているみたい」

マッコイは顔をこすった。「どこから来たんでしょう。取れましたか？」

ギルロイはうなずいた。ふたりはしばらく坐ったまま公園を眺めていた。子供たちが走りまわったり、アイスクリームの行列に並んだり、母親や父親と遊んだりしていた。アリス・ケリーがもう二度とできないことをしていた。

「あまり聞きたくはないんだけど、何かニュースはあった？」

マッコイは首を振った。「おれが聞いているかぎりではありません。父親への事情聴取が難航しているようだ」

「望みを持っていましょう」とギルロイは言った。彼女は淡い黄色のファイルを持ち上げた。「この件ね。ロバート・トムソン・マーチ。一九四六年四月十二日生まれ。一九七三年七月十三日死亡。写真は見たくないのよね？」

「ご明答」とマッコイは言った。「で、どうなんです？　何かあるんですか？」

「かもしれない」とギルロイは言った。「もしかしたら」

「ほんとうに？」マッコイは驚いた。

「死因はヘロインの過剰摂取。血中にはコカインとマンドラックスの痕跡も微量ながらあった」

「なんでもやってたんだな」マッコイは言った。

「ふたつについては死因には影響しないほど微量だった。けど……」

「けど？　愉しんでるみたいですね、違いますか？」

ギルロイは微笑んだ。「検視官の毎日は退屈で孤独なものなのよ。なんとか明るくする必要があるの。興味深いことがふたつあった」と彼女は言った。「血中のヘロインの数値が異常に高かった。通常の強さや量などから見ると、確認できるかぎりでは三倍の量だった」

「過剰摂取が故意によるものだと？」とマッコイは訊いた。「まあ、たしかにおれが彼の最新のアルバムを作っているとしたら、自殺していたかもしれないな」

「それもひとつの選択肢ね」とギルロイは言った。「もうひとつの説は、うちの研究室の技師曰《いわ》く、ホットショットとして知られているものよ。第三者による意図的な過剰摂取」

「あそこにはほかの人物はいなかったはずだ」とマッコイは言った。「マーチだけだ」

「そうなるともうひとつ興味深いことがある。その考えは検討しなおさなければならないかもしれない」ギルロイはそう言うと微笑んだ。「ミスター・マーチは右利きだった。アルバムのジャケットで見た」彼女はギターを弾くまねをした。「つまり彼は左ひじのあたりに注射をすることになる」

マッコイにもわかった。「くそっ、そのとおりだ。注射器は右腕に刺さっていた」

「ご名答。右手で自分の右腕に注射するのは身体構造上不可能よ。おそらくだれか別の人物がやったんでしょう」

「殺されたということか？」マッコイは訊いた。

ギルロイは首を振った。「そうとはかぎらない。友人が注射をして、量を間違えたのかもしれない。何が起きたのか気づいて逃げたのかもしれない」

「何か証拠は――」

「注射器に指紋とか？」彼女はニヤリと笑った。

「先まわりするんだな」とマッコイは言った。「あいかわらず」

「部分指紋があった。ふたつ。マーチ自身のと、別人のもの。残念ながら、該当する人物はファイルにはなかった。ヘスターにざっと調べてもらったわ。けど女性の指紋の可能性が高い。TRCは百十六だった」

「TRC？」とマッコイは訊いた。

「ごめんなさい。総隆線数《トータル・リッジ・カウント》よ。男性の平均は百四十五よ」

「で、それが意味するのは？」とマッコイは訊いた。

ギルロイは立ち上がり、パンツの埃を払った。「あっという間に終わったから、午後は休みにさせてもらうわ。それが何を意味するかはまったくわからない」

彼女は去ろうとして振り返った。「ああ、忘れてた。ミラが、あなたが言っていた写真撮影の力になってくれる人のことを訊いてきたわ。リアムだったかしら？」

マッコイは顔が赤くなるのを感じた。飲み物を持って立ち尽くしている自分の姿が一瞬頭に浮かんだ。ミラがギルロイの家に滞在していることを忘れていた。

「今週末に彼と話します」と言った。「手はずを整えます」あわてて話題を変えた。「とところで、マーチの部屋にいたときにバッグを見なかったですか？　布製のヒッピーが持つようなやつ」

ギルロイは首を振った。「わたしの覚えているかぎりではなかった。どうして？」

「父親から訊かれたんです。持ってたはずだと思っているようなんだ」

ギルロイは手を振り、遺体安置所の影のなかに戻っていった。マッコイは見送りながら、彼女の言ったことを考えていた。ボビー・マーチの過剰摂取事件は複雑になってきた。望んでいないことだった。

立ち上がった。もうひとつ、望んでおらず、取りかからなければならないことを考えた。ローラ・くそ・マレーを見つけることだ。

10

ロールパン屋のジーンによると、ローラ・マレーはタクシーの運転手に児童公園の近くで降ろすように言ったという。そして今マッコイは、クイーン・マーガレット・ドライブとホットスパー・ストリートの交差点に立っていた。夕方の陽光のなか、まだ子供たちが外で遊んでいて、ブランコを頭上の鉄の棒の近くまで上げようとしたり、回転遊具に必死でしがみついたりしていた。母親や父親はベンチに坐って見守っていた。なんだかんだ言っても、それも仕方のないことだ。アリス・ケリーを連れ去った犯人はまだ捕まっていないのだ。

ホットスパー・ストリートを歩いていくと、子供たちの声もしだいに静かになっていった。今、彼がすべきことはそれがどの建物だったかを思い出すことだった。そして笑った。四五番地の建物を選び、階段を上がり始めた。暑さのせいで、各部屋の玄関の前に置かれたごみ袋の中身――それがなんであれ――が、階段全体に腐った食べ物のにおいを放《はな》っていた。最上階にたどり着くとドアをノックした。だれか――不満を持った客に違いない――が〝アイリスはクソ女だ〟とドアに彫っていた。

ドアが開くと、アイリス・マクリーンが立っていた。彼を見てあまりうれしそうには見えなかった。マッコイを上から下までじろじろと見た。

「これはこれは、ハリー・くそったれ・マッコイ。いったいなんの用だい?」と彼女は言った。

今夜ばかりは、アイリスはいつものグラスゴーのジョーン・クロフォード（アメリカの映画女優）を気取ったいでたちではなかった。休みなのだろう。いつも着ている仕立てのよいスーツの代わりに、ゆったりとしたドレスの上に花柄のエプロンドレスを着ていた。髪はネットでまとめ、いつものハイヒールではなくスリッパを履いていた。

「クーパーはいないよ」そう言うとドアを閉めようとした。

マッコイは足をドアに挟んで止めた。「クーパーに会いに来たんじゃない。アイリス、あんたに会いに来たんだ」

彼女はもっとうれしくなさそうな顔をし、ドアを引き開けた。

「じゃあ、入んな」

もぐりの酒場が混みだすにはまだ早い時間帯だった。街のパブがまだ開いていて、アイリスの割高な酒を買う必要はまだなかった。リビングルームにも人はおらず、部屋の隅のレコードプレイヤーもこのときばかりは静かだった。昼の光のなか、それも素面《しらふ》でこの場所を見るのは奇妙な感じだった。いつもなら、ここにいるときは外は暗く、酔っぱらっていたからだ。背もたれにカバーのかかった三つひと組のソファが置かれ、壁際にはダイニング・チェアがいくつか並んでいて、ごく普通のリビングルームのようだった。暖炉の上には緑色の女性の絵があり、ソファの上にはローモンド湖の景色を描いた絵があった。この部屋の本来の目的を示しているのは、テーブルの上に並べられた十かそこらの灰皿と、二十かそこらのビールジョッキだけだった。

「厨房《ちゅうぼう》に来な。たな卸しをしているところだから」そう言うとリビングルームを通り過ぎていった。

厨房はまさにアイリスの領土だった。客はもちろんのこと、彼女の許しがなければだれもここには入ることはできなかった。普段ならクーパーの手下のひとりが戸口に椅子を置いて坐り、だれも領土を侵さないよう見張っているのだが、今日はさすがにまだ早すぎた。いつもなら九時頃にやって来るはずだ。マッコイが前回ここに来たときにはジャンボが代役を務めていた。いつもの男がキャランティーン出身の男と口論になり、スタンレーナイフで刺されたのだった。

ビールやウィスキーの木箱があちこちに積まれていて、身動きできるスペースはほとんどなかった。天井のプーリー（滑車で吊るされた物干しラック）にはベッドシーツとタオルが掛けられていた。このもぐりの酒場が提供するもうひとつのサービスの手がかりだった。ビールの木箱ででき た不安定な壁の向こう側に折りたたみ式のベッドが隠されており、その脇の引出しの上には額縁に入った少女の絵が置かれ、壁にはイエスの聖心の絵が飾られていた。血を流し、悲しんでいた。哀れなイエスがもぐりの酒場での行状を見なければならないのなら、相当の理由があるに違いない。

アイリスはベッドに坐り、マッコイは〈レッドハックル〉――アイリスが客に出す唯一の安酒——の木箱の山に腰かけた。

アイリスは煙草に火をつけると、小さな手鏡で化粧を始めた。

「仕事はどうなんだ？」マッコイは愛想よく尋ねた。

アイリスは肩をすくめた。「問題《しろ》ない。まあまあってところね」話しながら、唇に真っ赤な口紅を塗った。「人は飲み代はなんとか捻出するものよ。たとえそれが家賃からだろうが、乳飲《ちの》み子のミルク代だろうがね」

彼女は鏡越しにマッコイを見た。愉しんでいるようだった。「そのためにここに来たのかい、マッコイ？　あたしの将来の展望についておしゃべりしに」

マッコイはローラ・マレーの写真を財布から取り出して渡した。アイリスはほとんど見もせずに返した。

「ローラ・マレー。このへんのどこかにいる。だがこんなところにいるべきじゃない。両親は家に帰ってきてほしがっている。まだ十五歳なんだ」

アイリスは心を動かされたようには見えなかった。「別にたいしたことじゃないだろ？　あたしが家を出たのは十三歳のときだったよ」

マッコイは狭苦しい厨房を見まわした。天井の湿った跡、かつてはきれいだった壁紙、汚れた窓。

「それがあんたにとって最良の決断だったかどうかはわからないだろ、違うか？」と彼は言った。すぐに言わなければよかったと思った。滑稽に聞こえるように言ったつもりだったが、ただ残酷に聞こえただけだった。

アイリスの顔がこわばった。「くたばんな、マッコイ。毎晩、母親が寝静まったあとに、父親が寝室のドアをノックしてくるような家で過ごしてみたら、いったいどう思うかね？」

マッコイは写真を掲げた。「この少女のことを知る必要があるんだ、アイリス」

「で、どうしてあたしがその娘《こ》のことを知ってると言うんだい？」彼女は訊いた。

「あんたはこのあたりで起きていることはなんでも知ってるからだ」とマッコイは言った。「それに彼女はドニー・マクレーのガールフレンドだ。あいつは何度かこのあたりをうろついていたはずだ」

「あの死んだやつのことかい？」と彼女は言った。「残念ね。いい客だったのに」

「言いたいことはわかるだろ？」とマッコイは言った。「あんたはなんでも知っている。だからホットスパー・ストリートをうろつきまわっている若い上流階級育ちの女の子についても知ってるんじゃないか？　時間がないんだ、アイリス。おれのことを役立たずのろくでなしだと思ってるのはわかるが、それでもおれは警官だ。だから答えてくれ」

アイリスはさげすんだまなざしで、なんとかマッコイを上から下まで見た。まるで苦行であるかのように。

「警官だって？　冗談はやめとくれ。あたしにとっちゃあんたは警官なんかじゃない。あんたは酒を求めて土曜の深夜一時にドアを叩く、ただの酔っぱらいのひとりだよ」

まぶたに青いストライプを描きながら、さらに毒を吐いた。「あの女の子はもう見つかったのかい？」彼の答えを待たなかった。「まだなんだろ。あんたらはみんな、クソの役にも立たないんだね。あの子が死んでるかもしれないっていうのに、あんたはこんなところで十代の女の子のことをあたしに訊いている。恥を知りな。さっさと出ていって――」

「アイリス、お願いだ。力になってくれたら――」

彼女は化粧に戻った。「ドニー・マクレーはよく彼女をここに連れてきて、自分のお上品な小鳥ちゃんをまわりに見せびらかしてたよ。あの娘《こ》は自分がアル・カポネと飲んでると思っていた。ばかみたいに滑稽なふたりだったよ」

「彼女はどこに泊まってるんだ？」マッコイは訊いた。

アイリスは肩をすくめた。「知らないね。けど、このあたりにいるとしたら、見つけられると思うよ」そう言うと、期待するかのように眉を上げた。

マッコイは財布から五ポンド紙幣を取り出し、頭を振った。「あいかわらず金に汚いな。

見つけたら彼女に伝言をしてくれ、アイリス。明日の夕方四時に〈ゴールデン・エッグ〉で会いたいと伝えてほしい。もし彼女が来なかったら、仕返しに朝の九時半に大きな制服警官ふたりがドアを叩いて、酒類販売免許を見せろと言うからな。わかったか？」

彼女はうなずくと、怒りのまなざしをマッコイに向けながら、五ポンド紙幣をベッドの下に押し込んだ。「あいかわらずやなやつだね、マッコイ。いつかトラブルに巻き込まれないように注意したほうがいいよ」

「ご忠告ありがとう、アイリス。肝に銘じておくよ」そう言うと立ち上がった。「クーパーに会ってるか？」

彼女は笑った。「冗談だろ？　もう何週間もだれも会っていない。今はビリー・ウィアーしか相手にしてない」

マッコイは驚いた。「ビリー？　何があった？　じゃあ、クーパーはどこかに行ってしまったのか？」マッコイは訊いた。

アイリスは化粧ブラシを置くと、ニヤニヤと笑った。勝ち誇ったような表情だった。

「おやおや、じゃあ、あんたもなんでも知ってるってわけじゃなかったんだね、お利口さん？　親友のあんたがねえ。彼を訪ねて、自分の眼でたしかめるんだね」

彼女は立ち上がった。「さあ、行った行った。たな卸しを終わらせなきゃならないんだ」

11

タクシーはヒルヘッド・ストリートの突き当たりの階段のそばで停まった。マッコイは金を払って降りると、道路を渡って、ハミルトン・パーク・アベニューに入り、道に沿って番地を数え始めた。二一番地で止まり、建物を見上げた。小さく口笛を吹いた。クーパーはマッコイの考えていた以上に稼いでいるに違いない。その家はとても大きく、とても醜かった。庭があり、両側に木々が生い茂っていた。一階には大きな出窓があり、三階建てで、隣の公園にはケルヴィン川が流れていた。

信じられなかった。百万年経っても、クーパーが買うようなところには見えなかった。普通、彼のような男は、どんなに金をつかもうが、安全だと感じる場所である自分の故郷に留まるものだ。クーパーは銀行に山のような預金があったが、それでもスプリングバーンの公営住宅を根城にしていた。そのとき思い出した。あのアメリカ人のガールフレンドがまだいるのだろう。彼女がウエストエンドに住むように説得したのかもしれない。それをたしかめる方法はひとつしかなかった。マッコイは小道を歩き、ベルを押した。

しばらく待った。川の流れる音が聞こえた。やがてドアが開き、ビリー・ウィアーがデニムのシャツ、ジーンズに灰色のソックスという姿で立っていた。

「ハリー！　元気だったか？」彼は手を差し出して握手をした。満面の笑みを浮かべ、なぜかとてもうれしそうだった。

「なんだって？」とマッコイは訊いた。「冗談だろ？」

「訊かないでくれ」とビリーは言い、あきれたというように眼をぐるりとまわした。「エリーだ。ルールが厳しいんだ」

マッコイは頭を振り、靴を脱いだ。左右揃いの靴下を履いていてよかったと思った。ビリーのあとについて家のなかに入った。周囲を見まわし、自分が会いに来たのがスティーヴィー・クーパーだということを思い出そうとした。廊下は一方の壁から反対側の壁まで白いカーペットが敷かれ、足が埋まりそうなほど深かった。テーブルの上には白いユリが活けられた大きな花瓶がふたつ置かれ、その後ろに大きな銀の枠の鏡があった。壁は半分がダークウッドのパネル、半分がタータンチェックの壁紙だった。奥の壁にはジェームズ・キャグニーの古い映画の額入りポスター『汚れた顔の天使』があった。

マッコイはポスターを顎で示した。「なんともおもしろいじゃないか？」

「彼女がクーパーの誕生日に買ったんだ」とビリーは言った。「クソ高かったらしい。キッチンはこっちだ」そう言うと階段の先に消えていった。

キッチンはフィリス・ギルロイのそれと張り合うほどだった。巨大だった。壁に囲まれた庭に面したフランス窓まであった。真ん中に白い丸テーブルがあり、中央の茎《くき》状のものが支えていた。片方の壁にはオレンジ色のキッチンユニットが並び、もう片方には大きな赤い鉄のコンロのようなものがあった。床は古い敷石で、靴下の彼の足に心地よい冷たさだった。

ビリーがテーブルを手で示した。「坐ってくれ。缶ビールでも飲むか？」

マッコイはうなずいた。まだすべてを受け入れきれないでいた。

「靴のことはすまんな、頭がおかしくなりそうだよ」そう言うとビリーは冷蔵庫を開け、〈テネンツ〉の缶をふたつ取り出した。「ある日ジャンボが忘れて、彼女が怒り狂ったんだ」

彼は坐るとマッコイの前に缶を置き、庭のほうを顎で示した。「そういえば、外を見てみろ」

マッコイは立ち上がり、フレンチドアに向かった。庭の端のほうで、大きな体の男が鍬《くわ》を使って花壇の縁《ふち》の雑草を掘り出し、籐の籠に捨てていた。

「嘘だろ……」マッコイは言った。自分が見ているものが信じられなかった。「あれはジャンボか？」

「ああ、あいつだ」とビリーは言い、頭を振った。「ガーデニングに夢中になって、あそこから離れやしねえ」

マッコイは坐ると、缶ビールを開けた。ひと口飲むとビリーを見た。「ここで何が起きてるのか、教える気はあるのか？」と言った。「夢を見ているような気分だ」

ビリーはニヤッと笑った。「なかなかだろう、どうだ？　先週、完成したばかりなんだ。エリーと内装業者で何カ月もかけてやった。だが時間の無駄だったかもしれない。彼女とクーパーは大喧嘩をして、エリーは昨日、ニューヨークに帰っちまった」

「家のことを言ってるんじゃない」マッコイは言った。「アイリスによると、彼女は最近はクーパーじゃなくおまえとしか会ってないそうじゃないか。ほんとうなのか？」

ビリーはうなずくと、坐ったまま、居心地悪そうに体を動かした。

「で、クーパーはどうしてるんだ？　あいつと会うのはずいぶん久しぶりだ」

「まあ……」とビリーは言った。「あれやこれやだ」

「それじゃわからん。なんだ？」

ビリーは何も言わなかった。ただ、マッコイを見つめていた。

マッコイは苛立ってきた。「ビリー、いったい何が起きてるんだ？　あいつはどこだ？」

「階上《うえ》だ」とビリーは言った。

マッコイは立ち上がった。ビリーが腕をつかんだ。「ハリー……」

マッコイは振り払った。「どうしたんだ、ビリー？」

ビリーは頭を振った。テーブルに視線を落とした。

マッコイはビリーを残して、正面玄関と階段のほうに向かった。上りながら叫んだ。

「スティーヴィー？　いるのか？」

返事はない。階段を上りきるともう一度叫んだ。「スティーヴィー！　マッコイだ」

それでも何もない。廊下には四つか、五つのドアがあった。ひとつを押し開けた。部屋にはだれもおらず、むき出しの壁にはしごが掛けられ、床に壁紙のロールが転がっていた。

次のドアを開けてみた。

「スティーヴィー！」と叫んだ。

バスルームだった。アボカド色で統一され、蛇口のぶ厚い取っ手は透明だった。マッコイは不安になってきた。何かがおかしかった。隣のドアを押し開けた。

「スティ――」

入りかけたところで戸口で立ち止まった。スティーヴィー・クーパーを見下ろしていた。裸でベッドの上に手足を伸ばして横たわり、意識を失っていた。黒ずんだスプーンにゴムのチューブ、そして注射器が入った木製のシガーボックスがベッドカバーの上の彼の横に置いてあった。

マッコイは自分が眼にしているものが信じられなかった。信じたくなかった。背後に足音を聞き、肩越しにビリーを見た。

「いつからだ?」マッコイは訊いた。

「一カ月かそこらだ」とビリーは言った。

マッコイはクーパーから眼をそらすと、ビリーを見た。「なんてこった、ビリー。教えてくれればよかったのに」

「わかってる、わかってる」とビリーは言った。「そうしたかった。けど、そうしたら殺すって言われていた」

「大丈夫なのか?」マッコイは訊いた。

ビリーはうなずいた。「あい、大丈夫だ。クスリが抜け切れてないだけだ」

マッコイは近寄ると見下ろした。クーパーは変わっていた。すっかり。体重が落ち、筋肉は緩み、左腕には小さな刺し傷が点在し、肘の内側には大きなあざがあった。眼を閉じ、頭を後ろにやっていた。過去の戦いの傷痕は色あせて見え、死人のように白い肌に青白く浮かんで見えた。顎のブロンドの無精ひげが顎ひげになり始めていた。

眼をそらした。ほとんど泣きそうになった。クーパーの弱々しい姿を見るのは初めてだった。ふたりが子供だった頃から、クーパーは常に強く、タフで、だれにも、何にも屈しない存在だった。今は違った。ベッドに近づくと、クーパーの腕を揺すった。

「スティーヴィー、ハリーだ。聞こえるか？」

もう一度腕を揺すった。さっきよりも強く。反応はない。

「朝だ」とビリーは言った。「朝のほうがいい。そのときにもう一度会いに来てくれ」

マッコイはうなずいた。最悪だった。「このままじゃだめだ」彼は言った。

ビリーはうなずいた。「わかってる、わかってる」

その言い方が癇《かん》に障った。怒りの眼を向けた。「わかってんのか、ビリー？」

ビリーはどこか悲しそうな、それでいて後ろめたそうな表情をしていた。「わかってる、わかってる。最初は週に二、三回だったんだ。彼とエリーで。それが毎晩になった。彼女がやめさせようとしたんだが、あんたもスティーヴィーのことはわかってるだろう。だれも何も言えない。背中が痛いと言い続けていた。ヘロインだけが痛みを取ってくれた」

それで納得がいった。背中。ずっと大丈夫だと言っていた。マッコイは完治からほど遠いということはわかっていたが、ここまでひどいとは思わなかった。六カ月ほど前、彼はある男に剣で襲われていた。筋肉の軽い損傷だけだとクーパーは言っていた。実際には違っていたようだ。

マッコイはベッドの脇の小さな肘掛け椅子のひとつに坐って考えた。ビリーはしてはいけないことを見つかった子供のように、マッコイのまわりをうろうろしていた。

「ウィスキーを持ってきてくれるか？」とマッコイは言った。ただ彼を追いやりたかった。

ビリーはうなずくと急いで出ていった。することがあってうれしそうだった。

マッコイは椅子の背にもたれて考えようとした。クーパーから眼を離すわけにはいかなかった。彼はまったく違って見えた。うめき声をあげて、寝返りを打った。今度はマッコイにも背中の傷がはっきりと見えた。長さは六十センチ近く、幅も七センチから十センチあった。痛くない、大丈夫だ、と彼が言っていた傷。剣を持った狂人からマッコイを守ろうとして受けた傷。

マッコイはずっとクーパーを頼りにしてきた。彼は小さな頃からそばにいて、みんなを怖がらせ、マッコイを守ってきた。自分たちを脅《おびや》かすものの矢面《やおもて》に立ってきた。そして今、彼は子猫からも自分の身を守れないように見えた。

今度は自分の番だ。煙草に火をつけると、開け放たれた窓から入ってくるそよ風に揺れるカーテンを見ながら考えようとした。クーパーはノースサイドを乗っ取るために必死になって動いた。計画し、策略をめぐらし、戦った。そしてついに望むものを手に入れた。ビジネス、尊敬、そしてこの家から察するに金を——それも大金を——。なのに用心しなければ、それらすべてを失うかもしれなかった。このような状態が続けば、噂が広まるだろう。火を見るより明らかだった。そしてだれもが知るようになれば、クーパーは終わりだ。もしロニー・ネスミスやほかの連中が知り、弱みを嗅ぎつければ、すぐに襲ってくるだろう。

ノースサイドとはお別れ、クーパーともお別れだ。

ビリーがふたたび現われ、ウィスキーが半分ほど入ったタンブラーをマッコイに手渡した。マッコイは受け取るといっきに半分飲み干した。

「よし」とマッコイは言った。「じゃあこうしよう」ベッドを指さした。「まずそのくそシガーボックスをベッドから持ってきて捨てろ。本気だぞ」

ビリーは警戒するような表情をした。「怒り狂うぞ」

「あい、その心配は明日の朝にすることにしよう」とマッコイは言った。「ガールフレンドはもう帰ってこないということで間違いないんだな？」

ビリーはうなずいた。「そう思う。今回は本気のようだ。彼のことを用なしのジャンキーだと言って、空港行きのタクシーを呼んでいた」

「わかった。なら、明日アイリスをここに呼んでくれ。二、三週間ほどここに移ってくるように言うんだ」

ビリーは怯えたような表情をした。「冗談だろ。アイリスをここへ？」

マッコイは反論を受け付けなかった。「いいや本気だ、ビリー。冗談なんかじゃない。わかったか？」

ビリーはあきらめたように頭を振った。

「明日の朝一番でやってほしいことがある」マッコイは言った。

「なんだ？」とビリーが訊いた。当惑していた。「何をすればいい？」

「人々の気を引くことをする。確実にやる必要がある。そしてそれがクーパーのアイデアだとみんなに知らせるんだ。彼が今も何かを計画し、何かをしていると確実に知らしめる。何かを買ったり、だれかを使ったり……あいつがまだ責任者だと思わせるようなことをしてほしい」

ビリーはうなずいた。

「あいつが朝起きて、がたがた言うようなら、ドクター・パーディーに電話をして、何かで眠らせるんだ、いいな？」

「わかった」とビリーは言った。

「今のあいつの状態では、たいしたことはできないと思うが、それでもクーパーだ。パー

ディーが着いたら、ジャンボをここに連れてきたほうがいいかもしれない。あいつをあのクソ花壇から引き離すことができればの話だがな」

ビリーはもう一度うなずいた。微笑んだ。事態が変わりつつあることにほっとしているようだ。

マッコイは彼に近づくと、わざと顔を近づけた。ビリーの笑みが消えた。「ビリー、これが解決したら、ふたりで話し合おう。おまえはあいつをこんな状態にさせるべきじゃなかった。がっかりだ。わかってるか？」

「手に負えなかったんだ、ハリー。すべてあっという間に起きて。それにそうなったときのクーパーのことはわかってるだろう。聞く耳を持たないんだ」

「関係ない、ビリー。おまえはナンバー2なんだ。あいつの右腕のはずだろうが。あいつに眼を配ってなければならなかった。ナンバー2らしく振る舞え。さもないと先も短いことになるぞ。わかったか？　頼んだぞ」

マッコイはビリーを押しのけると、階段に向かった。

十分後、マッコイは〈ピューター・ポット〉の奥のテーブルに坐り、ウィスキーとビールを前にして、さっきまで見ていたことについて考えていた。クーパーはもうクーパーではなかった。マッコイの知っているクーパーではなかった。マッコイの知っているクーパーは派手な家で派手なガールフレンドと暮らし、くそヘロイン中毒になったりはしない。ビールをひと口飲んだ。何が起きているかをだれかに知られないよう、クーパーを回復させる時間を稼ぐ必要があった。すでに手遅れかもしれないというぞっとする感覚もあった。マッコイは知っていたし、ビリーも知っていた。ジャンボも。そしてアイリスも察していたようだった。明日にはドクター・パーディーも知ることになるだろう。ほかにあの家にだれがいたのかわからなかった。ビリーの一夜かぎりの恋人とか？　エリーの友達が混雑したバーで興味深い話を友人にしようと考えたかもしれない。グラスゴーは小さな街だし、クーパーに関する話は大きなニュースだ。もし話が漏れているとしたら、思っている以上に時間は短いだろう。

パブのドアが開き、少年が明日の『サンデーメール』を脇に抱えて入ってきた。マッコイは少年に手を振り、一部買った。開いて一面を見た。

だれかが何かを知っているはずだ！

新聞社はアリス・ケリーの別の写真をなんとか入手していた。クリスマス・クラッカーでできた紙の王冠をかぶって微笑み、クリスマスケーキを手に持っていた。もっと幼く見えた。より無邪気そうに。記事をざっと読んでみたが、目新しい情報は何もなかった。彼女が発見されるまでは、なんとかポットのお湯を沸かし続けようとしているだけのようだ。

マッコイは新聞を置き、ワッティーはどうしているだろうかと思った。本音を言えば、今はどうでもよかった。クーパーの様子にひどく打ちのめされていた。ある意味、自分自身を情けなく思い、クーパーにも申しわけないと思った。明日、ビリーがやる気になってくれることを願った。それで時間が稼げるだろう。今のマッコイにはパブのこの席に坐って酔っぱらうことしかできなかった。長い目で見ればなんの役にも立たないが、数時間だけでもいい気分にさせてくれるだろう。ときにはそれで充分なこともある。

十分後にレイバーンとトムソンがパブに入ってこなければ、あるいはそうなっていたかもしれなかった。クーパーとのごたごたのせいで、〈ピューター・ポット〉がレイバーンの地元だということを忘れていた。ただすぐに飲めればよく、ここが一番近かったのだ。

レイバーンはかすかにうなずいてみせ、バーカウンターに向かった。トムソンがやって来た。「よう、ハリー。ここで何をしてるんだ？」

マッコイは肩をすくめた。「ただの通りすがりだ。おまえこそ何をしてるんだ？」

「バイヤーズ・ロードの近くの大きなフラットに住んでいる性的異常者に会いに行ってたんだ。何かあるかと思ってな」

「どうだった？」とマッコイは訊いた。

トムソンは首を振った。「何も知らない、何も聞いてないそうだ。あいつなら知ってると思ったんだがな。怪しげな界隈《かいわい》をうろついてるんだ」

「そいつの言うことを信じてるのか？」マッコイは訊いた。

「あい。レイバーンはどうかわからんがな。手荒にやって、あいつを何度か殴った。が、何も得られなかった。結局、鼻血を出した中年の音楽教師が泣きじゃくっただけだ」

マッコイはビールをひと口飲んだ。「レイバーンは絶好調みたいだな。いつも偉そうにふんぞり返ってるのが好きなんだ」

ちょうどそのとき、ご本人登場とあいなった。手にはビールジョッキをふたつ持っていた。ひとつは自分に、もうひとつはトムソンに。聞こえたかどうかは微妙なタイミングだった。

マッコイは残りのビールを飲み干すと席を立った。レイバーンにうなずくと、「調子はどうだ？」と訊いた。

レイバーンは彼を見た。「順調だ。もうすぐだ。行くのか?」

マッコイはうなずいた。「一杯飲みに寄っただけだ」

レイバーンは坐ると煙草に火をつけた。「実はおまえにやってもらいたいことがある、マッコイ。アリス・ケリー事件で」

「なんだ?」とマッコイは訊いた。

「ダーティー・アリーを知ってるな?」

マッコイはうなずいた。

「明日、あいつの店に行って、最近、だれかがいかがわしい写真の現像を頼みに来なかったか訊いてくれ。女の子のだ。言ってる意味はわかるよな?」

「やってみよう」マッコイはそう言うとドアのほうに向かった。

レイバーンがトムソンに、「あいつにはこの程度の仕事がお似合いだ」というようなことを、マッコイに聞こえるような声で言っていた。そのまま歩き続けた。レイバーンを満足させるつもりはなかった。通りに出ると何度か息を吸った。レイバーンの天下が終わるのもすぐだ。ただ、マッコイがそれまで自分をコントロールできるかにかかっていた。

タクシーを停めると、〈ビクトリア・バー〉に行くように告げた。ほんとうにすぐにでも飲む必要があった。

一九六七年二月十一日

クロムウェル・ロード

ボビーはいつから床に横たわっていたのかわからなかった。いつからこのフラットにいたのかわからなかった。なにもかもまったくわからなかった。クスクスと笑った。たしかだったのは、イギーがすぐに戻ってくると言っていたことだけだった。ビクターに会いに行ったのだ。新しいＬＳＤ（幻覚剤。視界が歪んで見えたり、幻覚を見たりする）。液体。紙に浸したやつじゃなく。起きなければ。腹がへっているような気がしたが、よくわからなかった。最後に何かを食べたときのことが思い出せなかった。彼とダギーでカフェに行ったのはたしかだったが、いつだった？　昨日？　先週？　またクスクスと笑った。

視界はかなりまともになっていたが、隅のほうがぼんやりとして流れるようだった。窓枠に坐って日光浴をしている猫が見えた。どこか外からラジオの音が聞こえた。ドノヴァン（スコットランドのミュージシャン、作詞家、レコード・プロデューサー）。ボビーはその曲を演奏したことがあった。今ではほとんど数えきれないほど多くの曲を演奏していた。P・J・プロビー、ルル、ウォーカー・ブラザーズ。ストーンズのレコーディングにも参加した。どの曲だったかは覚えていない。マネージャーの電話は鳴りっぱなしだった。だれもがロンドンで最高のセッション・ギタリストを探していた。

彼は顔の前で手を振り、視界が流れていくのを見ていた。そしてイギーを待つために床に横になっていた。どこにもいたくなかった。シドをしばらく見かけていなかった。イギーといっしょに行ったのかもしれない。隣の部屋にいるのかもしれない。隣の部屋にいるなら彼のギターの音がするはずだ。彼がギターを置くことはない。猫が伸びをし、あくびをしてから飛び降り、キッチンのほうに向かっていった。ドノヴァンの演奏が終わり、プレスリーの《ハートブレイク・ホテル》が始まった。

床に横になったまま耳を傾けた。音楽が頭のなかを満たした。

曲が終わると、ドアが開く音がし、イギーとシドがニヤニヤしながら立っていた。イギーが茶色い小瓶を差し出した。

「手に入れた」と彼女は言った。

彼の横にひざまずくと、彼女は蓋《ふた》をねじって開け、スポイトを彼の左眼の上にかざした。

「準備はいい？」と彼女は訊いた。

うなずいた。

「じっとしていて」と彼女は言った。スポイトのゴムの部分を指で押すと、ガラス管の端にしずくができ、落ちて彼の眼に入った。

何度かまばたきをすると、眼が少し熱くなった。シドとイギーはしばし彼を見下ろしていた。何も起きていないようだった。そして……

「オー、ゴッド」と彼は言い、満面の笑みを浮かべた。「オー・マイ・ゴッド……」

一九七三年七月十五日

12

ベッドに入ったときにはまだ酔いが残っていたにもかかわらず、マッコイは眠ることができなかった。ベッドに横たわり、クスリで意識を失ってしまったクーパーを見るのはこたえた。足元で絨毯《じゅうたん》を引っ張られたような感覚だった。あれはクーパーがすべきことではない。クーパーはいつも同じであるべきだった。強く、自信にあふれ、恐ろしい存在でなければならない。注射器を横に置いて気を失って横たわっていてはいけないのだ。

結局、寝返りを打つことにもうんざりしてきて、五時半頃にラジオをつけ、ニュースが始まるのを待った。アリス・ケリーはまだ見つかっておらず、警察には捜索への協力を申し出るボランティアが押し寄せていた。マッコイにはわかっていた。彼らはよかれと思ってしているのだが、組織化された捜索において、ただ走りまわって、証拠を踏みつぶし、二十分経っても発見されないと、飽きて家に帰ってしまうような人々など必要なかった。

　着替えをすると、紅茶を淹《い》れ、丘のふもとのクレーンの背後から太陽が昇るのを眺めた。明るい青空を見るかぎり、今日も暑くなりそうだ。紅茶の残りを流しに捨てると、鍵と煙草を手に取って、ドアのほうに向かった。さっさと仕事に取りかかれ。

　ダーティー・アリーは、日曜日はいつもパディーズではなく、バラスに店を出していた。日曜日は彼にとっては合法的な日だった。違法な写真のセットや〈ブーツ・ザ・ケミスツ〉（英国のドラッグストア・チェーン）では現像できないような写真、ポルノ雑誌の古本などはなかった。日曜日は、カメラやレンズ、写真機材を売る、ただの親切な屋台のひとつだ。

　子供の頃、マッコイは父親とよくバラス・マーケットに来たものだった。叫び声と人ごみ、そしてポテトチップスを買ってもらえるかもしれないという期待は、思いつくかぎりでも彼にとって最高の日曜日の始まりだった。今となっては、人ごみをかき分けて進むことは一番やりたくないことだったが、レイバーンに揚げ足を取られないようにするには、面倒なことはさっさとやっておく必要があった。

　バラスは彼が覚えているかぎり、ずっとそこにあった。土曜日と日曜日の朝、雨の日も晴れの日も。イーストエンドにある大きな市場で、カーテンや絨毯から、肉用のトレイや古着の軍服まであらゆるものが売られていた。大きな倉庫のような建物のなかに並ぶ屋内の屋台と、通りに並ぶ屋外の屋台が半々だった。週末になると、グラスゴーの人口のほとんどが掘り出し物を求めて繰り出すのではないかと思わせるほどだった。

いつものとおりアイルランドのレベル・ソング（反体制的な歌）を大音量で流している〈スクウェレル・バー〉の前を通り過ぎると、スティーヴンソン・ストリートを進んだ。幸運なことに、暑さと休日の影響で人出はいつもよりちょっと少なかった。市場は今日は活気がなかった。暑すぎるのだ。屋台の店主は商品のそばに坐って、新聞紙で自分をあおいでいるか、日焼けをしようと顔を太陽に向けて坐っていた。

おなじみの口上売りのひとりの前を通り過ぎた。男はカーテンや寝具、ティーセットが積まれた屋台の後ろにある箱の上に立っていた。マッコイは我慢できず、しばし立ち止まって口上に耳を傾けた。子供の頃から大好きだったのだ。その男は上半身裸で、日に焼けた大きな腹をし、銀色の髪を後ろに流して、首には五つか六つほど金のチェーンをしていた。六十歳くらいだろうか。年齢を気にしているようには見えなかった。左手にティーセットを広げるようにして持ち、右手にはほうきの柄《え》のようなものを持っていた。集まった人々を見まわした。注目を集めていた。

静かに始めた。

「二十ポンドじゃないよ」

「十五ポンドでもない」

声が大きくなってきた。客たちが興奮してきた。

「十ポンドでもない」

さらに声が大きくなる。

「七ポンドって言ったら信じるかい？」と叫んだ。「信じない？　ああ、そりゃあよかった。嘘だからね。ほんとうは……さあ、心の準備はできたかい、お嬢さんたち」

客たちをもう一度見まわした。大きな笑みを浮かべる。チェーンが陽光に輝く。

「いいかい？」

突然、ほうきの柄を台に叩きつけ、大きな音をたててみんなを跳び上がらせた。

「このボーン・チャイナの高級ティーセットがなんと五ポンドだ！　ふたつしかないから、さっさと買っとくれ！」

客のなかのサクラが五ポンド札を差し出して「買う！」と叫んだ。そして、もちろんほかの何人かもその興奮に巻き込まれ、工場出荷時には不合格品とされた、箱入りの奇妙な花柄のティーセットを求めて五ポンド札を差し出した。あいもかわらずの光景だ。

マッコイは彼らをあとにして、薄暗い倉庫のひんやりとした空気のなかに入った。いつもの湿気と綿菓子、そしてポテトチップスのにおいがした。さまざまな屋台が並ぶ列を通り過ぎ、アリーの店へ向かった。彼の屋台は一番奥にあった。割れたビスケットを売っている屋台と、電気掃除機の部品や交換用紙パックを売っている屋台の隣の一等地だった。アリーはいじっていたカメラから顔を上げ、マッコイが来るのを見ると、煙草で汚れた小さな茶色い歯をあらわにして微笑んだ。

「ミスター・マッコイ、こんちは。休暇にカメラはいかがかな？〈ライカ〉を安くしとくよ。どうだ？いいカメラだよ、ライカは。あんたになら三十ポンドにしとくよ。どうだい？」

「遠慮しておこう」とマッコイは言った。「話がある」

アリーはため息をつくと、割れたビスケットを売っている男に十分で戻ると言い、マッコイのあとを追って、陽光のなかに出てきた。マッコイはアイスクリームのヴァンからコーンのアイスをふたつ買い、ペット用品の屋台の向かいの壁に沿って坐った。

アリーはアイスクリームを舐めた。「もう何年も食べてない」と言った。「美味いな」

マッコイはうなずいた。手のなかに溶け出さないうちに食べてしまおうとした。「行方不明になった少女のことを知ってるか？」と彼は言った。

アリーはうなずくと、警戒するような表情をした。「あい。メアリーヒルのだろ？」

マッコイはうなずいた。「最近、現像するために写真を持ち込んだやつはいないか？

不釣り合いなほど若い女の子の？」

　アリーはひどく憤慨したようにマッコイを見た。「待ってくれよ！　おれのことをどんなやつだと思ってるんだ？」と彼は言った。

「戯言《たわごと》はやめておけ、アリー」とマッコイは言うと、指についたアイスクリームを舐めた。「おれはあんたの逮捕記録を読んでる。あんたがどんな人間かはよく知っている。金のためならなんでもする男だってな。それにあの女の子の写真を現像するような仕事なら、かなりの額を請求できるってこともな」

　アリーは鼻を鳴らした。「ほんとうに知らないんだ」

「あい、ならおれは来年はセルティックでプレイするさ、なあ、アリー、これはオフレコだ。あんたが小さな暗室で何をしていようがどうでもいい。だれかが若い女の子に異常な関心を持っていないか知りたいだけだ。アリス・ケリーを見つけ出すためであって、あんたの副業については関係ない」

　アリーはアイスクリームを食べ終え、ズボンで手を拭いた。白状することにしたようだ。「ここのところはない。あんたがどう思ってるかは知らんが、ああいったのはそう頻繁にあるわけじゃない」と彼は言った。

　マッコイはうなずいた。特に疑う理由もなかった。立ち上がるとアイスクリームの残りを食べた。「もしあったら、連絡してくれるな」と言った。質問ではなく命令だった。

アリーはうなずいた。マッコイは去ろうとし、街のほうに戻ろうと歩き始めた。

「この前、別のものが入ってきたけどな」とアリーが言った。

マッコイは立ち止まり、振り向いた。アリーはニヤニヤと笑っていた。マッコイは戻ると、もう一度壁際に腰かけた。

「なんだ?」とマッコイは訊いた。

「知りたいか?」とアリーは言った。「高いぞ」

マッコイは彼を見た。何も言わなかった。アリーは緊張しだした。

「この天気が好きなやつもいる」とマッコイは言った。「元気が出るって言ってな。おれは違う。暑すぎて、汗をかいて、不機嫌になる。だから、アリー、なんのことを言ってるのか教えないなら、あんたの頭を蹴ってやる。ここでな。ペット用品の屋台の真ん前で」

アリーは舌打ちをした。「一見の価値はある。そんなに怒んなよ」

「アリー……」マッコイはうなった。

「あんたの友達の写真だ」とアリーは言った。「あんたの友達のとても興味深い写真がある」

「だれのことだ?」マッコイは訊いた。

「友達はひとりしかいないだろ。ほら、見てみろよ」

六枚あった。最初の三枚は知らないうちに撮られたようだった。寝室のドア越しに、クーパーが胸をあらわにしてベッドの上に坐っていた。最初の一枚では、腕にゴムのチューブが巻かれていた。二番目の写真では、ジッポーのライターをスプーンの下に当てていた。三枚目は自分で注射をしているところだった。残りの三枚はどれも似ていた。クーパーは間違いなく意識を失っているようだった。これらの写真をだれが撮ったにしろ、その人物は寝室まで入ってきていた。三枚とも、彼はベッドに仰向けになり、空《から》の注射器を手にして完全にイッていた。

マッコイはアリーの屋台の後ろの小さなスツールに坐った。気分が悪かった。息苦しかった。自分が防ごうとしていたことは、もう起きてしまっていた。だれかがクーパーの状況を利用しようとしていた。

「いいだろ、あ?」とアリーは言った。

「だれが持ってきた?」マッコイは訊いた。

「ガキだ。十二、三歳くらいの。フィルムと二十ポンドを渡して、現像してほしいと言った。二、三日で取りに来る。男から一ポンドもらったんだって言ってた」

「どんな男だ?」とマッコイは言った。

アリーは肩をすくめた。「聞いたのはそれだけだ。男だとだけ」

そう言うと写真を取り戻そうとした。マッコイは写真を離さなかった。

「これとネガを寄越せ」と彼は言った。

アリーは歯の隙間から空気を吸った。「それはできない、ミスター・マッコイ。あのガキが戻ってきたらなんと言えばいいんだ？」

マッコイは財布を取り出した。四十ポンドと小銭が入っていた。二十ポンド札を二枚、アリーに渡した。「どういうわけか光がカメラのなかに入ったせいで、フィルムには何も写ってなかったと言うんだ。いいな？　古い感光したフィルムを渡せばいい」

アリーは金を受け取ると、ポケットに押し込んだ。

「いいな？」マッコイは念を押した。

「あい、わかったよ、約束する」アリーはそう言うと、カウンターの後ろにあるトレイのひとつをひっくり返して探した。マッコイにネガの入ったグラシン紙の封筒を渡した。

「これでいいか？」

マッコイはそれを受け取ると、アリーに体を寄せた。「忘れるなよ、アリー、もしこれらのどれかが表に出たり、これらについておまえが何かしゃべったと聞いたら、おまえを破滅させてやる。思いつくかぎりの罪で逮捕して、おまえが写真を撮ったとみんなに思わせてやる。バーリニー刑務所はこの世の地獄になるぞ。わかったか？」

アリーはうなずいた。「なんてこった、落ち着いてくれよ、ミスター・マッコイ。取引成立だ。四十ポンド。これでチャラだ」

マッコイは写真とネガをポケットに入れて、倉庫の暗闇から暑さと陽光のなかに出た。問題は、彼はアリーのことをまったく信用していないということだった。彼が黙っている確率はせいぜい五分五分というところだろう。トロンゲート・ストリートに向かいながら、だれがなんのために撮ったのだろうかと考えた。ビリー？　エリー？　ジャンボではないだろう。あいつにそんな知恵はない。立ち止まった。信じられなかった。通りを渡った。ゴールドバーグ・デパートメントの壁に大きな赤い文字で書いてあった。

ボビー・マーチよ永遠に!!

マッコイは立ち止まってその落書きを見た。だれがやったのかは明らかだった。おそらくあの少年はマッコイが渡したＴシャツの金でスプレーを買ったのだろう。

13

マッコイは自分のデスクに坐り、ワッティーのファイルを眼の前にドサッと置いた。直感は、まずは写真を持ってクーパーのところに行くよう告げていたが、まだクーパーが理解できるほど充分に回復しているとは思えなかった。マッコイが命じてヘロインの箱を処分したことをクーパーが知ったときに、その場に居合わせたくなかった。ビリーとドクター・パーディーに任せることにしようと決めた。今回ぐらいはふたりに働いてもらおう。それに今、あそこに行けば、写真についてうっかりしゃべってしまいそうだった。まずはしっかりと考え、どうアプローチするかを考え出す必要があった。写真の件を頭の奥のほうに押しやるために、何か別のことを考える必要があった。だから事件ファイルだった。

煙草に火をつけ、最新のファイル――つい先週のものだ――を開いた。なんとサザン・ゼネラル病院での強盗事件だ。ライフルを持った覆面のふたり組の男が管理棟に押し入り、給料係――一見したところ中年の女性ふたり――を脅《おど》して、経理担当者に金庫を開けさせないと頭を撃ちぬくぞと言った。賢明にも経理担当者は言われたとおりにし、強盗は三万六千ポンドの給料を持ち去った。男たちは青の〈フォード・コルチナ〉に乗って逃げ去った。運転手も目出し帽をかぶっていた。〈コルチナ〉は盗難車で、ヒリントン地区の倉庫のそばに乗り捨てられていた。

「また会いましたね」

マッコイが顔を上げると、ウォーカー巡査がそこに立っていた。

「ここを出ることはあるのか？」と彼は尋ねた。

「いいえ」と彼女は言った。「机の下の新聞紙で作った巣で寝ています」

「マジかよ。忙しいのか？」と彼は訊いた。

「冗談でしょ？」彼女はそう答えると、だれもいない刑事部屋を見まわした。「マグカップを洗い始めたところですよ」

「よかった」とマッコイは言った。「〈ウッドサイド・イン〉に行って、レイバーンにダーティー・アリーの件は手詰まりだと伝えてきてくれ」

「電話をして伝えることもできますよ」と彼女は言った。「そのほうが早いですし」

「それでもいいが」とマッコイは言った。「この方法なら、きみがこのごみためから一時間ほど脱出して、太陽の光を浴びることができるだろ」

彼女は微笑んだ。暗唱した。「マッコイ刑事がダーティー・アリーの件は手詰まりだと言っていた、ですね？」

「そうだ。それでわかるはずだ」

マッコイは椅子の背にもたれると、彼女が帽子をかぶって出ていくのを見送った。送りだしたのは彼女のためであると同時に、自分のためでもあった。彼女の熱意は評価するが、これから一時間、何か仕事を頼まれることを熱望して彼の背中を見つめる視線を感じながら過ごすのはごめんだった。煙草の灰が一番上のファイルに落ちた。それを払うとファイルを開いた。落ち込んでいた。レイバーンは彼をやり込めたのだ。しっかりと。マッコイが武装強盗について知っていることは切手の裏に書けるほどわずかでしかなかった。

それからの四十五分で、三本の煙草とマグカップ一杯の紅茶を費やし、ほかの四つのファイルにも眼を通した。全部で五件の強盗事件だった。すべて同じシナリオだ。武装した男がふたりと運転手がひとり。あっという間に押し入り、去っていく。犯行はグラスゴー全域にわたっていた。タウンヘッドのロイヤルバンク、カーンタインの貯蓄銀行、バーマロックの工場の給与部門。

マッコイは一番いいものを最後に残しておいた。ウエストレイ・サーカスの郵便局だ。彼はウエストレイ・サーカスをよく知っていた。バスが市街に戻る前に折り返す、ミルトンにある商店街だった。たしか母親の友人が以前そこの郵便局で働いていたはずだ。ファイルに眼を通した。どうやら彼女はまだ働いているようだ。マージェリー・ロイスはワッティーから事情聴取を受けていた。ざっと眼を通して見たが、たいしたことは書かれていなかった。事件の基本的な概要だけだ。警備会社のヴァンが九時に現われて、現金を下ろした。ヴァンが去るとすぐに、ふたりの男が押し入った。マッコイは微笑んだ。マージェリーによれば、「ひとりはガキだった」そうだ。ふたりの女性を先端を切った散弾銃と拳銃で脅し、スポーツバッグふたつに現金を詰めさせ、二分か、三分で立ち去っていた。ページをめくった。予想どおり、その後、盗まれた〈フォード・コルセア〉が発見されていた。今度はホワイトヒルの線路脇に乗り捨てられていた。

強盗が現金が配達された数分後に現われたという事実は、彼らが、現金が毎週同じ時間に届けられることをたしかめるために、しばらく見張っていたということを意味していた。ファイルに戻った。ワッティーは女性たちに不審な人物がうろついていたことに気づかなかったか尋ねていた。見ていなかった。驚くことではなかった。郵便局はいつも忙しい。金を下ろしに来る年金受給者はみなおしゃべり好きだ。きっと彼ら彼女らのほとんどにとって、その週の唯一の会話なのだろう。腕時計を見た。そこに行って、だれあろうマージェリーに会い、彼女が覚えているかたしかめてみるのもいいだろう。それがベストな考えなのかどうかわからなかったが、正直なところ、ほかに思いつかなかった。それに〈ウッドサイド・イン〉はウエストレイ・サーカスからの帰り道にあった。

マッコイは覆面パトカーを準備してもらった。整備士のひとりであるエディーが署の前に車を停め、降りてきて彼にキーを渡した。

「悪いなハリー、クソみたいのしかなくて。みんな〈ウッドサイド・イン〉に出払ってるんだ」

マッコイは車に眼をやった。壊れかけの〈ビバ〉だ。すばらしい。

「大丈夫なはずだ」とエディーは言った。「何度かエンストするかもしれないが、そうなったらチョークを引っ張ればいい。窓は開けておいたけど、なかはまるでくそオーブンのようだ」

マッコイは乗り込んだ。エディーのことばは嘘ではなかった。車内は息苦しく、ゲロのにおいがした。最後に出動したとき、酔っぱらいが車内で吐いたのは間違いなかった。車を出そうとしたとき、受付デスク担当のビリー巡査部長と中年の男が出てくるのが見えた。ビリーがマッコイを指さし、男がうなずいた。男がだれなのかはすぐにわかった。見た目はマレーにそっくりだったが、十歳ほど若く、ゆうに五キロは痩せていた。マッコイはため息をつくとエンジンを切り、車から出た。

ジョン・マレーは不機嫌そうな様子でマッコイのほうに歩いてきた。マッコイが握手をしようと手を差し出したが、彼は手を握らなかった。

「おまえがわたしの娘を捜すことになっているのか？」と彼は訊いた。

マッコイはうなずいた。すでに手を引いていた。

「で、どうなっている？」と彼は訊いた。

「もうすぐです」とマッコイは言った。「うまくいけば今夜彼女と会えるかもしれません」

マレーの顔が曇った。「会うだと？」と彼は言った。「どうして会う必要がある？　家に帰せばいいんだ。さっさと家に帰らせるんだ。兄はそう言わなかったか？」

マッコイはポケットに手を入れて煙草を探すと、時間をかけて火をつけた。マッコイとしてはジョン・マレーのために便宜《べんぎ》をはかっているつもりだった。使い走りのガキのように脅されるのは気に入らなかった。

「あんたの兄さんからはいろいろ聞いてる」とマッコイは言った。「あんたは評議員かなんかだそうだな、ほんとうか？」

マレーはそのことばを正しく侮辱と受け取った。さらに友好的ではなくなった。「わたしの仕事がグラスゴー地区評議会の副議長だということを言っているのなら、そのとおり、ある種の評議員だ」

「優秀なのか？」マッコイはそう言うと、煙草の煙をマレーの方向に吐き出した。

マレーはマッコイを上から下までじろじろと見た。「それがおまえとどう関係があるのかわからんが、ああそうだ、わたしは非常に優秀だ」

「いいだろう」とマッコイは言った。「ならわかるはずだよな？　おれは警官で、クソがつくほど優秀だ。そしてその仕事をする代わりに、あんたとあんたの兄貴を助けるために勤務時間外に働いている。あんたが国会議員になるチャンスを台無しにするようなサプライズが新聞に載らないよう、あらゆる時間を費やしてるんだ」彼はことばを切ると、煙草を捨てて踏み消した。「だから犬の許可証の発行や、あんたが得意だと思っていることに戻りたいなら、おれに口出しするな。そうすりゃ、思っているよりも早く、あんたの娘は家に帰るだろう」

マッコイは車のドアを開けると、乗り込んでその場をあとにした。バックミラーを見た。マレーはバケツで冷水を浴びせられたかのように立ち尽くしていた。クソ野郎にはお似合いだ。

通りは静かだった。あまりにも静かでスチュワート・ストリートを離れても、遠くから教会の鐘の音が聞こえるほどだった。車の通りもなく、人もいない。どこかに出かけていってここにはいない人々も、すでにどこかの公園にいるか、裏庭でタオルを敷いた上に横たわって新聞の日曜版でも読んでいるのだろう。

彼は王立病院を通り過ぎて北上し、ミルトンに向かった。もしマージェリーに、彼女が住んでいるところをミルトンと呼ぶのを聞かれたら、大変なことになるだろう。彼女曰《いわ》く、彼女の住んでいるところはパークハウスで、みんなにもそう言っていた。パークハウスはミルトンのなかでも高級住宅地だった。もっとも〝高級〟の意味するところは、アッシュギル・ロードの反対側にあるということだけだった。それを除くと、マッコイにはその違いがよくわからなかった。見渡すかぎり同じようなフラットや家、同じように人のいない通り、同じ公営住宅が眼の前に広がっていた。

アトラス・ロードの信号で停まり、周囲を見た。隣の車の助手席の男が『シチズン』に頭を突っ込むようにして読んでいた。見出しにはこうあった。

アリス　グラスゴー史上最大の捜索

マッコイにとって、この事件はもう迷宮入りのように思えた。アリスは、行方不明になってから数時間以内に、彼女の知人によって殺されている可能性が高かった。母親にボーイフレンドがいたかを尋ねたか、ワッティーにたしかめようと心に書き留めた。見知らぬ人物に子供がさらわれるという考えが世間の人々を恐怖におとしいれ、新聞に人々を怯えさせる機会を与えるのだが、現実にはそのようなことはほとんど起こりえなかった。たいていは親戚や近所の人々、毎日お菓子をくれる店主などが犯人なのだ。信頼しているだれか。知り合いのだれか。

信号が変わり、走りだした。彼にできることはグラスゴーの市民と同じだった。ただ避けられない結果を待つだけだ。

ミルトンは陽光を愉しんでいた。子供たちは通りに出てきて、女の子は縄跳びを、男の子はボール遊びをし、大人たちは庭で椅子に坐っていた。アイスクリーム・ヴァンのチャイムが絶えず鳴り響き、あたりは休日ムード一色だった。マージェリーはクロウヒル・ストリートに住んでいた。通りに入ると、彼女の家のそばで車を止めた。隣人の庭には子供用のプールがあり、水着の下に大きなおむつをした幼児が水しぶきを上げるなか、両親はキッチンチェアに坐って、アイスキャンディーを食べていた。マッコイは小道を歩いて、マージェリーの家のドアをノックした。数秒後、花柄のドレスに帽子をかぶり、手には小さなスーツケースほどの大きさの艶やかなハンドバッグを持ったマージェリーが現われた。

「ハリー！」と彼女は言った。「ここで何をしてるの？　ちょうどミサに行くところだったの。行方不明の女の子のために徹夜で祈りを捧げるのよ」

「かまわないよ」とマッコイは言った。「送っていこう」

マージェリーは微笑んだ。外に出てドアを閉めると、ふたりで小道を歩きだした。マージェリーが隣の夫婦に手を振った。

「少なくともあのふたりも今日にかぎってはたがいに怒鳴り合うこともないでしょう」彼女は小声でマッコイに言った。

セント・オーガスティン教会まであと数百メートルというところで、マッコイはマージェリーの何が彼を苛立たせるのかを思い出した。決して黙らないのだ。決して。ずっとしゃべり続け、息を継ぐことさえしないかのようだった。マッコイは定期的にうなずき、彼女がぺらぺらと話し続けるに任せていた。写真のことを考えた。目的はなんなのだろう？ ネスミスのようなやつに見せるため？ クーパーがたやすい標的になったと説得するため？ マッコイはビリーのことはずっと信頼していたが、クーパーが麻薬に溺れるのを見たことで、チャンスだと思った彼がそうしたのかもしれないと思った。結局のところ、ビリーはクーパーのことをマッコイに知らせなかったではないか。だが、信じられなかった。ビリーは生まれながらのナンバー2だ。特権と地位は好んだが、矢面《やおもて》に立つ危険を冒すタイプではない。

彼は現実に戻った。マージェリーはますます絶好調だった。

「彼女が亡くなったとき――ああ、彼女の魂よ安らかに――、マーティン神父がわたしに言ったの。〝マージェリー、テレサが亡くなった今、きみが花の飾りつけを担当することをどう思うかね〟って。そこでわたしはやりたいって答えた。そのとき視界の片隅にメアリー・マコーネルが見えた。そのときの彼女の顔！　すごく怒っていた。まるでスズメバチを嚙んだみたいだった。我慢できなくなって思わず言ったの。選ばれて光栄です、神父さま。ほんとうに名誉ですって。わたしがそう言うと、メアリー・マコーネルは背を向けて去っていったわ。いつも履いている安物のヒールでタイルを叩きながらね。ばかな女。だから今こうしているのよ。二時間前に教会に行って、すべての花を用意するの。ハリー、この仕事はほんとうに愉しいわ。正直言って自信はなかったんだけど。メアリー・マコーネルの鼻を明かしてやれるのがうれしかったの。でも、今はとても気に入ってる。仕事にしようかと思っているくらいよ。結婚式とかの。お母さんの具合はどう？」

答える隙を与えず、また話し始めた。

「先日、会いに行ったのよ。少し明るくなっていた。庭に坐って、顔色もよくなってきたみたい。あのひどい場所の唯一いいところね。あの庭は。だれが世話をしているかわからないけど、きれいに保たれている。まるで――」

マッコイは歩みを止めた。マージェリーも立ち止まり、マッコイを見た。また話し始めようとしたので、マッコイはあわてて口を挟んだ。

「今日は警官として来たんだ、マージェリー。強盗事件のことで話が聞きたい」

まるで風船の空気が抜けたようだった。突然、怯えた弱々しい老女になった。

マッコイはベンチを顎で示した。「坐ってくれ」

彼女は坐った。バッグから〈ロスマンズ〉の箱を取り出した。マッコイが火をつけると、体を近づけた。「怖かった」と彼女は言った。「ほんとうに怖かった。ぞっとするほど」

「わかるよ」とマッコイは言った。「男ふたりだったんだよな。ほかに何か覚えてないか？」

彼女は首を振った。「いいえ。別の刑事さんに話したわ。大きくて金髪の」

「ワッティー」

「あい、ワトソン。そんな名前だったわね。とても礼儀正しくて。すてきなスーツを着ていた。かなり高いはずよ。言ったのよ。どこでそんなスーツを――」

「マージェリー……」

「ごめんなさい」と彼女は言った。「犯人のひとりは大きくて、もうひとりは小さかった。男性にしてはとても小柄だったって意味よ。百五十センチくらいかしら。もうひとりはあなたぐらいの背丈だった。目出し帽をかぶっていて、ジーンズに青のシャツでどことい って特徴はなかった。スニーカーを履いていて、ふたりとも同じ恰好だった」

「何か話したか?」とマッコイが訊いた。

彼女は首を振った。「ほとんど何も。話したのは小柄な男。強盗だって言って、かばんを投げると、それに現金を詰めるように言った。大柄な男のほうは何も言わなかったけど、小柄な男はその男がリーダーであるかのようにずっと見ていた」

「訛りはなかったか、その小柄なほうの男は?」

「いいえ、あなたやわたしと同じようにグラスゴー訛りのようだった」

マッコイは彼女の手が震えているのに気づいた。その手を取って握りしめると、彼女は微笑んだ。

「郵便局はわたしとドリスに休暇をあげるからどこかに旅行するようにって言ってくれたの。回復するまで? 断ったわ。ここにいるほうがいいって。今は花のことでやることがあるし。ここで起きたことだけど、ここにいるほうが安全に感じるの。まわりはみんな知っている人たちだから。どのドアをノックしてもいいし、お茶を飲みに行ってもいい。言っている意味わかるでしょ?」

マッコイはうなずいた。

「彼らがだれだか知ってるの?」と彼女は訊いた。

「いや。それを知ろうとしてるんだ」

マージェリーは微笑んだ。「リデスデール・ロードまで行って、ミスター・ノートンに訊いてみるのね。あの人は以前、銀行強盗だったんじゃなかった？」

マッコイはうなずいた。「はるか昔だ。大物だった。逮捕されて何年か刑務所に入っていた。もうかなりの年だと思う。もう何年も彼のことは聞いていない」

「でも、お金には事欠いていないようよ。いつもしゃれた恰好で大きな車に乗って、通りの子供たちにお金をあげてるわ。自分のことをダディー・くそったれウォーバックス（新聞連載漫画『小さな孤児アニー』の登場人物。この作品がのちにブロードウェイ・ミュージカル《アニー》となった）だと思ってるのよ」

マッコイは立ち上がった。「考えておくよ。気をつけてな、マージェリー。何か思い出したら、連絡してくれ」

彼女はうなずいた。「そうする。また会いましょう。お母さんにあなたが会いに行くって伝えておくわ」

マッコイは、煙草を吸い終わるまでベンチに残った彼女を置いて立ち去った。役に立つことが聞けたかどうかわからなかった。が、ひとつだけあったかもしれない。ウィリアム・ノートンのことをすっかり忘れていた。銀行強盗について知っている人間がいるとすれば、彼をおいてほかにいなかった。それに、こんな日に署に戻るのもいやだった。少し歩いて、ミスター・ノートンが家にいるかたしかめてみるのもいいだろう。

14

リデスデール・ロードはミルトンの最も奥にあった。ここをパークハウスと間違えることはないだろう。マッコイは煉瓦《れんが》の上に置かれた〈フォルクスワーゲン〉の〈ビートル〉の後ろに車を止めて外に出た。周囲を見まわした。このあたりのほかの通りと同じく、広くて人はおらず、ほかに車はなかった。犬や子供たちがうろつきまわり、教会帰りのきれいに着飾った年配のカップルがいるだけだった。フラットは四階建てで、バルコニーには錆びた錬鉄製の手すりが施されていた。どうやら荷物を運ぶより、バルコニーから落としたほうが早いと考える人たちがいるようだ。前庭には古いマットレスがいくつも見られ、そのうちのひとつにはガスコンロが置かれているものさえあった。

「車を見ておこうか、ミスター?」

振り向くと、九歳か十歳くらいの少年がマッコイを見て手を差し出していた。短パンにストライプのTシャツを着て膝は傷だらけだった。

「十ペンスでいいよ。おいらがガードしてれば、車が日焼けすることもない。このへんの連中はみんなジョージー・バカンに手を出しちゃいけないって知ってるからな。言ってる意味わかるだろ」そう言うとウインクした。

「問題はそれはおれの車じゃないし、いずれにしろすでにぼろぼろだってことだ。だから日焼けしようがしまいが気にしない」

小さなアル・カポネの顔が曇った。マッコイはポケットを探って十ペンスを見つけ、差し出した。「ミスター・ノートンのフラットはどれだ？」

ジョージーは通りの反対側を指さした。「あれだよ」

少年がもう一度手を差し出し、マッコイはコインをそのなかに落とした。「それには車を見ていることも含まれるからな」と付け加えた。

ジョージーはうなずき、敬礼をした。車のボンネットに上って坐り、戦車に乗った見張りのように通りの左右を見渡した。

マッコイが通りを横切り、ノートンのフラットの近くまで来たとき、ふたつのことが起きた。濃紺の〈ジャガー〉が背後に停まると同時に、ウィリアム・ノートンが戸口に現われたのだ。ノートンは五十代後半で、真ちゅうのボタンのついたネイビーのダブルのブレザーにグレーのスラックス、白いオープンシャツを着て、髪をオールバックにしていた。午後のラウンドのためにゴルフクラブに向かうところのようだった。彼は立ち止まるとマッコイを見た。だれなのか理解するのに数秒かかった。

「これはこれは、マッコイ、こんなところで何をしてる?」

その間《かん》に運転手が車から出てきて、マッコイの背後に近づいてきた。振り返り、それがだれなのか見た。ダンカン・スチュワート。チェックのスーツに肩まで伸ばした赤毛、頬には赤みがかった傷がふたつ走っていた。クールな笑みを浮かべていた。マッコイは彼には何度か出くわしたことがあった。ろくでなしだ。正真正銘の悪党。

「少し下がってくれないか、スチュワート?」とマッコイは言った。「あんたの息を嗅ぐと吐き気がする」

スチュワートの笑みがさらに冷たくなった。二歩下がった。

マッコイはノートンのほうに向きなおった。「少し話がある。いいか?」

「今か?」とノートンは言った。空を見上げると、太陽の光を顔に浴びた。「いい天気だ」そう言うとマッコイに視線を戻した。「台無しにするつもりか?」

マッコイは首を振った。「非公式だ。アドバイスがほしい」

ノートンは車を指さした。「なら乗れ」

マッコイがノートンの車に乗せてもらえたのは、ブルー・エンジェルスの一員である彼の義理の息子、ダニーのおかげだった。以前、〈フォード・コルチナ〉のドライバーがダニーのバイクに気づかず、ガースキューベ・ロードに入ってきて、ダニーがそのまま車に突っ込み、その勢いで車の上を越えて弾き飛ばされたことがあった。ちょうどマッコイは道路の向かいの煙草屋から出てきたところで、その一部始終を見ていた。マッコイが法廷でドライバーの過失だと証言したという事実は、ダニーの眼に、そしてノートンの眼にも、彼がまともな警官だと映ったようだった。そのことと、ちょっとしたお世辞で彼は車に乗せてもらっていた。

マッコイが〈ジャガー〉の後部座席に乗り込むと、ノートンが彼の隣に坐った。スチュワートにうなずくと車が動きだした。車内は暗い色のレザーと新車の香りのするひんやりとした空間だった。ノートンは窓を下ろし、〈ロスマンズ〉に火をつけた。

「銀行強盗のことで訊きたいことがある」とマッコイは言った。

ノートンは笑った。「おれの一日を台無しにすることはないと言ってなかったか？」

「心配するな。あんたが引退したことは知っている。あんたのことじゃない」とマッコイは言った。「ちょっと力を貸してほしいだけだ」

「当ててみようか……」ノートンはそう言うと、悩ましそうな顔をした。「ウエストレイ・サーカス？　クソ生意気な連中だ。おれの縄張りでもある」

マッコイはうなずいた。「それとサザン・ゼネラル病院。ほかにもいくつか。何か心当たりはないか？」

ノートンは彼を見た。黒い眼を細めた。「心当たりはないが、あったとしてどうしておまえに話さなきゃならないんだ？　事故の件でダニーを救ってくれたから、一般的な礼儀を示してやるし、この車にも乗せてやる。だが警察への密告《チクリ》は話が別だ」

「密告《チク》ってくれって言ってるんじゃない」マッコイはそう言って、ノートンを落ち着かせようとした。「おれもそんなばかじゃない。おれがこの武装強盗事件のことを捜査することになりそうなんだが、こういった事件について何も知らないんだ。何かヒントはないか？」

ノートンは笑った。「ひとつだけ言ってやろう、マッコイ。おまえはクソ厚かましいんだよ」

車はビルズランド・ドライブの先の信号で停まった。

ノートンが運転手の肩を叩いた。「ダンカン、煙草でも買ってきてくれ、いいな？」

スチュワートはバックミラー越しにうなずくと、メアリーヒル・ロードに入り、〈ミリーズ・モーターズ〉の近くに止めて車を降りた。

ノートンはスチュワートが新聞販売店に入るのを待ってから、マッコイのほうを見た。

「ふたつアドバイスしてやろう、坊主。いい天気だし、太陽は輝いていて、いい気分なんだ。おまえが得られる最高のアドバイスだからよく聞け。おまえらが銀行強盗を捕まえるんじゃない、連中が自分から捕まるんだ。連中のうち、自分が不当に扱われていると感じたやつは仲間を出し抜こうとする。仲違《たが》いをし、騒いで、くだらないものを買って注目される」

　マッコイはうなずいた。筋は通っている。「それでふたつ目は？」

　ノートンは微笑んだ。「ふたつ目はシンプルだ。スチュワートが煙草を買って戻ってくるまでにこの車から出ていかなければ、ジャケットのポケットにあるカミソリを使って後悔するようなことをしてやる」彼はマッコイに体を近づけた。アフターシェーブローションと煙草のにおいがした。「それは冗談だが、今度おれを密告屋《チクリ》みたいに扱ったら、あとはないと思え。さあ、とっとと車を降りろ」

　マッコイは〈ジャガー〉が去っていくのを見送った。銀行強盗についてあまり知ることはできなかったが、ひとつだけわかったことがあった。引退したとはいえ、それでもノートンは下手《へた》に手を出してはいけない人物だということだ。

15

マッコイは歩いて車に戻った。この暑さがちょうどよかった。見たところ、小さなアル・カポネはまじめに仕事をしており、ボンネットの上に坐ってミルトンの通りを監視していた。マッコイは彼の勤勉さにもう十ペンス渡して、街へと向かった。メアリーヒル・ロードを進み、〈マンズ・ボールト〉と葬儀屋を通り過ぎ、〈ジャコネリ〉を通り過ぎた。どこに向かっているかはわかっていた。行かないわけにはいかなかった。

マッコイは認めざるをえなかった。彼はノートンが好きだ。たとえ恐竜のようなひとつ前の世代の人間だったとしても、彼は自分自身のスタイルを持っていた。少なくとも自分がどこにいるかを知っていた。マッコイは自嘲気味に微笑んだ。彼には間違いなく嫌われてしまったな。

〈ウッドサイド・イン〉に着くと、トムソンが外に立って、色のついたロープを持ったふたりの制服警官に指示し、パブの周囲に非常線のようなものを張ろうとしていた。彼の説明によると、〝あらゆる虫けら〟が近寄るのを阻止する必要があるのだそうだ。パブのまわりの人だかりはさらに大きくなっていた。子供が集まり、レポーターが集まっていた。多くの人々は、何かが起きたときに、そこにいて目撃することを期待して、手持ち無沙汰に壁に沿って坐っているか、アイスクリームを食べながらぼんやりと立っているか、煙草を吸っているかのいずれかだった。

トムソンは首を振り、ロープを持った警官から眼を離さずにアドバイスを叫び、彼らを怒鳴りつけていた。ようやく満足のいくようにロープが張られると、トムソンは振り向き、マッコイに「おまえは運がいい」と言った。レイバーンは経過報告のため、市警本部のあるピット・ストリートに行っていた。

パブに入ろうとすると、トムソンが叫びながら追いかけてきた。「あんたのお友達もそこにはいないぞ」

マッコイは立ち止まり、振り返った。「どこにいる？」と尋ねた。

「ラックヒル・パークで一斉捜索を指揮している」とトムソンは言った。「それに訊かれる前に言っておくが、ニュースはない。おれはこのクソみたいなパブにばかどもを近づかせないようにするためにここに貼りついてるだけだ」

マッコイは、また坂を上らないといけないと気づき、毒づいた。トムソンにあとを任せ、ジャケットを脱いで出発した。テレビのニュースでなんとなく見たことのある女性が、子供を腕に抱いた女性たちにインタビューをしていた。必死なんだろう。通り過ぎるときに「アリスに何が起きたと思いますか？」と訊いているのが聞こえた。が、マッコイはその答えを待つことはなかった。その女性が真実を話していたなら、少女はどこかで死んでいると言っただろう。いずれにしろ、それが放映されることはない。

マッコイはラックヒル・パークに来たことがあったかどうか覚えていなかったが、大きな公園で、真ん中に丘があり、その頂上にポールが立っていることだけは知っていた。信号を渡り、通りの日陰の側を進みながら、レイバーンは本部にどう報告しているのだろうかと考えた。いつものとおりだろう。マッコイは想像した。もうすぐ突破口が開かれるはずです。間近です。それが真実であろうが、なかろうが、それが上層部の聞きたいことだった。それ以外は聞きたがらなかった。

マッコイはしばし立ち止まった。日陰でさえ、うだるほどだった。ネクタイを緩め、シャツのボタンをはずした。クイーンズ・クロスの教会の外でボトルを渡す老人たちの横を通り過ぎ、ムラーノ・ストリートまで歩くと、公園の門をくぐった。

最初に眼についたのは、丘のふもとに横に広がった制服警官の列だった。頭を下げてゆっくりと前に進み、枯れた草のなかからアリス・ケリーの痕跡を見つけようとしていた。その後ろにワッティーがいて、さらに三十人かそこらの制服警官が彼のまわりに集まり、これから捜索するルートを彼が指示するのを聞いていた。彼らは散ると、木立のそばに広がって列を作り、同じように頭を下げて進みだした。マッコイは指笛を吹いた。ワッティーが顔を上げて、手を振り、近づいてきた。

ふたりはしおれかけたパンジーの花壇の脇の小道に、ベンチを見つけて坐った。ワッティーのシャツは汗で湿り、背中に貼りついていた。彼は周囲を見まわし、だれにも見られていないと判断すると、シャツの裾をズボンから出し、ボタンをはずして裾をぱたぱたさせ、湿っぽいシャツと自分自身のあいだに風を送ろうとした。

「おまえの強盗のファイルをざっと見た」とマッコイは言った。「ほんとうに学校を卒業したのか？」

ワッティーはため息をついた。「あんたといっしょに仕事をするのが懐かしくなるとは思わなかったよ」

「何かニュースは？」

ワッティーは首を振った。「もしあったら、こんなところでケツに汗をかいてると思うか？」

「もっともだ」とマッコイは言い、煙草に火をつけた。「レイバーンの野郎はどうしてる？」

ワッティーはどことなく後ろめたそうだった。ほんとうは告げ口をするべきじゃないとわかっているのだ。まるでレイバーンに聞かれているかのように小さな声で話した。「おれの知るかぎりではまったく進展していない。それにレイバーンはますます苛立ってきて、大声を出してはそれこそばかみたいに振る舞っている。ピット・ストリートに報告に行っている。問題は報告することが何もないってことだ。特に新聞を黙らせておくようなことは何も。上層部はまさにそれを望んでいるのに」

「あいつはおまえの新しい親友だと思ってたよ」とマッコイは言った。

ワッティーは憤慨したようだった。まだシャツで風を送っていた。「おれが選んだわけじゃない、マッコイ。あんただってよくわかってるだろ。おれだってばかじゃない。あいつがおれをチームに加えたのはあんたを苛立たせるためだってことくらいわかってるさ」

「オーケイ、オーケイ、わかった。すまなかった」

マッコイは罪の意識を感じた。レイバーンの右腕としてのワッティーの新しい役割について、彼を責めるのは簡単だった。それがレイバーンの策略なのだろう。最も古い策略。分断工作だ。

「おまえがおれに放り投げてよこしたあのクソ銀行強盗のファイルだが……」マッコイは眉を上げた。「内部の犯行は?」

「ファイルを読んでいないのか?」とワッティーは訊いた。

「言っただろ。読もうとしたさ。だがあそこまで文法も綴りもめちゃくちゃじゃな」

ワッティーは頭を振った。「内部の犯行だとは思わない。スタッフ全員に事情聴取をしたし、経歴も調べた。全員きれいだった。それに郵便局、商店、銀行と業種もばらばらだ。それぞれの場所に仲間を配置するのは不可能だ。無理だ」

「そうなんだろうな」マッコイは不機嫌そうに言った。

「サザン・ゼネラル病院だけでも三万六千ポンドだ。被害が大きい」とワッティーは言った。片方の眼は前進する制服警官を見ていた。

「この件でピット・ストリートはなんと言ってる？」

「不満そうだ。まったく。噂ではレイバーンを呼びつけて叱責しようとしていたらしい。そこにアリス・ケリーの事件が起きた」

「女の子が見つかったら、上層部はもう一度あいつを責め立てるんだろうな」

ワッティーはあおぐのをやめてマッコイを見た。「わかってるのか、ハリー？　あいつはわざとあんたにあの事件を渡したんだ。このケリーの事件で、あいつには言いわけができた。ピット・ストリートが責め立てるのはあいつじゃない。あんただよ」

マッコイはベンチの背にもたれた。事情が呑み込めてきた。「信じがたいが、レイバーンのやつはおれが思っていた以上に卑劣なクソ野郎だな」彼は驚いたようにそう言った。

ワッティーはうなずいた。「しかも狡猾だ。だれの手にも負えないような強盗事件を投げ出し、その一方で今年一番注目を集めているケリー事件を解決すれば、英雄だ」

マッコイはため息をついた。「そしておれはドツボにはまっている」

「そこまでは言ってないよ……」

「どうやらあのくそファイルをちゃんと見たほうがいいようだ」とマッコイは言った。

ワッティーはニヤリと笑い、ベンチのマッコイの横に坐った。「悪い考えじゃないかもしれない」

「メアリーはアリス・ケリーの事件についてはなんと言ってる？」とマッコイは訊いた。

「彼女はおまえから詳しい情報を探り出《ポンピング》そうとしてるんだろ？」マッコイはすぐに自分の言ったことに気づいた（ポンプにはセックスをするという意味もある）。「そう言うのもなんだが」

ワッティーは首を振った。「彼女とはほとんど会っていないんだ。忙しすぎて家に帰っていない。それに彼女はおれが話せないことをわかっている」

「彼女が？」とマッコイは言った。驚いているように聞こえないよう努めた。

メアリーは『デイリー・レコード』の上級記者であるだけでなく、たとえ相手がボーイフレンドだろうが、決してノーとは言わせない女性だ。それどころかボーイフレンドならなおさらだ。ワッティーがルールを破って情報を漏らすとは考えにくかったが、恋人同士というものはわからない。

ふたりはいっとき坐ったまま、丘を登っていく制服警官のゆっくりとした歩みを眺めていた。ふたりとも叫び声があがるのを期待していた。だれかが顔を上げ、手を挙げて何かを見つけたと叫ぶことを。マッコイは眼の前に広がる公園を顎で示した。

「この公園はクソでかすぎる。その向こうにはサッカースタジアムの背後に低木の生えた土地が広がっている」彼は左を指さした。「すぐそこには運河の船溜まりがある。彼女は最悪の場所で行方不明になったな」

「まったくだ」とワッティーは言った。落ち込んでいるようだった。「あと、二、三時間でダイバーが捜索を始める。できるかぎり先延ばしにしてきたんだが……」

マッコイには彼の言っている意味がわかった。ダイバーが出動すれば、すぐに新聞が押し寄せてきて、両親も気がつく。そんな形で知られるよりは、両親に電話をして、娘さんがフォース・アンド・クライド運河にうつぶせになって浮いていると思うので、見つけ出すまで待っていてくださいと言うほうがまだましだ。

「レイバーンはスターリングから警察犬も連れてくるつもりだ。母親から彼女の靴下を借りて、犬がにおいを追えるかどうかやってみる」ワッティーはまたシャツであおぎだした。「で、どう思う？」

マッコイはいい人を演じて真実を言うことにした。「言いたくはないが、レイバーンは悪くない仕事をしている」

ワッティーは驚いた表情をした。「あんたからそんなことばを聞くとは思わなかったよ」

マッコイは肩をすくめた。「やつも二十年のベテランだ。ろくでなしだが、まったく使えないというわけじゃない。手順はわかっている」彼は微笑んだ。

ワッティーは頭を振った。「あんたのことがわからんよ、マッコイ。褒めてるのか、平手打ちを食らわせてるのか、どっちなんだ?」

「褒めてるんだよ!」とマッコイは言った。「同僚警官の立派な仕事を祝福するのはいつだって喜ばしいものだ」

「そう思ってないことはわかったよ」とワッティーは言った。

「ところで彼女の両親はどうなんだ?」とマッコイが訊いた。

「ああ、そう来るか。それを待ってた」周囲を見まわしたが、聞こえる範囲にはだれもいなかった。「ちょうど言おうと思っていた。ここだけの話、なにかおかしなことが起きているような気がするんだ」

「というと?」

ワッティーは煙草に火をつけると、火の消えたマッチをごみ箱のほうに弾き飛ばした。はずれた。

「母親に話を聞けば、少女は天使のようだと言う。幼い弟の世話を見て、近所の子供たちと遊び、ちゃんと言われたことをする。戸別に訊き込みをした制服組も同じ話を聞いていた」

「けれど……」とマッコイは言った。

「けれど、おれ自身が近所を訊いてまわって、ちょっと強く押してみたら……」彼は体を乗り出すと、声を低くした。「彼女は十二歳だ。けど近所の人が言うには、しょっちゅう外出していて、年上のガキどもとつるんでいたんだそうだ。生意気で、女の子というよりはまさにティーンエイジャーだったそうだ」

「ひとりでうろつきまわるほど積極的だったのか？　それともボーイフレンドと？」

ワッティーは肩をすくめた。「わからない。けど、そのことは、彼女を連れ去ったのがだれであれ、彼女はその人物を知っていて、見知らぬだれかに突然車に連れ込まれたわけじゃないということを意味するのかもしれない。自分の意志でだれかといっしょに行き、賢く、大人のつもりでいたのが、気がついたらほんとうのトラブルに巻き込まれたのかもしれない」

「そうなるとまったく話が違ってくる」とマッコイは言った。

ワッティーはうなずいた。「ただの近所のゴシップだとは思うんだが、あの母親についてもあまりいい話を聞かない。アリスをほったらかしにしてたのはおいておくにしても、何度か赤ん坊に残酷なことをしていたらしい。育児放棄《ネグレクト》だ。赤ん坊をほったらかしにして階下《した》のパブにいたんだ。隣人たちは赤ん坊が何時間も泣いていたのを聞いている。それに夫の不在中に男友達といっしょに家に帰ってくることもよくあったそうだ」

マッコイは頭を振った。倒れている人間に追い打ちをかけることに人々がいかに熱心か、驚かずにはいられなかった。アリス・ケリーの母親が何をし、何をしなかったにせよ、彼女の娘は行方不明で、おそらくは死んでいるのだ。まるで彼女がレースのカーテンを頻繁に洗わなかったために、すべてが彼女のせいにされかねない勢いだった。

「父親はどうなんだ？　名前はなんと言った？」

「フィン」とワッティーは言い、顔の前でしつこいハエを手で払った。

「フィン？　フィンだって？」とマッコイは言った。「おれが最後に聞いたフィンは、ナザレの家のクリスチャン・ブラザーで、まさにくそサイコパス野郎だったよ。フィン・ケリー？　いかにもアイルランドのパブにいそうな名前だな」

ワッティーはうなずいた。「あのいまいましい家は聖廟《せいびょう》みたいだった。ＩＲＡやらなんやらで」

「で、そのフィンはアイルランドで何をしてるんだ？」

ワッティーは肩をすくめた。「正確なところはだれも知らない。母親は、彼が従兄弟の仕事を手伝っていると言っていた。ベルファストの建築現場かどこかで」

「逮捕記録は？」マッコイは訊いた。

ワッティーは首を振った。「真っ白だ。ほとんど雇われ仕事をしている。いっとき〈テネンツ〉のヴァンの運転手をしていた。アルダーグローブから飛行機でこっちに向かっている。今日の午後には着くはずだ」

「レイバーンがそいつと話すときは、その場にいるようにしろ、いいな？」

ワッティーはうなずいた。腕時計を見た。「フィドとかなんとかいう名前の犬がもうすぐ来るはずだ。そろそろ行かなければ」

「ノートンには追い払われた。モスティンはピーターヘッドの刑務所にいる。ビッグ・ラブは七十歳になろうとしているからありえない」マッコイはさらに考えた。「ロディー・カリーは？」

「なんの話だ？」とワッティーは訊いた。当惑した表情をしていた。

「銀行強盗だよ！」とマッコイは言った。

「フィン・ケリーの話をしてたんじゃなかったか？」とワッティーが言った。

「してた。けど、おまえのおかげでおれのキャリア崩壊が差し迫っているから、今は銀行強盗のことを考えてるんだ」

「やつはバーリニー刑務所にいる」とワッティーは言った。「ロディー・カリーだ」マッコイに見られないように腕時計を見ようとした。

「レイバーンが戻ってきて、ライバルといっしょのところを見られないうちに行け」とマッコイは言った。

ワッティーは立ち上がった。「あんたがおれのファイルをちゃんと読んだら、おれもいっしょに調べるよ。あんたなら、ほかのだれも気づかなかったことに気づくかもしれない」

「ミスター・ワトソン!」

声のするほうに振り向くと、制服を着た女性警官が走ってきた。マッコイは眼の上を手で覆い、それがウォーカー巡査だと気づいた。彼はワッティーにうなずいた。「シャツのボタンを留めたほうがいい。哀れな女の子が欲望に負けても困るからな」

「くそっ」ワッティーはそう言うと、慌ててボタンをかけ始めた。

「大丈夫か、トレイシー?」とマッコイは言った。彼女は荒い息のままうなずくと、ワッティーがズボンのファスナーを下ろしてペイズリー柄のパンツをあらわにし、シャツをたくし込もうとしているのを見ないようにしていた。「まだこっちにいたのか?」

「水の入ったジョッキを配る仕事をさせられていました」と彼女は言った。「バーテンダーの気分ですよ。そっちなら少なくともチップはもらえたのに」

彼女は手を口に当てた。なれなれしすぎると悟ったのだ。取り繕おうとして言った。「ミスター・レイバーンの指示で来ました、ミスター・ワトソン。〈ウッドサイド・イン〉に戻ってほしいそうです」

「ラッキーだったな」とマッコイは言った。「きっとケツを拭いてほしいんだろう」

ワッティーは頭を振った。「黙ってられないのかよ、あ?」彼はそう言うとウォーカー巡査のあとを追って丘を下りていった。

マッコイはワッティーが去っていくのを見送った。認めたくはなかったが、彼が恋しかった。彼の熱意が恋しく、だれかといっしょに仕事をすることが恋しかった。こんな日に刑事部屋に坐って銀行強盗のファイルの山を読んでいるなんてごめんこうむりたかった。それでもその仕事に取りかからなければならないとわかっていたし、心のなかではファイルのなかからみんなが見逃している何かを見つけたいとも思っていた。強盗犯を見つけるために使える何かを。そしてそれをレイバーンのケツに突っ込んでやる。

立ち上がると、背中に太陽を感じた。ファイルは待ってくれる。だれもいない刑事部屋で、ワッティーの報告書の内容を理解しようとするにはあまりにもいい天気すぎた。メアリーの話を聞いて、思いついたことがあった。

16

『デイリー・レコード』の新しい社屋は、赤みがかった醜い箱がふたつ重なっているような外観で、かつてはアンダーストンと呼ばれていた荒廃した地域の真ん中に立っており、セメント造りの半分崩壊したフラットに囲まれていた。マッコイはタクシーを降りると、階段を上った。ガラスのドアを通って受付のデスクに着くと、警察の身分証明証を見せた。

「マッコイ刑事だ。メアリー・ウェブスターに会いに来た」

デスクの後ろの女性がうなずき、電話を取った。数分後、エレベーターのドアが開き、メアリー自らが華々しく登場した。

「こんなところで何をしてるの、マッコイ？」

メアリーはいつものように役になりきっていた。それがなんの役なのかわからなかったが。赤いベルベットのホットパンツは、ドナルド・ダックの絵が散りばめられた白いサテンのブラウスの上を蛇行するように走るサスペンダーで留められていた。スエードの上げ底ブーツがそのスタイルを完璧なものにしていた。

マッコイは窓際の角ばった坐り心地の悪そうな椅子の列を顎で示した。

「きみのパートナーに会ってきたところだ」彼はそう言うと坐った。

「今?」とメアリーは言い、顔を輝かせた。「じゃあ、わたしより会ってるわね。金曜の夜に大急ぎでセックスするだけで、あとは毎朝ドアから出ていくときに挨拶するだけよ」

「レイバーンのやつが――」

「ストップ！　そのことばを言わないで。わが家では禁句なのよ」

マッコイはニヤッと笑った。「きみはワッティーがまたおれといっしょに働けたらいいと思ってるんだろ」

メアリーは鼻で笑った。「わたしならそこまでは言わない。彼もそこまでやけくそにはなってないわ」彼女は眼を細めた。「ところでこんなところで何をしてるの、マッコイ？この前聞いたときは、駐車場でチケットを渡していたり、ちっちゃな子供たちにタフティ・クラブ（子供向けに交通安全の推進活動をしている団体）のことを話したりしてるって聞いたけど」

「そこまではひどくない」とマッコイは言った。「けど正直言って、そう遠くもない。だから来たんだ。ボビー・マーチの写真ファイルを持ってるか？」

うなずいた。怪訝そうな顔をしていた。「たぶん。どうして?」

「彼が布製のバッグのようなものを持っている写真があるかどうか探してほしい。父親が盗まれたと言ってるんだ」

メアリーは椅子の背にもたれかかった。「なぜわたしがあんたのために、尊敬する写真編集者殿——いえ、こう言ったほうがいいかも、世紀の助平野郎よ——といっしょに時間を過ごさなければならないの?」

「簡単なことだ。魅力そのものは別にして、おれはあんたの恋人よりもはるかに倫理的に劣っているから、アリス・ケリーと彼女の事件についてきみに話すことができるかもしれない」

彼女は急に興味を持った。「わたしをだまさないほうがいいわよ、マッコイ」

「おれがいつそんなことをした?」と彼は言った。

「しょっちゅうじゃない」メアリーは立ち上がった。「十分で戻るわ。それに忘れないでよ、それだけの価値があるのよね?」

マッコイは受付エリアに坐り、人の行き来を見ながら、彼女が戻ってくるのを待った。ビリー・ウィアーのことが頭に浮かんだ。やつはほんとうにクーパーを裏切ろうとしているのだろうか? もしそうだとして、今のクーパーにそれについて何かできるほどの力はあるだろうか？　ビリーらしくないような気がするがわからなかった。ブルータス、おまえもか。そんなところだ。

「はい」

マッコイは顔を上げた。メアリーが厚紙で裏打ちされた写真を差し出していた。取ろうと手を伸ばすと、メアリーはそれを引っ込め、彼の手の届かないところにやった。

「アリス・ケリー」と彼女は言った。「いい情報じゃなければ、これはそのまま階上《うえ》に戻すことになる」

マッコイはため息をついた。こうするしか手がなかったのだ。取引できる材料はないとわかっていたが、とにかくやってみることにした。

「制服組も事務スタッフも含めて二百五十名の警察官を可能なかぎり投入して、ラックヒル・パークの一斉捜索に当たっている。父親は今日、アイルランドから戻ってくる。あとでダイバーが運河の捜索を始める。そんなところでいいか？」

メアリーは写真を渡し、彼の横に坐った。顔色が急に青ざめたように見えた。心ここにあらずといった様子だ。彼の情報には興味がないようだ。

「大丈夫か？」マッコイは訊いた。

彼女は首を振った。「急に気分が悪くなったの」

マッコイは写真を見た。どこか暑い地域のカフェの外のテーブルが写っていて、太陽の光が白っぽく照らしていた。カフェのドアにある看板を見た。〝L'AUBERGE〟。ということはフランスだ。写真のなかのボビー・マーチは頭を後ろにのけぞらせ笑っていた。マッコイはキース・リチャーズにコメディアンの才能があるとは知らなかった。が、わからないものだ。ボビーは腹を抱えて笑っている。キースがジョークを言ったに違いない。テーブルの上には空《から》のワインのボトル、グラス、〈マルボロ〉の箱があり、ヘビ革のブーツを履いたマーチの足の横にバッグが置かれていた。父親が言っていたとおりだ。薄茶色の織布製で、長い取っ手がついており、よくわからないバッジがいくつか留めてあった。

「持っていっていいか？」とマッコイは訊いた。

「まさか！」とメアリーは言った。「ライブラリーに戻さないと殺されちゃうわ」

彼女は念のため写真を彼の手から取り上げた。

「ほんとうに大丈夫なのか？」とマッコイは訊いた。

「どういう意味？」と彼女は言った。どこか身構えているようだった。

「アリス・ケリーのような事件についてはおれよりもあんたのほうが詳しいのが普通だ。勇敢な女性記者メアリー・ウェブスターはどこに行ったんだ？　アリス・ケリー事件はきみにぴったりだ。行方不明の少女、人間的興味、時間の制約。なぜ外に出ない？　どうして動きまわらないんだ？」

彼女は体を乗り出すと、両手で頭を抱えた。「なぜなら妊娠したみたいだからよ」静かにそう言った。

マッコイがまったく予想していなかったことばだった。「なんだって？」

彼女は体を起こすと、まっすぐ前を見た。「聞こえたでしょ」

「ああ。それはよかった。だよな？」とマッコイは言った。なんと言っていいかわからなかった。

「ほんとうに？」と彼女は言い、マッコイを見た。

「ワッティーには話したのか？」

彼女は首を振った。「いいえ。なんであんたなんかに話したのか自分でもわからない」いつものメアリーが戻ってきた。「言っておくけど、だれかに、特にダグラス・ワトソンに話したら、ぶっ殺すからね。それもその前にあんたのチンポを錆びたペンナイフで切り落としてからね。わかった？」

うなずいた。

「アンジェラからボビーを妊娠したと聞いたとき、なんて言ったの？」と彼女は訊いた。

それからすぐに気づいた。「ごめん、訊くべきじゃなかった。忘れてた」

「大丈夫だ」とマッコイは言った。「おれはあの子のことを話すのは好きなんだ」彼は一瞬、押し黙って考え込んだ。「すまん、ほんとうに思い出せない。酔っぱらっていた。〈ビクトリア・バー〉から帰ってきたところだった。たしかなのかって尋ねたと思う」

メアリーはあきれたように眼をぐるりとまわした。「おれの子なのかって訊くよりは、かろうじてましね」彼女は立ち上がった。

「彼に話すべきだ」とマッコイは言った。「大喜びするはずだ」

「たしかに」と彼女は言った。「だからまだ言っていないの」

「確実になるまで待つのか？」とマッコイは訊いた。

彼女は首を振った。

「どういうことだ？」と彼は言った。「彼が望まないかもしれないと怖がってるのか？」

「いいえ、彼は喜ぶわ。ワッティーのことはよくわかってるでしょ。夢がかなうんだもの。問題はわたしよ。自分が望んでいるのかどうかわからないの」

彼女は背を向けると、エレベーターのほうに歩きだした。ドアが開くとなかに入った。

「またね、マッコイ。おしゃべりに付き合ってくれてありがとう」

17

マッコイが着いたとき、カフェは閉店間際だった。『デイリー・レコード』から歩いてきたため、思ったより時間がかかったのだ。ウェイトレスはテーブルを拭いており、大きなプラスチックのトレイの上に、それぞれのテーブルから集めた大きなプラスチックのトマトを置いていた。腕時計を見た。四時二十分。遅刻だ。〈ゴールデン・エッグ〉にはほとんど人はいなかった。だらだらと帰ろうとしない客しか残っておらず、若いカップルが前のほうに坐っていた。男のほうは眠っている幼児を抱っこしていた。子供の丸々とした手にはまだアルミホイルでできた風車が握られていた。奥のほうに少女が坐っている。スケッチブックに何かを書いていた。カウンターの後ろにいるアルフレッドの絵だろう。じっと彼を見上げていた。描き終わると、スケッチブックを閉じてマッコイのほうを見た。

「来ないんじゃないかと思った」と少女は言った。

ローラ・マレーだとは少しも気づかなかった。マッコイが財布のなかに持っている写真の少女とは似ても似つかなかった。長い茶髪はなくなり、今はブロンドに染められ、短くカットされていた。ブルージーンズに男物の白いTシャツを着ている。隣の席にダッフルバッグが置いてあった。

て聞いた」

彼女はコーヒーをひと口飲んだ。「アイリスから、あなたがわたしに会いたがってるっ

マッコイはうなずいた。彼女のほうが会話を始めようとしたことに少したじろいだ。まるで自分が事情聴取を受けているようだった。

「彼女がきみを見つけたんだな、それで？」

「アイリスは苦労して探す必要はなかった。彼女とは彼女の酒場で知り合った。ドニーがあそこが好きで、よく仲間といっしょに飲んでいたの。わたしは厨房に彼女といっしょに坐って、在庫やお金を数えるのを手伝ってあげたりしたわ」

「店でアイリスといっしょに過ごしていたのか？」とマッコイは言い、腰を下ろした。

「なんだ、きみらふたりは友人だったのか？」

「だったらどうだって言うの？」ローラの上品なウエストエンド訛りの声がカフェに響いた。「アイリスはなかなかの人生を送ってきた。ほかの人たちよりも興味深い人生よ。パリで踊っていたことを知ってる？」

マッコイは鼻を鳴らした。笑わないようにした。「彼女はそう言ってるのか？　仰向けになって踊るような踊りだぞ」

ローラは彼をにらみつけた。「ごめんなさい、あなたが警察官だということを忘れてい

た。あなたのブルジョア的な感性を傷つけるつもりはなかったの」

マッコイは〝警察官〟ということばをこれほど軽蔑を込めて言う人物に会うのは人生で初めてだった。あるいは〝ブルジョア〟ということばについても。それが何を意味しているにせよ。

ウェイトレスがコーヒーを持ってきて、〈パイレックス〉のカップとソーサーをマッコイの前に勢いよく置いた。ローラのほうを向いて言った。「ほかに何かいりますか？　もうすぐ閉店なんで」

ローラは首を振った。「結構よ、ありがとう」

ウェイトレスはふらふらとカウンターに戻り、大きなトマトソースのボトルからプラスチックのトマトにソースを入れ始めた。

「ホワイトヒル・ストリートで何があったのか話す気はないか？」マッコイは尋ねた。コーヒーにスプーン二杯の砂糖を入れてかきまわした。

「ホワイトヒル・ストリート？」ローラは繰り返した。「なんのことを言ってるのかわからない。あなたは家に帰るようわたしを説得するためにここに来たんでしょ」彼女は自分のバッグを探って、煙草を取り出し、火をつけるとマッコイをじっと見た。

マッコイはため息をついた。注意する元気はなかった。急ぐ必要があった。

「思い出させてやるよ。ホワイトヒル・ストリート。〈ウィルズ〉の工場の近くのひどい通り。きみのボーイフレンドのドニーが住んでいたところだ。最上階のひとり部屋。壁にはレンジャーズのポスターが貼ってあった。そこで彼は刺され、床を血まみれにして死んでいた。思い出したか、ローラ？　どうだ？　ピンと来たんじゃないのか？」

彼女はマッコイを見ていた。何も言わなかった。

「お願いだ、ローラ。おれはこの仕事を長いことやってる。きみはそんなばかじゃないだろ。何があったのか話してくれ」

「ホワイトヒル・ストリートには行ったこともない。そんなところ知らないし——」

マッコイがポケットに手を入れ、『グレート・ギャッツビー』のペーパーバックを取り出すと、そのことばは彼女の口のなかで消えていった。彼は本をテーブルの上に置いた。隅がドニー・マクレーの血で赤く染まっていた。

ローラはそれを見た。そして恐怖の浮かんだ眼でマッコイを見た。恐怖はすぐに涙に変わった。

「さあ、ローラ、話すんだ」とマッコイは言った。「もう終わった、終わったんだ」

彼女はうなずいた。打ちひしがれていた。銀のディスペンサーから紙ナプキンを取り出して眼を拭った。

「喧嘩をしたの、それも大喧嘩を。ドニーはばかで、子供みたいに振る舞った。わたしはフラットを飛び出して、その夜はアイリスのところに泊まった。彼女はパーティーの邪魔にならないようにするなら、厨房のベッドで寝ていいって言ってくれた。そこにいてもひどくうるさくて眠れなかったから、早くにそこを出てフラットに戻った。大人になって、ごめんなさいって言うつもりだった」

彼女は煙草をアルミ製の灰皿で押し消すと、もう一度眼を拭った。続けた。

「そこに着いたら、ドアが開いていて、彼がベッドの上に横たわっていた。そこらじゅう血だらけだった。どうしたらいいかわからなくて、ただ逃げ出したの。そこを出た。そうすべきじゃなかったのはわかっていたけど……」

そしてほんとうの涙が流れ落ちた。大きな嗚咽《おえつ》、鼻水、何から何まで。マッコイはカウンターまで行くと、コーヒーをもう一杯持ってきて、彼女の前に置いた。上着のポケットにきれいなハンカチを見つけて渡した。

彼女はそれを受け取ると微笑んだ。少し落ち着いてきた。そして恋人の若い夢について彼に話し始めた。しばらくすると、マッコイは彼女が泣いたままでいるのと、いま話しているくだらない話のどちらが悪いか決めかねていた。

「ドニーは少し乱暴なところがあったけどやたらと目立とうとしたり、タフガイを気取ったりするのを我慢すれば、とてもいい人だった。彼はひどい子供時代を過ごしたの。すごく苦しんだけれど、それでもわたしにはとてもやさしくしてくれた」

「ほんとうに？」とマッコイは言った。「アレック・ペイジにはやさしくなかったようだがな。そのことは知ってるんだろ、ローラ？　彼に何があったか知ってるか？」

「あれはドニーじゃない」彼女は間髪いれずにそう言った。そして言わなければよかったというような表情をした。

「あい、じゃあだれなんだ？」とマッコイは訊いた。

彼女は煙草をもてあそんでいた。なんとか火をつけた。「ほかのだれかがそこにいて、そいつらがやったのよ」と彼女は言った。「ドニーじゃない」

「その連中は今……」マッコイは納得したふりさえしなかった。

「彼はそれがだれなのか言わなかった。わたしには絶対に名前を言わなかった。ただだれかが怒ったんだって。あんなことになるはずじゃなかったとだけ言っていた。その男がジャケットからスタンレーナイフを取り出して、ドニーが止める前に頭がおかしくなってやったんだって」

「だがドニーはその謎めいた男がだれなのか言わなかったというのか？」マッコイは訊いた。「そいつは驚きだ」

「風車!」

幼い子供が手にアルミホイル製の風車を持って差し出してみせた。母親がすぐ追いかけてきて抱きかかえた。「小さな暴れん坊さんはすぐに走るんだから」と彼女は言った。

「どこだろうと気にしないのね」カウンターで釣銭を数えている父親のところへ運びながら、「生意気なお猿さんはだれかな」と子供に訊いていた。

ローラは続けた。「彼はずっと言ってた。期待していたわけじゃない。特に彼みたいな男には」

「それはどういう意味だ?」

彼女は肩をすくめた。「わたしに訊かないで。彼がそう言っていただけよ」

どういうわけか、マッコイは彼女を信じたい気になっていた。人が嘘をつくときは、通常は話を誇張し、詳細を付け加えようとする。そうすれば説得力が増すと思うのだ。

「ホワイトヒル・ストリートでだれかを見なかったか?」とマッコイは訊いた。「フラットの近くで?」

彼女はコーヒーをひと口飲んだ。熱すぎたのか、息を吹きかけた。「いいえ、ただ逃げた。ジーンのヴァンのところに行った」

「きみがフラットに着いたときには彼は間違いなく死んでいたのか?」とマッコイは訊い

た。

「ええ、脈を診《み》ようとしたけど、もう……」

そこで口を閉ざした。気づいたようだった。「まさかわたしがやったって思ってないでしょうね？」態度がしだいに変わってきた。パニックに陥っているような口調だった。

「わたしはやってないわ。ほんとうよ」

マッコイは両手を上げた。「きみがやったとは思っていない。心配するな。それにきみがフラットに残してきたものは全部きれいにしてきた。きみがあそこにいたことを知っているのはおれとヘクター伯父さんだけだ」

その知らせは彼女をあまり喜ばせはしなかったようだった。「やさしいヘク伯父さんね」と彼女は言った。「どんなときでも助けてくれる。人が望んでいようが、いまいが」

「今日、きみのお父さんにも会った」とマッコイは言った。「きみをすぐに連れて帰るように言いに来た」

彼女はマッコイの眼を見ると、体を乗り出し、声のトーンを変えた。「父さんとヘク伯父さんにはわたしは元気だと伝えて。けどわたしが戻ると思っているのなら、忘れてちょうだいって言って。あと一ヵ月で十六歳だから、無理やり家に戻すことはできない。邪魔にはならないようにするから、あの人たちにも、あなたにもできることはないわ」

マッコイは椅子の背にもたれかかった。彼女のなかに父親を見た気がした。同じ権威ぶった口調。同じ特権意識。厄介なのは彼女は間違っていないということだ。彼女を無理やり車に引きずり込んで連れ戻すことはできないのだ。もっともそれを言うつもりはなかったが。

「オーケイ。なぜ家を出たのか、なぜ戻るつもりはないのか、話してくれ」とマッコイは言った。「ちゃんとした理由を話してくれれば考えよう」

彼女は考えた末に頭を振った。「これ以上、あそこにはいられなかった。息が詰まりそうだった」彼女は微笑み、明るい顔になった。「あまりにもブルジョア的だった」

彼は思わずニヤッとしてしまった。ローラ・マレーは明らかに彼がこれまでに会ってきた十五歳とは違っていた。今、彼がすべきはそれがよいことなのか、悪いことなのかを判断することだった。

「ずっとどこにいたんだ？」とマッコイは訊いた。

「アイリスの酒場の貯蔵室」

「なんだって？」

彼女は笑った。「あなたが来たとき、わたしは貯蔵室のなかにいて、あなたの伝言を聞いていたのよ」

マッコイは頭を振った。「彼女には五ポンド渡したんだぞ」

「実際には二ポンド五十シリングよ。半分はわたしにくれたから」

ウェイトレスがまたやって来た。勘定書きを手に持っていた。「もう閉店よ。一ポンド十シリング」

マッコイはポケットを探って金を渡した。ふたりは立ち上がった。

「きみをあそこから出さなければならない」とマッコイは言った。「あの酒場は安全じゃない。きみのような若い女性にとっては」

「自分のことは自分で——」

「勘弁してくれ。そんなわけにはいかない」彼女が言い終わる前に彼はそう言った。「週末にはあそこは乱痴気騒ぎになる。なあ、信じてくれ」

「でも、家には帰らない」と彼女は言った。「言ったでしょ。絶対に帰らない。無理やり連れて帰ることはできないわ」

できる、と言いそうになったがやめておいた。彼女には彼を心配させる何かがあった。頭がよく、美人で才能豊かな少女だ。そんな娘《こ》がなぜ、両親に背を向ける決意を固めたのだろうか？　それを知るには時間が必要だった。

「落ち着くんだ。別の場所に心当たりがある。きっと気に入るはずだ」

彼はダッフルバッグを顎で示した。「荷物はあれだけか？」

「ううん、アイリスの店にもっとある。服とか、そういったもの。スケッチブックももっと」

「オーケイ、じゃあアイリスのところに行って荷物を取って来るんだ。今は彼女はいないがジャンボという大きな男がいる。あいつはいいやつだ。彼には、おれが来るようにきみに言ったと話すんだ。九時四十五分に〈ストラスモア〉で会おう。そこから向かう」

マッコイはふたたびポケットを探り、二ポンドを渡した。「タクシーに乗るんだ」バス乗り場の列を見ながら、彼はそう言った。

彼女はうなずき、金を受け取った。マッコイは彼女が去っていくのを見送った。自分は何をしているのだろうと思った。なぜ言われたとおり、彼女をベアーズデンに連れていかなかったのだろう。だが心の片隅ではわかっていた。彼女は、彼が想像していたような、両親を困らせようとしている不機嫌なティーンエイジャーではなかった。彼が家に連れて帰ると言ったとき、彼女の眼に真の恐怖が浮かんだのを見た。マッコイは、マレーと彼の弟が自分にすべてを話していないような気がしていた。すべてにはほど遠いようだ。そして彼らがすべてを話すまで、彼女を引き渡すつもりはなかった。彼らにどんなに頼まれようが。

18

角を曲がってスチュワート・ストリートに入るやいなや、マッコイは何かが起きていると察した。署の外には四台から五台のパトカーが止まり、ドアを開けたまま警光灯《パトロール・ランプ》をゆっくりとまわしていた。『イブニング・タイムズ』のラリー・カー、『シチズン』のジェイミー・フォーサイス、そのほかに見覚えのない記者も何人かいた。全員が上着を脱ぎ、袖をまくって、煙草を口にくわえ、険しい表情をしていた。受付デスク担当のビリーも外に出てきており、帽子を手に持って、立ったまま彼らと話をしていた。禿げた頭はすでに太陽で赤くなっていた。

マッコイの心は沈んだ。彼らがそこにいる理由はひとつしかなかった。近づくと、ビリーと記者たちが挨拶をするようにうなずいた。ビリーが〈リーガル〉の箱を差し出し、マッコイは一本受け取った。「彼女はどこで見つかったんだ？」マッコイは訊いた。

「見つかっていない」とビリーは言った。「とにかくまだだ。けど数時間前にひとりの男を連行してきた」彼は背後の署の建物を顎で示した。「今は署にいる。間違いないようだ。

レイバーンが取調室に入れた」

「おれたちの知ってるやつか？」とマッコイは訊いた。

ビリーは首を振った。「若いやつだ。十六歳か、十七歳くらい。同じ通りに住んでいるらしい」

「性的異常者だ」とフォーサイスが言った。「せめてさっさと死体のありかを吐くべきだ」

「どうやって見つけたんだ？」とマッコイは訊いた。いつものようにフォーサイスを無視した。

「隣人のひとりが週末は妹の家に行っていたらしい」とビリーは言った。「帰ってきて新聞を読んだんだ」

「〈シチズン〉？」フォーサイスが期待を込めてそう訊いた。

ビリーは無視した。「それで〈ウッドサイド・イン〉に行って、レイバーンにその少年がアリス・ケリーといっしょのところを見たと言った。それもそれが初めてじゃない」彼は自分の煙草を溝に弾いて捨てた。「逮捕歴もあるようだ。公然猥褻《わいせつ》の。決まりだ」

マッコイが署に入ろうとすると、フォーサイスが呼び止めた。「ところでハリー、ボビー・マーチについては何かわかったか？　編集長がうるさくてな。興味を引く切り口はないか?」

マッコイは首を振った。ボビー・マーチに何が起きたか、彼がどう考えているにしろ、最も話したくない人物がいるとすれば、このジェイミー・くそ・フォーサイスだった。彼に関して言えば、池のなかに棲む生物より少しだけましという程度の男だ。

「だれかセクシーなグルーピーがつきまとってなかったか?」彼はニヤッと笑った。「だれか何か話してくれそうなやつでも」

「いいや。父親がいるから、あたってみろ」

フォーサイスがうなずき、マッコイは署に入った。フォーサイスが〈トレードウインズ〉に入っていって、ウリー・マーチの歓迎を受けることを期待した。彼は刑事部屋の両開きのドアを開けるとなかに入った。大きな事件に進展があったときと同じ雰囲気だった。だれもがぼんやりと立っていたり、机にもたれかかったりして、まともに仕事をしていない。だれもが五秒おきに取調室に続く廊下に眼をやり、結果を待っていた。マッコイはジャケットを椅子に掛け、トムソンの席に行った。

「だれか捕まえたそうだな」と彼は言った。

トムソンはうなずいた。「レイバーンが今、あそこでやつといる。あいつとワッティーが。もう何時間かになる」

「ワッティー？」とマッコイは訊いた。驚いていた。

トムソンはうなずいた。「最近、あのふたりはやたらと仲がいいようだ」

マッコイはうなずいた。いつもよりさらに自分が孤立しているように感じた。自分があそこにいるべきなのだ。何も知らずにここで待っているのではなく。デスクに坐るとファイルの整理に興味があるふりをした。だがほかの連中と同じだった。五秒ごとにちらちらと見た。待った。

一時間が過ぎた。何も起きず、刑事部屋は暑くなるばかりだった。腕時計を見た。もう二十回目ぐらいだ。ただここに坐って待っているわけにはいかないと思った。だがそれこそが結局彼のやっていることだった。ほかの連中と同じく。

立ち上がるとあくびをした。「どのくらいになる？」彼は尋ねた。

トムソンは壁の時計を見上げた。「四時間になる」

「なんてこった。その価値があればいいんだが」シャツのボタンをはずすと、ネクタイを緩めた。「ここでも充分暑いのに、取調室のなかは三十五度以上あるはずだ」

トムソンはうなずいた。「あそこはまともなときでも地獄なみの暑さだ」

紅茶を一杯飲んで、マッコイはもううんざりだと思った。暑さで死にそうで、新鮮な空気が必要だった。立ち上がると、トムソンに一時間ほどで戻ると告げた。トムソンはうなずいた。あまり注意は払っていないようだ。ここ数日マッコイがしていることがなんであれ、たいして重要なことではないと知っているのだ。

署を出ると、騒音がした。なんだろうと思ったが、すぐにわかった。記者たちのほかに三十人かそこらのさまざまな頭のおかしな連中までもが集まっていた。なかには〝**絞首刑の復活を**〟と書かれた看板を持っている者もいれば、盲目的な憎しみを眼にたたえている者もいた。彼らは立入禁止のロープの後ろにたむろしていた。そのうちのひとり——おどろくほどの巨体の女性——は、新聞に掲載されたアリスの写真をドレスにピンで留めており、額《がく》に入った聖心の絵を掲げ、ロザリオの祈りを唱えていた。

ショートパンツにランニングシャツ姿の男が群衆の前に出て、通り過ぎようとするマッコイに向かって叫んだ。「もう充分時間をかけただろう！」

マッコイは無視した。

「きさまがあの娘《こ》を死なせた役立たずのひとりか？」男はもう一度叫んだ。

群衆が動き始め、ロープに殺到した。男が群衆を煽《あお》った。

彼らを落ち着かせるのはビリーに任せて、通りを進んだ。まるでカウボーイ映画に出てくる、くそリンチ集団だ。連中が取調室に押し寄せて少年を捕まえたら、いったいどんなことになるかは神のみぞ知るといったところだ。

〈エスキモー〉でビールを一杯飲み、三十分後にデスクに戻ることにした。署の外の群衆はさらに多くなり、さらに熱狂的になり、さらに激しく迫っていた。その群衆を押し分けてなかに入らなければならなかった。トムソンに眼をやると、彼はただ首を振った。ニュースはなし。信じられなかった。彼らはまだ取調室にいるのだ。

「どのくらいになる?」マッコイは訊いた。

トムソンは壁の電気式の時計を見上げた。「五時間と九分だ」

「なんてこった」とマッコイは言った。

彼はワッティーがまとめた強盗事件のファイルを取り出すと、それを読むふりをしながら考えた。ローラ・マレーの件で何かが気になりだしていた。初めは気づかなかったが、マレーも彼の弟もローラが行方不明になったことに対して、狼狽するでもなければ、驚いた様子さえもなかった。むしろどこかそれを予想していたかのようだった。

煙草を取り出し、あと二本しか残っていないことに気づいた。火をつけると、廊下のドアが荒々しく開いた。レイバーンがそこに立っていた。全員が沈黙し、全員が期待に満ちた眼で彼を見た。レイバーンの袖はまくり上げられ、髪とシャツは汗で濡れ、疲れ切っているようだった。彼は二、三秒待つと、ゆっくりと部屋のなかの待っていた面々の顔を見まわし、ニヤリと笑うと両手を頭の上に上げた。

「吐いたぞ」彼は言った。「すべて自白した！」

空気が一変した。部屋から緊張が消え、歓声と口笛が鳴り響いた。トムソンは拍手を始め、制服組も私服組もレイバーンのまわりに集まり、彼の背中を叩いて祝福した。ジェイコブスが自分の机の引出しからウィスキーのボトルを取り出し、紙コップに注ぎ始めた。マッコイはそのひとつを手に取ると飲み干した。正しいことをするにはそれが必要だった。レイバーンに近づくと手を差し出し、握手を求めた。

「おめでとう」とマッコイは言った。「よくやったな」

レイバーンは握手をし、うなずいた。一時休戦だ。

「ああやったぞ。あの女性が妹の家から帰ってきてくれたことに感謝だ！」彼はそう言うと、ニヤッと笑った。

「よくやったよ、レイバーン。三日で解決だ。たいしたもんだ」

レイバーンは微笑んだ。「マッコイ、いい仕事をすることだ。常にそれが大事なのさ」

そこまでが精いっぱいだった。マッコイはもう一度おめでとうと言うと、後悔するようなことを言ってしまう前に自分の席に戻った。信じられなかったが、レイバーンの偽りの謙虚さは、いつもの傲慢な態度よりもさらにマッコイの気分を悪くさせた。席に着いて、ジェイコブスがトレイを持ってまわってくるともう一杯ウィスキーを飲み、うれしそうな顔をしようとした。

問題はレイバーンがほんとうによくやったということだった。それは間違いなかった。マレーが戻ってきたら、ピット・ストリートの市警本部に異動して昇格し、その後任にレイバーンが正式に就くかもしれないのだ。レイバーンに上司面《づら》されてひどい扱いを受けても数カ月は我慢できるかもしれないが、それ以上は無理だろう。ウィスキーの残りを飲み干すと、紙コップを握りつぶしてごみ箱に捨て、ワッティーを探しに行った。

彼は裏に行ったとビリーから聞き、遠まわりをして向かうことにした。また笑顔を浮かべてレイバーンの祝福の輪のなかを通り過ぎることはできなかった。ガレージの近くに行くと、ワッティーがキッチンチェアを太陽の下に引っ張り出してきて坐っているのを見つけた。

「おめでとうと言うべきだろうな。おまえとあのクソ厚かましいレイバーンはよくやった」マッコイは握手を求めて手を差し出した。

ワッティーはその手を取らなかった。無言のまま、ただマッコイを見ていた。

「どうした？」とマッコイは訊いた。「どうして浮かない顔をしてる。祝うべきじゃないのか？　そんなによくあることじゃ――」

「ここじゃだめだ」とワッティーは言い、立ち上がった。「来てくれ」

一九六七年七月十八日

サンフランシスコ　フェアモント・ホテル

「バークレーから来ることになっている。たぶん渋滞に巻き込まれたんでしょう」

ボビーはうなずいた。おそらくほんとうなのだろう。だが彼の被害妄想を鎮めてはくれなかった。「間違いなく来るんだろうな」と彼は訊いた。

キャシーはうなずいた。「気長に待つしかないわ」そう言うと彼に火のついたマリファナ煙草を渡した。

ボビーはひと口吸うと、マリファナが落ち着かせてくれることを願った。この数カ月、ディーラーが現われることをどれだけ待ち望んでいたことだろう。窓際に歩いていった。見下ろすとリムジンがエンジンをかけたまま、外で待っているのが見えた。ツアーマネージャーのラスティが通りを行ったり来たりしている。ホテルの張り出し屋根が時折彼を見えなくした。

ほんとうなら二時間前に出発しているはずだった。モントレーに向かっているはずだった。ラスティは今にもエレベーターで階上《うえ》に上がってきて、ホテルの各部屋のドアをノックし、出発しなければならないと言いそうだった。

「仕事はあるのか？」彼はキャシーに尋ねた。

彼女は上の空の様子でうなずき、ベッドに戻って雑誌をめくりだした。彼女の後ろでは音を消したテレビがヘリコプターと燃え上がるジャングルを映し出していた。

「あそこにはオウスリーがいるはず。シェリが言ってたけど、彼がミュージシャンに上物《じょうもの》の液体のLSDを提供してるんだって」

ボビーはうなずいた。LSDをヤッたのがはるか昔のような気がした。

「ボビー、彼は来るから。約束する」

ボビーはうなずいた。振り返って窓の外を見た。悪態をつく。ラスティはどこにもいなかった。マリファナ煙草をもうひと口吸うと、端をつまんで消し、ジャケットのポケットに入れた。もう待つ必要はない。せいぜい二、三分だ。そのときノックの音がした。

キャシーが顔を上げて彼を見た。「来るって言ったでしょ」と彼女は言い、ドアのほうに走った。

そこにはラスティが立っていた。彼は下着姿のキャシーと、床に置かれた半分しか荷造りできていないスーツケースを見て頭を振った。「頼むよ、ボビー。もう出発してなきゃならないんだぞ！」

「すまん」とボビーはつぶやくように言い、シャツをスーツケースに詰め始めた。ラスティが部屋に入ってくると、そのすぐ後ろに彼がいた。ジャクソン。戸口に立って満面の笑みを浮かべていた。

「渋滞が最悪だったんだ」

ボビーはドアを閉め、鍵をかけると叫んだ。「あと五分待ってくれ、ラスティ！　バッグを下ろしておいてくれ！」

彼はジャクソンのほうを向くとニヤリと笑った。そしてシンクの下から別の洗面バッグを取り出し、それを開けて、スプーンとゴムのチューブを取り出した。

「おやまあ、だれかさんは待ちきれないようだな」ジャクソンはポケットを探ると、小さなグラシン紙の袋を取り出して掲げた。

ボビーはそれを奪うように取った。

19

マッコイはワッティーを立ち止まらせ、坐らせようとしたが、彼は言うことを聞かなかった。大きな足取りで歩き続けた。署からできるかぎり離れたかったのだろう。ふたりは今、ローズ・ストリートに入り、坂を上っていた。マッコイは追いつこうとしたが、だめだった。

「どういうことなのか教えてくれる気はあるのか？」二歩後ろを歩きながら、マッコイは訊いた。「気絶する前に早く教えてくれ。この坂は死にそうだ」

ワッティーは微笑むことも、立ち止まることもせず、ただ話しだした。

「彼の名前はロニー・エルダー。今日の午後、連行した。公園で制服を着た女性警官がおれを呼びに来たのがその件だったんだ。レイバーンはおれをすぐに署に戻らせた。おれが署に着くとあいつはクリスマスツリーみたいに満面に笑みを浮かべていた。興奮していた。〝捕まえたぞ〟と彼は言った。〝おまえも事情聴取に参加するんだ〟って。クソ宝くじに当たったみたいにうれしそうだった。旅行から戻ってきた隣人が彼とアリス・ケリーがいっしょにいるところを目撃していた。それが最後の目撃情報だった。彼は事情聴取も受けていた。トムソンがやっていたんだ。エルダーは事件のあったと思われる日の午後は〈ブレイズ〉で仲間とずっとサッカーをしていたと言っていた。疑う理由もなかった。今はやつには仲間もいないし、〈ブレイズ〉のグラウンドは改装のために閉鎖されているとわかっている」

ふたりは坂の上に着いた。マッコイは立ち止まり、膝に手を置いて、激しく息をした。

「少し休む時間をくれ」と彼は言った。「もう若くはないんだ」

ワッティーはうなずき、立ち止まった。が、話し続けた。すべてを吐き出したくてたまらないようだ。「制服警官を何人か彼のフラットに行かせた。制服姿の少女の写ったエロ本が山ほど見つかった」

「なんてこった」とマッコイは言った。なんとかやっと息を整えることができた。

「それだけじゃなかった」とワッティーは言った。「寝室で彼女のパンティーも見つかった。乾いた精液が付着していた。それらを合わせるとやつが罪深いことは明らかだ」

ワッティーは振り返ると、マッコイを見た。「問題は、おれには彼が殺したとは思えないことなんだ」

マッコイはセント・アロイシウス教会の壁にもたれかかっていた。まだ調子が戻っていない。ワッティーに驚いた眼を向けた。「なんだって？　自白したと聞いたぞ」

ワッティーはうなずいた。「ああ自白した。首を絞めて死体を川に捨てたと。レイバーンが彼に言ったとおりに。五時間も繰り返し、繰り返し、あいつに言ったあとに」

ワッティーは背を向けると、坂を下りようとした。

「ワッティー！　まだ無理だ。傷があるんだぞ。もう少し時間をくれ、な？」

マッコイはもう一度かがみ込んだ。が、あまり楽にはならなかった。まだ脇腹が痛かった。いい考えが浮かんだ。セント・アロイシウス教会を指さした。「さあ、階段に坐ろう」

ワッティーは怪訝な表情をした。

「階段だよ！　改宗しろって言ってるんじゃない。じゃなければ歩道に横になるかだ」

ワッティーはすばやく周囲を見まわすと、坐ってまた話を再開した。「あの子はどこかまともじゃないんだ、ハリー。何が起きているかさえわかっていない。いつお母さんに会えるのかってずっと訊いてる」

「弁護士はなんと言ってる？」とマッコイは訊いた。ようやく呼吸が落ち着いてきた。

「弁護士はいない。レイバーンが必要ないって彼に言ったんだ。無実なら弁護士は必要ないだろって言って。だからひとりで供述を始めた」

マッコイは深く息を吸った。ほんとうは口にしたくないことを言った。

「いいか、ワッティー。頭がまともじゃないからといって、それがやっていないないことを――」

「レイバーンは彼に言い続けたんだ〝アリスに何をした〟って。何度も何度も繰り返し訊いた。少年は泣きだして、水を飲みたいとずっと言っていたのに、レイバーンは飲ませようとしなかった。あの取調室がどんなだか知ってるだろう。地獄みたいにクソ暑いんだ。レイバーンは言い続けた。何をしたかを話せば、家に帰ってお母さんに会えるぞって」

「なんてこった」

「彼は普通の学校にも行っていない。知ってるだろ、メアリーヒル・ロードにある例の……」

マッコイはうなずいた。

「最後には泣き崩れた。泡を吹いて鼻水を垂らし、母親を呼んで叫び始めた。レイバーンは彼をつかんで泡を吹くのをやめろと言い、アリスに何をしたのか言わなければ、二度と母親には会わせないと言った。そして彼に平手打ちを食らわせ始めた。さらに腹にパンチを食らわせたり、後頭部を殴ったり、あの可哀そうな子を殴り続けた。しかもレイバーンはこんなことはなんでもない、事態はもっともっと悪くなると言った。アリスの居場所を言わなければ、言うまでこの体の大きい警官に徹底的に殴り続けさせると言っておれのほうを見た。協力しなければおれが彼を殺すだろうって。そこまでだった。あの少年は天井を見上げて、母親に泣き叫びながら、いい子になる、ごめんなさいと言ったんだ」

そう言うとワッティーはマッコイを見た。

「レイバーンをやめさせ、あの部屋を出るためだったら、あの少年はなんでもやっただろう。そしてレイバーンはひとつずつ説明した。〝おまえは彼女を〈ジャコネリ〉に連れていった、そうだな？　彼女はキスをしてくれなかった。だから彼女を傷つけた。彼女に教えてやったんだ、そうだな？〟あの哀れな子はただうなずき、レイバーンの言うことにはなんでも同意した。レイバーンはそれをすべて書き留めて、サインすれば母親に会えて、家にも帰れると言った」

マッコイは話に割り込もうとした。が、ワッティーは続けた。全部吐き出させる必要があった。

「彼のサインを見るべきだ、ハリー。まるで小さな子供が書いたみたいなんだ。彼はサインしたあとに言った。〝もうママに会える？　家に帰っていい？〟するとレイバーンはクソ食らえと言って、平手打ちを二、三発食らわせた。〝おまえは変態だ。刑務所に行くことになる〟って言った。少年は自分が家に帰れない、母親に会えないとわかるとパニックになった。頭を机に打ちつけて、金切り声をあげ始めた。するとレイバーンは彼に手錠を掛け、部屋の隅に押しやった。そしておれにこう言ったんだ。〝こうするんだ、坊主〟誇らしげだった。〝こいつがやったんだ。それを認めさせるにはひと押し必要だった〟そう言うと彼の腹を二、三回蹴って、これはアリスの分だと言った。それから……」ワッティーは一瞬、口ごもった。息を吸うと、なんとか吐き出した。「それからナニを出して彼に小便をかけた。この先二十年間毎日同じことが起きるんだぞと言って」

ワッティーは今にも泣きそうだった。

マッコイはいっとき黙ったまま、なんと言おうかと迷っていた。

「いいか、ワッティー」とマッコイは言った。慎重に進めようと思った。「おまえはこういった事件に多く関わってきたわけじゃない。だれもが騒ぎ立て、少女が死に、大衆とピット・ストリートがプレッシャーをかけてくるような事件だ。そういった事件は違ってくる。取り調べは厳しいものになる。徹底的にな。レイバーンも同じことをした。あいつはいつも悪い警官を演じる。それがあいつのスタイルなんだ。そしてあいつは結果を出した」

ワッティーはマッコイのほうを見た。憤慨しているようだった。「違う、そうじゃないんだ！　あいつがやったことは怯えた少年に、眼の前にあるものにサインさせただけなんだ。その結果がこれだ！」

「わかった。違う方向から見てみよう」マッコイはゆっくりと指を折って数えた。「ひとつ。少年は同じ通りに住んでいた。少女のことを知っていて、以前にもいっしょのところを見られていた。年齢差も不利な材料だ。あの年齢の少年とあの年齢の少女が友達になることはない。ありえない。ふたつ。部屋に彼女のパンティーがあった。それをおかずにマスをかいていたということは明らかに不道徳な性的関心を示している。三つ。彼には公然猥褻《わいせつ》の逮捕歴がある。人前でチンポを見せびらかすことから始まって、最後に少女をレイプしたり、殺したりするのはやつが初めてってわけじゃない。四つ。レイバーンは、彼が彼女を殺したという自白調書にサインさせている。おまえはそれが強要されたものだと思っている。おそらくそうなんだろう。だがだからといって、必ずしも自白の内容が真実じゃないとはかぎらない。こういった連中はぎりぎりまで押してやらないと、なかなか自分がやったことを白状しないんだ」

ワッティーはまっすぐ前を見ていた。マッコイの言ったことを少しも認めていなかった。

マッコイは続けた。「いいか、ワッティー、あのような犯罪を認めるのは難しいことなんだ。銀行強盗や暴行のようにそいつを大物にして、刑務所のなかでポイントが上がるような犯罪じゃない。自分が最低最悪の人間のくずだと世界じゅうに認めなければならないんだ。少女をレイプして殺したと白状することだ。ある程度、納得したのでなければ、だれもそんなことを認めやしない。認めれば自分で自分の死刑執行令状にサインすることになる。レイバーンはやりすぎたのかもしれない。だが警察が結果を出すために、あいつのようなやつに頼らなければならないというのは、決してこれが最初でも最後でもないだろう」

ワッティーは首を振った。「違う」と言った。

マッコイはため息をついた。簡単にはいかないと悟った。「よし、じゃあ逆に考えてみよう。どうしてやつがやっていないと言い切れるんだ?」

ワッティーはマッコイのほうを見た。「彼は頭が弱いし、変質者かもしれないけど、殺人者じゃない。実際には自白していない。何が起きたのかもわかっていない。ただ母親に会いたいだけで、レイバーンが望むとおりのことを言えば許してもらえると思ったんだ」

マッコイはそこに坐り、考えようとした。自分の言うべきことはもう言った。だがワッティーが言っていることがどこか気になるのも事実だった。ワッティーは経験は浅いが、ばかではなかった。優秀な警官だ。もし彼が少年は無実だと確信しているなら、そのとおりなのかもしれない。ひょっとしたら。

「じゃあ、パンティーはどこから来たんだ?」とマッコイは訊いた。この会話をしているのが教会の外だということは考えないようにした。

「何週間か前に干してあった洗濯物から取ったと言っていた。母親は彼女が行方不明になったときにどんな下着を穿いていたかは覚えていないそうだ。彼がほんとうのことを言っているのかもしれないんだ、マッコイ」

マッコイはうなずいた。ありえるかもしれない。「どうしてレイバーンは彼女の死体が運河にあると確信しているんだ？」

「確信してるわけじゃないと思う。そこが一番ありえそうな場所だからだ。彼女に何があったとしても、そこにいる可能性が高い。もし彼女がどこか別の場所で見つかったら、レイバーンはエルダーがおれたちを遠ざけるために嘘をついたと言えばいい」

「レイバーンは実際にどんな罪状で彼を逮捕したんだ？」とマッコイは訊いた。

「殺人罪」とワッティーは答えた。

マッコイは信じられなかった。「冗談だろ！　死体もないのに？　そりゃあちょっと勇み足じゃないか？　下着の窃盗で起訴すれば、彼女の死体が見つかるまで、彼を拘留しておくには充分だろうに」

マッコイはしばらく考えてから、ほんとうにすべき質問をした。少年を釈放させる望みがあるならば、答えなければならない質問だった。「じゃあ、ロニー・エルダーが彼女を殺していないのなら、だれがやったんだ？」

ワッティーは肩をすくめた。「わからない。けど、だれがやったにせよ、おれたちが何もしなければ、そいつは逃げおおせることになる」

「いいか、ワッティー、おまえが動揺して、怒っているのはわかるが、おれにはおれたちに何ができるかわからない。彼は殺人で逮捕された。もうおれたちの手は離れている」

ワッティーはマッコイのほうを見た。顔には失望が浮かんでいた。「それだけか？　言いたいのはそれだけか？　お気の毒さま、バーリニー刑務所へようこそって言うのか？　あんたはもっとまともだと思ってたよ、マッコイ。あの少年のような人間に起きることをもっと気にかけてくれると思っていた。そうじゃなかったってわけだ、なあ？」

「待てよ、ワッティー、そりゃあないだろ！」

ワッティーは立ち上がり、マッコイを押しのけた。「あの子もまたやってもいない罪で犯人に仕立て上げられる。それこそがほんとうに重要なことなんじゃないのか？」

マッコイは呼び止めたが、ワッティーは振り向きもせず、そのまま立ち去った。

マッコイは階段に坐ったまま、ワッティーの言うとおりなのだろうかと考えた。自分はロニー・エルダーのような人たちのことを気にかけなくなったのかもしれない。ほかの警官と同じになってしまったのかもしれない。絶対にならないと誓ったような警官に。

向かいに停まったタクシーからスーツ姿の男が降りた。ひとつのアイデアが浮かんだ。うまくいくかもしれないアイデア。だがまずはローラ・マレーを拾う必要があった。

20

前回来たときと同じように、〈ストラスモア〉は若者たちでごった返していた。ジュークボックスが鳴り響き、酔っぱらったカップルなのか、女の子同士なのかがマンゴ・ジェリー（英国のスキッフルバンド）に合わせて踊っていた。ウィー・タムがビールを二杯、テーブルの上に置いて坐った。最後に彼と話したのは数年前だった。当時は〈ストラスモア〉にはよく来ていた。少し行った先のサンドフィールド・ストリートにマッコイのフラットがあったのだ。

ウィー・タムはある晩、警察に補導された。ヤング・カンビーとつるむようになり、ラックヒルで集団乱闘に巻き込まれたのだ。彼の父親は、息子が深みにはまる前にやめさせようと考え、マッコイに話をするよう頼んだ。マッコイはそうした。顔を切り裂かれた若い男たちの恐ろしい話や、バーリニー刑務所で彼のような男に実際に起きたことを話し、彼に神への畏《おそ》れを植え付けようとした。

彼は当時十五歳くらいで、まだ大人になりきっておらず、まだメイとビッグ・タムの息子でしかなかった。今はもう違う。背が伸びて百八十センチを超え、がっしりとした体格をしていた。この店のほかの若者たちと同じように長髪にTシャツ、ジーンズにスニーカーという姿だった。この日は長袖で丸い襟ぐりの緑のTシャツを着ていた。胸には明るい黄色でレッド・ツェッペリンの空を飛ぶ天使のロゴが描かれていた。

「繁盛していると認めざるをえないようだな」とマッコイは言い、周囲を見まわした。

ウィー・タムはうなずいた。「難しいことじゃなかった。ジュークボックス一台でこうまで変わるとは驚きだよ。間違いなく正しい曲が入っているようにするだけで、みんなが集まってくる。女の子たちはみんなデヴィッド・ボウイを何度も何度もかけるんだ」

「なるほどな」とマッコイは言った。《ジーン・ジニー》はちょうど三回目だった。

ウィー・タムはビールをひと口飲んだ。ニヤッと笑った。「悪く取らないでほしいんだが、ミスター・マッコイ、あんたと会うのはいつもうれしいけど、ここはもうあんた好みのパブじゃないかもしれない」

「おれが年を取りすぎてると言いたいのか？」マッコイは冗談半分に訊いた。

「まあ……」

「生意気なやつだ。心配するな、店の雰囲気をぶち壊しにするつもりはない。人に会いに来ただけだ。ローラ・マレーという名の少女だ。知ってるか？」

ウィー・タムはうなずいた。「何度か来たことがある」

「話をしたことは？」とマッコイは訊いた。

「ない。このあたりの人間じゃない。おれにはちょっとお高く止まっていて高慢そうに見える」

「ここにはお高く止まった女が多いんじゃないのか？」マッコイはビールを飲みながら訊いた。

ウィー・タムはうなずいた。「山ほどいる。頭がおかしい。不良の男たちを狙うんだ。ナイフを持ってりゃなおいい。大事なのはママとパパを困らせることなんだ。おれは近づかないようにしてる」

「不良連中もここに来るのか？」とマッコイは訊いた。

「あい、かなりな。ここは中立地帯みたいなもんだ。ゲシュタポとシャムロックが中心だ。その週に連中がつぶしあったかどうかによるがな。主に金曜日と土曜日に来る」彼はニヤリと笑った。「すべてうまくいってる。女の子たちは音楽を聴きに来て、不良連中は女の子を求めてくる。大忙しだ」

「トラブルも多いのか？」

肩をすくめた。「あまりない。たいていはあとで踊りに行ったときに起きる。ここを出るときは完全には酔っぱらっていない。街に向かうバスのなかでハーフボトルを飲み干すと、もう自分の影とでも喧嘩しそうなほどさ」

「ドニー・マクレーはよく来るのか？」とマッコイは訊いた。ジュークボックスから流れてくるロキシー・ミュージック（英国のロックグループ）の曲に負けないように声を張り上げた。

「彼に何があったか聞いたか？」

マッコイはうなずいた。「ひどい話だ」

ウィー・タムは少し考えた。「何度か来ていたかもしれない。正直言って、彼のことはよく知らないんだ。チンピラのひとりって感じで」

「おまえはどうなんだ？　トラブルに巻き込まれないようにしてるか、タム？」

「ああ、おれもばかじゃない。不良の連中とは距離を置いている。パブの経営もあって忙しいんだ。ところでそろそろ……」彼はバーカウンターのほうを顎で示した。父親が汗をかいていた。注文のメモを持った若者たちに囲まれて困っているようだった。

「行ってくれ」とマッコイは言った。「それからタム、ひとつ頼みがある。酒を出す前に、せめて年齢を確認しているふりぐらいはしてくれ」

彼は敬礼をした。「了解」そして父親を助けるために去っていった。

マッコイは彼を見送ると、煙草に火をつけ、ビールをもうひと口飲んだ。ウィー・タムは間違いなくあの父親の息子だ。自分自身を救うための嘘すらつけない。「何も知らない。パブを経営してるだけだ」などという戯言《たわごと》をマッコイが信じるはずもなかった。ウィー・タムがドニー・マクレーについて話した以上のことを知っているのは間違いなかった。もしそうなら、彼が不良連中と距離を置いているという話も嘘の可能性が高かった。

マッコイには、なぜ彼が手の内を見せないようにしているのかわからなかった。彼が悪い人間だとは思っていなかった。ただよく言われるように、誘惑に弱いのだ。そしてそれは最悪になる場合がある。さらにトラブルに巻き込まれることになるのだ。

彼は踊っている客をいっとき見ながら、ビールを飲み、ワッティーの件をどうするべきか考えた。自分がかつて嫌っていたような警官になりつつあることが気になった。安易な道を進み、トラブルを起こさないような警官。情熱的で闘志に満ちあふれたワッティーは、何年か前の自分自身を思い起こさせた。ワッティーのような若者にバトンを渡し、戦いを任せるときが来たのかもしれない。年を取るとはこういうことなのだろうか。今夜はそう感じた。少年だった頃のウィー・タムのことを今でも覚えていた。閉店したパブを飛行機になりきって走りまわり、父親に「見てくれ」と叫んでいた。年老い、疲れた気分だった。

タフな一年だった。レイバーンの下から逃げ出す必要があるかもしれない。サザン署かどこかに異動して、新しいスタートを切るのだ。

タム親子がラストオーダーを叫び始めた頃になって、ようやくローラ・マレーが店に入ってきた。バッグをマッコイの隣のベンチにどさっと置いて腰を下ろした。疲れ切った様子だった。

「乗ったタクシーが〈ウッドサイド・イン〉の外で動かなくなったの。メアリーヒル・ロードをずっと歩かなきゃならなかった。あなたがもういないんじゃないかと思った」

ウィー・タムがやって来て、マッコイに最後の一杯はどうかと尋ねた。マッコイは自分にはビールを、ローラにはコーラを頼んだ。ウィー・タムは「持ってくる」と言い、ローラに会釈すると、バーのほうに戻っていった。

「知り合いか？」彼がほかのテーブルから空《から》のグラスをさげるのを見ながらマッコイは訊いた。

「残念ながらね」彼女は鼻で笑うようにそう言った。

「どうして残念なんだ？」マッコイは訊いた。

肩をすくめた。「いつもドニーとその仲間にまとわりついていた。子犬みたいに彼らのあとを追って、彼らのしていることになんでも加わろうとした」

「連中は仲間に入れてやったのか？」とマッコイは訊いた。

「ときには。父親がパブを持っているから、使えると思ったんだと思う。ドニーは気にしなかった。飲み物をおごらせたり、まわりをうろつかせたりしていた。わたしは気味が悪いやつだと思ってた」

「あい、そうなのか。どうして？」とマッコイは訊いた。

「ドニーは女の子じゃないってことよ。見つめるようなおっぱいはない、そうでしょ？　わたしと話してるときも、一度もわたしの顔を見たことがなかった。ただ子供っぽいってだけかもしれないけど」

「言ってみれば十五歳みたいな？」

彼女は二本の指を彼に向かって突き出した（英国においては侮辱的なジェスチャー）。ニヤリと笑った。「で、今日はどこに泊まればいいの？」

21

「ねえ、冗談だと言って」グレート・ウエスタン・ロードでタクシーを降りると、ローラが言った。街灯が灯《とも》っていたが、空はまだ明るかった。一年のうちのこの時期はほんとうに暗くなることはなかった。夜明け前の数時間に薄暗くなるだけだ。「スティーヴィー・クーパー？」ショックを受けているようだった。「あのスティーヴィー・クーパー？」

マッコイはうなずいた。「ひとりしかいない」

マッコイは彼女のバッグのひとつを受け取った。スケッチブックや大きなノート、絵筆でいっぱいのようで、思ったより重かった。

ローラはダッフルバッグを肩に担いだ。「スティーヴィー・クーパーは、ドニーが唯一、ほんとうに怖がっていた男だった。彼はけだものだって言ってた」

「そうなのか」とマッコイは言い、運転手に二ポンド渡した。「あいつはけだものかもしれないが、予備の客間をたくさん持ってるけだものだ。それにきみの好きなアイリスもここにいるはずだ。彼女がきみの相手をしてくれる」

「アイリス？」とローラは言った。驚いたようだった。

マッコイはドアベルを鳴らした。「アイリスだ。有名なパリのダンサーの」

「はは」と彼女は笑った。「アイリスはここで何をしてるの？」

「自分で訊けばいい。フォリー・ベルジェール（パリ最古のミュージック・ホール）で踊る以外にも、アイリス婆さんにはいろいろと取り柄があるのさ」

ドアが開いた。ランニングシャツに短パン姿のビリー・ウィアーがそこに立っていた。少し慌てているようだ。

「マッコイ」と彼は言い、ローラをじろじろと見た。「入ってくれ。多ければ多いほど愉しくていい。まるでここはくそセントラル駅だな。連れの名は？」

「ローラだ」とマッコイは言い、バッグをビリーに手渡した。「もっと愉しくなるぞ。ローラ、ここでは靴を脱ぐんだ」

三十分後、マッコイとビリーはキッチンのテーブルに坐り、缶ビールふたつとウィスキー二杯を前にしていた。フランス窓は開け放たれ、そよ風が部屋のなかを涼しくしていた。どこからかボビー・マーチの《ポストカード・フロム・マッスル・ショールズ》がやさしく流れていた。マッコイは周囲を見渡したが、まだ信じられなかった。六カ月前、彼とビリーはメメン・ロードにあるごみだらけのフラットの汚れたキッチンテーブルでこのような会話をしていた。裏庭ではネズミが走りまわり、蛇口からは水が漏れ、暖房はなかった。

「あの娘《こ》はだれの姪だって言った？」ビリーが訊いた。マリファナを巻くのに使う二枚の煙草の紙の端を注意深く舐めていた。

「マレー警部だ」とマッコイは言った。「おまえの汚い手で触るんじゃないぞ」

ビリーは怯えた表情をした。「あのデブ野郎にあんな姪がいるのか？　信じられない。

いずれにしろ心配するな。おれのタイプじゃない」

「タイプじゃないだと？　この前会ったときは、心臓が動いてればだれでもタイプだって言ってなかったか？」

「もう違う。お上品なウエストエンダーにふさわしく、おれの基準も上がったのさ」

「なんの基準だよ？　脈拍数と戯言《たわごと》をひねり出す能力か？」

「罰当たりなやつが」とビリーは言い、マリファナ煙草の端をねじって口にくわえると、すぼめた唇から出した。「できた！」

「おれの言ったことはやったか？」とマッコイは訊いた。

ビリーはうなずくと、マリファナ煙草を耳の後ろに挟み、テーブルの下に手を伸ばして、茶色い革のかばんを取り出した。それをテーブルの上に置くと、公式文書っぽい書類を二、三通取り出して、かざして見せた。

「じゃじゃーん！　今日、買った。ギャロウゲイトに馬券売り場を一軒、ロイストンにパブを一軒だ。パブは実際に儲かっているらしい。だれが買ったのかがうっかり漏れるようにするために噂も流した。それにジャンボに、バーリニー刑務所にいるロニー・ドリューに会いに行かせ、クーパーがリンデラからの分け前に不満を持っていると伝え、ボスであるドリューにクーパーを怒らせないほうがいいと忠告してきた」

「なんてこった、ビリー、ずいぶん危ないまねをするんだな」とマッコイは言った。「ジャンボにそれをやらせたのか？」

ビリーはうなずいた。「まあな。行く前に二十回は説明しなければならなかったけどな。あいつは刑務所の外の電話ボックスから連絡してきて、さらにもう一度確認したよ」

マッコイは笑いだした。ジャンボがパニックに陥り、間違えまいと必死になっている姿が眼に浮かんだ。「可哀そうに」

「だが、うまくいったとあいつは言っていた。ドリューは怯えてさえいて、自分が解決すると言ったそうだ」

「ジャンボにしてはよくやった。あいつにそんな取り柄があったとはな。今はアイリスの酒場にいるのか？」とマッコイは訊いた。

「ああ、砦《とりで》を守っている」ビリーはマリファナ煙草に火をつけると、深く吸ってから、マッコイに渡した。「アイリスのところの女の子のひとりが店を切り盛りしている。あいつは怖そうな顔でキッチンの戸口に坐っている」

「うまくやってるか？」

「ジャンボか？　上々だ。今じゃしっかりと字も読めるようになった。この前なんかは『ブルーンズ』（スコットランドの週刊紙に掲載された同名の漫画を一冊にまとめた雑誌）を読んで、ひとりでげらげら笑ってたよ」

マッコイは煙を吐き出すと、マリファナをビリーに返した。いい頃合いだ。油断させておいて、ビリーの反応を見ようとした。

「写真は撮るのか、ビリー?」

「は?」ビリーが顔を上げてマッコイを見た。

「写真だ。カメラで。この家のなかで」

ビリーは首を振った。マリファナ煙草を灰皿に置いた。「何を言ってるのかわからんよ、ハリー。なんの写真だ? 撮ろうと思っても、撮れやしない。カメラも持ってないからな」

「問題ない」とマッコイは言った。「おれの勘違いだ」そう言うと立ち上がって、ウィスキーの残りを飲み干した。「さっさと終わらせたほうがよさそうだ。あいつに会う前にもうひと口吸わせてくれ」

「幸運を祈るよ」とビリーは言い、マリファナ煙草を手渡した。「たしかにそいつが必要かもしれない。一応言っとくが、あんたの命令でヘロインの箱を捨てたことを知ったときのクーパーはあまりうれしそうじゃなかったぞ」

「なんてこった」とマッコイは言った。「それを聞けてよかったよ。二十分経っても出てこなかったら、救急車を呼んでくれ」

マッコイは階段を上りながら、ビリーが写真のことについてほんとうのことを言っていると確信した。必死で否定しようとしたり、不安に感じているようには見えなかった。ただ純粋にマッコイが何を言っているのかわからないようだった。それはほっとすると同時に厄介なことでもあった。写真を撮ったのがビリーでないとしたら、いったいだれなのだ？

マッコイは階段を上りきると、寝室のほうに向かって歩いた。立ち止まった。だれかが激しく吐いている音が聞こえた。何度も何度も嘔吐していた。しばらくしてアイリスが、布巾を掛けたバケツを手に寝室から現われた。彼を見てもあまりうれしそうではなかった。

「あんたの考えなんだろ、あたしをクソ子守り女代わりにしやがって！」マッコイに向かってうなるように言った。「まったくクソずうずうしいやつだよ」

「あい、あんたはあいつに借りがあるんだろ」とマッコイは言った。

「借りがあるだって？　あいつのために安い給料で八年間も働いてきたのにかい？　あたしゃ、なんてくそラッキーなんだろうね」

「おいおい、アイリス。あのもぐりの酒場はもう何年も前から儲からなくなってた。ほかもどこもそうだ。あんたの店しか残っていなかったのはクーパーのおかげだ。あいつはあんたのためだけにあそこを残しといたんだ」

「嘘ばっかり」と彼女は言った。だがあまり自信はなさそうだった。

マッコイは肩をすくめた。「信じたいものを信じればいいさ。いつものようにな」

アイリスは嘔吐物のにおいを残して階段に向かった。「くそマッポが利口そうに振る舞いやがって」とかなんとかつぶやきながら消えていった。

マッコイはドアの外でしばらく立ち止まり、何を言うかを考えようとした。階下《した》に戻って、マリファナ煙草をもう少し吸ってから帰ろうかと思っていたら、声が聞こえた。

「そこにいるんだろ、マッコイ」

クーパーだ。弱々しく聞こえたが、それでも彼に間違いなかった。仕方がない。マッコイはドアを押し開けてなかに入った。

寝室は薄暗く、あちらこちらに置かれたろうそくの灯りしかなかった。クーパーはベッドに起き上がって坐り、ランニングシャツ姿で髪の毛はいつものようにオールバックにしていた。まるで何週間も食事をしていないように見えた。筋肉が衰え、今はランニングシャツも彼には大きく見えた。顔も痩せてやつれていた。

「おまえに感謝しなければならんらしいな?」とクーパーは言った。

「そのようだ」マッコイはベッド脇の肘掛け椅子に坐った。部屋のなかは嘔吐物と汗のようなむっとするにおいがした。病室のようだった。

「ドクター・パーディーが来たよ」クーパーは小さな薬瓶を持ち上げた。「借金からクソ五百ポンドも引かされた」

「その価値はあるがな。気分はどうだ？」マッコイは訊いた。

「クソだ」とクーパーは言った。「それもこれもおまえのせいだと聞いてるぞ」

「その件はすまない。けどおれは――」

クーパーは両手を上げた。「おまえはやるべきことをやった。わかってる、わかってる」

「怖かったんだ」マッコイは静かに言った。

「おれも同じだ」とクーパーは言った。「こんなに急に進むとは思っていなかった。最初は、背中が楽になって、数カ月ぶりに痛みもなく最高の気分だったのに、数日後にはエリーのこともすっかり忘れていた。ただアンジェラが現われるのを待って、不安でのたうちまわっていた」

「アンジェラ？」驚いたようにマッコイは言った。「なんだって？　あのアンジェラか？」

クーパーはうなずいた。「ああ、おまえのアンジェラだ。エリーがいなくなってから、おれの力になってくれた」

「冗談だろ」とマッコイは言った。「どうして彼女が関係してくるんだ？　ロンドンのメアリーランドで仕事をしていると聞いていたぞ？　バンドのブッキングとか何かの」

「していた」とクーパーは言った。「今はおれのために働いている。かまわんだろ、あ？」

それは質問ではなかった。以前のクーパーが一瞬垣間見えた。

マッコイは肩をすくめた。「彼女が決めることだ。おれが聞いていなかったというだけだ。だが、なんで彼女なんだ？」

「ビリーとおれは金貸しとか、みかじめとかという普通のことならなんでも知ってるが、ドラッグに関しては専門家じゃない」クーパーは弱々しく微笑んだ。「見てのとおりだ」

彼はベッドサイドテーブルから煙草とライターを取り、火をつけようとしたが、何かが彼を襲ったようだった。しばらく坐ったたまま、額《ひたい》に汗を浮かべていた。震える手で煙草を戻した。

「しばらくはやめておいたほうがいい」とマッコイは言った。

クーパーはうなずくと、ヘッドボードにもたれかかり、眼を閉じた。疲れ切っているようだった。そして続けた。「ビリー・チャンとヘロインの取引を始めたあと、すべてが急変した。何か新しい局面になったような。だから何もかも変えているところだ。マリファナ、覚醒剤《スピード》、ＬＳＤ、クスリ《ピル》なんでもだ。だからそういったモノのルートを知っている人間が必要だった」
彼は眼を開け、ニヤッと笑おうとした。「そのあたりのルートに詳しいのがおまえのアンジェラだった。それでおれのために働くようになった。ここ何カ月かやってもらっている。クソ優秀だよ」

「信じられない」マッコイは頭を振った。「よりによって彼女とはな」

「おいおい、おまえらはもう何年も前に別れたんだろうが」とクーパーは言った。

「そうだが、それでもだ」

「彼女をクビにしてほしいのか？」とクーパーは訊いた。

マッコイは首を振った。クーパーに眼をやった。「いいや、そんなことはしてほしいわけじゃない。だがひとつ頼みがある」

「なんだよ、おまえのために婆さんや迷子を泊めてやる以外にもか？」とクーパーは言った。「勘弁してくれよ、マッコイ」

「あい、わかってる。それについては心配するな。うまくいけばそう長くはならない。アーチー・ロマックスはまだおまえの弁護士なのか？」

クーパーはうなずいた。

「よかった。ビリーに電話させてくれ。ロニー・エルダーという男を弁護するように伝えてほしい。そいつはスチュワート・ストリートの留置場にいる。その金をおまえに払ってほしい」

「ずいぶんと多くを求めるんだな？　ロマックスの一時間当たりの報酬を知ってんのか？　そもそもこのエルダーってのはだれで、どうして――」

クーパーは体を折り、突然隅にあるバケツを指さした。

マッコイは慌ててバケツを取ると、クーパーの顎の下に差し出した。彼は水っぽい嘔吐物をそのなかに吐いた。何度か吐いたが何も出なくなると、枕によりかかった。ほとんど透明と言っていいくらい蒼白な顔だった。

マッコイはバケツをベッドの下に置くと、煙草のそばに置いてあった黄色いセロファンで覆われたボトルから〈ルコゼード〉をグラスに注いだ。クーパーはパーディーの薬を一錠取り出すと〈ルコゼード〉で呑み、グラスを返した。

「エルダーは十六歳の少年だ。アリス・ケリーという少女を殺したとされている」

クーパーは無表情だった。ここ二、三日のことを考えれば、話に追いつけていないのも驚くことではなかった。

「とにかく、おれは彼がやったとは思っていない。それに彼には弁護士もついていない」

マッコイは言った。

「じゃあ、ロマックスに金を払って、婆さんや迷子を泊めて……」クーパーは頭を振った。

「ほかにおれにできることはあるか？」

マッコイはニヤリと笑った。「とりあえずはこれくらいだが、また連絡するよ」

立ち上がった。

「どこへ行くんだ？」とクーパーは訊いた。すでに眠そうだった。

「アンジェラが来る前に出ていく」とマッコイは言った。「これ以上のごたごたはごめんだ。明日また戻ってくるから、ローラにはおれが戻るまでおとなしくしていて、家からは出ないように言っておいてくれ」

クーパーはうなずいた。

マッコイはドアのほうに向かった。

「マッコイ」

振り返るとクーパーが見ていた。

「ありがとうな……」

言う必要はなかった。

「お安いご用だ」とマッコイは言った。

クーパーはうなずき、枕に体をもたせかけると灯りが消えるように意識を失った。

22

マッコイは屋敷から出ると、グレート・ウエスタン・ロードに向かって歩きだした。腕時計を見た。疲れていて、家に帰りたかった。今は、リアムを捕まえてミラのことを頼むのはあとまわしにしたかった。だが、ギルロイがメッセージを残していて、ミラの力になると約束したことを思い出させていたので、通りすがりのタクシーを停めて乗り込んだ。運転手を説得してオートン・プレイスまで行ってもらうことにした。運転手がその近くには行きたがらなかったのだ。マッコイは身分証明証を取り出して、さっさと行くように言った。運転手は小声で何かぶつぶつと言いながら、小さなガラススクリーンを引いて閉めた。マッコイには好都合だった。不機嫌そうな顔の男と会話をする気はさらさらなかった。

二十分後、運転手はブルームローン・ロードをはずれ、一度入り込んだら二度と出られない場所へと入っていった。マッコイは車を降りるとドアを閉めた。チップも渡さなかった。運転手は窓から体を乗り出し、「くそったれ！」と叫びながら、走り去っていった。

必ずしも彼を責めることはできなかった。彼自身も必要がなければワイン・アレーには来たくなかったのだ。それほど大きな地区ではなかった。小石打ち込み仕上げの三階建てのフラットが五ブロックから六ブロックにわたって並んでいる。ガヴァンには決してないような場所だった。さらに言えばグラスゴーのどこにも。

ワイン・アレーはムーア・パークとしてスタートし、ゴーボールズのフラットが取り壊された人々が住むために建設された住宅地域だった。初めはよかったが、数年のうちに有名になった。もぐりの酒場、アルコール依存者、問題のある家族、物乞い、ナイフ、そして恐ろしい量の酒。悪名高い地域となった。しょっちゅう新聞に載った。あだ名がついた。西ヨーロッパ最悪の住宅地域とだれかが言った。

「おまえ！」

マッコイが振り向くと、五十代くらいの男が通りの真ん中に立っていた。スーツのズボンだけで、シャツも着ていなければ、靴も履いていない。マッコイのほうに歩いてこようとしたがうまくいかず、前後に揺れていた。酔っぱらっているようだ。黄色い街灯が左手に持った長い包丁を照らしていた。男が包丁を振り上げた。

「金だ。金を寄越せ」と男は言った。

「追い払われる前に失せろ」とマッコイは言った。

男は一歩前に進むと、少し揺れてバランスを崩した。前のめりに倒れ、舗道に頭をひどく打ちつけた。包丁が手からこぼれて側溝に落ちた。寝間着姿の小柄な女性がどこからともなく現われ、駆け寄ると男の横にひざまずいた。

「大丈夫なのか？」マッコイは尋ねた。

彼女はうなずいた。男はなんとか体を起こして坐ると悪態をつき、口から血を吐き出した。マッコイは近寄ると、一ポンドを差し出した。小柄な女性は怪訝そうにマッコイを見た。手が伸ばされ、金をつかんだ。

「彼にそんなばかなことはするなと言ってくれ。自分を傷つけることになると」マッコイは言った。

女性はうなずいた。通りの左右を見て言った。「夜のこんな時間にこのあたりをうろつかないほうがいいよ、旦那。危険すぎる」

マッコイはうなずくと歩きだした。男はすでに、いくらもらったのか、半分は当然自分のものなのだろうなと女性に尋ねていた。

マッコイは四三番地を見つけた。庭だったらしきところを歩き、階段で三階まで上がった。ドアをノックするとそのまま開いた。見ると鍵は壊れ、ねじ一本でぶら下がっていた。

「リアム、いるか？」とマッコイは声をかけた。

フラットに足を入れると、ベッドルームのドアが開き、リアムが現われた。髪の毛があちこちに付いたペイズリー柄のパジャマのズボンを穿き、眠そうに眼をこすっていた。

「ハリー？　おやまあ。驚かせるじゃないか。こんなところになんの用だ？」

「頼みがある」とマッコイは言った。「ちょっといいか？」

リアムはベッドルームのドアを閉めると、リビングルームのほうを指さした。マッコイは灯りのスイッチのところまで歩き、押したが何も起きなかった。

「メーターに金を入れなきゃならないのか？」尋ねながら、ポケットを探った。

リアムは首を振った。「もう何週間も止められている」

マッコイは部屋の真ん中にあるキッチンチェアに坐った。外の通りからの灯りがぼんやりとした黄色に部屋を照らしていた。部屋のなかを見まわした。ひどい状態だ。壁には竹の模様の壁紙の残骸があり、床はむき出しのハードボード、部屋の隅には古いソファから取ったような汚れたクッションがいくつか転がっていた。

リアムは窓台にもたれかかった。今は彼の姿がよく見えるようになった。耳から左の頬に沿って顎まで、腫れて生々しい傷痕が、点々とした縫い目とともに、灯りに照らされていた。

「リアム、なんてこった。どうしたんだ？」

リアムは頭を振った。「この前、女といっしょに酔いつぶれて外で寝た。眼が覚めたらここにいた。そこらじゅう血だらけだった。仲間によると、若い連中がおもしろ半分にやったそうだ。酔っぱらいに切りつけたんだ、おれだけじゃなかった」

「なんてこった」とマッコイは言い、部屋のなかを見まわした。「ここはおまえの家なのか？」

リアムは首を振った。「シェリアのだ。一年前に市から払い下げられた。ごみためだけど、住むところは住むところだ。会えてうれしいよ、ハリー、暮らしぶりをたしかめるためにこんな真夜中にやって来て、わざわざおれを起こしたんじゃないんだろ？　なんの用だ？」

マッコイはミラのことを話し、彼女が街を動きまわるのに案内役とボディガードが必要だということを説明した。

リアムは微笑んだ。「なんとな。その女にグラスゴーのクソだめのグランド・ツアーをしろって言うのか？」

マッコイはうなずいた。「まさにそうだ。あんたにとっても少しは金になるだろう。乗るか？」

リアムはうなずいた。「もちろんだ。何をすればいい？」

マッコイは立ち上がった。「明日の午後一時。セントラル駅の掲示板の近くで。紹介したあとは、あんたに任せるよ」

リアムはうなずいた。「ブルームローン・ロードまで送ろう。タクシーを拾おうにも、ここじゃ、見つからないし、あんたみたいにお上品なやつをこんな夜中にワイン・アレーを歩かせるわけにいかないからな」

マッコイは頭を振った。「おれは大人だぞ、リアム。大丈夫だ」

「あい、それにおれたちのような人間のことのクソ面倒を見てくれる警官はあんただけだ。あんたにはいなくなってほしくない。自分勝手な理由だ。それだけのこった」

マッコイは折れた。なんと言おうがリアムはついてくるだろう。

「ズボンを穿くからちょっと待っててくれ」彼はそう言うと、ベッドルームに消えていった。

閉まりかけるドア越しに床に敷かれたマットレスと眠っている人物がちらっと見えた。そして閉まる直前に別のものが一瞬だけ見えた。

マッコイはベッドルームのドアを押し開けた。

リアムは裸で、ジーンズを穿こうとしているところだった。驚いた様子だった。「おいおい、マッコイ、少しは待てないのかよ？」と彼は言い、ジーンズを引き上げた。

マッコイは部屋の隅に積まれた服と靴の山のところまで歩み寄った。バッグを手に取った。ヒッピー風のバッグ。長い取っ手、薄茶色の織布製。

「これはどこから持ってきたんだ？」

リアムは頭がおかしくなってしまったのかというような眼でマッコイを見た。

「知らんよ。シェリアのだ。彼女はいろんなくずを集めてくるんだ。パディーズ・マーケットで売るものを見つけようとして」

マッコイは灯りに照らすために窓際に行き、バッグを大きく開けた。中身はからっぽで、隅のほうに小さく丸めた紙があるだけだった。探って取り出し、広げた。レシートだった。〈マックスズ・カンザス・シティ〉という名の店で、住所は一〇〇三、ニューヨーク州ニューヨーク、パークアベニュー・サウス二一三番地。十四ドル二十セント。リアムを見た。

「これをどこで手に入れたのか知る必要があるんだ、リアム。彼女を起こしてくれるか？」

リアムはまだマッコイが頭がおかしくなってしまったかのように見ていた。が、体をかがめると、ベッドで眠っている人物を揺すった。

「シェリア、ダーリン。起きてくれ」

うめき声。

リアムが揺すり続けると、ようやくシェリアが体を起こした。彼女が若いことにマッコイは驚いた。どう見ても二十代前半だろう。長髪で、ポートワインの染みのようなあざが顎と首の半分を覆っていた。彼女は部屋のなかを見まわした。怯えていた。

「リアム？　何があったの？」

「こちらはミスター・マッコイ。刑事さんだ。バッグのことで訊きたいそうだ」

マッコイはバッグを掲げて見せた。「面倒にはならないよ、シェリア。これをどこで手に入れたのか知りたいだけなんだ」

彼女はバッグを見て、マッコイを見て、そしてリアムを見た。リアムが彼女にうなずいた。

「ホテルの裏のごみ箱で見つけたの。ロイヤルなんとかってホテル」と彼女は言った。

「〈ロイヤル・スチュワート〉」とマッコイが言った。

彼女はうなずいた。「大きなホテルの裏にあるごみ箱をあさって、シャンプーの小さなボトルやバス用品を探すの。残りものを大きなボトルに移し替えて、パディーズで売るのよ」

マッコイはうなずいた。「これはいつ手に入れた？」

彼女は考えた。「金曜日の朝早くだったと思う。トラックが九時半に大きなごみ箱を回収しに来るから、その前だと思う」

「どこにあった？」

「ごみ箱の一番上にあった。だれかが置いていったみたいだった」彼女は少しパニックになりだしているようだった。助けを求めるようにリアムのほうをちらっと見た。「だれももうほしがらないだろうから持ってきただけよ。それはただ――」

「心配いらない」とマッコイは言った。「正直な話、面倒なことにはならない。なかには何かあったか？」

「いいえ、手帳があっただけ。いっぱい書き込みがあった。青のボールペンで」

「歌詞か？　そんな感じのものか？」とマッコイは訊いた。

シェリアは答えなかった。リアムに眼をやった。

「シェリアは字が読めないんだ」と彼は言った。

「気にしないで。いずれにしろ手帳はもう手元にはない」彼女は恥ずかしそうにそう言った。「ほかのものといっしょにごみ箱に戻してバッグだけ持ってきた。少しはお金になると思って。ほんとうに面倒なことにはならない？」

マッコイは首を振った。「ならない。大丈夫だ」彼はポケットを探ると一ポンド紙幣を見つけ、彼女に渡した。「そのバッグを売ってほしい。かまわないか?」

　彼女は一ポンド紙幣をじっと見た。うなずいた。

「寝てなさい、ダーリン。すぐに戻ってくるから」とリアムは言った。

　外はまだ暖かかった。蛾が街灯にぶつかっている。遠くでどこかのパーティーから音楽と叫び声が聞こえた。角で少年たちのグループが待っていた。全員が白のジーンズにボバーブーツ(つま先に金属をかぶせたけんか用のブーツ)、裸の胸に黒いサスペンダーをしていた。ひとりはボーラーハットをかぶっていた。

　彼らはふたりのほうに向かって歩き始め、そのうちのひとりがジーンズから長いスクリュードライバーを取り出した。

「くそっ」マッコイは小声で言った。

「大丈夫だ、おまえら」とリアムが言った。「この人はおれの連れだ」

　男たちはうなずき、スクリュードライバーを収めると出てきた角に戻っていった。

「やっぱり来てくれて助かったよ」とマッコイは言った。「あれはなんだったんだ?」

　リアムはバッグを顎で示した。

「話が長くなる」とマッコイは言った。「たぶんなんでもないんだろう。ボビー・マーチのものだったらしい」

リアムは無表情だった。

マッコイはギターを弾くまねをした。「ボビー・マーチだ。ロックスターの」

リアムは首を振った。「おれはアイルランドのショーバンドが好きなんだ。まともな音楽が」

「あい、あんたは耳が聞こえないんだろうな」

リアムはニヤリと笑った。「気をつけろよ、マッコイ。偉大なミュージシャンをばかにするもんじゃない。おれは昔、アイルランドのスライゴでマイアミ・ショーバンドを見たんだ。クソすばらしかったよ」

タクシーが通りの先に現われ、マッコイは手を振った。ライトが消え、ふたりのほうに走ってきた。

「明日の一時」マッコイはそう言うとタクシーに乗り込んだ。「セントラル駅で」

「もう聞いたよ」とリアムは言った。「じゃあ、そこで」

マッコイはタクシーに乗り、ガードナー・ストリートに行くように言った。運転手が最近はタクシー免許がやたらと発行されていることについて不満をぶちまけだしたのを話半分に聞いていた。うなずき、適当なところで「それはひどいな」と言ったが、心のなかでは別のことを考えていた。ワッティー、ロニー・エルダー、スティーヴィー・クーパーの写真、そして何よりも隣の座席に置いてあるボビー・マーチのバッグのことを。

タクシーの窓に寄りかかって考えようとした。通り過ぎる街を眺めていた。彼はいつも夜のグラスゴーが好きだった。巡邏警官だったときでさえ。だれもいない通りや、たまに見かける家へ帰ろうとしている酔っぱらい。人気《ひとけ》のない街をさまよいながら、ほとんどの人々が決して見ることのないものを見る。ソウチーホール・ストリートを覆いつくすムクドリ、パン屋の窓から見える小麦粉にまみれた男たち、壁に沿って坐り、煙草とウィスキーのハーフボトルをまわしている娼婦たち。みんなが眠っている時間に家に帰るのが好きだった。アンジェラを起こさないようにしながら、ベッドカバーの下の彼女の温かい体の横に潜り込むのが好きだった。

タクシーがダンバートン・ロードに入った。もうすぐ家だ。あくびをして姿勢を正した。今、アンジェラはスティーヴィーの下で働いている。そのことを自分がどう思っているのかわからなかった。いずれにせよ、自分にできることはなかった。彼女は何年も前に彼を置いて出ていったのだ。メモを残すことも、手を振って別れることもなかった。ある夜、巡邏の勤務を終えて戻ると、彼女はおらず、荷物もなかった。

タクシーが彼のフラットの外で停まり、彼は降りて金を払った。だれもいない自分の部屋を見上げた。まだ彼女を恋しいと思っている自分に気づいていた。

一九六八年十二月三十日

フロリダ州ガルフストリーム・パーク

テリーは緊張していた。ショーの前はいつも緊張した。ギターをかき鳴らし、立ち上がっては坐り、モーターホームのなかを歩きまわった。髪や首のネックレスをいじっていた。ボビーがマリファナ煙草をひと口吸い、彼に手渡した。テリーはひと口吸い、返すと、キッチンカウンターに坐って、〈ドクターペッパー〉を勢いよく飲んだ。

「何から始める?」テリーが訊いた。「《ティンカー・テイラー》?」

ボビーはうなずいた。「いいな」と彼は言った。

ほんとうは何から始めようが、何で終わろうがどうでもよかった。ただこのツアーが終わってほしかった。そして今夜が最後だった。クソみたいなホテル、クソみたいな料理、クソみたいなドラッグ、ステージの端からスターを見ているだけの三カ月。主役の登場を待つ退屈そうな観客を温めようとするための三カ月間。もううんざりだった。

ひとつだけわかっていたことは、これが他人のバンドのメンバーとしてやる最後のツアーだということだった。彼は自分自身のバンドで何かをやろうと考えていた。たとえ報酬がよくても、雇われメンバーはもうたくさんだった。テリーのせいではない。テリーはいいやつだ。まともなやつだ。ジャンプする準備はできていた。一年間、自分の曲作りに励んできた。だれにも話さず、楽屋やショーのあとのジャムセッションでも演奏しなかった。取っておいたのだ。自分のために。ロンドンに行ったら、キット・ランバートに会いに行くつもりだった。ピーター・グラントでもいい。何かを起こしてくれる人物ならだれでもよかった。

ある晩、彼はぼうっとしていたことがあった。《ロックンロール・サーカス》（一九六八年にローリング・ストーンズが製作した映像作品）のリハーサルのときだった。酔っぱらっていてコカインでハイになり、ほかにも何をヤッたかわからない状態で、キースに自分が何をやろうと思っているか話した。話したのはキースだけだった。彼はやれと言った。すぐに始めろと。時間はだれも待ってくれない。幸運を祈ると言い、できることがあれば何でもすると言ってくれた。

キースがそのときの会話を覚えているかさえわからなかった。数日後、彼は〈スピーク〉でキースに会った。何も言わず、首から下げた鍵のついたポーチを探るとそれを差し出した。ボビーはにおいを嗅ぎ、鼻を拭いた。上物だった。

「《ホエン・ユー・ゲット・ホーム》はどうだ？　もっと速いテンポで……」

顔を上げると、テリーが立っていた。「なんだって？」とボビーは訊いた。心はまだロンドンにあった。

「《ホエン・ユー・ゲット・ホーム》で始めるのはどうだ？」テリーがもう一度訊いた。

ボビーはうなずいた。マリファナ煙草をもうひと口吸った。「いいんじゃないか」

テリーはうなずいた。「うまくいくと思う」

ボビーはモーターホームからガルフストリーム・パークの喧騒と湿っぽい熱気のなかに足を踏み出した。今晩、テリーに切り出そうか、それとも明日の飛行機のなかにしようか考えようとした。たいした問題じゃない。どちらにしてもハッピーなことにはならないだろう。

一九七三年七月十六日

23

マッコイは紅茶をひと口飲み、もう一度腕時計を見た。八時十分。ワッティーは結局現われないかもしれない。今朝の電話では不機嫌そうだった。起こしたせいだと思ったが、それだけではなかったのかもしれない。きっとロニー・エルダーの件でまだ怒っているのだろう。それともメアリーが妊娠を伝えたのかもしれない。メアリーがなぜ自分に話したのか今でもわからなかった。ただだれかに話したかったのかもしれない。考えてみれば、マッコイはメアリーがきょうだい、母親といった家族について話すのを聞いたことがなかった。もし彼女がアドバイスを求める人間がマッコイしかいないのだとしたら、神の助けが必要だ。

〈ゴールデン・エッグ〉はいつもと違った。いつもならこの時間は混み合い、朝食の時間帯で大忙しだった。今日は違った。今日はマッコイのほかには、いつも隅に坐っているジャケットにハンチング、そしてこの暑さにもかかわらず指なしの毛糸の手袋をした男だけだった。またあくびをした。アリス・ケリーとボビー・マーチのことが頭に渦巻き、ベッドに入ったのは深夜一時を過ぎてからだった。二杯目は紅茶の代わりにコーヒーを注文して眼を覚まそうと思ったとき、どすんという音とともに眼の前のテーブルに新聞が山積みになり、ワッティーが向かいの席に坐った。

「あい、おはようよ」とマッコイは言った。「紅茶をこぼすところだったじゃないか」

ワッティーは気にしなかった。新聞を広げてみせた。一面の見出しは、多少のバリエーションはあったがすべてほぼ同じだった。

けだもの　逮捕される！
容疑者は知人！
「犯人を絞首刑に！」とアリスの母語る

「おれたちにチャンスはあるのか？」とワッティーは訊き、マッコイをじっと見た。

「何か注文しなくていいのか？」とマッコイは訊いた。「おれに厳しい尋問を始める前

ていた」

「このクソ新聞にイライラし
に」

「すまん」と彼は言い、まだ濡れている髪を額《ひたい》から払った。

ウェイトレスが、今日ばかりはほかにすることもないのか、サービスしたくてうずうずしていたかのようにすぐにやって来た。「何にしますか？」鉛筆を持って尋ねた。

「紅茶」とワッティーが言った。

「ブラックコーヒーとトースト」とマッコイは言った。

彼女はうなずいた。書き留めることもなく去っていった。ありがたいことにむっとする汗と吐き気を催させる香水の香りもいっしょに去っていった。

「コーヒーは嫌いだろ」とワッティーは言った。「昨日の夜は遅かったのか？」そう言うとニヤッと笑った。「ラッキーな女性はだれだ？」

「リアムだ」とマッコイは答えた。「くそワイン・アレーに行かなきゃならなかった」

ワッティーは低く口笛を吹いた。「生きて帰ってこれたとは驚きだ。あそこじゃ朝メシに警官を食うそうじゃないか」

マッコイは新聞を重ねると床に置き、椅子の背にもたれた。「まったく畏《おそ》れ多いやつだな。ワイン・アレーだけに行ったわけじゃない。忙しかったんだ」

「何をしてたんだ？」

「おまえの友人を助けようとしてた。このフェアな街でのおれの多くのコネクションと影響力のおかげで、あと二十分ほどすれば、アーチー・ロマックスがスチュワート・ストリートの署の受付に現われて、新しい依頼人、ロニー・エルダーとの面会を要求するはずだ」

「嘘だろ！」とワッティーは言った。驚いた表情だった。

「ほんとうだ」とマッコイは言うと、注文した品を置くウェイトレスに微笑んだ。

ワッティーは彼女がドアの脇の自分の場所に戻るのを待ってから尋ねた。「どうやった？」

マッコイは鼻の横を叩いた（秘密であることを示す仕草）。

「クソ野郎だな」とワッティーは言った。

「ことばに気をつけろよ、ワトソンくん。おまえはレイバーンのクソお仲間かもしれないが、今でもおれはおまえの上司なんだぞ。ロマックスが署に着いたときに、おまえもそこにいたほうがいいかもしれんな。レイバーンにおかしなことをされたくないからな」

「あんたも来ればいい」とワッティーは言った。

「あまりいい考えだとは思わんな。あいつはおれのハンサムな顔を見なくても、ロマックスが現われることでかんかんに怒るだろうから」

ワッティーは頭を振った。「あいつは今日は何もできないと思う。ひと晩じゅう〈エスキモー〉にいて、バーにいる全員にウィスキーをおごっていたらしい。まだベッドのなかだろう。スチュワート・ストリートに行って、ロマックスに会ったら、運河に行かなければならない。ダイバーが朝には捜索を再開する。もし運河にいるとすれば、連中が今日発見するだろう」

マッコイはすべての新聞の第一面を飾っているアリス・ケリーの写真に眼をやった。

「可哀そうな娘《こ》だ」と彼は言った。「いい人生じゃなかった、そう思わんか？」

「ああ」とワッティーは言った。「それならロニー・エルダーもだ。ロマックスがうまい手を見つけないかぎりはな。知ってるか？」

「何を？」マッコイはコーヒーを飲んだ。不味い。

「あんたはクソ野郎だが、いいやつ《グッドガイ》だ」

「最高《グレートガイ》だろ」とマッコイは言った。「さあ、行った行った。あの女の子に金を払って、ちゃんとチップも渡してやれ。うまくすれば消臭剤を買うのに使ってくれるぞ」

署は完全に〝二日酔い〟モードだった。ほとんどだれもおらず、いたとしても頭を抱えて自分のデスクに坐っていた。デスク、ファイリングキャビネット、引出しは昨日の祝賀会の名残で散らかっていた。ビールのジョッキ、缶、煙草でいっぱいの灰皿、ウィスキーのボトルもちらほらと見える。刑事部屋全体が汗と煙草、そして気の抜けたビールのにおいで充満していた。

　ワッティーは自分の椅子から丸まったフィッシュ・アンド・チップスの包みを捨てると腰かけた。マッコイはつま先立ちで居眠りをしているトムソンに近づき、かがみ込むと耳元で叫んだ。「おはよう!!」

　トムソンは跳び上がって、悪態をついた。そしてまた頭を抱え込んだ。ひどい状態だ。ネクタイはなく、シャツは半分ほど脱げ、黄色っぽいランニングシャツが見えていた。

「ひと晩じゅう、ここにいたのか？」とマッコイは訊いた。

　彼はうなずいた。「三時頃になって机の下で寝た」そう言うと頭を掻いた。「なんてこった、ふらふらする。煙草はあるか？」

　マッコイは一本渡し、トムソンが火をつけ、深く吸い込んで咳き込むのを見ていた。痰《たん》の塊《かたまり》をごみ箱に吐く。どうやらまともになったようだ。

「レイバーンはどこだ？」部屋のなかを見まわしながらマッコイは訊いた。

「知るかよ。ベッドのなかだろうよ」トムソンはあくびをして、汚れた金属の詰め物だらけの歯をあらわにした。「あいつとジェイコブスは二時頃にここを出ていった。どこかのもぐりの酒場にしけ込んでもっと飲むって言ってた」彼は立ち上がると、少しふらついた。「おれはトイレに行って吐いたら、三十分ほど眠るつもりだ」

そう言うと芝居がかったおじぎをしてふらふらと出ていった。

「マッコイ！」受付デスク担当のビリーが叫んだ。「ミスター・ロマックスがおまえに会いに来てる」

一瞬遅れて、ロマックスが現われた。いつものようにしわひとつないチョークストライプのスーツに、雪のように白いワイシャツ、ネイビーブルーのネクタイ、光沢のある黒のウイングチップの靴を履いていた。刑事部屋の散らかった様子を見まわすと、眉をひそめた。「わたしのせいなのか、それともグラスゴー市警の水準が劇的に低下したということなのかな？」

マッコイが説明しようとすると、ロマックスが続けた。「ミスター・マッコイ、わたしの新しい依頼人のことはご存じだと思うが？」と彼は訊いた。

マッコイはうなずいた。

「差し支えなければ、彼に面会したいんだが？」そう言うと腕時計を見た。「忙しい者もいるんでね」

マッコイは留置場のほうを指さした。看守のブライアンがなんとか対応可能な状態であることを願った。ふたりで廊下を進むと、漂白剤のにおいがした。角を曲がると、ブライアンがバケツを横に置いて、モップで床を拭いていた。顔を上げた。

「おれの仕事ときたら、留置場のなかの不愉快なクソ野郎どもといっしょにいるだけでも充分ひどいのに、トムソンの野郎が廊下で吐きやがった。あのばかがトイレまで我慢できなかったんだ。だれに会いたい？」

「ロニー・エルダー」とマッコイは言った。「弁護士が会いに来た」

ブライアンは腰の鍵の束に手を伸ばした。「少なくとも泣かなくはなった」彼は四番の監房を顎で示した。「あそこだ」

マッコイとロマックスは、彼が小声で悪態をつきながら、錠を開けるのに苦労しているのを待った。ようやく鍵がまわり、ぶ厚い鉄のドアを押し開いた。

「この錠は交換する必要がある。いったい何回……」

彼はことばを呑み込んだ。ただそこに立ちすくんで、監房のなかを見ていた。

マッコイはブライアンを押しのけて戸口に立った。自分が何を見ることになるのかわかっていた。

ロニー・エルダーは窓の鉄格子からぶら下がっていた。顔は歪み、首にはねじれたシーツが巻きついていた。

背後でロマックスが「なんということだ《ジーザス・クライスト》」と言うのが聞こえ、ブライアンが廊下を走って警報を鳴らすのが聞こえた。マッコイは監房に駆け込むと、エルダーの体を押し上げて、ぴんと張ったシーツを緩めようとした。だが体に触れた瞬間、無駄だと悟った。体には生気がなく、ジャガイモ袋のように重かった。それでもマッコイは少年の首に指を当てた。脈はなかった。手を口に当てた。呼吸は感じられない。窓の鉄格子からシーツをほどくと、半分担ぎ、半分押すようにして、エルダーを床の上のマットレスに寝かせた。

マッコイは彼の隣に坐った。ロニー・エルダーの腫れた顔、足から半分脱げて引っかかっている靴下、嚙みちぎられた爪を見て、レイバーンを追い詰めてやると誓った。そのせいで職を失おうともかまわなかった。バーニー・レイバーンのせいで、愚かで哀れな少年が死んだ。絶望して首を吊ったのだ。その代償を支払わせてやる。

後ろにワッティーがいて、トムソンがいて、ロマックスが叫んでいた。警報が鳴り響いている。マッコイはエルダーの横の床の上に一枚の紙があることに気づいた。もうひとつのマットレスの上に置かれた聖書から切り取った白紙のページだった。手に取った。鉛筆で子供のような字が書いてあった。

〝ママにごめんなさいとつたえて〟

彼は顔を上げると、それをワッティーに手渡した。「最悪だ」とマッコイは言った。

「クソ最悪だ」

三十分後、彼らは救急隊員がストレッチャーを刑事部屋から運び出すのを見ていた。ワッティーはほとんど何も言わず、ただ坐って、怒りと恐怖が半々のような表情で見ていた。レイバーンはまだ見つからなかった。トムソンは考えうるかぎりの場所を探し、彼のフラットにも制服警官を送っていたが、だれも出てこなかった。受付デスクのビリーが救急隊員に裏口からガレージを通って運び出したほうがいいと言っているのが聞こえた。外にはまだ記者たちがうろうろしていた。

マッコイは立ち上がった。うんざりだ。もうここにはいたくなかった。空気を吸いたかった。離れたかった。

「ここに坐っていても仕方ない」とマッコイは言った。「レイバーンが現われたら、消えろと言うだろうし、そのときの気分しだいではあのクソ野郎をぶちのめすだろう」

ワッティーはうなずいた。顔は蒼白だった。ペーパークリップをいじり、まっすぐにしたり、また曲げたりしていた。

「おいおい、ワッティー、おまえのせいじゃない」とマッコイは言った。

「いや、おれのせいだ。なんで彼はあんなことをしたと思う？」と彼は訊いた。「好き好《この》んでやったと思うか？　レイバーンとおれが彼を追い詰めたからだ。それが理由だ」

マッコイはもう一度坐ると、ため息をついた。「いいか、おれたちはまだ彼が無実なのかどうかもわかっていない。彼が何度そう言っていても関係ない。あるいはおまえが信じていようともな。証拠が強固なんだ。罪の意識に耐えられなかったのかもしれない」

ワッティーが抗議しようとしたが、マッコイは手で制し、黙らせた。「おまえは事情聴取の直後、上官に懸念を報告した。もしだれかが彼を自殺に追い込んだのだとしたら、それはおまえじゃない。レイバーンだ。わかったか？」

返事はない。

「わかったかと言ったんだぞ？」

ワッティーはうなずいた。とてもわかったようには見えなかった。

マッコイはもう一度立ち上がった。「二、三時間で戻る。この件は別のチームが調べる必要がある。ギルロイが検視をすることになるはずだ。どこにいるのか知らんが、レイバーンも出てくる必要がある。しばらくは何も起きないだろう」

彼はワッティーをそこに残していくことにした。トムソンがだれかに言っているのが聞こえた。「少なくともあの野郎のおかげで手間が省けたな」それが警察全体の意見なのだろう。

それでもマッコイは自分が同じ意見なのかどうかわからなかった。

24

歩く必要があった。新鮮な空気を吸い、考える時間が必要だった。何よりも署から離れ、ロニー・エルダーが留置場で首を吊っていたことを頭から追い払う必要があった。

気がつくとグレート・ウエスタン・ロードを歩いていた。クーパーのところに行くのもいいかもしれない。信号が変わり、パーク・ロードを横切った。学生らしき騒々しい一団が追い越していった。カットオフジーンズにTシャツ姿の長髪の男性たち、ビキニの上にチーズクロスのシャツを羽織った女性たち。ロゼ・ワインのボトルを何本か持っていて、きっとケルヴィングローブ公園に向かっているのだろう。何も心配などないように見えた。マッコイを追い越していったとき、彼らはどう思ったのだろうか。スーツ姿の哀れな老いぼれのひとりといったところだろう。気が滅入ったが、あながち間違ってもいなかった。

エルダーが首を吊っていた映像を頭から振り払うことができなかった。レイバーンはあの哀れな男に自殺防止のための監視を置くべきだった。だが、祝杯を挙げるのに忙しくてそんなことを考えもしなかったのだ。彼がしなかったとしても、ワッティーがやるべきだった。不公平に憤るあまり、自分の仕事をおろそかにしてしまった。若さゆえというやつなのだろう。大きな戦いに挑むことで、本来自分がだれのために戦うべきかを忘れてしまう。拘留中に死者が出れば、自動的に調査が行なわれる。だれにとってもよい結果にはならない気がした。

信号で通りを横切ると立ち止まった。地下鉄の駅の近くの壁にまたあの落書きを見つけた。同じ赤のスプレーで、同じ大きな文字だった。

ボビー・マーチよ永遠に！

マッコイは頭を振り、あの少年に金を渡したことを後悔した。今、彼はマーチのバッグを持っていたが、なんの役にも立っていなかった。ボビー・マーチに何が起こったのか、だれも気にしていなかった。彼の父親もそうだった。新聞も興味を失っていた。アリス・ケリーだけが彼らの関心事だ。マッコイは、ボビーのことも彼の過剰摂取のことも、このまま背景にフェイドアウトさせてしまったほうがいいのかもしれないと思い始めていた。

ハミルトン・パーク・アベニューに入ると、通りの先にクーパーの醜く大きな家が見えた。靴紐がほどけているのに気づいて結ぼうと腰をかがめると、舗道に〈リベナ〉（カシスの濃縮ジュース）か何かのような斑点が見えた。よく見ると、〈リベナ〉ではなかった。血だった。通りには向かいの歩道にある大きな〈シルバー・クロス〉社製の乳母車のなかの赤ん坊以外にはだれもいなかった。赤ん坊が彼を見て微笑んだ。彼は微笑み返し、手を振った。そのとき、うめき声を聞いた。

そしてもう一度。

周囲を見まわした。クーパーの家の隣家の生垣の下から足が突き出ているのが見えた。身をかがめて、生け垣をかき分けると、突然、横たわったローラ・マレーが現われた。青ざめて呼吸も浅く、血が顔を流れ、脚のあいだに血だまりができてスカートが赤く染まっていた。

「ちくしょう！　ローラ！」

彼女は眼を開け、マッコイに微笑みかけようとした。

「マッコイ」と彼女は言った。「よかった。家までたどり着けなかったの」

そして眼を閉じ、生け垣の葉のなかに沈み込んだ。

一時間後、マッコイはキッチンのテーブルに坐って階段を見ていた。ドクター・パーディーは「わかってると思うが、ちゃんとした仕事もあるんだぞ」とかなんとかぶつぶつ言いながら、三十分前に現われた。マッコイが借金を五百ポンド減らしてやると言うと、すぐに口をつぐんだ。そのあと彼はローラの部屋を出たり入ったりしながら、アイリスに水やタオルを持ってこさせた。アイリスが血の滴ったタオルを持って部屋から出てくるのを見ているだけで、血が苦手のマッコイはそれ以上我慢できなくなった。一階に戻ってテーブルに坐り、煙草を吸いながら待った。

ローラはマッコイが家に運ぼうとしたときには意識を取り戻していた。彼に警察には電話をしないように約束させた。警察に知らせれば、両親に居場所を告げられるからと言って。マッコイは彼女を黙らせるために知らせないと言ったが、ドクター・パーディーが彼女の容態を話してくれてから決めるつもりだった。もし深刻な状態なら、マレーに電話しなければならない。選択の余地はなかった。

階段を下りてくる足音が聞こえ、ドクター・パーディーが現われた。彼はシャツの袖をまくり上げ、ネクタイを肩に掛けていた。革製のバッグをテーブルの上に置くと、ブロンドの髪を顔にかからないように後ろに押しやり、シャツの一番上のボタンをはずして、キッチンのシンクを指さした。

「いいか？」

マッコイがうなずくと、パーディーは大きなグラスに水を注いでから坐り、煙草に火をつけた。

「彼女は大丈夫なのか？」とマッコイは訊いた。

パーディーはうなずくと、鼻から煙を吹き出し、手で払った。

「少し殴られて打撲ができている。何より怯えているが、大丈夫だ」彼はためらった。

「ミスター・クーパーがわたしの借金のことで力になってくれるのはわかっているが、正直言って少女に対する暴行となると話は別だ。この手の犯罪には巻き込まれたくない」

「借金を返し終わったら、仕事も選べるようになる」とマッコイは言った。「それまでは言われたことをやるんだな。わかったか？」

パーディーは自分の運命をあきらめたかのようにうなずいた。「すまん。で、彼女はだれなんだ？」

「友人の姪だ。おれが世話をしている」

「何歳なんだ？」と彼は訊いた。

「十五歳」とマッコイは言った。

「それで説明がつくかもしれない」とパーディーは言った。

「説明？　なんのだ？」

「彼女は中絶をしている」

「なんだと？」とマッコイは訊いた。

「違法な中絶だ」とパーディーは言った。「最善の考えとは言えないが、ありうることだ」

「なんてこった《クライスト》」

「まさにな。これまで見たなかで最悪というわけじゃないが、最高とはほど遠い。大量出血に凝血塊。感染症の疑いもある。だから抗生物質を大量に投与しておいた。効果があることを期待しよう」

「大丈夫なのか？」とマッコイは訊いた。

パーディーは肩をすくめた。「彼女は若く、健康だ。よくなるだろう。だが何か状態に変化があったら、すぐに病院に連れていく必要がある。結果がどうなろうとな」

　マッコイはうなずいた。まだすべてを呑み込めないでいた。

「なぜ、襲われたんだ？」とパーディーは訊いた。「一見したところ、頭を殴られただけじゃなく、腹も蹴られていたようだ」

「わからない」とマッコイは言った。自分がほんとうに何もわかっていないのだと悟った。白昼堂々と無差別に襲撃するとは思えなかった。だが、なぜその人物はローラ・マレーを襲ったのだ？「出血は、その……中絶が理由なのか？」と彼は訊いた。「たしかなことはわからないが」とパーディーは言った。「蹴りはそこを狙っていたようだった。おそらく彼女が手術を受けたことを知っていたんだろう」

パーディーは〈ダンヒル〉のライターを手でもてあそび、何度もひっくり返していた。「もしわたしがほんとうに自分の仕事をしていれば、今頃は救急車を呼んでいるところだ」と彼は言った。

マッコイは立ち上がると、棚からグラスとウィスキーのボトルを取り出し、ふたり分注いだ。

「こういう状況は報告しなければならないことはわかってるだろ？」とパーディーは言った。

「が、そのつもりはない」とマッコイは言った。

「そのつもりはない」とパーディーは繰り返した。微笑んだ。少し悲しそうだった。「ここに来て縫合したさまざまな切り傷やナイフの傷を報告しないのと同様にな」そう言うとウィスキーをひと口飲んだ。「実は、わたしがメディカルスクールを卒業した日、両親には冠状動脈治療を専門とする外科医になると言ったんだ」また微笑んだ。「馬にハマっちまうまでは順調だったのに、今じゃカネのためならなんでもしている。汚い堕胎の手当てをしたり、ミスター・クーパーに禁断症状を乗り切らせるため、セコナールを注射したり」彼はグラスを持ち上げた。「わたしの華麗なキャリアに乾杯！」

彼はウィスキーを飲み干すと立ち上がった。「診療に戻る時間だ。インフルエンザにかかった中年男に死ぬことはないと安心させる大事な仕事にな」彼はポケットを探ると、小さな瓶をマッコイに手渡した。「アイリスに渡すのを忘れていた。六錠ある。一日二錠、あんたのお友達のクーパーに呑ませるんだ。飲み終わったときにはもう大丈夫だろう」彼は帽子を傾けるふりをして去っていった。

マッコイは彼が去っていくのを見送りながら、ウィスキーをもうひと口飲んだ。起きたことをマレーに報告すべきか否か迷っていた。報告すれば、まず間違いなく彼女をベアーズデンに連れ戻すことになるだろう。そしておそらくそうすることが正しいのだろう。もしだれかが彼女を襲ったのだとしたら、何か理由があるはずで、また起きる可能性がある。ローラが望むかどうかにかかわらず、ママとパパといっしょに家にいるほうがはるかに安全である可能性が高かった。

クーパーの様子を見に行こうとしたとき、アイリスが大きく丸めた血まみれのシーツを抱えて現われた。彼女はそれらを洗濯機に押し込むと坐った。パーディーのグラスにウィスキーを注ぐと、いっきに飲み干した。

「ちくしょう。あんなことのあとには飲みたくもなるよ」彼女はちらっと階上《うえ》を見た。「あの娘《こ》は眠ってる」と彼女は言った。「灯りが消えたみたいに。パーディーが何かを呑ませた。クーパーにも。二階は生ける屍《しかばね》どもの夜ってところね」

「彼女は何が起きたか言っていたか？」とマッコイは尋ねた。

「いいや、たいしては。だれかが後ろから襲ってきたと言ってた。いくつか買い物をしてから戻ってきて、背後でがさがさという音が聞こえたと思ったら、頭を殴られたそうよ。倒れたところを何度か蹴られて、隣の家の生垣に押し込まれた」

「彼女はだれにやられたのか見ているのか？」

「いいえ、犯人はずっと彼女の後ろにいた。臆病なやつだよ。どうして彼女が襲われなきゃならないんだい？」

マッコイは肩をすくめた。「あんたは知ってたのか、その……」彼は口ごもった。

アイリスは頭がおかしい者でも見るようにマッコイを見た。「あの血まみれのシーツはなんでだと思うんだい？　頭を殴られたからだとでも？　勘弁しとくれよ、マッコイ」

「すまない」彼は自分のグラスにもう一杯注いだ。「家に帰りたがらなかった理由もそれなんだろう。ドニー・マクレーは知っていたんだろうか？」

アイリスは鼻で笑った。「なんだって？　彼が殺されなければ、ふたりは結婚して子供部屋をペンキで塗ってたとでも言うのかい。ばかも休み休み言いな。彼女は若いけど、ばかじゃない。どっちにしろ中絶してたよ」彼女はマッコイを見た。「それにどうしてあんたは父親がドニー・マクレーだと言い切れるのさ?」

「ほかにだれがいる? ほかにもボーイフレンドがいたと言うのか?」

アイリスはあきれたと言うように眼をぐるりとまわした。「なんてこった、だから男はばかだって言うんだよ。今に始まったことじゃない。父親、兄弟、伯父さん。妊娠した娘が家出したんだよ。警官なんだから、思いつくはずだろ」

恐ろしいことにそう言われる瞬間まで、まったく考えてもいなかった。マッコイは突然、足元の氷が割れるような感覚を覚えた。突然、すべてが疑う余地がないように思えた。父親は警察を介入させたがらなかった。マレーはあまり深入りするなと言っていた。ローラはマッコイに、やさしいヘク伯父さんも今回にかぎっては解決できないだろうと言っていた。すべてはずっと眼の前にあったのに、彼は見落としていたのだ。何があっても彼女が家に帰ろうとしないのも不思議ではなかった。

「大丈夫かい?」アイリスが彼を覗き込んだ。「幽霊を見たような顔をしてるよ」

マッコイは背筋を伸ばした。「大丈夫だ」彼は重い体を引きずるように立ち上がった。

「二階に行って彼女の様子を見てくる」

アイリスは眼を細めた。「パーディーが言ってただろ、質問はなしだよ。あの娘《こ》には休息が必要なんだ」

彼は両手を上げた。「ひとつか、ふたつ訊くだけだ。それだけだ。約束する」

彼女は首を振った。「自分の頭で考えるんだね」

マッコイは戸口で立ち止まった。振り向いた。

アイリスはマッコイを見た。「なんだい？」

「おれのことをばかだと思っているかもしれないから、一応言っておこう。おれはあんたがやったか、手をまわしてやったんだと思っている。ベアーズデン出身の上品なティーンエイジャーがどうやって違法な堕胎医のことを知っていたと言うんだ？」

彼女の顔から血の気が引いた。「なんのことを言ってるのかわからないね」

「あんたが彼女にその医者を教えただけならいいんだがな。もし彼女に何かあったら、もし事態が悪化したら、だれがやったかを調べるのはおれじゃなく、マレー警部になるからな」

アイリスは立ち上がると、マッコイに向かって歩いてきて、彼に顔を近づけた。香水と息にウィスキーのにおいがした。

「それがなんだい、マッコイ？　脅しのつもりかい？　あたしがあんたやあのデブのマレーを怖がるとでも思ってるのかい。冗談はよしとくれ。それにあたしが困っている女性を助けるのをやめると思ってるなら、大間違いだよ。あたしゃ、あんたみたいな男にうんざりなんだ。どこにでも好きなところに突っ込んで、妊娠したら消え失せる。あんたたちはみんな同じだ。自分の穴がほしいだけだ。女が自分の戯言《たわごと》を信じるくらいばかだっていうだけで、女の人生を台無しにして捨てちまうんだからね」

彼女の怒りは収まらず、さらに続けた。今や唾を吐き散らし、顔は侮蔑に歪んでいた。

「あたしは五十三だ。クソみたいなもぐりの酒場で働いている。あんたがあたしを刑務所に送ろうが気にすると思うかい？　気にしやしないさ。あたしは自分が助けた女性たちを誇りに思うし、もしまた機会があったら、クソ同じことをするよ。あたしを脅す前にだれが彼女を妊娠させたのか調べたらどうだい？　よくあることさ。緑に覆われたベアーズデンだろうとね」

もはや烈火のごとく怒っていた。拳《こぶし》を握りしめていた。マッコイは殴りかかってくるんじゃないかと思った。が、彼女は席に戻ると、ウィスキーの蓋を開け、自分のためにもう一杯注いだ。手が震えていたせいで、ほとんどがこぼれてしまった。

マッコイはその場に立ちすくんでいた。叱られた少年のような気分だ。最悪なのは彼女が言ったことは、そのほとんどが真実だということだった。彼女はマッコイを見上げると、ウィスキーをひと口飲んだ。

「消えな、マッコイ」と彼女は言った。その声は疲れたように響いた。「あたしの前から消えとくれ」

彼が入っていくと、ローラは眼を覚ましていた。寝室はうす暗く、暖かく、閉じたカーテンの隙間から光が射し込んでいた。

ローラは疲れているようで、ひどく青ざめていた。

マッコイはベッドの脇に坐った。「大丈夫か？」と訊いた。

うなずいた。

「ドクター・パーディーはきみを休ませるように言ったんだが、いくつか知りたいことがあるんだ、ローラ。礼儀正しくしていられないほど深刻な状況なんだ、いいか？」

彼女はもう一度うなずき、枕の上に体を起こして、思わず顔をしかめた。

「だれの子だ？」と彼は訊いた。

ローラは驚いた顔でマッコイを見た。「ドニーよ」と彼女は言った。「ほかにだれがいると言うの？」

「間違いないのか？」

困惑したようにマッコイを見た。「もちろん、間違いないわ。ボーイフレンドはひとりだけ。どうしてそんなことを訊くの?」

マッコイは深く息を吸った。「きみは家出をしてきた。十五歳で妊娠していた。家庭ではいろいろなことが起こる。よくないことが」

彼女はショックを受けたようにマッコイを見た。「パパだと思ったの?」

「訊かなければならなかった」とマッコイは言った。

「違う、間違ってる。パパじゃない。誓うわ。これで満足?」

彼女は背を向けると壁を見た。マッコイは自分がろくでなしのように感じながらも続けた。まだ訊くことがあった。答えが必要だった。

「なら、ほんとうはどうして家に帰りたくないか話してくれないか?」

彼女は向きなおらなかった。口を開いたとき、ほとんどささやくようだった。「パパじゃない。ママなの」

「きみのママ?」とマッコイは訊いた。まったく予想していなかった。

彼女はベッドカバーの下から腕を出し、パジャマの袖をまくり上げた。腕のあちこちに火傷《やけど》の痕があった。色あせたものもあれば、いまだに炎症を起こし、赤くミミズ腫れになっているものもある。切り傷もあった。前腕の部分には深い切り傷があった。

「火傷は火かき棒のせいよ」と彼女は言った。「ママのお気に入りのひとつ。切り傷は手近にあるものならなんでも。パン切りナイフをよく使ったわ。脚も見てみる？」

マッコイは首を振った。「すまない。まさか……」

「家には帰らない」と彼女は言った。「今だけじゃない、永遠に」

彼女は壁を向いたままだったが、マッコイにはすすり泣く声が聞こえた。彼女を残し、ドアを閉めて、廊下に立った。緑豊かなベアーズデンが、グラスゴーのほかの場所と同じくらい危険で残忍な場所のように思えた。

25

マッコイはクーパーの家から歩み出て、玄関の扉を閉めた。ローラに何が起きたのかはまだよくわかっていなかった。母親はなぜあんなことをしたのだろう？　何をしていたのであれ、それは何年も続いているように見えた。傷痕や火傷のいくつかはすでにほとんど消えかかっていた。家に帰りたがらないのも不思議ではない。彼女を責めることはできなかった。

グレート・ウエスタン・ロードの角で立ち止まり、煙草に火をつけた。少なくともマレーからは説明があるはずだ。何が起きていたか気づいていないはずがない。知っていたに違いない。道路沿いにタクシーが停まった。思わず駆け寄って捕まえようとしたとき、ドアが開いてアンジェラが現われた。どうしようもなかった。彼女を見て心拍数が跳ね上がった。彼女は運転手に金を払うと、道路に出て彼を見た。微笑んだ。ジーンズにスエードのブーツ、小さな革のジャケット、スーパーマンのシンボルが描かれたTシャツといういでたち。すてきだった。

「ハリー？　こんなところで何をしてるの？」と彼女は言った。「久しぶりじゃない」

「クーパーに会いに来てたんだ」と彼は言い、背後の屋敷を指さした。ローラのことを説明するより簡単だった。

「わたしもよ」と彼女は言った。「呼び出されたの。元気になったのね。そろそろだと思ってた」腕時計を見る。「謁見《えっけん》にはまだ時間がある。天気もいいし、少し歩かない？」

「いいね」とマッコイは言った。「どっちにしろ話がある」

「不吉な予感がするわ」彼女は微笑みながら言った。「行きましょう。アイスクリームをおごるわ。うだっちゃう」

ふたりはグレート・ウエスタン・ロードをぶらぶらと歩き、漠然と植物園のほうに向かった。太陽は空高くあり、気温は二十五度を軽く超えているだろう。マッコイはジャケットを脱ぎ、肩に掛けた。アンジェラはポケットから大きなサングラスを取り出して掛けた。バンドのまわりをうろつくことで影響されたのだろう。まるでロックスターのようだ。

「で、どこにいたんだ？」とマッコイは訊いた。「クーパーはきみが遠くにいると言っていた」

「リバプール」と彼女は言い、煙草に火をつけた。「行ったことある？　グラスゴーがパリみたいに見えるわ。クソごみためよ」

マッコイは首を振った。が、気づいた。「いや、ある。忘れていた。トミー伯父さんの葬式で」

アンジェラは立ち止まった。「トミーが亡くなったの？」

「あい、六月に。癌《がん》だった。診断を受けて一カ月後には亡くなった」

「教えてくれればよかったのに。あの人のことは好きだった」

「教えたら、来たのか？」と彼は訊いた。

彼女は微笑んだ。「たぶん行かなかった」

「あそこで何をするつもりだ？」とマッコイは訊いた。

言ってすぐに気づいた。突然刑事が尋問をするような口調になったことに。彼女も同じように感じたに違いない。

「あなたには関係ないわ」彼女は冷たく答えた。

「すまない」とマッコイは言った。「悪い癖だ」

ふたりは歩き続けた。途中で乳母車を押す女性の一団と、そのあと三頭の大きなシェパードを散歩させる男が通り過ぎるのを脇によけて通さなければならなかった。どの犬も人懐こそうには見えなかった。

「昨日の夜、きみのことを考えていた」とマッコイは言った。

「今になって、どうして?」

「わからない。おれが巡邏警官だった頃に、ふたりでヴァルカン・ストリートに住んでたときのことをちょっと思い出したんだ」

「いやだ……ずいぶん前のことよ」

「おれは帰ってくると、きみがまだ寝ているあいだにベッドに潜り込んだ」

アンジェラが立ち止まった。「いったいどうしたの、ハリー? 思い出の小路に迷い込んじゃった?」

一瞬、彼は言おうとした。彼女のことが恋しいと。が、言わなかった。ただ肩をすくめた。「今、ちょっと大変でね」と彼は言った。「仕事。以前はまだよかったんだが」

「それにクーパーの件？」と彼女は訊いた。

「力になれなかった」厳めしい表情でマッコイは言った。「何が起きていたのか知ってたのか？」

「詳しくは知らなかった。エリーがときどきヘロインに手を出していたのは知っていたけど、それだけだと思っていた。そのうちクーパーが……なんて言うか姿を消してしまって、部屋から出てこなくなった。わたしはビリーと取引するようになった。気がつくべきだったけど、わたしは彼が大物になって、仕事をビリーに任せてるんだと思っていた。わかるでしょ？」

うなずいた。自分でもほんとうにわかっているとは思えなかった。ロニー・エルダーが留置場で首を吊っている姿に、まだ心を半分奪われていた。ふたりは横断歩道のところにいた。道路を挟んで向かい側にある植物園の入口はアイスクリームのヴァンにふさがれて見えなかった。信号が変わるのを待った。

「で、大丈夫なの、ハリー？」

彼は微笑んだ。「おれのことはよくわかってるだろ。すぐに立ちなおる」

「それはどうかしら。あなたはいつもどこかちょっと情けない人だった。で、わたしに何を訊きたいの？」と彼女は言った。

「ヘロイン」とマッコイは言った。

「どうして？　やってみようと思ってるの？　それで元気になるとは思わないほうがいいわ。まあ、少しはあるかもしれないけど」

「これ以上、悪い習慣を始めなくてももう充分だ」とマッコイは言った。

「それもそうね。じゃあ何が知りたいの？」

信号が変わって、青信号の歩行者マークが光り、ふたりは通りを渡った。

「ボビー・マーチ。ニューヨークからやって来た。だれもが考えていないほどのばかでないかぎり、ヘロインは持ち込んでいなかった。そして二十四時間後には過剰摂取で死んだ。どこで手に入れたんだ？」

「わたしよ」とアンジェラは言った。ふたりは歩道に足を踏み入れた。

マッコイは立ち止まった。「きみが？」

「わたし」と彼女は言い、〈ミスター・ホイッピー〉のアイスクリーム・ヴァンに列を作るふたりの少女の後ろに並んだ。　99《ナインティ・ナイン》（コーンアイスのなかに〈キャドバリー〉社のフレークバーを突き刺したもの）でいい？」

マッコイはうなずくと、公園の小道を少し進み、キブル・パレス（グラスゴー植物園のなかにある温室）の外にだれもいないベンチを見つけて坐った。巨大な温室はどんなにいい条件だろうとうだるように暑く、今日の気温を考えると想像するだに恐ろしかった。なかに入ってたしかめるつもりもなかった。芝生のなかに造られた大きな花壇から吹いてくるそよ風と花の香りを感じながらここにいるほうがまだましだ。花壇のそばでは少年たちの一団がサッカーをしていた。シャツ組対裸《はだか》組。叫び、罵《のの》り合い、笑っていた。

アンジェラが両手に99《ナインティ・ナイン》を持って現われた。ジャケットのポケットからは〈コカ・コーラ〉の缶が突き出ていた。アイスクリームをひとつ差し出した。「溶けてわたしがアイスクリームまみれになる前に取って」

マッコイが受け取ると、彼女は横に坐り、溶けて指についたアイスクリームを舐めた。

「これはあなたとわたしだけの話よ、ハリー。わたしは警察ともめたくないし、スティーヴィーとは絶対にもめたくない」

マッコイはうなずいた。フレークバーをアイスクリームから抜いて、口に押し込んだ。

アンジェラは溶けていくアイスクリームの流れをなんとか食い止め、話し始めた。「わたしたちには街のなかのいくつかのコンサート会場について、なんて言うか、暗黙の了解のようなものがあるの。〈グリーンズ〉、〈エレクトリック・ガーデン〉、〈バーンズ・ハウフ〉。そういったところよ。わたしたちは――」

「バーンズ・ハウフだって？」とマッコイは言った。「あのごみため？　グラスゴーでバンドを見るには最悪の場所だ」

彼女は無視した。「そこでいい商売をしてる。毎週のようにやって来るバンドはほしいものを簡単に手に入れることができて、喜んで帰っていく。そしてわたしたちは質の悪い品をドアに陣取ってる用心棒にも卸して、客に売らせている」

彼は微笑んだ。「きみが麻薬の売人みたいに話すのを聞くのは変な感じだな」

「あい、必要に迫られたのよ。スティーヴィーが仕事を紹介してくれた。それを受けるかメアリーランドでクソ野郎のために働き続けるかどちらかだった」

「奇妙に感じることはないのか？　法の反対側にいることとか、そういうことが？」

彼女はマッコイを見た。「わたしはあなたとは違うわ、ハリー。わたしにはキャリアがない。今までにまともな仕事をしたこともない。あなたに会ったとき、何をしていた？パブで働いてたわ。パブ、店、カフェ……それがわたしの輝かしいキャリア。少なくとも今はお金を稼いでいる。それがすべてじゃない、違う？」

「違うと言ったら、気にするのか？」

彼女はニヤッと笑った。「いいえ。話を聞きたいの、それとも聞きたくないの、どっち？」

彼はうなずいた。「すまない」

「普段はわざわざ自分自身で行くことはない。大きな注文だったら、ビリーが行くし、彼がジャンボに行かせることもある。でも今回はボビー・マーチだった。ボビー・マーチがストーンズと共演していたのは知ってるでしょ」

　マッコイはアンジェラがローリング・ストーンズの大ファンだったことを忘れていた。ストーンズやフェイセズをよく聴き、そしてロッド・スチュワートも少し——どの程度かは彼がフェイセズを去ったことについてどう感じているかによった——聴いた。ヴァルカン・ストリートにある古いフラットのレコードプレイヤーで彼女がかけていたのは、彼らの曲ばかりだった。《レット・イット・ブリード》はそれこそ擦《す》り切れるくらい聴いたに違いない。ハイになり、酔っぱらって、《無情の世界》をふたりで歌ったのを覚えている。彼女はとてもうまく、彼は調子っぱずれだった。いい時代だった。

「わたしたちが持ってたレコード、《オリンピック・シルバー》を覚えてる?」と彼女が訊いた。

　マッコイは首を振った。

「嘘でしょ!　四ポンドもした海賊版よ!　《ジャイヴィング・シスター・ファニー》が入ってたやつ?　黒いジャケットだったかしら?　《ブラッド・レッド・ワイン》も入ってなかった?」

「ああ、それだ。あい、思い出したよ」とマッコイは言った。ほんとうは思い出していなかったが、話を合わせるほうが簡単だった。

　アンジェラはがっかりしたように頭を振った。

「すまない」とマッコイは言った。「きみと違って、おれはそこまでクソ熱狂的なファンじゃなかった」

「聴いていれば、絶対気に入っていたはずよ。とにかく、そのレコードのなかで演奏してるのがボビー・マーチなの。あれは彼のオーディションだったの」と彼女は言った。「加入を要請されたときの」

「キース・リチャーズ曰《いわ》く、〝これまでのストーンズの過去最高バージョン〟」とマッコイは言った。「新聞で読んだよ」

　彼女はうなずいた。「そのとおりよ。だからメアリーランドから電話がかかってきたときは、行くと言った。彼に会って、彼がいっしょに仕事をした人たちと会う。彼に会って、そのことについて話したかった」

「ほんとうに熱狂的《グルーピー》なファンなんだな」とマッコイは言い、ニヤッと笑った。

　彼女はため息をついた。「話を聞きたいの、聞きたくないの？」

「すまない。あい、続けてくれ」と彼は言い、コーンをかじった。もうアイスクリームは食べてしまっていたので手につく心配はなかった。

「それでサウンドチェックに行って、ギターテックに〝商品〟を渡した。彼がパスを渡してくれて、ショーに来るように言った。そのあとにバックステージにも。まさかショーを観に行くつもりはなかったけど、十一時頃に行った。その頃にはもう終わってると思って」

「きみはおれよりも賢いな。おれは行った。《サンデー・モーニング・シンフォニー》以外はひどかった」

「それは驚きね。とにかく、わたしはボビーのところへ――」

「ボビーのところだって、ほんとうに？」マッコイはまたニヤッと笑った。「すまない」

彼女はマッコイを無視した。ポケットからコーラの缶を取り出すと、蓋を開けてひと口飲んだ。

「それで楽屋に行って、グラスゴーのことや、会ったことのあるバンドについて話した。彼はいい人で、ときどきぼうっとしてたけど、おもしろい人だった。そのあとストーンズのことを訊いたんだけど、すぐに彼がその話にはうんざりしてるとわかった。でも気にせず、訊き続けていたら、彼も最後には折れて、ヴィラ・ネルコート（一九七一年当時、キース・リチャーズの邸宅があり、ここで《メイン・ストリートのならず者》のレコーディングが行なわれた）のことや、ドラッグや売人、取り巻きのこと、それにビアンカとミックのことや、彼とキースが大の仲よしだっていうこと、アルバム《メイン・ストリートのならず者》にクレジットなしで参加したことなんかを話してくれた。わたしはそれをずっと聞いていた。それから《オリンピック・シルバー》の海賊版について、あれがどんなにすばらしいかって言ったの」

彼女は煙草に火をつけると、コーラをひと口飲んだ。

「彼は微笑むと〝すばらしいなんてもんじゃないよ！〟と言ったわ。この時点で、何をヤッてたにせよかなり効いていた。マンディーのようだったけど、わからない。話があっちこっちに飛んで、ことばは不明瞭で、飲み物をこぼしていた。そして言った。〝あれは一日目だ。二日目はだれも聴いていない〟そう言って鼻の横を叩いた。〝彼らがおれに参加するよう要請した理由は二日目にこそあるんだ〟そう言うと寝てしまった。ギターテックが入ってきていっしょにホテルに戻るかって訊いた。考えたわ。行く意味はあるだろうかって。でもとにかく彼の部屋に行った。彼は、どこからか持ってきたコカインをヤッたら少し元気になって、自分はストーンズよりもビッグになるんだとか言って、クソみたいな態度を取るようになった。わたしをべたべた触りだしたからやめてって言ったら、じゃあなんのためにここに来たんだって言った。だから部屋を出た」

「それだけ？」とマッコイは訊いた。

彼女はうなずいた。

「ホテルの部屋で彼にヘロインを打たなかったか？」

「まさか、そんなことはしてない！」と彼女は言った。「十分ほどいただけよ。彼に何があったか知らないけど、わたしが出ていったずっとあとに起きたのよ」

「そこにいたときバッグを見なかったか？　長い取っ手がある薄茶色のショルダーバッグのようなやつだ」

うなずいた。「会場を出るときに持ってた」

「きみが部屋を出るときにもまだそこにあったか？」とマッコイは訊いた。

またうなずいた。「ええ、刑事さん。覚えているかぎりではそこにあったわ。わたし自身、少しハイになってたけど」

「で、きみは出ていき、彼は自分で注射をして過剰摂取してしまった。そう言うんだな？」

「知らないわよ！　わたしはそこにいなかったんだから。ずっとそう言ってるでしょ。彼はジャンキーで、ジャンキーが過剰摂取をした。そんなのはそれが初めてでもなければ、最後ってわけでもないでしょ」彼女はそう言うと、髪の毛を耳の後ろにやった。緊張したときにいつもするように。彼女は腕時計を見た。

「あーあくそっ、もう行かなきゃ。クーパーがかんかんになるわ」彼女は立ち上がると、コーラを飲み干し、その缶をベンチの横の金網製のごみ箱に捨てた。彼に体を寄せると言った。「忘れないでよ、ハリー、ふたりだけの話よ。約束したわよね」

「もちろんだ、心配するな」と彼は言った。「気をつけろよ、アンジェラ」

マッコイは彼女が小道を歩いていくのを見送り、彼女が植物園の門を出るまで待った。そしてポケットからハンカチを取り出してごみ箱に向かい、コーラの缶を包むとジャケットのポケットに入れた。

26

マッコイは〈ジョン・メンジーズ〉（新聞販売スタンドのチェーン店）の大きな木製のカウンターの上に山積みにされた朝刊をさっと見た。どれもたいして違わなかった。どれもロニー・エルダーについてで、〝けだもの〟とか〝ティーンエイジャー・キラー〟ということばとともに彼のしたことを伝えていた。彼の死に関するニュースは朝刊が印刷された時点ではまだ伝わっていなかったが、午後の版には間違いなく載るだろう。レイバーンは姿を現わしたのだろうか？　きっとそうだろう。ワッティーとレイバーンは、今頃はピット・ストリートの市警本部にいて、ロニー・エルダーが拘留中に自殺した正確な経緯について報告しているような気がした。

ポケットのなかにハンカチに包んだコーラの缶があるのを感じていた。アンジェラの指紋を採取して、注射器についていた指紋と比較する必要があった。ウォーカー巡査にやらせてもいいかもしれない。彼女は充分聡明だったが、信頼できるかどうかはまだわからなかった。どうしてボビー・マーチのことを思い出すのかわからなかったが、そのまま考えることにした。アンジェラがボビー・マーチを死に至らしめるほどのヘロインを意図的に与えたとは考えていなかった。理由がない。マーチが彼とキース・リチャーズが大の麻薬常用者だと話していたことから、彼には通常より多いヘロインが必要だと彼女が考えた可能性はあった。そしてマーチが気を失ったのを見て逃げ出したのかもしれない。彼女を責めることはできなかったし、それを犯罪と呼ぶこともできないだろう。では自分はなぜアンジェラの関与を証明しようとしているのだろうか？　自分でもよくわからなかった。

約束の時間にはまだ早かったので、駅の周辺をぶらつくことにした。普段の客に加え、休日を過ごそうと出発する人々でごった返していた。売店の上にある木製の行き先表示板が、列車が行き来するたび、数分ごとにカタカタと音をたてていた。彼は煙草を買うと、時計の下に立って、煙草に火をつけた。両脇を人が通り過ぎるのを眺めながら、リアムが、マッコイが帰ったあともそのまま酒を飲み続け、忘れてしまってここに現われなければいいのにと思った。

「マッコイ！」

振り向くと、ミラが立っていた。色あせたアーミージャケットを着て、首からカメラをふたつぶら下げている。肩にはバッグをかけ、満面の笑みを浮かべていた。彼女が美人だということを忘れていた。背が高く、ブロンドに青い瞳。よくいるグラスゴーの女の子とは違った。

「ミラ、元気だったか？」とマッコイは尋ねた。

「元気よ！　今日もいい天気ね。あなたもいっしょに来るの？」と彼女は訊いた。

首を振った。「けど、リアムが案内する。彼はちょっと顔に大きな傷があるけど、会っても心配しないで」

「あら、いっしょに来てくれないなんて残念」と彼女は言い、微笑んだ。「パーティーは愉しかったわ。あの娘《こ》たち、クレイジーで、わたしに〈ブーファスト〉を飲ませたのよ」

「〈バックファスト〉（カフェインが添加された赤ワイン）だ」とマッコイは言った。

「それよ！　最悪。どうして来なかったの？　隣のテーブルの男の子に住所を渡すように頼んだのに」

「ああ」と彼は言った。彼女のことばを信じていいのかどうか、必ずしも確信が持てなかった。「ちょっと行き違いがあったんだろう」

「今日のお礼に今夜はもっとエキサイティングなことをしたいわ。どう？」

うなずいた。「もちろんだ」そう言って前によろめいた。何が起きたかわからなかったが、リアムが背中を叩いたのだと気づいた。いつものことだが、彼のばか力を忘れていた。

「マッコイ！　来たぞ！　出動してまいりました！」

彼がいた。天気に合わせて、ジーンズに〝アルカトラズの所有物《Property of Alcatraz》〟と書かれた赤いTシャツ、スニーカーといういでたちで、顔には大きな傷痕と満面の笑みを浮かべていた。彼はミラを上から下まで眺めると、さらに大きな笑顔になった。

マッコイは話しだそうとしたが、スピーカーが大きな音でエア発一時六分着の列車の到着を告げ、駅は突然、戻ってきた行楽客であふれかえった。子供たち、荷物を運ぶ赤ら顔の父親、疲れ切った母親と親戚のおばさんたち。マッコイは喧騒に負けないように話そうとしたが、無駄だった。ふたりとも彼の声が聞こえていなかった。最終的に人ごみが去り、喧騒も少し収まったので、もう一度話した。

「ミラ、リアムだ。リアム、ミラだ。ミラは最悪の生活環境の写真を撮りたがっている。そうだよな？」

ミラはうなずいた。「わたしが働いている慈善団体は、一九七三年に実際に生活している人々がどんなであるかを見せることで人々にショックを与えたいと考えているの」

「オーケイ」とマッコイは言うと、リアムのほうを向いた。「ゴーバルの跡に行ってみるか？　それともウッドサイド？　ブラックヒル？」

リアムはうなずいた。まだ微笑んでいた。まだミラを見ていた。

「じゃあ、クライド川沿いに連れていって、荒れた暮らしをしてる連中を見せたあと、〈グレート・イースタン・ホテル〉に行くとか？」

反応はなかった。

「リアム？」

リアムは正気に戻ったようで、うなずき、ミラを見つめるのをやめた。「気にしないでくれ。おれたちでできるから。用意はいいか、ミラ？　何か食べるか、それともジンジャーエールでも飲むかい？」

ミラはうなずいた。が、リアムの強いアイルランド訛りのことばが理解できていなかった。彼はもう一度訊いた。今度はゆっくりと。だが、どういうわけか訛りが強調されるだけだった。彼女はもう一度うなずいた。それが質問で、答えなければならないということもよく理解できていなかった。

行き先表示板がカタカタと音をたて、一時十四分発のロンドン行きが三番ホームから出発することを告げていた。また人が殺到した。子供の泣く声、女性が友人に急がないと席に坐れないと言っている声、改札口の職員が切符の用意をお願いしますと叫んでいる声が聞こえた。

「もう行くよ、ハリー」とリアムが言った。

「オーケイ。うまくいくことを願ってる」とマッコイは言った。「またあとで会おう」

彼はふたりが去っていくのを見送った。ミラはホープ・ストリートに面した出口に向かいながら、おどけて怯えるような表情で後ろを振り返った。人ごみも落ち着き、三番ホームに列を作っていたが、まだ子供が泣いている声が聞こえた。母親からはぐれてしまったのかもしれない。マッコイは周囲を見まわした。声がどこからしているのかわからなかった。ようやくトイレのそばで少年がうずくまっているのを見つけた。九歳から十歳だろうか、ブロンドのショートヘア、サッカーのスコットランド代表のユニフォームに白のトレーニングシューズ。

マッコイはだれかが対処してくれるのを期待して待った。だめだった。鉄道警察官も見当たらず、だれもが列車に急いでいた。ため息をついた。最近の彼の仕事のレベルを考えると、小さな子供を救うのがお似合いだ。

歩み寄った。近づくにつれ、泣き声は大きくなった。少年の顔はしわくちゃになってい て、眼に拳《こぶし》を当てて泣き叫んでいた。大きなサングラスに麦わら帽子、タータンチェック のドレスを着た年配の女性が彼のそばに現われた。

「迷子みたいね」と彼女が言った。「家族が列車に乗ったときに置き去りにされたんじゃないかしら。可哀そうに」

マッコイは少年の前にひざまずき、努めて親しみがこもるように話した。「さあ坊や、大丈夫だよ。名前は？　ママとはぐれちゃったのかな？　心配いらないよ。すぐに見つけてあげるからね」

少年は一瞬泣き止んだ。顔を上げてマッコイを見た。そのとき気づいた。眼の前にいるのは少年ではなかった。マッコイの眼の前にいるのは髪をショートカットにした女の子だった。

「坊やにアイスクリームかジュースでも買ってきましょうか？」と女性が言った。「あそこのお店まで行ってくるわ。そうすれば少しは元気になるかしら？」

彼女は話し続けていた。が、マッコイは聞いていなかった。ただ、自分が眼にしているものを理解しようとしていた。

「アリス？」彼は言った。「きみなのか？」

少女はうなずいた。

信じられなかった。が、ほんとうだった。マッコイはセントラル駅にひざまずき、たしかに生きているアリス・ケリーの涙のにじんだ汚れた顔を見ていた。

27

マッコイが署に入っていくと、受付担当のビリーが机から顔を上げ、受話器を置いた。

「ほんとうなのか？　彼女は生きているのか？」と彼は訊いた。

マッコイはうなずいた。「あいつはいるのか？」

ビリーはだれのことを言っているのか訊く必要はなかった。

「一時間ほど前に来た。ひどくショックを受けているようだ。きっと――」

マッコイは残りを聞かなかった。刑事部屋のドアを押し開けると、なかに入っていった。何人かが顔を上げた。レイバーンが奥のほうの自分のデスクに坐っているのが見えた。もし自分が何をしようとしていたか疑っていたとしても、彼の姿を見て心が決まった。怒りが自分のなかに込みあげてくるのを感じ、そのことしか考えられなかった。人生で数少ない、怒りにすべてをゆだねようとする瞬間だとわかっていた。コントロールが利かなくなっていき、そのことを残念だとも思わなかった。今回は。刑事部屋を横切ってまっすぐ彼のデスクに向かった。背後でワッティーが「ハリー！」と叫んでいるのも聞こえなかった。

レイバーンが顔を上げ、マッコイを見た。マッコイが近づいていくと立ち上がった。「するべきじゃないことをする前に」

「おまえの相棒を止めたほうがいいぞ、ワトソン」と彼は言った。

マッコイはワッティーにつかまれ、肩に腕をまわされるのを感じた。が、なんとか振り払い、レイバーンに駆け寄った。レイバーンは身をかがめてよけようとしたが遅かった。マッコイは側頭部にパンチを見舞った。強烈な一撃だった。レイバーンが倒れ、マッコイは彼にまたがると、両膝で肩を押さえて、顔面を殴った。何度も何度も何度も。拳《こぶし》の下でレイバーンの鼻が折れ、絨毯《じゅうたん》と彼が血まみれになってもやめなかった。

叫び声が聞こえた。レイバーンが泣き叫び、人々が慌てて集まってきた。そしてワッティーがマッコイの上に乗って、引き剝がそうとして手をマッコイの首のまわりに置いた。マッコイはもがき、さらに何発かレイバーンの血まみれの顔にパンチを入れたところを、ワッティーに引き剝がされ、床に転がされた。

しばらくそこに横たわっていた。周囲は大混乱だった。呼吸を正常に戻そうとした。拳がひどく痛い。どこかが折れているような気がした。立ち上がると拳を撫でながらレイバーンを見下ろした。トムソンが助け起こそうとしている。なんとか椅子まで運ぶと、レイバーンはどすんと倒れ込むように坐った。彼はマッコイを見上げていた。マッコイは彼が血まみれの顔で微笑んでいることに気づいた。勝利の笑みを浮かべて、マッコイを見ていた。

「上官への暴行だ」彼は鼻血を拭いながらそう言った。「おまえは終わりだ、マッコイ。そのくそドアから出ていけ」

マッコイはふたたび襲いかかろうとして立ち上がった。が、背後で声が響くのを聞いて止まった。

「いったいなにごとだ?」

全員が振り返り、刑事部屋の入口を見た。マレー警部がそこに立っていた。彼は顔に怒りを浮かべ、マッコイを指さしていた。「きさま! マッコイ! おれの眼の前から消えろ。おまえはあとまわしだ」

マレーの顔はさらに怒りに燃えた。ふたたび指さした。「それからおまえだ、レイバーン。この役立たずが。おれのオフィスに来い。すぐにだ!」

彼はふたりの前を通り過ぎると、オフィスのドアを勢いよく閉めた。レイバーンが立ち上がり、閉まったドアに向かって歩いた。もう笑っていなかった。

マッコイはトイレのシンクの縁《ふち》にもたれかかり、右手に冷たい水をかけ、腫れを冷やそうとしていた。自分のキャリアの残りを、たった今ごみ箱に捨てたのだと確信していたが、もはやあまり気にしていなかった。自分のキャリアがレイバーンのような男の下で働くためにあるなら、もうどうでもよかった。顔を上げて鏡を見ると、そこにはワッティーが立っていた。

「世界で一番のアイデアかどうかはわからない」と彼は言った。「けど、うれしかったよ。あのクソ野郎には当然の報いだ」

「もう終わりだ」とマッコイは言った。「取り返しがつかない。マレーは何をしに戻ってきたんだ？」

「レイバーンの件だろう。マレーの基準に照らし合わせても、あれは怒り狂っていると言っていい」

「すばらしい。まさに望んでいたことだ。怒り狂ったマレー」とマッコイは言った。

「彼女はどこに？」とワッティーは訊いた。「無事なのか？」

マッコイはうなずいた。拳をたしかめた。赤く腫れている。蛇口の下に戻した。「王立病院に連れていった。生きてはいるが、ぼうっとしている。ドラッグ漬けにされていたようだ。自分がどこにいるのか、何が起きたのかもまったくわかっていない」

「なんてこった」とワッティーは言った。

「病院に戻って、どうなってるか見てくるつもりだ。マレーがおれを殺さないとしてだがな。両親には伝えたのか？」

ワッティーはうなずいた。「今、やっている」

拳はなんとかよくなったと判断し、ペーパータオルをホルダーから取り出して手を拭いた。「マレーに気づかれずにここから出ることができると思うか？」

「無理だろう」とワッティーは言い、ニヤッと笑った。「あんたを連れてくるようにおれをここに来させたんだから」


マッコイはドア枠をノックした。「お呼びですか？」

「入ってドアを閉めろ」マレーは顔を上げることなくそう言った。

マッコイは言われたとおりにすると、マレーの机の前の椅子に坐った。

マレーはいつものツイードのジャケットを着ていなかった。休暇を取りやめて来たのだろう。パースから来たのか、それともフィリス・ギルロイのところから来たのだろうか？

コーデュロイのパンツにタッターソールのシャツの腕をまくっていた。頭頂部は日に焼けたせいか赤くなっている。マッコイは彼が何かを書き終えて、万年筆の蓋を閉めるのを見ていた。両手が汚れていた。庭仕事のせいだろう。マレーはペンを机の上に置くと、椅子の背にもたれてマッコイを見た。

「どうしてこんなことになった？」彼は冷静に訊いた。

マッコイは失うものはないと心に決めた。「レイバーンは迅速な解決を望んだ。少年を捕まえ、拘留した。彼を脅し、怯えさせ、調書にサインするまで殴った」

「で、なぜおまえは止めなかった？」

「なんだって？」とマッコイは訊いた。自分の耳にしていることが信じられなかった。

「おれはそこにはいなかった。おれは不審死の捜査や電話連絡、レイバーンが手がかりを見つけることのできなかった古いクソみたいな強盗事件を取り扱っていた。アリス・ケリー事件以外ならなんでも。この事件には近づかせてもらえなかったんだ」

マレーはほんとうに驚いたようだった。「なんだと？　おまえは部長刑事だろうが。おまえが捜査に加わらないでどうする。まさかレイバーンはまだあんなクソみたいなことを続けてたのか？」

マッコイは苛立ちだしていた。「フィリス・ギルロイのところで話したじゃないですか！　おれは捜査に加わろうとしたが、レイバーンがそうさせなかった。あいつはおれを嫌っている。おれがイースタン署で転属願を出して、やつから離れたときからずっとだ。やつは自分の影響力を行使する機会を得た。そして自分がボスで、おれがあいつの靴の下のクソだとみんなに知らしめようとした。尋問に同席していたのはワッティーで、終わってからおれに報告した」

「じゃあ、なぜワッティーは何もじなかったんだ？」マレーは尋ねた。苛立ちが増しているようだった。

「待ってくれ、マレー。あいつは尋問を止める立場にはない。あいつは自分にできることをした。おれに報告したんだ」

「そもそもどうしてあの少年はクソ拘留中に自殺なんかできたんだ？　なんでそんなことになった？」

マッコイはその件については何も関与していなかった。「そのことはレイバーンと看守のブライアンに訊いてくれ。どうして自殺防止の監視体制を取らなかったのか」

マレーはポケットに手を突っ込んでパイプを取り出し、机の引出しを開けて、マッチを探し始めた。見つからず、苛立たしそうに勢いよく閉めた。「三カ月だ！　それだけなのに、おれが留守にしていたクソ三カ月でこのざまだ。恥ずべきことだ。まったくもってクソがつくほどの不名誉だ！」

マッコイは両手を上げた。「おれに言わないでください」

「クソみたいに潔白なふりをするな、マッコイ！　おまえも無罪放免とはいかんぞ。とんでもない。何が起きているかおれに報告するべきだったんだ」

「なんだって？」マッコイは言った。「今度はおれのせいだと言うんですか？　話したじゃないですか！　何を言ってるんだ、マレー！」

「良識はどこに行った？　レイバーンは間抜けだ。おまえがいるとわかっていたから、あいつの昇進を認めただけだ。おれが戻るまで、あいつが大惨事を引き起こすのをおまえが止めてくれると思っていたんだ」

マッコイはもはや不愉快になってきた。自分のしたことに対しては喜んで責任を取るつもりだが、マッコイがするべきだったとマレーが考えていることに対し、責任を取るつもりはなかった。「それなら、そもそもあいつを昇進させるべきじゃなかった！」

「おれがさせたわけじゃない！　あいつはここ何年も本部にゴマをすり続けてきた。止められなかったんだ」

「なら、おれを責めるのはやめてくれ！」マッコイは叫んだ。「レイバーンとあいつのお友達を責めるんだな！」

マレーは爆発するかと思ったが、そうはならなかった。どこか戦いに敗れたような表情でただ坐っていた。いっとき、沈黙が流れた。

「彼女は大丈夫なのか？　あの娘《こ》は？」

マッコイはうなずいた。「生きています。だがあの哀れなロニー・エルダーはレイバーンとやつのクソ功名心のせいで、遺体安置所に横たわっている」

マレーはようやくマッチを見つけると、パイプに火をつけ、手で煙を払った。「その件はおれにまかせろ」

「レイバーンのやつをどうするつもりなんですか？」とマッコイは訊いた。

「言ったはずだぞ、マッコイ刑事。おれにまかせろ」とマレーは言った。

その口調から、これ以上は迫るべきじゃないと察した。うなずいた。

マレーは苦しそうだった。「で、だれが彼女を連れ去ったんだ？　何か考えはあるか？

彼女は、その……」

「それはないそうです」とマッコイは言った。

マレーは山積みになった書類をあさり始めた。「ほかに何かあるのか？」

「ありません」とマッコイは言った。強盗事件のことを話すつもりはなかった。何も手がかりのない状況とあっては。

「少し時間をくれ」とマレーは言った。「外で待っていろ」

マッコイはマレーのオフィスから出ると顔を上げた。刑事部屋の全員が自分を見ていた。デスクに坐ると、ポケットのコーラの缶に触れ、だれにも気づかれぬように引出しにしまった。背中にレイバーンの視線を感じ、彼がトムソンに何かぶつぶつと言い続けているのが聞こえた。眼の前の書類を見ているふりをしていたが、ほかのみんなと同様、マレーのオフィスのドアが開くのをひたすら待っていた。

十分後、ドアが開き、マレーがオフィスから出てきて、書類を手に黒板の前に立った。刑事部屋はしだいに静かになっていった。マレーは全員を見まわした。新任教師に無作法な振る舞いをしたクラスを前にした校長先生のように失望した表情をしていた。

「今日は休みのはずだった。来週はパースで仕事をするはずだった。だがここのクソみたいなショーのおかげでそうはいかなくなった。おまけにおれがこの署――おれの署――に入ってきたら、部長刑事ふたりが取っ組み合いをしてるときた。ありえない。昨日はあの留置場で少年が首を吊った。ありえない。しかも最悪なことに、おれたちは彼をアリス・ケリー殺害容疑で逮捕していた。たった今、王立病院にいて、生きて元気でいるあのアリス・ケリーだ」

マレーはもう一度全員を見まわした。相手がたとえ床を見つめていようとも、ひとりひとりの顔を見た。

「おまえら役立たずはおれたちが世間からどう見られるのかわかってるのか？　無能で功名心にはやった愚か者。そのとおりだ。それに反論するつもりもない。ここがおれの署であることが恥ずかしい。おれの部下である警官がこのような行動を取ったことが恥ずかしい。だから……」彼はもう一度見まわした。「たった今より、マッコイ刑事がアリス・ケリー事件の担当となる」

「冗談だろ！」全員が声のしたほうを向いた。レイバーンが立ち上がって、血のついたハンカチを鼻からはずしていた。「あいつは理由もなくおれを襲ったのに、おれを事件からはずすというのか？」

マレーは軽蔑を込めた眼で彼を見た。「そしてレイバーン警部補代理は、アリス・ケリー事件の対応とロニー・エルダーの死に関する調査が終わるまで、その職務を解く」

「ふざけんな、マレー！　マッコイだと？」今やレイバーンは叫んでいた。シャツも髪の毛も血まみれの状態でわめき散らしていた。顔は怒りに歪んでいた。「あいつはお荷物だ。いつも酔っぱらっている。ああ、だが忘れていたよ。あいつはあんたのお気に入りだもんな、そうだろ。先生のお気に入りの生徒ってわけだ。ああ、よくわかったよ、クソが！　このことは忘れないぞ」

彼は椅子を蹴り倒してドアに向かった。

マレーはまばたきひとつしなかった。ワッティーを指さすと言った。「ワトソン、アリス・ケリー事件に関しておれとマッコイにすべて説明しろ。すぐにだ」

一時間後、マッコイは集まった署員を前に立っていた。全員が彼を見て、話し始めるのを待った。レイバーンの取り巻きたちの一部は軽蔑に満ちた眼で見ていた。そのほかは手帳を手に準備していた。マッコイはひとつ息を吸った。

「この事件の捜査はこれまで散々だった」不満げにぶつぶつと言う声、息を吞む音が聞こえた。「だが、それももう終わりだ。これからは全員協力して、だれが、なぜアリスを連れ去ったのかを突き止め、犯人が同じことをする前に捕まえる。ロニー・エルダーは犯人ではない。若すぎるし、愚かすぎる。アリスを連れ去った犯人は、彼女の家から数百メートルしか離れていない場所で白昼堂々彼女を連れ去った。それには計画性と知性が必要だ」マッコイは全員を見まわした。「そしてそれは不安材料でもある。そのような人物はまた同じことをする可能性があるし、今度は誘拐された者にもっとひどいことをするかもしれない」

彼は一瞬ことばを切ると、黒板にテープで貼られた、引き伸ばされたアリスの写真を指さした。

「今おれたちが知るかぎりでは、アリス自身が自分に何が起きたかを教えてくれるかもしれない。それはまだわからない。もしそれがだめなら、おれたちでやるしかない。彼女はどこかに閉じ込められていたに違いない。地下室、ガレージ、石炭貯蔵庫。これらの半径四百メートル以内を捜索しろ。過去に性犯罪で逮捕された者を揺さぶってみろ。彼女の友達に話を聞いて、不審な人物と話していなかったか、たしかめるんだ。彼女はサッカーのスコットランド代表のユニフォームを着ていた。新しいやつだ。売ったのがだれで、だれが買ったのかを調べるんだ。彼女の髪を短く切って、あのユニフォームを着せて男の子のように見せたということは、どこか人目につく場所にいた可能性もある。サッカーのユニフォームを着た男の子の目撃情報を集めるんだ」

彼はワッティーにうなずいた。

「ここにいるワッティーがきみらをサポートする。彼は事件の最初からこの件に関わっていて、何が行なわれていて、何が行なわれていないかを知っている。彼を使うんだ。何か疑問があったら彼に訊け。二度手間や見落としは避けたい。アリスの事情聴取から戻ったら、ただちに彼はここに陣取って、捜査状況を整理する。おれもだ」

彼は一枚の紙を掲げた。「割り当てはすでに決めてある。できるだけ速やかに取り組んでくれ」もう一度見まわした。「この署はクソみたいな状況に陥っている。今こそ、名誉挽回のときだ。できるだけ早く解決して、おれたちが真の警察官であることを人々に示すんだ。アリスのためにも。ありがとう」

みんながいっせいに息を吐いた。顔を輝かせて、話し始めた。

ワッティーがマッコイに近づいていき、ニヤリと笑った。「ほんとうにボスみたいだったよ。すばらしかった」

「行くぞ」とマッコイはワッティーに言った。「おれがどれだけすばらしいかは車のなかで聞かせてくれ」

28

マッコイは署の玄関の前に立って、ワッティーが車をまわしてくるのを待っていた。アリスをめぐるドラマが繰り広げられるなかで、ローラのことをマレーに話すのを忘れていたことに気づいた。あとまわしでいいだろう。まずはアリス・ケリーの事件を把握する必要があった。太陽はまだ空高くにある。さらに湿気が増し、暑くなっているようだ。そろそろ天気も崩れるかもしれない。それが必要な気がした。だれもが変化を望んでいた。クラクションが鳴り、ワッティーが青の〈ビバ〉をまわしてきた。彼は身を乗り出して、助手席のドアを開けた。

「レイバーンはどうなるんだ?」車を署の構内から出しながら、ワッティーが訊いた。

マッコイは肩をすくめた。「わからん。おれの問題じゃない」

「あいつがそう考えてるかどうかはわからないぞ」

「たしかに。だがあの能なしが何を考えてるか思い悩んだところで時間の無駄だ」

「あいつは執念深いブタ野郎だ」とワッティーは言った。「それにあいつには仲間がいる。このことを忘れないだろう」

「あい、わかった。だがおれもだ。おれもロニー・エルダーが窓の鉄格子から首を吊っていた姿を忘れない。やつが何をしようが勝手にすればいい。言ったとおり、おれの問題じゃない」

ワッティーはうなずき、車を進めた。

待つ以外にできることはなかった。血液検査が終わるまで。医師が彼女と話していいと言うまで。マレーが現われるまで。だから待った。病院のカフェで、パジャマ姿の男性たちや、車椅子の女性たち、たがいに何を言おうか考えている入院患者の親戚たちに囲まれて紅茶を飲んだ。部屋の温度を下げようと、すべての窓を開けたが、あまり効果はなかった。そよ風にもカーテンはほとんど動かなかった。マッコイは暑さに疲れていた。五分に三回はあくびをしていた。歩いて眼を覚まそうと立ち上がったそのとき、ふたりのどちらもが会うとは思っていなかった人物がカフェの戸口に立って、周囲を見まわしていた。

ワッティーが手を振ると、メアリー・ウェブスターがふたりのテーブルのほうに向かってきた。彼女は体を寄せて、ワッティーの頬にキスをした。

「これは、これは」と彼女は言い、オレンジ色のプラスチック椅子からパンくずを払って坐った。「グラスゴーの警察がこの件からなんて言って逃げ出そうとするのか見るのが待ちきれないわ。彼女のことをラザロ・ガールって呼ぼうかと思ってるの。よくない？」（ラザロはヨハネ福音書に描かれているイエス・キリストの友人で、イエスによって死から甦らされた）

彼女は煙草を取り出すとテーブルの上に置き、ハンドバッグからライターを見つけた。「どうして黙ってるの、あなたたち《ボーイズ》？」そう言うとふたりを見た。「猫に舌でも抜かれたの？　話して。聞いてあげるから」

マッコイは頭を振った。「きみが話す必要があるのはおれたちじゃない。おれは何も関係ない。きみも知っているように、事件にはタッチしてなかったんだ。それにここにいるワッティーは少年が無実だと確信していて、おれにもそう話していた。だから取材はどこか別のところでやってくれ。バーニー・レイバーンというクソ野郎に訊くんだな。ところで、きみはここで何をしてるんだ？」

メアリーはとても満足そうだった。煙草に火をつけると、別のテーブルに体を乗り出して灰皿をつかみ、眼の前に置いた。

「知っておくといいわ、ミスター・マッコイ。わたしは、喜びに満ちて、心からほっとしているアリス・ケリーの両親といっしょにここに来たのよ。彼女は――」メアリーは効果を狙うようにミッキーマウスの腕時計を見た。「三十分前に、わたしに、わたしだけにすべてを話すと連絡してきたのよ。もちろん見開き三ページの独占写真付き。祝福してちょうだい、『エクスプレス』のイアン・グーレイや『サンデーメール』のあの生意気なマッギンレーを抑えての独占記事よ」

「彼らは階上《うえ》にいるのかい？」とワッティーが訊いた。

「わたしのご両親のこと？　ええ、そうよ。そして今この瞬間、三人はタム・レンフローの撮る〈ニコン〉の前でアリス本人と感動の再会を果たしているところよ」

「きみ好みの事件だと言っただろ」とマッコイは言った。

「今回は、今回だけは、あなたのアドバイスを聞いておいたとだけ言っておくわ」

「何か飲むかい？」とワッティーが尋ねた。

「紅茶を、ダーリン、ありがとう」

「おれも」とマッコイは言った。「砂糖はひとつで」

ふたりはワッティーがゆっくりとカウンターまで歩いていき、カウンターの奥にいる笑顔の女性に注文を伝えるのを見ていた。

「彼、うれしそうね、そう思わない？」とメアリーが訊いた。「あの少年は無実だってずっと言ってたから」

「そんな単純な話じゃない」とマッコイは言った。「厄介なのはワッティーが事情聴取に同席していたことだ。たとえ起きたことが間違いだと彼が思っていたとしても、同じ部屋にいたのにそれを止めなかった。内部調査があるだろう。拘留者が死亡した場合には必ず行なわれる。あいつが唯一救われる道があるとしたら、レイバーンをそのなかに突き落とすことだ。レイバーンが何をしたかをしっかりと話すことだ」

「いいじゃない」とメアリーは言った。「自業自得よ」

「その件についてはおれに訊かないでくれ。レイバーンはいやな野郎で、完全に間違っていたが、それでも警官だ。警官はほかの警官の話をするのは好まない。特に市警本部におお友達のいる勤続二十年のベテラン警官の話はな」

「クソね」とメアリーは言った。「そんなことだとは思わなかった。どおりで彼が世界のすべてを肩に背負っているような顔をしているわけね」

「元気づける方法がひとつある」とマッコイは言った。「パパになると教えてやれ」

「おもしろいじゃない。その話は二度とするなって言ったはずよ。それに彼がパパになりたいかどうかもまだわからないし」彼女はマッコイのほうを見た。「彼女がどこにいたのか心当たりは？」

「いや」とマッコイは言った。「だが彼女は大丈夫なようだ」

「犯人たちは……なんていうか」彼女は口ごもった。

「いや、わかっているかぎりではそれはない」とマッコイは言った。

「はいよ」とワッティーが言い、トレイを置いた。

「ありがとう」とメアリーは言った。「あなた、大丈夫？」

「いいや」ワッティーはそう言うと坐った。「おそらくクビになるだろうし、そうならなくても、懲戒処分を受けて、グラスゴーじゅうの警官から嫌われることになる。すぐに次の仕事を探すことになりそうだ」

「そんなことにはならない」とマッコイは言った。自分が思っている以上に自信を持ってそう言っていた。「おまえはいい警官だ。みんなもそのことを知っている」

メアリーがワッティーの手を取った。「そんなに自分を責めるのはやめて。あなたは何も悪いことはしていない。悪いのはレイバーンで、あなたじゃない」

ワッティーはうなずいた。が、これ以上ないほど暗い表情をしていた。

「ミスター・ワトソン？　ミスター・ワトソンはいますか？」

カウンターの奥の女性が、壁に据え付けられた電話の受話器を持っていた。「ミスター・ワトソン？　あなたにお電話です」

ワッティーは立ち上がった。「だれだろう？」

「たしかめる方法はひとつしかない」とマッコイは言った。

ワッティーはカウンターに向かった。

「彼は大丈夫だと思う？」とメアリーが訊いた。「仕事のことよ」

「わからんよ」とマッコイは言った。「ほんとうにわからない」

「くそっ」とメアリーは言った。「そんなにひどいの？」

マッコイは肩をすくめた。「たぶん。言っておくが、この数カ月は快適とはならないだろう。それはたしかだ。レイバーンがどう出るかによるがな。あいつが剣を置いて降伏するなら問題はないだろう。戦いをやめなかったら？　ワッティーを道連れにする可能性がある」

「なんてこと」とメアリーは言った。

ワッティーが戻ってきた。「医者が上がってきていいと言っている」

その医師はまるで森に棲む生き物のようだった。マッコイはこれまでの人生でここまで毛深い男を見たことがなかった。しかも赤毛で、シャツの袖口や襟からはみ出していた。眉間はつながっていて、大きな一本の眉毛になっていた。彼は鼻を掻いた。手も毛むくじゃらだった。まるで狼男のようだ。

医師は手を差し出して握手を求めた。「ミスター・マッコイ？　エイドリアン・ポッターです」イングランド北部の訛りだ。「なかに入りませんか。状況を説明します」

彼は会議室のドアを開けて押さえた。オレンジ色のクッションの椅子が三脚と、プラスチックの植木鉢とティッシュの箱が置かれたテーブルがあった。

「ワッティー、おまえの恋人がおとなしくしてるか確認してこい。おれたちが知るべきことを先に知られちゃ困るからな」

ワッティーはうなずくと、廊下を歩いていった。マッコイは狼男のすみかに足を踏み入れた。

ふたりは腰かけ、ポッターがファイルを取り出してざっと眼を通した。顔を上げると微笑んだ。すでに無精ひげが生えてきているようだった。可哀そうに、一日に三回はひげを剃らなければならないのだろう。

「アリス・ケリー。一九六一年十二月二日生まれ」と彼は言った。「彼女は大丈夫なようだ。血液検査の結果が返ってきた。血液中にはバリウム、そのほかの精神安定剤、おそらくは〈セコナール〉だろう、それにアルコールの痕跡が検出された。彼女の年齢と体重からすると強力な組み合わせだ。栄養不良で脱水状態、食事も摂っていないようだ。わたしの専門分野ではないが、おとなしくさせ、混乱させることが目的だったんじゃないかと思う。彼女に与えた量から考えて、うまくいったのは間違いないだろう」

「彼女は何か覚えているだろうか？」

ポッターはまた鼻を掻いた。「そうは思わない。いずれにしろ、たしかなことは何も覚えていないだろう。ぼんやりとした記憶ならあるかもしれない。ああいったドラッグとアルコールの組み合わせは短期記憶を消し去る傾向がある。もし何か役に立つことを覚えていたら驚きだ。ただ明日の朝まではそっとしておいてくれるとありがたい。彼女に何があったにせよ、試練を経験したんだ。血中にまだドラッグが残っているし、水分は点滴で補給している。朝には話せるようになるかもしれない。それまでは安静が必要だ」

「すばらしい」マッコイは不機嫌そうに言った。

ポッターはもう一度メモを見た。「性的であるか否かを問わず、暴行の痕跡はない。危害を加えるためというよりも、ただ閉じ込めておこうという考えだったようだ」彼は顔を上げた。「身代金の要求は？」

マッコイは笑った。「ない。犯人はそこまでばかじゃない。彼女はメアリーヒルの公営住宅に住んでいる」

「ああ、そうか」とポッターは言い、微笑んだ。「なるほど。すまない」彼はファイルを閉じた。「じゃあ、これをどうぞ」

「ほかに聞いておくべきことは？」とマッコイは言った。

「彼女は髪を切られていた。一見したところ素人が切ったようだ。男の子の服を着ていた。もちろん気づいていたと思うが。それ以外には特にない。きみがセントラル駅で見つけたのか？」

マッコイはうなずいた。

「奇妙だ。どうにかしてそこで捨てられたとしか思えない」

「なんてこった」とマッコイは言った。「なぜ連れ去られたのか、どこに連れ去られたのか、だれが連れ去ったのかもわかっていなければ、なぜ彼女が解放されたのかもわかっていない」

ポッターは立ち上がった。「なんとも謎だらけだな。きみたち刑事が好きそうな事件だ。アガサ・クリスティーみたいで。幸運を祈るよ」

　マッコイは病院の廊下を歩き、漂白剤とその下に隠されたどこかなじみのあるにおいを嗅いでいた。上の階への階段を上りだした。どういうわけか損をした気分だった。望むのは手に入らない。だれかの言ったとおりだ。ずっとこの事件に取り組みたかった。そして今、取り組んでいる。どっぷりと。アリス・ケリーに何が起きたのか、なぜ起きたのかを突き止めなければならなかった。すぐにでも。

　ある考えが頭をよぎった。うれしくない考えだった。アリス・ケリーだけじゃないとしたら？　子供たちを誘拐することに快感を覚える頭のおかしいやつだとしたら？　考えたくはなかった。だが、その必要がないとわかるまではとにかく考えるしかなかった。廊下に探していたものを見つけた。歪んだ銀色の覆いの下に公衆電話が並んでいる。小銭を入れると署に電話をした。

「ビリー、ウォーカー巡査につないでくれるか？」

　カチッと音がして、しばらく待つと呼び出し音がした。見込みが低いことはわかっていたが、ほかに頼める人物がいなかった。

「ウォーカー巡査です」

「トレイシー、マッコイだ」

「ああ、こんにちは、マッコイ刑事」ちょっと驚いたような、ちょっと怯えているような口調だった。「何かお力になれますか？」

「場合によるな」と彼は言った。「口の堅い指紋の専門家を知ってるか？」

ワッティーはアリス・ケリーの病室の外に立っていた。戸口はふたりの制服警官が両脇を固めていた。

「ドクターはなんと？」マッコイが近づいていくと、ワッティーは訊いた。

「ドラッグを呑まされたが、危害は加えられていない。明日までは話せないそうだ。そのときに話せたとしても、何も覚えていないだろうと言っていた」

「くそっ」と彼は言った。

「まさにな。両親は？」とマッコイは訊いた。

「今はアリスといっしょだ。カメラマンとメアリーも。どうにも止められなかった」

「だろうな」とマッコイは言った。「おまえとレイバーンのファイルとメモは署にあるのか？」

ワッティーはうなずいた。

「何か見落としがないか、戻ってもう一度詳しく調べてみよう。トムソンをもう一度メアリーヒルに向かわせて、彼女のことを女の子というよりはティーンエイジャーのようだったと言っていた隣人から話を聞くんだ。年上の人物がうろついていなかったか、行くべきじゃないところを彼女がうろついていたのを見なかったか訊いてみるんだ」

ワッティーはうなずいた。ためらっていた。「レイバーンはほんとうにおれを道連れにすると思うか？」と彼は尋ねた。顔にはしっかりと不安が刻み込まれていた。

マッコイは首を振った。嘘をついた。「あいつは自分のケツを守るのに精いっぱいでおまえのことなんかかまってる暇はないだろう」厄介なのは、レイバーンのような男がまずすることは、起きたことの責任をだれかになすりつけようとじたばたすることだ。その候補はひとりしかいなかった。ワッティーだ。

ドアが開いてメアリーが現われ、そのあとにアリスの両親が続いた。母親は眼を赤くし、ハンカチを持った震える手で顔を拭いていた。青いノースリーブのワンピースにかぎ針編みのカーディガンのようなものを羽織っている。写真撮影のために髪もセットしたようだった。父親はスーツにネクタイといういでたちで、四十歳くらいだろうか。物静かそうで、砂色の髪を横分けにしていた。何が起こっているのかわかっていないように見えた。

「ミスター・マッコイ」とメアリーが言った。「アリスのご両親よ」

マッコイはふたりと握手をし、自分がこの事件を引き継ぐと告げた。ふたりはうなずいた。あまり深くは考えていないようだ。

「差し支えなければ、今夜、お話を伺いに行きたいのですが？」と彼は尋ねた。

ふたりはうなずいた。

「以前にも訊かれた質問を多くすることになって申しわけありませんが、何か見落としているることを見つけたいんです。アリスに何が起こったのか、そしてその理由がわかるかもしれません。いいですか？」

ふたりはまたうなずいた。そして母親は激しく泣きだした。父親が母親に腕をまわした。

「ふたりは家には帰らないのよ、マッコイ」メアリーがさえぎった。「ふたりを〈ロッホ・ローモンド・ホテル〉に連れていく。少しは試練を乗り越える助けになるかもしれない。お祖母《ばあ》さんが病室に残ることになるわ。アリスは今も眠っている。たぶんあと何時間かは。今は睡眠が必要よ」

そしてほかの記者たちを遠ざけておくためにも最善の方法なのだとマッコイは考えた。

「オーケイ、問題ない。そこで会おう。すぐに向かうのか？」

メアリーはうなずいた。「階下《した》で車と運転手が待っている」

「こうしよう。おれもいっしょに行く。ホテルに着いたら話をしよう、時間を節約できる」とマッコイは言った。「それでいいですか？」彼は両親に尋ねた。ふたりはメアリーが反対する前にうなずいた。

彼女はマッコイをにらみつけた。「まったく問題ないわ」顔は正反対のことを言っていた。「一刻も早く解決したいからね。さあ、行きましょう」

マッコイらはエレベーターに向かって歩きだした。

「おれは署に戻って自分の仕事に取りかかる」とワッティーは言った。

マッコイがうなずくと、メアリーがふたりにそっと並んで言った。「ほんとうにクソありがとう」と彼女は言った。「おかげでインタビューが二時間は遅れるわ」

「お役に立ててうれしいよ」マッコイはそう言うと、エレベーターのボタンを押した。

29

車が外で待っていた。大きな黒の〈ダイムラー〉が午後の陽光に輝いている。マッコイは感銘を受けていないふりをした。

「『デイリー・レコード』は大盤振る舞いだな、あ?」とマッコイはメアリーに言った。

「今年最大の話題だからね。少し予算をアップするように言ったのよ。まあ、上も本気になったみたいだけど、これじゃまるでお葬式に向かうみたいね」

彼女は助手席に坐り、マッコイは両親とともに後部座席に坐った。運転手は制服を着た愛想のいい中年の男で、髪を短く刈り込み、ビール腹をしていた。

「ピーター・ローソンだ。ピートって呼んでくれ。くつろいでドライブを愉しんでくれ。すぐに着くから」

マッコイは彼のことばを信じることにして、革のシートに深く坐ると、脚を伸ばし、車寄せをまわって西に向かうのを窓越しに見ていた。マレーに電話をして、ローラが無事だということを報告すべきだと気づいたが、遅かった。ホテルから電話をするしかない。

グラスゴーをそう離れていないところで、両親は眠りだした。仕方ないだろう。眠れぬ夜を過ごしてきたのと、車に照りつける太陽との組み合わせでは眠くならないほうがおかしかった。メアリーとピートはガヴァンで育ったことについてずっと話していた。どの学校に行っていたかとか、どの通りに住んでいたのか、どんな知り合いがいるのかについて。

「きみはワイン・アレーで育ったんだと思ってたよ？」マッコイはそう言うと、ニヤリと笑った。

「冗談でしょ」とメアリーは言い、バックミラー越しにマッコイをにらみつけた。

「おれはそこで育ったよ！」とピートが言い、みんなで笑った。マッコイは椅子に深くもたれかかると、会話のやりとりに心を漂わせた。まぶたが重くなってきて、うつらうつらしていた。

気がつくと右側の木々のあいだから青い湖のきらめきが見えた。蛇行した道を進むと、すばらしい景色がそこにあった。ローモンド湖。このような天気のいい日は、昔見た絵葉書のようだった。青い水面《みなも》。緑の丘。雲ひとつない青空。ウインドウを下ろそうとしたとき、急に路線を変更したネイビーブルーの〈ローバー〉が内側から追い越してきた。八十キロか百キロ近く出しているに違いない。

「ばか野郎が」とピートが言った。

「ろくでなし」とメアリーがつぶやいた。

マッコイが眼をやると、両親はまだ眠っていた。

「あとどれくらいだ?」あくびをこらえながらマッコイは訊いた。

「十分かそこらだ」とピートは言った。「もう近くだ」

「おふたりさんを起こしたほうがいいかな?」とマッコイは訊いた。

メアリーはシートから身を乗り出した。「そのままにしておいてあげて」と彼女は言った。「寝てなかったみたいだから」

マッコイはうなずいた。頭をウインドウにもたせかけると、通り過ぎる景色を眺めた。道路の脇に木製の大きな看板が見えるまで、そう長くはかからなかった。

〈ロッホ・ローモンド・ホテル　右折三キロ〉

そのときふと気づいた。

「今夜はここに泊まるのか、メアリー？」とマッコイは訊いた。

「わたし？　クソもちろんよ。バーで会社のツケで飲むのを愉しみにしてるのよ。どうして？」

「おれはどうやって帰ればいいんだ？」彼は訊いた。

メアリーは笑った。「あんたの問題でしょ、マッコイ。勝手にヒッチハイクした報いよ」

「一時間ぐらいなら、待っていて、連れて帰ってやるよ」とピートが言った。「それでもいいか？」

「それしかないようだな。ありがとう、ピート。ガヴァン出身にも礼儀を知ったやつがいてうれしいよ」

メアリーは鏡のなかで舌を突き出し、Ｖサインをマッコイに向かって見せた。

車はスピードを落とし、角を曲がると〈ロッホ・ローモンド・ホテル〉まで続く、長い私道を進んだ。前方に大きな城のような建物が見えた。そこまでは私道を八百メートルほど進まなければならないようだ。両脇に古い木々が並び、そのうちのいくつかは枝がたがいに触れあってトンネルのようになっていた。

「あれはおれたちを追い越していったばかどもか?」とマッコイは訊いた。ネイビーブルーの〈ローバー〉が前方の私道の真ん中に停まっていた。

「そのようだ」とピートは言った。

「ちょうどいい。ひとこと言ってやるわ」メアリーはそう言うと、ウインドウを下ろした。そして手を止めると、困惑した表情をした。「なんなの?」

〈ローバー〉が発進し、バックで彼らの車に向かってきた。猛スピードで。

「頭を下げて!」ピートが叫んだ。

〈ローバー〉が全速力でぶつかり、彼の声をさえぎった。バン! という音とともに車体がきしみ、全員が前方に体を持っていかれた。アリスの両親は床に倒れ、メアリーはフロントガラスに頭をぶつけた。マッコイは顔を前の座席の背もたれにぶつけた。彼は体を起こすと、顔に手をやった。指に温かい血を感じた。〈ローバー〉のドアが開くのを見ると、ほぼ同時に、バックミラーに動きを捉えた。振り向いて後ろのウインドウから外を見ると、もう一台の〈ローバー〉が加速しながら向かってくるのが見えた。

　身をかがめようとしたが、間に合わなかった。サイドウインドウに叩きつけられ、頭を強く打った。母親が叫び、メアリーはうめき声をあげていた。車のまわりには目出し帽をかぶった男たちがいた。マッコイがよりかかっていたドアが開けられ、彼は半分外に落ちそうになった。さらに体を半分引き出され、私道に投げ捨てられた。

立ち上がろうとした。だれかが「そいつじゃない！　もうひとりのほうだ！」と言っている。そして腹にブーツの蹴りを受け、さらに顔を蹴られた。転がって逃げようとした。ふたりの男が車の反対側からアリスの父親を引っ張り出そうとしていた。ふたりの男は父親を地面に倒した。彼は這って逃げようとしていた。悲鳴をあげ、男たちに蹴られながらも妻に向かって叫んでいた。男たちのひとりが彼の背後にまわり、しゃがみこむと銃のグリップで頭を殴った。叫び声はすぐにやみ、彼は崩れ落ちた。男たちのふたりが彼の腕をつかみ、力ない体をもう一台の〈ローバー〉のほうへ引きずっていった。

マッコイは立ち上がろうとしたが、ふらついた。倒れると思った。メアリーが叫んでいるのが聞こえた。「マッコイ！　後ろよ！」

そして後頭部に爆発的な痛みが走り、つんのめるようにして私道に倒れ込んだ。口のなかに砂利が入り、血が顔を流れるのを感じた。車が加速して去っていく音が聞こえ、そして何も聞こえなくなった。

30

マッコイが眼を覚ますと、ワッティーが覗き込んでいた。

「大丈夫か？」と彼が訊いた。「メアリーから電話があったんだ」

マッコイは体を起こそうとして顔をしかめた。頭が痛かった。手をやると、包帯が巻いてあるのがわかった。

「ホテルの厨房の女性が、戦争中に看護婦をしていたそうだ。インド大反乱（一八五七年から五九年のあいだにインドで起きた英国植民地支配に対する反乱）のときに違いない。まるで血のついたターバンみたいだよ」

マッコイは笑おうとし、自分がどこにいるのか理解しようとした。ホテルのベッドルーム。古風な大きいベッド、タータンチェックの壁紙、暖炉の上の壁にはキルトを着た男の肖像画があった。窓から夕陽に輝く湖が見えた。

「クソみたいな気分だ」と彼は言った。

「だろうな」とワッティーは言った。「あちこちに血が飛び散っていた。殴られたんだろう」

思い出した。車。目出し帽をかぶった男たちが父親を車から引きずりだして、もう一台の車に押し込んだ。「あれはいったいなんだったんだ？」とマッコイは訊いた。

「こっちが訊きたいよ」とワッティーは言った。「なぜ父親を誘拐するんだ？　家族に対する奇妙な復讐かなんかなのか？　理解できない」

「おれもだ」とマッコイは言い、ベッドの脇から脚を振り出した。「メアリーは大丈夫なのか？」

ワッティーはうなずいた。「母親はヒステリー状態だ。メアリーがタクシーでグラスゴーに連れて帰った。アリスの安全をたしかめる必要があると言って。運転手はあんたよりもひどい状態だ。ルスの病院に運ばれた。鼻と顎を骨折していた」

マッコイはふらつきながら立ち上がった。ワッティーが手を差し出して支えた。「それに地元の警察があんたと話をしたがっている。自分たちの管轄で起きたことだから、自分たちで捜査すると言って」

「放《ほう》っておけ」とマッコイは言った。「戻ってマレーと話す必要がある。その警官が現われる前に退散しよう」

ワッティーが前もって無線でマレーに連絡した。マッコイのフラットの近くの〈ビクトリア〉で会うことにした。マレーはパブで会うことをあまり喜んでいなかったが、ワッティーがマッコイは長くは話せないかもしれない、すぐに寝かせる必要があるかもしれないと言ったのだ。

マッコイは後部座席で横になり、ふたりの無線の会話を聞いていた。ずっと吐き気がし、視界の隅がチカチカしていたが、幸せな気分だった。幼い頃、夜に車の後部座席に横たわり、大人の会話を聞いていたときのことを思い出していた。父親に車を買うような余裕があったわけではない。テリー伯父さんの車だったのだろう。〈ヒルマン〉か何かだっただろうか、思い出せなかった。

ワッティーがラジオをつけると、T・レックスのサウンドが車内を満たした。マッコイは眼を閉じた。なぜ父親を誘拐するのか考えようとした。あれはちょっとした作戦だった。車二台に、五、六人はいただろう。銃。準備万端だった。まるで軍隊の作戦のようだった。なぜ彼らがホテルに行くことを知っていたのだろう？　トレイシーに頼んだ指紋の件はどうなっただろうか？　なぜ娘を誘拐し、それから父親を誘拐したのだろうか？

だが、ひとついいことがあった。彼が強盗事件を捜査するという考えはなくなったようだ。郵便局で強盗に遭ったマージェリーはほんとうのところどうなんだろうか？　話している以上に動揺しているように見えた。アンジェラはいったい何をたくらんでいるのだろう。そしてマッコイはアリスの父親がベルファストで何をしていたのかだれも知らないことを思い出した。そう、あの襲撃は軍隊ではなく、民兵組織によるものなのかもしれない。

ひょっとしたらアリスの父親は――。突然、頭のなかに鋭い痛みが広がり、顔をしかめた。治まるのを待った。が、だめだった。

あまり気分がよくないとワッティーに言った。どうしても我慢できず、車の床に吐いた。体を起こそうとした。アースキン・ブリッジの灯りが見える。頭がひどく痛いとワッティーに言った。車が減速するのを感じながら気を失った。

一九七〇年八月十一日

ロサンゼルス　サンセット・サウンド・スタジオ

「伴奏が聴こえない」

エンジニアが机の上のボタンを押し、自分の声がブースのなかに聴こえるようにした。

「ボリュームを大きくしますか？」と訊いた。

ボビーはうなずいた。ヘッドフォンを調整すると、横にある小さなテーブルの上の灰皿のなかで燃えていたマリファナ煙草をひと口吸った。

「続けよう」

エンジニアが壁の時計を見た。午後六時になろうとしている。正午からここにいた。《サンデー・モーニング・シンフォニー》のギターソロに挑戦していた。だれかがエンジニアに尋ねていたとしたら――尋ねなかったが――、彼は四回目の演奏が完璧だったと答えていただろう。それが、アーティストが自分自身でプロデュースする際の厄介な点だった。だれも止めないのだ。

ガラス越しに、ボビーが一心に聴きながら、〈レスポール〉に手を置き、その瞬間を待っているのが見えた。突然、ボビーの顔がくしゃくしゃになり、指が動きだし、演奏に入った。エンジニアは椅子の背にもたれると、ほんの数秒で今度は何か違うことが起きていると気づいた。彼は体を乗り出すと、一心に聴き入った。

ブースのなかで、ボビーはどこか別の場所に行ってしまっていた。眼を閉じ、足で床を叩き、手はギターのネックを上下している。エンジニアは機器のレベルを再チェックした。一瞬見失ってパニックになるが、大丈夫だった。テープはちゃんとまわっている。視界の片隅で、マシンのそばに立っているアシスタントが呆然とした表情を見せているのが見えた。ただボビーを見て、これまでだれもしたことのないようなボビーの演奏を聴いていた。

四十秒後、ボビーは演奏をやめ、両手を下ろし、ブースのガラス越しにふたりを見た。彼はニヤニヤしていた。エンジニアもニヤニヤしていた。そしてアシスタントも。三人とも自分がたったいま耳にしたものが信じられなかった。

エンジニアが体を乗り出し、ボビーに聞こえるように机のボタンを押して言った。「これはキープだな」

全員が笑いだした。

ブースのなかでは、ボビーがマイクに顔を寄せて言った。「お祝いの時間だ」

一九七三年七月十八日

31

病院の談話室の窓から光が射し込んでいた。二十脚かそこらの肘掛け椅子とコーヒーテーブルがいくつかあり、テーブルの上には読み込まれた雑誌が置いてあった。窓台の上ではアシナガバチがブンブン音をたてている。マッコイは腕時計を見た。八時四十五分。ワッティーは九時に来ることになっていた。医者からはだれかが迎えに来ないと退院させないと言われていた。議論する気力もなかった。ワッティーがシャツを持ってきてくれることを願った。いま着ているシャツは汗臭《くさ》く、何度も拭いたにもかかわらず、前の部分に嘔吐物の染みがまだついていた。

脳震盪《のうしんとう》。実際に気分も悪く、少し頭痛もしたが、もっとひどい二日酔いを経験したこともあった。病院に来たことを覚えていなかった。どうやら少し混乱していたようで、ホテルにチェックインしたと思って、医師に金を払おうとしたようだ。昨日はほとんど寝ていた。ティータイムに眼を覚まし、ミンス・アンド・タティ（牛ひき肉とマッシュポテトで作られたスコットランド料理）をむさぼるように食べ、すぐにまた眠りについた。

ドアが開いた。ワッティーが来たと思って眼を向けたが、彼ではなかった。きちっとしたリーゼントに、パジャマとストライプのガウンを着た大男が〈リーガル〉のパッケージと〈スワン・ヴェスタス〉のマッチ箱を持って立っていた。マッコイに向かってうなずくと、椅子に腰かけた。

「こんちは」と男は言った。粗野な北アイルランドの訛り。煙草を見せた。「吸いたくなってね。火事になるといけないからベッドでは吸わせてもらえないんだ」マッコイの包帯を顎で示した。「戦争に行っていたみたいだな」

「そのようなもんだ」とマッコイは言った。「ベルファスト出身か？」

男はうなずくと、煙草に火をつけた。〈リーガル〉の煙を肺いっぱいに吸い込み、至福の表情を浮かべた。しばらく吸い込んだままでいて、そして吐き出した。「生まれも育ちもな。こっちに来て二年になる。女房がここの出身なんだ。あっちじゃもう我慢できなかった。あいつを責めることはできん」

「あっちじゃ建設が盛んなんだろ？」とマッコイは尋ねた。「労働者を必要としてるのか？」

男は肩をすくめた。「まあな。爆弾で吹き飛ばされた跡を掃除する仕事も結構あるよ」

「こっちから労働者を呼ぶほどか？」とマッコイは訊いた。

男は歯のあいだから息を吸った。「そうは思わんな。何か専門や才能があれば別だが、シャベルを持ってるだけの普通のやつじゃ無理だ。そんな連中はあっちにも山ほどいる」

男は微笑んだ。「どうして？ 向こうに行くことを考えてるのか？ おれだったらやめとくな。あそこは今、クソ悪夢そのものだ。悲しくなるよ」

マッコイはうなずいた。フィン・ケリーはアイルランドでいったい何をしていたのだろうかと思い始めていた。彼自身が言っていたような仕事をしていたとは思えなかった。それはたしかなようだった。

「マッコイ！」

振り向くとワッティーが立っていた。おじぎをした。「運転手がお迎えに参りました」

マッコイは立ち上がった。めまいが襲い、椅子の背をつかんで支えた。

「大丈夫か？」とワッティーが訊いた。

うなずいた。大丈夫ではなかった。腰かけた。「一分かそこら待ってくれ」と彼は言った。

ガウンを着た男が去ろうと立ち上がると、ワッティーが男に向かってうなずいた。

「いつかよくなるさ」と男が言った。「神の思《おぼ》し召しを。そのときにはおれも戻るよ。幸運を祈る」

ワッティーはマッコイの向かいに坐った。「なんのことだ？」

「ベルファストだ」とマッコイは言った。「メアリーはどうだ？」

ワッティーは微笑んだ。「どうだと思う？　喜んでるよ。『デイリー・レコード』の一面。〝当社記者メアリー・ウェブスターによる『地獄の誘拐劇の記録』〟ってな。彼女にはあまり会ってないんだ。会社に泊まってるんだろう。マレーには会ったか？」

マッコイは首を振った。

「昨日来てた。あんたは眠ってたんだろう」少し後ろめたそうだった。「彼が医者と話した」

「そうか」マッコイは不安げに言った。「で、医者はなんと？」

「一週間は休養が必要だと言った。おれはあんたを署に連れていくために来たんじゃないんだ。あんたの自宅に連れていくために来た」

マッコイは反論し、叫び、悪態をついた。が、無駄だった。マレーの命令でマッコイは一週間休養するのだとワッティーは言い続けた。もし署に現われたら、まっすぐ家に戻されることになる。反論の余地はなかった。

「じゃあ、アリス・ケリーと父親の件はどうなるんだ？」「しばらくパースから戻ることになった」とワッティーは言った。「おれが下につく」

「マレーが引き継いだ」そう言うとまた後ろめたそうな顔をした。「じゃあ、そのあいだ、おれは家でただじっと坐って待ってろと言うのか」

「すばらしい」とマッコイは言った。

「おれの考えじゃない」とワッティーは言った。「おれを責めるなよ」

「責めちゃいない。責めてるのはクソ医者だ。あの狼男が言ったのか？」

ワッティーは驚いた表情をした。「は？　なんのことだ？」

答えは得られなかった。

「で、マレーはどこにいるんだ？　話をする必要がある」とマッコイは言った。

「ハリー、彼は――」

「仕事の話じゃない。個人的な件だ」

ワッティーは疑わしげだった。「今朝は自宅で仕事をしている」

マッコイは立ち上がった。またもめまいが襲った。が、今度はなんとかごまかした。「よし、行こう。途中でマレーのところに寄っていく」

32

マッコイはよろめくこともなくなんとか病院を出ると、車に乗り込み、ウインドウを下ろした。まだ暑く、天気が崩れる気配もなかった。どちらかといえば、むしろ暑さがひどくなっているように思えた。湿度もひどく高かった。

マッコイはサンバイザーを下ろし、小さな鏡で自分自身を見た。「そんなに悪くはないな」と彼は言った。

「正面からはな」とワッティーは言った。「後頭部にある縫い目付きのハゲが見えないからな。避妊手術をした犬みたいだよ」

「まったく、ありがとうよ」とマッコイは言った。「遠慮も何もないんだな」

「あんたが訊いたんだろ」とワッティーは言い、ニヤッと笑った。

マッコイは鏡のなかで頭をひねったがだめだった。何も見えなかった。「十二針か」と彼は言った。「少なくともだれかさんは喜んでるだろうな。で、おまえの元ボスはどうしてる？」

ワッティーの顔が曇った。「うまくない」と彼は言った。

マッコイはサンバイザーを押し上げて戻した。「上の連中がおれを処分するのをただ眺めて待っていれば、おれもそうなっちまう」

「そしておれもだ」ワッティーは不機嫌そうに言った。

「おまえは大丈夫だよ」とマッコイは言った。「煙草はあるか？」

ワッティーはグローブコンパートメントを顎で示した。「そこにあるかもしれない」

マッコイは探した。なかった。

「昨日おれが署を出てきたとき、レイバーンが外で待っていた。話したいと言って」

「そうか」とマッコイは言った。理由を察した。

「話を合わせる必要があると言った」とワッティーは言った。「おれが彼の話を裏付ける必要があると」

「驚いたな」とマッコイは言った。フロントガラスを指さした。「グレート・ウエスタン・ロードに入ってくれ。おまえはなんと答えた？」

ワッティーはウインカーを出すと左折した。「真実を話すと言った」

「うまくいったか？」

「どうかな？　最悪なのはそこじゃない。あいつはあんたのことを話しだした」

マッコイは彼を見た。「おれ？　あいつはなんと言ったんだ？」

「戯言《たわごと》ばかりだ。マレーがやったことがあんたのせいだとか、あんたがあいつをやっつけようと躍起になってたとか。いつもの話だ」

「クソ野郎が」とマッコイは言った。

「本気のようだったぞ、ハリー。仕返しをしてやると言っていた。せいぜい気をつけろとさ」

「そうするさ。レイバーンは大ぼら吹きだ。口ばかりで何もできやしない」

「そうなのか？」とワッティーは訊いた。

「ああ」実際に思っている以上に確信を込めてそう言った。窮鼠《きゅうそ》猫を噛むという諺《ことわざ》がなかったか？　追い詰められたやつほど危険なものはない。だが心配はあとにしよう。まずはマレーとのおしゃべりを切り抜けなければならなかった。

「マレーはジョーダンヒルに住んでるんじゃなかったか？」ハインドランド・ロードに入るとワッティーが言った。

「今は違う」とマッコイは言い、助手席のドアを開けた。「車のなかで五分ほど待っていてくれるか？」

ワッティーはうなずいた。戸惑っている様子だった。どうしてマレーが引っ越したのか尋ねようとしていたが、質問をする前にマッコイがドアを勢いよく閉めた。めまいを感じることなく、なんとか小道を進み、ドアベルを鳴らした。磨き上げられた大きな扉が開き、そこにマレーが立っていた。スーツのズボンにワイシャツのボタンをはずして、メッシュ地のランニングシャツを見せ、ネイビーのネクタイを肩に掛けていた。

「だめだ」と彼は言った。「医者ははっきりと言っていた。仕事はだめだ。休め」

「その件で来たんじゃありません」とマッコイは言った。「ローラの件です」

ふたりは庭に出た。塀際の木陰にテーブルと椅子があった。マッコイは不機嫌そうなトラ猫を押しのけて坐り、頭を少しまわした。

マレーは向かいに坐り、マッコイの顔を覗き込んだ。「ひどい顔だな」と彼は言った。

「相手の男の顔を見るべきです」マッコイは微笑んだ。「残念ながらきれいなもんですがね」

マッコイは椅子をさらに日陰に動かした。太陽の光が頭の傷に痛かった。「父親に関して何か手がかりは？」と彼は訊いた。

マレーは首を振った。「まったく行方がわからない。どうして連れ去られたのか心当たりはあるか？」

「おれは仕事をしていないことになってたはずですが？」

「あい、そうか。だからここに来たんだな。頭のいいやつだ」とマレーは言った。

「クソ手がかりのひとつもありません。父親には金もない。連中は娘を返したら、代わりに父親を連れていった。ひとつの家庭で二件の誘拐？　ケリー一家に何かがあるんだ。あそこはゲッティ家（米国の石油王J・ポール・ゲッティの一家。一九七三年七月に孫が誘拐され、千七百万ドルの身代金が要求された）とは違う。ひとつだけ思い当たるのは父親がベルファストにいたことと関係があるんじゃないかということです」

「どういう意味だ？」とマレーは訊いた。

「彼の誘拐は、時計仕掛けのように綿密に仕組まれていた。軍隊のように。民兵組織かもしれない」

　マレーはうなった。「なんてこった。勘弁してくれ。クソIRA（アイルランド共和国軍。北アイルランド独立のための過激組織）か何かが関係してるというのか？」

　マッコイは肩をすくめた。「ひょっとしたら」

「わかった。その前にあらゆる道をたどるつもりだ。公安を巻き込むのは最後の手段だ。それにちょっと探り当てたことがある。母親の弟がダンディーに住んでいる。数年前、まだそこに住んでいたときに逮捕されている。十五歳の少女とセックスをして、十七歳だと思っていたと主張した。執行猶予付きの有罪判決を受けている。今日、連行してきた」

　マッコイには藁《わら》にすがっているように聞こえた。が、何も言うつもりはなかった。現時点ではどんな手がかりでも追う必要があるだろう。マレーの表情と眼のまわりのくまを見るかぎり、それに頼るしかないのだ。

「ローラを見つけました」とマッコイは言った。

マレーの顔が明るくなった。「よくやった、ハリー。唯一の明るい話だ。ベアーズデンに連れ戻したのか？」

マッコイは首を振った。「彼女は戻るつもりはありません」

マレーは信じられないという表情でマッコイを見た。「どういう意味だ？　彼女は十五歳だぞ。どうするかは彼女の決めることではない。どこにいるんだ？」

マッコイはひとつ息を吸った。頭がクリアになることを願った。「教えるつもりはありません」

マレーはマッコイを見た。顔は真っ赤になっていた。爆発するときのいつもの警告だ。だが彼は静かに、ゆっくりと話した。「教えるつもりはないとはどういう意味だ？　おまえが決めることでは――」

「彼女の腕のあちこちに火傷と切り傷があった。母親が与えた傷だ」マッコイは静かに言った。「家に帰して、これ以上彼女を傷つけさせるつもりはない」

マレーに眼をやった。彼は庭を見つめ、マッコイの眼を見ようとしなかった。

「知ってたんですね？」とマッコイは言った。「最初から知っていたんだ」

マレーはため息をついた。顎の無精ひげを撫でた。「そんなに単純じゃないんだ、ハリー。おれは――」

マッコイは彼を見つめていた。自分が耳にしていることが信じられなかった。「なぜ、そんなに単純じゃないのか教えてくれ、マレー。彼女の腕の傷を見るかぎり、おれにはとても単純に思える」

マレーはズボンのポケットからパイプと煙草を取り出し、火をつけると、煙を吐き出してから話し始めた。

「ローラの母親はいつもひどく神経質で内気な女性だ。ジョンと結婚して以来、ガートナベル精神科病院に入ったり出たりを繰り返している。ジョンは〝神経過敏〟なんだと言っていた。ここ二、三年はよくなって、信仰も得ている。シェトルストンにある教会で、福音派の変人どもだが害はなさそうだった」

「だが……」

「だが、ローラが大きくなるにつれて、娘の不品行は普通のティーンエイジャーのそれとは違うと思い込むようになった。それが内なる邪悪なものの表われだという考えに囚われるようになっていった」

マレーはためらった。マッコイは彼が続けるかどうかわからなかった。が、マレーは続けた。「ローラが深夜に眼を覚ますと、母親が熱い火かき棒を持って彼女を見下ろすように立っていた。苦しみを通して彼女を清め、魂を解放する必要があると言って」

「なんてこった《ジーザス》」

マレーは弱々しく微笑んだ。「まさにそのとおりだ」

「何があったんですか？」とマッコイは訊いた。

「ガートナベルに一カ月間預けられ、電気治療か何かを受けた。問題ないと判断された」

「充分じゃなかったんだよ、マレー。彼女の腕を見るべきだ」

マレーは苦痛に満ちた表情をした。「知らなかったんだ、ハリー。誓う。ジョンは、彼女はよくなったと言っていた。治療はうまくいったんだと。彼女とローラもうまくやっていると。ローラがなぜ家出をしたのかわからないと言ってたんだ」

マッコイは椅子の背にもたれかかり、頭を少し沈めた。「あんたの弟は有権者に対して幸せな家族を演じるためだけに、娘を連れ戻そうとするようなろくでなしなのか？」

マレーは答えなかった。その必要はなかった。マッコイの質問に対する答えは顔に書いてあった。

「彼女は安全なところにいるのか？」とマレーが訊いた。

マッコイはうなずいた。スティーヴィー・クーパーのところにいると言うわけにはいかなかった。

「すまなかったと彼女に伝えてくれ」とマレーは言い、立ち上がった。

「署に行くのか？」マッコイは訊いた。

彼はうなずいた。「ああ。それからベアーズデンの弟のところに行く。あいつはおれに全部を話さなかったに違いない。庭に連れ出して、教えてやるつもりだ」彼はニヤッと笑った。

マッコイはうなずいた。どんなに大金を積まれたとしても彼の弟にはなりたくなかった。

そしてマレーは言った。「おまえは家に帰れ。今すぐにだ」

33

マッコイはワッティーに送ってもらった礼を言い、自分で階段を上れると言った。共有廊下の途中まで行くと、壁にもたれかかって煙草に火をつけた。煙草を半分ほど吸うと、ワッティーはもういなくなったと判断した。煙草を床に落として踏み消すと陽光のなかへ歩きだした。

マレーとローラについて話したことでさらに考えた。ローラが母親とのあいだに起きたことをなんとか秘密にしていたというなら、ほかにも何か秘密にしていることがあるような気がした。話してみる必要があった。

坂を下りると、電話ボックスの外で、レンジャーズのユニフォームにデニムの短パンを穿いた太った男が会話を終えるのを待ってからなかに入った。クーパーの家に電話をして、ローラがそこにいるかどうか確認しようとした。彼女はいなかったが、ビリーが、彼女がどこにいるか教えてくれた。ため息をついた。なにごとも簡単にはいかないものだ。電話ボックスを出ると、ダンバートン・ロードまで歩いて、タクシーを拾った。

アリスを解放し、そのあと父親を誘拐したのには理由があるはずだ。性的であれ、なんであれ、彼女は暴行は受けていなかった。家族には身代金を払う余裕もない。父親はもちろんのこと、アリスを誘拐した理由すら思いつかなかった。事態が進めば進むほど、すべてがつじつまが合わなくなっていた。

タクシーが〈トレロンズ〉の前で停まり、降りると大きなデパートメントストアを見上げた。ウインドウにはサマードレスや陶磁器、布地がいっぱいに飾られている。マッコイが頻繁に訪れるような場所ではなかった。ドアを開けると、ふたりの女性を外に出してやってから店内に入った。エレベーター横の壁の案内板を見た。三階。

「お嬢さんがた」マッコイは陽気に言い、金色の背もたれの椅子を引き出すと坐った。

ローラは彼を見て驚いたようだったが、アイリスはただ見つめていた。

「ハリー、こんなところで何をしてるの？」とローラが訊き、ティーカップを置いた。

「家に電話をしたら、きみたちはここにいるとビリーが教えてくれたんだ」とマッコイは言った。

上品なデパートメントストアのティールームを見まわした。ソウチーホール・ストリートを見下ろす窓から光が射し込み、淡い色の絨毯《じゅうたん》が敷かれ、堅苦しい黒の制服にレースの帽子といういでたちのウェイトレスが忙しそうに歩きまわっていた。客は、高級な郊外の住宅地から来た女性、医者の妻、弁護士の妻などさまざまだ。みな、めかし込んでいた。こんなにたくさんの帽子を見たのは人生で初めてだ。

「きみたちふたりのスタイルとは違うんじゃないか？」と彼は言った。

ローラは微笑んだ。「あら、そんなことはないわ。ここは大好きよ。小さい頃、よくおばあさまに連れてきてもらったわ」

「あい、そうなのか。で、きみの言い分はなんだ、アイリス？　もぐりの酒場用に銀食器でも見に来たとか？」

「わかってるじゃないの、マッコイ」アイリスは明るく言った。

彼女はグラスゴーの社交界の名士たちとのランチのために着飾っていた。天気がどうだろうと関係なかった。帽子をかぶり、椅子には毛皮のストールが掛かっている。ピンクのドレスは襟ぐりが深く、彼女のスタイルを強調していた。アイリスについてマッコイにひとつ言えるのは、今でもきれいに着飾っているということだった。

「で、この会合はいったいなんのためなんだ？」とマッコイは尋ねると、陶磁器の皿のタワーの一番上から、オレンジケーキを取った。

ローラが微笑んだ。「簡単よ。これを友情と呼ぶのよ、ハリー」アイリスに向かって微笑んだ。「あなたにも友達がいれば、どんなふうにうまくいくかわかるわよ」

「おもしろいな。ところで友達と言えば、きみを襲ったのがだれなのかはいつになったら教えてくれるんだ？」

「なんのこと？」ローラはすぐに言ったが、一瞬の間《ま》があった。

「きみは頭のいい女の子だ、ローラ、けどちゃんとわかっていない」そう言うとシャツの前からケーキのくずを払った。「きみは襲撃について何も話していない。男たちがどこにいるのか、なぜ襲撃したのかもおれに訊かなかった。なぜあんなことが起きたのか不思議に思ってさえいなかった。おれの見るかぎり、それに対する説明はひとつだけだ。だれが、どういう理由でやったのかをきみはよく知ってるんだ」

返事はなかった。周囲で、礼儀正しくおしゃべりする声や、カップがカチャカチャとぶつかる音、紅茶が注がれる音が突然大きく聞こえるようになった。

マッコイは椅子のなかで体を動かした。微笑んだ。「きみはどうだ、アイリス？　何か付け加えることはないか？」

ふたりとも黙っていた。マッコイはローラと、彼女の都合のよい記憶力に少しうんざりしていた。ローラと彼女の家族に振りまわされることにうんざりしていた。全体像でなく、断片的な情報しか聞かされないことにも。つついて火を熾《おこ》してみる頃合いだ。

「じゃあ、話を簡単にするために、おれから説明させてくれ、お嬢さんがた。きみたちのどちらかが話してくれないなら、おれはトイレのそばにあるあの公衆電話のところまで行って、六ペンス銅貨を入れてセントラル署に電話をし、ここにいるアイリスの店を営業停止にしてやる。クーパーはアーチー・ロマックスに法外な金を払い続けることになる。そして営業を再開しても何度も家宅捜索してやる。何度も何度もだ」

マッコイは椅子の背にもたれかかり、煙草に火をつけた。

「スティーヴィー・クーパーは、今はいろいろとあるが、ばかじゃない。真の問題がアイリスだと気づくのに、そんなに時間はかからないだろう。あんたを黙らせておくためにあの店を開いていることを思い出して、ロマックスの費用を考え、あんたをほんとうに心配していると示すために、ケツを蹴飛ばして追い出すことを選ぶだろうよ」

彼は身を乗り出すと、ショートブレッドを手に取った。「最後の一個だ。だれもいらないのか?」

反応はない。彼はビスケットをかじった。アイリスとローラはビスケットを味わっているマッコイを見ていた。「美味いな」と彼は言った。

「さて、アイリス、このあとどうなるか、現実的になって考えてみようじゃないか。あんたはとてもきれいだが、ホテルで仕事をするには少し年を取りすぎている。だからブライスウッド・ストリートの角に立って、五ポンドで、手でヌいてやるようになりたくなければ、ここにいるお友達に話すよう説得するんだな」

マッコイはそう言うとショートブレッドの残りを口に放り込んだ。

「そんなのフェアじゃないわ、ハリー!」ローラがヒステリックに叫んだ。「アイリスは関係ない。彼女は放っておいて」

マッコイは肩をすくめた。「きみは郊外の高級住宅地から出て、大きな悪い世界でやっていきたいんだろ、ローラ。きみが最初に学ばなければならないことは、人生はフェアじゃないってことだ。違うか、アイリス?」

　ローラは彼を見て、それからアイリスを見た。赤すぎる口紅、眼のまわりのしわ、時代遅れの毛皮のストール。そしてミルクも腐るようなまなざしでマッコイを見ると、話し始めた。「アレック・ペイジはクスリ《ピル》を売っていた。〈ストラスモア〉のようなパブや〈メリーランド〉のようなダンスホールで。若い子たちが行くような場所。かなり稼いでた」

「供給元はだれだ？」

　彼女は首を振った。「知らない。ほんとうに。けどそれがだれであれ、アレックはそいつから金をごまかしていた。本来の値段より高く売って、差額を自分の懐《ふところ》に入れていた」彼女はためらった。唇の端を嚙んだ。「連中がそれに気づいてドニーのところにやって来て、なんとかするように言った。アレックをなんとかすれば、ビジネスを彼に任せると言って」

「どういう意味だ」

「脅して追い払え。叩きのめせっていう意味よ」

　マッコイは何も言わなかった。言う必要はなかった。ローラは充分に恥じているようだった。彼女のボーイフレンドは、彼女がマッコイに納得させようとしていたようなナイスガイではなかったというだけでなく、わずかな金のために喜んで友達を叩きのめすような男でもあったのだ。

「だれが命じたのか、ほんとうに知らないのか?」

彼女ははっきりと首を振った。

「で、ドニー・マクレーはペイジを叩きのめしたんだな?」

「ううん」と彼女は言った。「ドニーじゃない」

「じゃあ、だれなんだ?」とマッコイは言った。声が上擦《うわず》っていた。「そのとき、いっしょにいたのはだれなんだ? そもそもだれがペイジを痛めつけたんだ?」

隣のテーブルの女性たちがちらっと見た。アイリスは手を伸ばすと、ローラの手を握った。「さあ、さっさと彼に話して、終わらせなさい」

ローラは背筋を伸ばすと、ハンカチで顔を拭った。「ウィー・タムよ。ウィー・タムがいっしょだった」

「ウィー・タム?」マッコイはその答えは予想していなかった。「どうして前に言ってくれなかったんだ?」

「怖かった。ドニーがフラットで倒れているのを見たあと、とにかく逃げたくなって、アイリスの店に行った。どうしたらいいかわからなかった。ウィー・タムがどこまで知っているのかわからなかった。ドニーが自分のしたことをわたしに話したかどうかを。あなたに〈ストラスモア〉で会おうって言われたとき、あなたといっしょにいれば、彼はわたしが保護されていると思うと考えたの。彼は普通に話しかけてきて、いつもと同じ、わたしのおっぱいをいやらしい眼で見るウィー・タムだった。だからすべて問題ないと思った。彼はドニーがわたしに話したことを知らないんだって」

「クーパーのところで襲われるまでは」

彼女はうなずいた。「彼は通りでわたしを待っていた。わたしを殴って、転んだわたしの頭を歩道に打ちつけた。それから蹴った……」彼女は口ごもった。ふさわしいことばが思いつかなかった。「お腹を蹴られた。彼はわたしがどこにいたか知っていると言った。わたしが何をしたか。きっと尾行してたに違いないわ。もし彼やドニー、あるいはアレックのことをだれかに話したら、またやって来て、今度はアレックと同じ目に遭わせると言った」

ローラは手にしたナプキンを握りしめていた。涙が顔を伝った。途方に暮れ、怯えていた。十五歳の少女に戻っていた。アイリスが体を近づけて腕をまわし、ローラを引き寄せると背中をやさしく叩いて、すべてうまくいくからと言った。マッコイはそう願った。が、ほんとうにそうなるかはわからなかった。

「彼女から眼を離さないでいてくれるか？」とマッコイは言った。

アイリスはうなずいた。

「クーパーのところに連れていくんだ。そこなら安全だ。ひとりで外には出すなよ」

アイリスはもう一度うなずいた。「それだけかい、マッコイ。終わりかい？」

うなずいた。行こうとすると、アイリスが彼の腕に手を置いた。

「ふたつ言っておく、マッコイ」と彼女は言った。「まず、二度とあたしを脅すんじゃないよ。そしてもうひとつは、あんたのくされ仕事にあたしを利用しないどくれ」そう言うと立ち上がり、紅茶のカップを手に取り、中身をマッコイの顔に掛けた。隣のテーブルの女性たちが息を呑み、ウェイトレス長が慌てて駆け寄ってきた。

マッコイは立ち上がると、ナプキンで眼元から冷たい紅茶を拭きとった。「自業自得だな」と彼は言った。

「ああ、そうだよ。紅茶が冷たくなるまで待ってやっただけでも運がよかったと思いな」

34

マッコイは〈ストラスモア〉のドアを押し開き、客のいないパブを見まわした。

「準備中だよ！」

バーの奥から叫び声が聞こえ、ビッグ・タムが地下室の階段から姿を現わした。両手で瓶ビールの木箱を抱えていた。

「心配いらない」とマッコイは言った。「酒を飲みに来たんじゃない」

マッコイがバーに近づいていくと、ビッグ・タムはハローとも言わず、ただうなずいただけだった。まるでマッコイが来るのを予想していたかのようだった。

「話がある、タム」とマッコイは言った。「あんたとあんたの息子に」

タムは渋々、バーカウンターを開けると、マッコイを奥の部屋に案内した。

タムの妻のメイに会うのは久しぶりだった。そのことに不満があるわけではなかったが。彼女のほうもマッコイを見てうれしそうではなかった。ソファに坐って編み物をしていたが、彼が入ってきても立ち上がろうともせず、顔すら上げなかった。どう見ても、客が来るとは思っていなかったようだ。髪にはカーラーが巻いてあり、花柄の部屋着を着て、足元はスリッパだった。

「こんにちは、メイ。ウィー・タムはどうしてる？」マッコイは尋ねた。

返事もなければ、坐ってくれという招待もなかったので、勝手に彼女のすぐ横に坐った。子供じみた茶番を演じたいなら、そうすればいい。思い知らせてやる。

マッコイは体を寄せると、彼女の膝の上を覗き込んだ。「何を編んでるんだい、メイ？」

彼女は彼から眼をそらすと、編み物をソファの脇に押し込んだ。

ビッグ・タムは暖炉のそばに所在なげに立っていた。雷のように険しい表情をしていた。

「ここはあんたの家じゃないってことを忘れるな、マッコイ」

マッコイは両手を上げた。「お説教はやめとくれ、タム。ウィー・タムを連れてこい。話があるんだ」

ビッグ・タムはメイを見た。彼女がかすかにうなずくと、ビッグ・タムが息子を探しに行った。暖炉の上の日輪型の置時計《サンバースト・クロック》が時を刻むなか、長く静かな二分間が経ったあと、ドアが開いてウィー・タムが足を引きずるようにして入ってきた。後ろには父親がいた。

マッコイは低く口笛を吹いた。ウィー・タムはまるで別人のようだった。

肘掛け椅子に坐ると、着ていたフランネルのガウンをなおした。うれしそうではなかった。責めることはできない。彼は十八歳だというのに残りの人生をフランケンシュタインのような顔と付き合っていかなければならなかった。長い傷痕が顎の下から耳元まで伸びていた。

「だれにやられたんだ？」とマッコイは訊いた。

突然スイッチが入ったようにメイが言った。「この子は知らない。この子は——」

マッコイは手を上げた。「黙れ、メイ。おれが話してるのはこのレイザー・キングだ。そいつの母親じゃない」彼は少年のほうに向きなおった。

ウィー・タムは肩をすくめた。「わからない」

「ほんとうに?」とマッコイは言った。「だれがおまえの顔をカミソリで切り裂きたがったのかわからないというのか?」

また肩をすくめた。「見当もつかない」

マッコイはもたれかかると、ソファの背に沿って腕を伸ばした。

左手がメイの後頭部をかすめた。

彼女は舌打ちすると、身を前に乗り出した。

「わかったよ、坊主」とマッコイは言った。「じゃあ、おれが手伝ってやろう。どうだ? だれかがだれかのガールフレンドにちょっかいを出した。そんなところか?」

メイはこれ以上黙っていられなかった。「この子にガールフレンドはいないわ。バーじゃ酔っぱらった娼婦みたいな女たちに追いかけられてるけど、この子には興味がないんだ。そうよね、坊《サン》や」

ウィー・タムはまた肩をすくめた。

マッコイはメイのほうを向いた。「じゃあ、あんたのところの客はなんなんだ？　酔っぱらった娼婦だっていうのか？」

「娼婦みたいに化粧をした女の子さ、十六になってない子もいるよ」彼女は侮蔑に満ちた顔でことばを吐き出した。

「ここに来る女たちがみんな娼婦だってわけじゃないだろう？　なかには取り澄ました場所に住む賢い子もいるんじゃないのか。そういう女の子が好きなんじゃないのか？　彼女たちのほうはおまえのことを好きじゃないようだがな、あ？」

ウィー・タムは何も言わなかった。

マッコイは間抜け扱いされて坐っているのはもううんざりだと思った。「オーケイ、はっきりさせようじゃないか、タム。もし今度、ローラ・マレーに近づいたら、おまえは終わりだ。もしおまえが同じパブにいると聞いたら、彼女を署に連れていって、彼女がおまえについておれに話したことを宣誓のもとに繰り返させる。わかったか？」

「この子は女の子を殴ったりなんかしないよ」メイがふてくされたように言った。

「おもしろいな、メイ。おれは女の子を殴るなんてひとことも言っちゃいない。どうしてそんなことを言うんだ？」

メイは顔をしかめた。自分がぼろを出してしまったと気づいた。

「おいおい、マッコイ、証拠もなしにそんな言いがかりはやめてくれ。それはいったいいつ起こったんだ?」とビッグ・タムが訊いた。

「ここにいるフランケンシュタインがやったのは二日前だ」

言ってすぐ、マッコイは罠にはまったことに気づいた。

メイが勝ち誇ったように笑みを浮かべた。「二日前は月曜日だ。この子は一日じゅうわたしといっしょで、パースの病院にいるわたしの母親を見舞いに行った。往復にまる一日かかったよ、そうだよね、坊《サン》や」

ウィー・タムはうなずいた。微笑んだ。

マッコイは自分が今にもキレそうになっているのがわかっていたが気にしなかった。

「あんたが愚かな女だとはずっと知ってたが、メイ、ここまでのドあほうだとは思わなかったよ。女の子を殴り、腹を蹴った息子のために嘘のアリバイだと? 信じられんよ、プライドってもんはないのか」

ビッグ・タムが勢いよく立ち上がった。「きさま、いいかげんにしろ。出ていけ!」

マッコイは彼を見た。「怪我をしたくなかったら黙って坐ってろ。おれがあんたを怖がると思うなら、考えなおしたほうがいい」

ビッグ・タムは渋々肘掛け椅子に坐ったが、まだ腹の虫が治まらないようだった。

マッコイはポケットから煙草を取り出し、ウィー・タムに一本勧めた。彼は手を伸ばして、それを受け取った。マッコイは火をつけてやると、尋ねた。「だれのためにクスリ《ピル》を売ってるんだ、坊主？」

それは一線を越えた質問だった。

ビッグ・タムがまた立ち上がり、殴りかかろうとした。メイは叫びだし、マッコイに出ていけと言った。マッコイは立ち上がった。ここに来た目的は果たした。メイに追い払われるようにドアに向かった。そのとき、暖炉の上の鏡に映るウィー・タムをちらっと見た。彼は肘掛け椅子に深く坐り、何も気にしていないかのように頭上に煙の輪を吐き出していた。


マッコイはパブをあとにすると、メアリーヒル・ロードを歩きだした。ウィー・タムの態度が気に入らなかった。まったく気に入らなかった。が、何か違和感を覚えていた。その違和感が、まだ自分はやろうとしたことに手をつけたばかりで、それを進めるしかないとマッコイに感じさせていた。彼にあるのはローラが話したことだけで、それを表に出すことは、彼女の両親もマレーも許すはずがなかった。もし許したとしても、ドニー・マクレーの件があった。新聞がこぞって飛びついてくるだろう。将来の国会議員の家出した娘と殺されたギャングのボーイフレンド。

アイリスにローラを家から出さないように言っておいてよかった。クーパーの下にいれば、ウィー・タムも近づけないだろう。そのとき思い出した。クーパーが言っていたことを。おれたちはすべてを手に入れる。類は友を呼ぶ。覚醒剤《スピード》、LSD、クスリ《ピル》。クスリ《ピル》。

彼はタクシーがやって来るのを見つけ、手を上げた。

35

戸口に出てきたのはジャンボだった。マッコイを見ると、満面に笑みを浮かべた。

「元気だったか、ジャンボ？　こんなにいい天気だから庭にいると思ったよ」

「そうしたいんだけど、ミスター・クーパーの手伝いをしなきゃならないんだ。今、風呂に入ってるところだ」

彼は笑みを浮かべたまま立っていた。

「入っていいか？」とマッコイは訊いた。

言われるまで気づかなかったようだった。「ああ、あい！　入って！」彼が扉を大きく開けたまま押さえ、マッコイは玄関ホールに入った。ジャンボは扉を閉めると慎重に鍵を掛けた。階上《うえ》をちらっと見上げた。

「ビリーはキッチンにいるから、会いたければどうぞ。おれは階上《うえ》に行って、ミスター・クーパーの様子を見てくる」

「あいつは元気か？」とマッコイは訊いた。

ジャンボは後ろめたそうな顔をした。「少しふらつくけど、またおれに悪態をつくようになってきたから、よくなってきてると思うよ」

ビリーはサッカーのパンツ一丁でキッチンのテーブルに坐り、二十ポンド紙幣を数えていた。横に置かれた灰皿のなかで煙草が燃え尽きていた。マッコイが入っていくと顔を向け、手を上げた。「ちょっと待ってくれ」

新しい束に取りかかる。数えながら唇が動いていた。

マッコイは彼がここにいることに驚かなかった。キッチンは家のなかのほかの場所より優に二度ほどは涼しかった。

「四百八十。五百」

ビリーは最後の札束を置くと、ほっとした表情をした。「終わった。いつもどこまで数えたかわからなくなって、また数えなおさなきゃならなくなるんだ」彼は顎で示した。「飲みたきゃ、ビールが冷蔵庫にある」

マッコイは一本取り出すと、栓抜きを見つけてから腰をかけた。札束を顎で示した。「汚れた金と言えば、〈ストラスモア〉のウィー・タムはおまえらの仲間なのか？」

ビリーは首を振った。「おもしろいことを訊くな。もう違う。あいつは盗っ人《ぬすっと》野郎だ。自分が大物だと思って儲けに手をつけた。痛い目に遭わせるしかなかった」

マッコイは指で顎を撫でた。「おまえだったのか？」

ビリーはニヤッと笑った。「おれじゃない。ああいう仕事はもうおれはしていない。あれは階上《うえ》にいるパーシー・スロワー（英国の園芸家）だ。あいつに練習させたんだ」

「ジャンボか？」マッコイは訊いた。驚いた。

ビリーはうなずいた。「あいつもほかの連中のように自分で稼がなきゃならない」

「ウィー・タムを注意して見ておく必要がある。今、やつのところに行って、少し揺さぶりをかけたが、まったく動じなかった。世界じゅうの何も気にしないとばかりに氷のように冷たかった。アレック・ペイジをぶちのめしていい気になっている。ローラを襲ったのもあいつだ。おまえが思っている以上に危険だ」

ビリーは椅子の背にもたれかかった。「わかった。ただの小物だと思っていた。だからジャンボを行かせたんだ」

「甘く見るな。あいつをローラに近づかせるな、いいな？」

ビリーはうなずいた。立ち上がって、ビールを二本持ってくると坐った。

「クーパーの具合はどうだ？」とマッコイは訊いた。

「もうすぐだ。午後はずっと電話で話していて、それからジャンボを街に行かせて服を買ってこさせた。以前の服は今じゃ大きすぎるんだ」

「あいつは何をたくらんでる？」

ビリーは肩をすくめた。「おれに訊かないでくれ。気分がよくなってきてるようだ。何も教えてくれないんだ」

「なんてこった、来てたのかい」アイリスが戸口に立っていた。両手でパンツとランニングシャツの山を抱えていた。「もうしばらくは見ないですむと思っていたのに。クソ閣下が下着にアイロンをかけてくれってさ。手を貸しとくれ」

ビリーが肩越しに指さした。「廊下の先にユーティリティールームがある」

アイリスは彼を見ると、頭を振った。「ユーティリティールームだって？　あんたとスティーヴィー・クーパーが育ったくそユーティリティールームとは大違いだよ」

彼女は姿を消した。

「ここはまるで《アップステアーズ、ダウンステアーズ》（大邸宅を舞台にした英国のテレビドラマ・シリーズ）みたいだな」とマッコイは言った。「メメン・ロードを恋しく思うようになるとは思わなかったよ」

「わかるよ」とビリーは言った。「物事が速く動き過ぎて、頭がおかしくなりそうだ。次は執事でも雇うか。ハドソン！　ってな」

　ふたりは笑った。

「神よ、救いたまえ」とマッコイは言った。「あいつが陶器のカップで紅茶を飲みだしたりしてな。小指を立てて」

「いいかげんにしろ！」

　ふたりが顔を上げると、戸口にクーパーが立っていた。裸だったが腰にタオルを巻いていた。まだ本調子ではないようだが、かなりよくなったようだ。顔色もよく、体も痩せて弱々しくは見えなかった。ひげを剃ったばかりで、髪の毛もきちんとオールバックにしていた。シンクまで歩くと、ジョッキに水を注いで飲み干した。口を拭った。

「ビリー、ここに置いておくには多すぎる。会計士に届けてくれ。タクシーでジャンボに行かせるんだ。おれのベッド脇の引出しにも二千ポンドある。それも持っていかせろ」

　ビリーはうなずくと立ち上がった。札束を〈ガルブレイス〉のキャリーバッグに詰めると、階段のほうに向かった。

「だれかさんは気分がよさそうだな」とマッコイは言った。

「頭はどうした？」とクーパーが訊き、マッコイの禿げた部分と縫った痕を指さした。

「誘拐を阻止しようとした」

「ばかが」とクーパーは言った。「自業自得だろうよ」

「あい、まあな。脳震盪だそうだ。一週間休暇にさせられた」

「ひどいのか？」とクーパーは訊くと、マッコイを覗き込んだ。

マッコイは首を振った。「大丈夫だ」

「じゃあ、何もすることはないんだな？」

「そういうわけじゃない。いくつかやることがあって――」

「よかった。いっしょに来て、おれがふらふらしたら支えてくれ。おまえにとってもちょうどいい」

「どこだ？　どこに行くんだ？」マッコイは訊いた。何が起きているのかわからなかった。

「シェイマスの伯父貴が死んだんだ。葬式に行かなきゃならない」

マッコイは葬式が嫌いだった。脳震盪が再発しそうだと言いわけを言おうとしたとき、クーパーが葬儀の場所を口にした。

「オーケイ」とマッコイは言った。「荷物をまとめてくる。三十分後に拾ってくれるか？」

クーパーはうなずいた。「黒のネクタイを忘れるなよ」

一九七〇年八月二十五日

ロサンゼルス　ワンダーランド・アベニュー一〇〇四番地

ボビーは鼻を鳴らすと、革張りのソファの背にもたれかかり、コカインが喉を下りていくのを味わった。すぐに効いてきた。おなじみの焼けるような感覚と、血がほとばしるような感覚。上物だ。ディーラーが彼を見た。待っていた。ボビーはうなずく。そしてニヤリと笑った。

「上物だって言っただろ、なあ旦那！」ディーラーはコーヒーテーブルに置かれた鏡の上に包みの中身を空けだした。

「この男――コロンビア人だか、ブラジル人だか知らないが、どこかそのあたりの国の男だ。とにかく、メキシコから小さな飛行機でやって来て、ベイカーズフィールドの近くのアボカド農園かどこかに着陸するんだ。正気じゃないよ！　なんと二時間で帰ってしまうんだ」

ボビーはちゃんと聞いていなかった。ディーラーが手を上げたり下ろしたりする様子や、鏡の上でクレジットカードでコカインを刻んで線状にするのを見ていた。

ふと、ディーラーが自分を見ていることに気づいた。「どうした？」と彼は訊いた。

「そいつはこれまで会ったなかでも一番まともに見えるんだ。どれくらいまともかって、ブルーのレジャーパンツに白の半袖シャツを着ていて、まるでテレビを売ってるみたいに見えるんだ！　信じられるか？」

ボビーは首を振った。どちらでもよかった。身を乗り出してかがみ込むと、さらにライン二本分吸った。外でクラクションが鳴った。鼻孔を拭くと、指で歯茎をこすった。

「車が来た」と彼は言った。「行かなきゃ」

ディーラーはうなずいた。「もちろんだ、旦那。必要なものがあればなんでも言ってくれ。どこへ行くんだ？」

「〈トルバドゥール〉（ウエスト・ハリウッドにあるナイトクラブ。この日、エルトン・ジョンが米国で初めてのコンサートをここで行なった）。イギリス人だ。すばらしいらしい。街じゅうが大騒ぎだ」

ディーラーはうなずいた。包みをふたつ渡すと、ボビーが差し出した百ドル紙幣をポケットに入れた。

「そいつはなんていう名前なんだ？」と彼は訊いた。

ボビーは首を振った。「思い出せない。なんとかジョンって言ってたと思う」

一九七三年七月十九日

36

ミルタウン墓地。明るい陽射しの下でも、そこは陰鬱とした場所だった。墓石や像、そして放置された家族の墓が永遠に続いているようだった。マッコイは、ほかの弔問客と同じようにダークスーツに黒のネクタイをし、両手を体の前で握って墓の横に立っていた。スーツ姿でも、彼らはかなり荒々しそうに見えた。ほとんどが大きな男だった。顔や手には過酷な環境で働いてきたしわや傷痕が刻まれていた。用心棒、労働者、ボディガード。女性たちは小柄で、清掃の仕事や子育てに疲れ、日々の生活費を稼ぐにも苦労しているようだ。

司祭が話を始めると、マッコイは彼らの向こうの山に眼をやった。北アイルランドに来るのは初めてで、何を予想していたのかわからなかったが、奇妙なほど見覚えがあるような気がした。ベルファストはグラスゴーによく似ていた。ここでも街の中心部には、ビクトリア朝様式の砂岩の建物が碁盤の目状に並び、市民のプライドを高め、造船業で儲けた金を祝福していた。図書館、市庁舎、教会。どれもグラスゴーと同じに見えた。ただひとつ違うのは、ベルファストが内戦のさなかにあることだ。

埠頭からタクシーで向かう途中、彼は窓の外をじっと見ていた。とても信じられなかった。軍の哨戒兵《しょうかい》がライフルを下に向けながら街を歩きまわっている。道路封鎖は、正式なものもあれば、バスや古いソファを燃やしただけのものもあった。爆破された建物があちらこちらにあった。紛争《ザ・トラブルズ》はいつも、ニュースや新聞で見るどこか遠い存在だった。今になってようやく彼は、それがわずか六十キロあまりしか離れていない、身近な存在なのだと悟った。人々はみな疲れ、打ちひしがれているように見えた。とても友好的だったが、用心深く、だれもが疑心暗鬼になり、足元の覚束《おぼつか》ない感覚のなか、自分がどこにいるのかわかっていなかった。

「灰は灰に……」

マッコイは墓に眼を戻し、そこに横たわるシェイマス伯父さんの棺を見た。クーパーの父親の兄。グラスゴーで何度か会ったことがあり、少しだけ覚えていた。スーツに茶色いスエードの靴を履いた大きな男で、ビールを手に歯を見せて笑っていた。煙草やビール、そろそろ変えたほうがいいシャツのにおいがした。クーパーにとっては一番父親に近い存在だったのかもしれない。たとえほんとうの父親と同じく、ただの酔っ払いだったとしても。

何人かの女性が前に出ると、墓に花を落とした。司祭が十字を切り、それで終わりだった。シェイマス伯父さんは逝った。墓堀人が前に進み出て、二十人ほどの弔問客の一団が門に向かって戻り始めると、マッコイは思わず十字を切った。

ほかのみんなと同じように、マッコイも外に出るまで待ってから煙草に火をつけた。なぜだかわからなかったが、墓地で煙草を吸うのは不謹慎に思えた。

クーパーが隣に現われ、火をもらった。「だれもが訊きやがる。肺炎にでもなってたのかって」〈リーガル〉の煙を吐き出しながら言った。

マッコイはうなずいた。だれもクーパーの状態に気づいているとは思わなかった。日に日に顔色もよくなり、体重も増えていた。

「〈ロック〉に来るか?」とクーパーは訊いた。

マッコイはうなずいた。「一杯だけ飲みに行くよ」と彼は言った。それが自分にできるせめてものことだと思った。

「一杯だけだと?」とクーパーは言った。「どうしたんだ? アイルランドの通夜だぞ。

頼むよ！」

「ああ、しかもウエスト・ベルファストで開かれる、おそらくＩＲＡの一員だった男のアイルランドの通夜で、おれはイギリスの警官だ。レベル・ソングが始まったら、歓迎される自信がない」

クーパーはニヤリと笑った。「かもな。そのあとはホテルに帰るのか？」

マッコイはうなずいた。「午後は横になっている。まだ少しめまいがするんだ」

「わかった。来い。ショーンに送ってもらう」

ふたりはショーンのところへ急いだ。クーパーの従兄弟の若者はおんぼろの〈フォード・コルチナ〉に乗って待っていた。後部座席の老婆——スーツを着た小さな男の子を膝に抱えていた——の隣に乗り込んだ。男の子がマッコイを見た。「シェイマスおじさんがしんだんだ」と言った。

「ジョニー！　お行儀よくしてなさい！」と老婆が言い、男の子の脚を叩いた。すぐに泣きだした。

クーパーが体をまわして少年の頭を撫でた。「ああ、大丈夫だ、ジョニー。ほら……」

ポケットに手を入れると新しい五十ペンスを見つけ、少年に渡した。

涙はあっという間に満面の笑みに変わった。「おばあちゃん、お菓子を買ってもいい？」

マッコイはふたりが言い争っているのを聞いていた。少年は夕食が終わるまでは待たなければならないようだった。マッコイはなぜ自分がクーパーに嘘をついたのかわからなかった。だがついた。計画があったのだ。そしてそれにはホテルで横になっていることは含まれていなかった。

結局、彼はビールを二杯飲んだ。三杯目を頼もうとしたところでクーパーのおばのひとりが《ザ・メン・ビハインド・ザ・ワイヤー》を歌いだした。慎みこそが肝心だ。通夜に顔を出し、「ここでは気をつけたほうがいいぞ」というジョークに笑い、時間を過ごしてきた。マッコイはクーパーにじゃあなと言うと、ドアに向かった。ショーンがついてきた。

「街まで乗せていくよ」と彼は言った。「そのほうが安全だから」

自分は大丈夫だと言おうとしたが、ショーンがさえぎった。「スティーヴィーおじさんが送っていくようにって言ったんだ」

マッコイはうなずいた。争っても意味はない。

フォールズ・ロードを街に向かう道は時間がかかった。何度も停まったり、迂回したりしなければならなかった。哨戒兵がうろつきまわり、通りの半分が封鎖されていたのだ。

「いつもこうなのか？」マッコイは訊いた。

ショーンはニヤッと笑った。「今日はいいほうだよ。爆弾が爆発したときを見るべきだ」

マッコイはうなずいた。ショーンのような若者のここでの将来はどんななのだろうか。彼の見るかぎり、選択肢はふたつしかないようだ。出ていく。ロンドンでもリバプールでもどこでもいいから出ていく。あるいはここに残り、好むと好まざるとにかかわらず、すべてに呑み込まれていく。

信号で停まると、ショーンは職人の見習いになろうとしているのだとマッコイに話した。マッコイはうなずいたが、あまり聞いていなかった。今もすべてを受け入れるのに苦労していた。小さな公園の外の交差点に四、五人の兵士が立っている。一メートルから三メートルほど離れて、体の前で銃を下に向け、絶えず左右に注意を払っていた。一番年上でも十九歳ぐらいのようだ。彼らにとっても決して楽なことではないだろう。アイルランドのミッドランドやノースウエスト、あるいはグラスゴーのようなクソみたいな街から抜け出すためのもうひとつの方法。すべてに行き詰まり、職を手に入れることが難しいような場所から抜け出すための。

「どこに泊まってるの？」

「〈ヨーロッパ〉だ」とマッコイは言った。

ショーンは口笛を吹いた。「豪勢だね」

「あい、おれが払うわけじゃないからな。そうじゃなきゃ、どこかの安宿に泊まってたさ、ほんとうだ」

「ドニゴール広場で降ろせばいい？」とショーンが訊いた。

「それでいい」とマッコイは言った。

五分後、マッコイはショーンが車の列のなかに消えていくのを見送った。自分がどこにいるのか理解しようとした。女性にビクトリア・ストリートへの道を尋ねた。その女性はマッコイがほとんど聞き取れないほどひどい訛りで教えてくれた。せいぜい十分ほどで着くと請け合ってくれた。彼女が指示してくれた方向に歩きだした。

街の中心部に行くのは、さらに難しかった。いたるところに検問や道路封鎖があり、店には網状の爆風よけのスクリーンが設置され、通りにはほとんど人がいなかった。それも当然だろう。わざわざ街にやって来て、爆弾で吹き飛ばされる心配をしながら〈ウールワース〉でショッピングをする人間がどこにいるというのだ。

ビクトリア・ストリートに入った。だれかに尋ねようとしたちょうどそのときに見つけた。実際には見逃しようもなかった。フェンスとカメラ、コンクリートブロックに囲まれて補強された巨大なビクトリア朝風の建物。マスグレイブ警察署に間違いなかった。針金のトンネルをくぐってドアまで進むとブザーを押した。カメラが彼を映そうと回転し、スピーカーから彼に向かって怒鳴る声がした。マッコイはヒューイ・フォールズに会いに来たと告げた。

何も起きないように思いはじめたとき、ブザーが鳴り、カチッと音がした。ドアが開くとヒューイ・フォールズが立っていた。握手を求めて手を差し出してきた。「ハリー・くそったれ・マッコイ！」と彼は言い、握手した手を上下に振った。「会えてうれしいよ。さあ、このクソみたいな場所から出ようぜ」

ふたりは旧知の仲だった。フォールズは大きな男で百九十センチ以上あり、まるで家のようにがっしりとした体格だ。優秀な警察官だった。彼が北アイルランドに戻ると言ったときは信じられなかった。紛争はすでに始まっていて、テレビでは毎晩のように爆破テロが報じられていた。マッコイは頭がおかしいんじゃないかと彼に言った。フォールズはうれしそうにそのとおりだと認めたが、それでも帰ると言った。故郷は故郷だと。

「葬式はどうだった？」建物のまわりを歩きながら、フォールズが訊いた。

「あいかわらずだ」とマッコイは言った。「できるだけ早く遺体を埋めたら飲み始める」

フォールズは笑った。「そう変わらんさ」彼は、署の裏の駐車場でほかの車のあいだに止めてあるライトブルーの〈ビバ〉を指さした。

「クソみたいな車だが、ここに止めて置けば安全だ」

マッコイはうなずいた。

「遺体安置所に行かなきゃならない。心配するな、おまえが死体が苦手なことは覚えている。報告書を取りに行くだけだ。血も内臓もなしだ。隣にカフェがあってうまいアルスター・フライ（北アイルランドのボリュームたっぷりの朝食であるアイリッシュ・ブレックファストのなかでも特に量の多いもの）を出すんだ。腹ごしらえをしながら話をすることもできる。腹は減ってるか？」

マッコイはうなずいた。言われて気づいた。サンドイッチとスープが出てくる前に〈ロック〉をあとにしていた。

車にたどり着くと、フォールズがなんとか巨体を運転席に押し込み、マッコイは菓子の包みとファイルを後部座席に移して、なんとか助手席にスペースを見つけた。フォールズの話は冗談ではなかった。ほんとうにクソみたいな車だった。時速三十キロ以上出すと、がたがたと音がした。音がするたびにフォールズが悪態をついた。

マッコイは自分たちがどこに向かっているのかまったくわかっていなかったが、中心部から離れれば離れるほど、街は普段の様子に戻っていくようだった。フォールズはおしゃべりを続け、マレーやふたりの共通の知り合いの警官のことなどを尋ねた。信号で停まったときに、彼は、ブランコに坐る、丸々とした幼児の写真を取り出した。スチュワート。

奥さんはふたり目を妊娠していた。

二十分ほどすると、フォールズが病院風の建物の門に車を入れ、ふたりは降りた。フォールズは五分で戻ると言うと、正面に〝市営遺体安置所〟と書かれた大きな看板のある低層の建物のほうに歩いていった。マッコイは近づくつもりはなかったので、車に寄りかかり、煙草に火をつけて待った。この街で警官でいるということはどんな感じなんだろうかと思った。ひどいもんだろう。常に自分の肩越しに振り返らなければならない。棒の先に鏡をつけて車の下を確認する。間違った通りに入ることに怯え、誘拐されること、撃たれること、さらに悪いことには拷問されることに怯えて過ごさなければならない。警官であるだけでも充分ひどいのに、その上そんなことにまでも怯えて過ごさなければならない。そうは言っても、フォールズは幸せそうだった。奥さんと家族、普通の生活。たぶん。

フォールズが建物のドアから現われた。淡い黄色のファイルを手にしていた。

「ほんとうに腹が減ってるか?」と彼は訊いた。

マッコイはうなずいた。「腹ぺこだ」

フォールズはニヤリと笑った。「ならいい」

薄切りのベーコンが三枚、目玉焼きがふたつ、ソーセージ三本、揚げたパンが二種類、ブラックプディング(牛の血を固めて作ったソーセージ)、トマト半分、ポテト・スコーン、そしてホワイトプディング（ブラックプディングの血を使わないバージョン）のようなものが皿の上からマッコイを見つめていた。フォールズが家のような体格をしているのも不思議はなかった。だが美味そうだった。象でもぶっ倒れそうな量だったが、マッコイはいただいた。ほとんどきれいにたいらげた。椅子の背にもたれかかると不味い紅茶を飲んでげっぷをした。

「気にするな」フォールズは皿に残った卵の黄身をトーストのかけらで拭いながらそう言った。

「失礼」と彼は言った。

「重要なことはさておくとして、おれに何を訊きたいんだ？」とフォールズは言った。

マッコイは椅子の背にもたれかかると、煙草に火をつけた。「グラスゴーとベルファストのあいだでどれくらいの交流がある？　過激派組織のことだ」

「かなりあるよ」とフォールズは言った。「たいていはグラスゴーからこちらにだが。人々が連中のために金を持ってくる。それにグラスゴーにはクソ国防義勇予備軍の基地があちこちにある。そこには武器があって、セキュリティがちゃんとしていないから、武器庫に押し入って武器を調達するんだ。鉱業関係者からプラスチック爆弾《セムテックス》を調達することもある。おれたちが貨物をひとつ捕まえたところで、その二十倍はくぐり抜けている」

「反対は？」

「たいていは警察かＩＲＡ《ボーイズ》から逃げている連中のどちらかだ。あるいは一時的にほとぼりが冷めるのを待っている連中」フォールズは紅茶をひと口飲んだ。「これは仮定の話じゃないんだろ？」

「ああ、違う。背景を知りたいんだ。グラスゴーでおれたちが捜している男が行方不明になった。誘拐されたようだが、過激派組織が関わっているようなんだ。誘拐はとても組織立っていて、おそらく連中によるものだろう。カトリック《ＩＲＡ》側のようだ」

「もしそうなら、訊く相手を間違っている。北アイルランド警察庁《ＲＵＣ》の情報はアルスター防衛協会《ＵＤＡ》（北アイルランドの英国への残留を主張する過激組織）についてはたいしたことはない」フォールズはニヤッと笑い、椅子の背にもたれかかった。「葬式でおまえの友達に訊いたほうがよかったんじゃないか」

「どうして彼らのことを知ってるんだ？」マッコイは訊いた。驚いていた。

フォールズは秘密だというように鼻の横を叩く仕草をした。「ベルファストは小さな街だ。シェイマス・クーパーは有名人だった。ＩＲＡなのかもしれないし、そうじゃないかもしれないが、関係があったことは間違いない。墓地でカメラマンに気づかなかったか？」

マッコイは首を振った。

「今回ばかりはいい仕事をしたようだな」彼は一瞬だけまじめな顔をした。「注意したほうがいいぞ、ハリー。おまえの友人のクーパーがどうであれ、あるいは彼の友人がどうであれ、おまえは警官だ。連中が言うところの大英帝国の手先だ。そして今、葬儀のおかげで、IRAはおまえがここにいることを知っている。気をつけろ」

マッコイはうなずいた。そんなことは考えもしなかった。心配もしていなかった。今は心配になってきた。軽く考えようとした。「明日にはグラスゴーに戻る。連中は急いで行動しなければならないだろうな」

「連中はそうする」とフォールズは言った。「だから気をつけるんだ、本気だぞ」そう言うと壁の時計を見た。

「行くのか？」とマッコイは訊いた。

フォールズはうなずいた。「三時に署で会議がある。途中で人と会わなければならない。大丈夫か？」

「立ち上がれるかどうかわからない。数日分は食ったからな」

「元気になるよ」とフォールズは言い、ニヤッと笑った。「栄養もつく。チャンピオンたちの朝食だ」

数マイルほど進むと、フォールズが新しい住宅地のようなところに入っていった。カーテンの閉まった家の前で車を止めた。

「ここで五分ほど待っていてくれるか?」

マッコイがうなずき、フォールズは外に出た。どうやら何をするのか、話すつもりはないようだったし、マッコイも訊くつもりはなかった。煙草に火をつけると住宅地を見まわした。スコットランドの住宅地と同じだ。

家々もどれも同じで、自転車に乗った子供はほとんどいない。窓を開け、車内の温度を下げようとした。ベルファストはグラスゴーほど暑くはなかったが、それでも息苦しかった。腕時計を見た。もう十分経っていた。フォールズが考えていたより時間がかかっているようだ。

何かすることはないかと思い、遺体安置所のファイルを手に取った。恐る恐る開いた。もし写真があったなら、すぐにまた閉じるつもりだった。運のいいことに印刷された書類だけだ。ざっと眼を通した。おなじみの血液検査の結果、胃の内容物。背中を向けた絵があり、男の輪郭に傷の位置が描かれていた。両膝に十字のマークがついていた。過激派組織がよくやる処刑のスタイルだ。

「おれの代わりに事件を解決してくれるのか?」

顔を上げるとフォールズが窓のところに立っていた。「すまん、退屈していたんだ」

「かまわんさ」とフォールズは言い、車に乗り込んだ。

「どんな事件だ？」とマッコイは言い、ファイルをシートに戻した。

「フォールズ・ロードのはずれの公園で男の死体が見つかった。身分証明書はなく、衣服も着ておらず、パンツ一枚だった。拷問され、殺される前に両膝を撃ち抜かれていた」車のエンジンをかけた。

「言いたくはないが、そんなことはここでは日常茶飯事なんじゃないのか？」

フォールズが方向指示器を出して車を出した。

「そうだ。だが、その男が処刑されてそこに捨てられていたとすると、つじつまの合わないことがいくつかある。アルスター防衛協会《UDA》か、アルスター義勇軍《UVF》（アイルランドのプロテスタント系住民によって組織された、北アイルランドの英国への残留を主張する過激組織）のしわざかもしれないが、どちらも犯行声明を出していない。あの連中はだれかを殺したときは騒ぎ立てるのが好きなんだ」

幹線道路に戻り、車がまたがたがたと音をたてはじめた。

「くそが！」とフォールズが言い、ハンドルを叩いた。「それにほかにもおかしなことがある。拷問は普通とは違っていた」

「どういう意味だ？」

「左手の指が二本しか残っていなかった。ボルトカッターか何かで切り落としたようだった。連中が何を知りたがっていたにせよ、それを訊き出すのに指三本が必要だったようだ。そっちのほうでよくあっただろ。あ？　えーと、だれだったかな？　ウィー・カミー？　ロニー・ネスミスから二百ポンド盗んで、足の指を半分切り取られた。おまえだったらギャングの犯行だと……」

フォールズは話し続けていたが、マッコイは聞いていなかった。手を伸ばしてファイルを取ると、ページをめくり始めた。

「どうした？」とフォールズが訊いた。

マッコイは調べた。自分自身に読んで聞かせた。

百七十八センチ。四十歳くらい。砂色の髪。

フォールズを見た。「死体を見に行けるか？」

フォールズはマッコイを二度見した。「おまえが死体を見たいだって？　おまえが？」

マッコイはうなずいた。

37

まさしく彼だった。フィン・ケリー。アリス・ケリーの父親。病院と車のなかで会っていた。そのときと同じように砂色の髪を横分けにし、高い鼻をしていた。マッコイは彼の手を見ないようにした。殴られ、破壊された顔を見るだけで充分ひどかった。

マッコイがマスクをはずすと、フォールズは死体の入った大きな引出しを押して戻した。

「知り合いか？」とフォールズが訊いた。

マッコイは首を振った。「勘違いだった。ここから出られるか？」

フォールズはうなずいた。すでに何かで頭がいっぱいのようだった。「ホテルで降ろそう。急いで署に戻らなければならない」

マッコイは車に戻った。正しいことをしたのだろうかと迷っていた。考える前に死体とは面識はないと答えていた。フォールズと北アイルランド警察庁《RUC》を巻き込みたくなかったのかもしれない。なぜフィン・ケリーがベルファストの遺体安置所の引出しに横たわっているのか、考える時間がほしかっただけかもしれない。何を話しても、それで終わりになるとわかっていた。ロンドン警視庁の公安課が飛びついてくるだろう。

マレーに電話をして、何を見つけたのか報告するべきなのだろう。過激派組織が関与してくれば、事件全体はさらにひどく複雑になる。公安が絡んでくる。どれほどの書類仕事が待っているかは神のみぞ知るというところだ。おそらくは自分たちがこの事件からはずされるということも意味していた。つまらない裏付け捜査が終わったら、お払い箱になるだろう。明日までは待とう。直接マレーに会って話すのだ。結局のところ自分は怪我で休暇中であり、ケリーもどこにも行きはしない。今日一日、もう少し調べてみようと思った。何も見つからなければ、マレーと会い、死体を発見したが、ケリーかどうかはわからなかったと報告しよう。

マッコイは〈ヨーロッパ〉の外に立ち、手を振ってフォールズが走り去っていくのを見送った。ホテルの前の車寄せには高級車が列を作っていた。運転手が車のなかにいて待っていた。フォールズには最後にもまた気をつけると約束させられた。行くとしてもホテルの向かいの〈クラウン・バー〉だと。彼は同意し、フォールズにはベッドで休み、クーパーの金でルームサービスを愉しむと言っておいた。そうするつもりだったが、その前にやることがあった。アリスが行方不明になったとき、父親がほんとうはベルファストで何をしていたのか探ってみるつもりだった。

フィン・ケリーは妻には建築現場で働いていると言っていた。そこから始めるのが筋だろう。だが、彼がだれのために働いていたのかはわからなかった。フィンの妻はその男がコルムと呼ばれていることしか知らなかった。マッコイはビクトリア・ストリートを渡り、〈クラウン・バー〉の裏の建築現場の騒音と埃へと向かった。

　そこは建築中のオフィス区画で、周囲のフェンスには大きなボードに完成予想図が描かれていた。二十階以上の巨大なビルディングだった。ウィンザーハウス。ベルファストで英国王室の名前をつけるのがふさわしいことなのかどうかわからなかったが、自分に何がわかるというのだ。マッコイはケリーの写真を見せてまわったが、人々は首を横に振り、力にはなれないと言った。クリップボードを持ち、スーツのズボンの裾をウェリントンブーツにたくし込んでいる男が、ラガン川沿いで別の大きな建設プロジェクトが進行中だと教えてくれた。マッコイは道順を聞くと歩き始めた。自分が藁《わら》にすがっているとわかっていたが、少なくとも何かすることがあった。〈ロック〉に坐って、間違った人間から職業を訊かれるのを待つよりははるかにましだった。

　建設中なのが大きな郵便局だということがわかり、さらにそこでもだれもフィンのことを知らないことがわかった。だがもうひとつ手がかりがあった。ドニゴール・ストリートの爆弾処理現場が臨時労働者を受け入れているというのだ。一杯飲みたかったが、フォールズから用心するように言われていたので、間違った場所に行くことは怖かった。くだらないとはわかっていたが、この街の何か――軍隊や検問――が気になり、神経質になっていた。だれかに尾行されているんじゃないかと不安になりだしていた。被害妄想だ。だれが尾行するというのだ。ジェイムズ・ボンドじゃあるまいし。

途中で少し道に迷ってしまい、行くのをやめて引き返し、ホテルのバーに向かおうとしたとき、眼の前に工事現場を見つけた。赤い砂岩の建物が仮設のフェンスに囲まれていて、その片側は半分崩壊していた。残された建物は傷と穴だらけで、窓ガラスも吹き飛ばされていた。フェンスのなかにいる男たちのひとりに声をかけた。その中年の男は、埃が飛ばないように、ホースで瓦礫《がれき》の山に水を撒いていた。男は口と鼻のまわりを覆っていた布をはずすと、フェンスに近づいてきた。

「人を捜している」とマッコイは言った。「建築現場で働いている」

写真を差し出すと、男は眼を細めて見た。首を振った。

「見かけたことはない？」とマッコイは尋ねた。

「そうじゃないよ、若いの。眼鏡を掛けていないから、自分の顔だってわかりゃしないんだ」彼は振り向くと叫んだ。「ポール！」スキンヘッドの若い男がシャベルを置いて、近づいてきた。マッコイは写真を見せた。

「建築現場で働いていた。見覚えはないか？」あまり期待せずに尋ねた。

ポールは首を振った。

マッコイは写真をポケットに戻そうとした。

「そいつはどの建築現場でも働いちゃいない。たしかだ。間違いない」

「なんだって?」とマッコイは訊いた。「この男を知ってるのか?」

ポールは首を振ると、尻のポケットからジンジャーエールのボトルを取り出して、勢いよく飲んだ。「すまない」と彼は言った。「埃のせいで喉が渇いて声が出なくなっちまった。何日か前に妹の婚約パーティーがあったんだが、おれと弟は抜け出してふたりで飲んだ。弟が海軍から戻ってきて、会うのは何年かぶりだったんだ。おれたちは〈クラウン〉に行った」彼は写真を叩いた。「この男はバーカウンターで飲んでいた。かなり酔っぱらっていて、おれたちに話しかけてきた。くだらないことを言ってきたが、おごってくれたんで気にしなかった。そいつは二十ポンド紙幣で膨らんだ財布を持っていたよ」

「なんて言ってた?」とマッコイは訊いた。

「金を手に入れたからスペインに行くつもりだそうだ。出発するまでは向かいの〈ヨーロッパ〉に泊まると言っていた。しかもスイートだとさ」

「どうやって金を手に入れたんだ?」とマッコイは訊いた。

ポールは首を振った。「それは秘密だと言ってた。鼻の横を叩いてな。『IRA《ボーイズ》に乾杯』って言って飲み続けたがってた。自分が大物のふりをしたがる、どこにでもいるろくでなしのひとりさ。トイレに行ったのを見計らっておさらばした。うんざりだったんだ」

彼は咳き込みだし、ボトルをもう一度取り出して、もうひと口飲んだ。「あんたの友達かい？」

　マッコイは首を振った。

「よかった」とポールは言った。「この街で一番付き合いたくないタイプの男だったからな。酔っぱらって、場所を選ばずに〝大義〟についてくだらないことを大きな声で話す。ほとんどはアメリカ人だ。ひいじいちゃんがリムリック出身だからって、自分たちのことをＩＲＡ暫定派《プロヴォ》かなんかだと思ってるんだ。そういうばかな連中は間違った人間の前でくだらないことを言って、結局は殺される」

　マッコイは礼を言って立ち去った。彼らによると、ケリーは金には困っていないどころか、〈ヨーロッパ〉に泊まる金を持っていて、街に繰り出しては『小さな孤児アニー』のダディ・ウォーバックスみたいに振る舞っていたという。それほどの価値のある何をグラスゴーから運んできたのだろうか？　彼は臨時労働者だった、売るための銃を手に入れることはできなかったはずだ。情報だろうか？　解体の仕事でプラスチック爆弾《セムテックス》を手に入れたのだろうか？　どれもしっくりこなかった。彼はただの運び屋で、モノの受け渡しをするだけだったのだろうか？　それでそんなに儲かるのだろうか？　そうは思えなかった。

　およそ十分後、マッコイは自分が道に迷ったことに気づいた。だれかに尋ねようかと通りを見渡したがだれもいなかった。ヒューイ・フォールズの警告が頭のなかで鳴り響きだしていた。

気をつけろ。〈クラウン・バー〉以外にはどこにも行くな。ＩＲＡはおまえがここにいることを知っている。

角を曲がると、通りの先に、〈グラナダ〉がエンジンをかけたまま停まっているのが見えた。男がふたり、なかに坐っていた。少し怖くなったが、そんなばかなことはないと自分に言い聞かせた。だれも自分に興味を持ったりはしない。葬式にやって来たどこにでもいる男だ。歩き始めた。急がないようにした。〈グラナダ〉が動きだし、マッコイのほうに進んできた。

別の通りに入ると、遠くに〈ヨーロッパ〉のコンクリートの塔が見え、ほっとした。そんなに遠くはない。すぐに部屋に戻って、クーパーの勘定でクラブ・サンドイッチにビールといこう。あまりにも簡単に怯えてしまうことに自嘲するように笑った。足音が自分のほうに向かってくるのが聞こえた。振り向こうとすると、頭から袋をかぶせられた。

38

それは波のように押し寄せてきた。パニック。両手を縛られ、頭には袋をかぶせられ、ベルファストで車のトランクのなかにいる。ただそのことを考えた。終わりだ。殴られるか、膝を撃たれて解放されるのなら御《おん》の字だ。最悪のことはだれもが知っていた。車から引きずり出され、ひざまずかされる。後頭部に銃口を感じ、そして終わる。

車が鋭く曲がり、体がトランクの横にぶつかった。動いて痛くない体勢を取ろうとした。簡単ではなかった。どのくらいトランクのなかにいるのかわからなかった。ただ出たかった。グラスゴーの〈ビクトリア・バー〉で酒を飲み、バーテンダーのウリーとばか話をしていたかった。ここ以外ならどこでもよかった。

車がもう一度曲がった。道路からはみ出しそうになるように左右に揺れる。わだちのできた野原のなかを走っていることに気づき、恐怖と吐き気の波がいっきに襲ってきた。ここにいる理由はひとつしかない。そしてそれは考えつくかぎり最悪の理由だった。車が減速して停まった。ドアがふたつ開く音がし、それからバンと音をたてて閉まった。そして何もない。心臓の鼓動が速くなっていた。胸を激しく叩いているように感じた。泣きだして、小便を漏らしそうだった。

声が聞こえた。何を言っているかはわからなかった。騒音とリズムだけだ。それから銃声が聞こえ、吐きそうになった。母親に、神に祈った。ここから出してくれるならだれにでも祈った。両手を離そうとしたが、手首をきつく縛られていた。頭からかぶせられた袋は汗とヘアオイルのにおいがした。以前にも使ったことがあるのだ。恐怖がまた襲ってきた。だれかが笑っているのが聞こえ、カラスか何か、鳥の鳴き声が聞こえた。

これで終わりなのかと思った。ここで死ぬのだ。ベルファスト郊外の野原で命乞いをしながら。また恐怖が襲ってきた。もし自分がグラスゴーの警察官以上の何かだと思われているとしたら？　自分のことをロンドン警視庁の公安課か諜報機関の人間だと思っているのだとしたら？　何かを知っていると思っているのだろうか？　拷問してでも知りたい何かを。終わりだ。恐怖に負けて、袋のなかに吐いてしまった。嘔吐物が顎を伝うのを感じた。人生でここまでの恐怖と孤独を感じたことはなかった。気がつくとすすり泣いていた。

そしてトランクが開き、引きずり出されて地面に転がされた。袋が顔から剝がされた。夕暮れの薄明かりのなかで何度か眼をしばたたき、顔を上げた。ウィリアム・ノートンの顔を見上げていることに気づいた。

「おれはなんと言った、マッコイ？」と彼は言った。「おれをばかにするな」彼は微笑むと、ブレザーの袖から煙草の灰を払った。「で、何をしに来たんだ？」

彼は足を引くとマッコイの顔に蹴りを入れた。鼻が破裂し、血が嘔吐物と涙に混じった。体を起こそうとしたができなかった。できたのは、ただそこに横たわって、ノートンと彼の運転手ダンカン・スチュワートを見ることだけだった。そしてダンカン・スチュワートが銃を持っているという事実を。

「どうしておれがここにいることがわかった？」

「知らなかった」とノートンは言った。「ダンカンが〈ヨーロッパ〉の外でおまえを見るまではな。こいつはおれを迎えに来てフェリー乗り場まで連れていくはずだった。そこにおまえを見つけた。道路の向かいの建築現場でおまえが何を訊いていたのかを尋ねた。それでフェリーはあとまわしにして話をしたほうがいいと思ったというわけだ」

彼は笑い、スチュワートもいっしょに笑った。

マッコイは必死で考えた。アドレナリンが脳に流れ込んだ。話し続けなければならないと悟った。時間を稼がなければならないと。

「おれは警官だぞ、ノートン。気をつけたほうがいい」

ノートンは笑った。スチュワートもイエスマンのように追従《ついしょう》した。

「ここは無法者の国だ、マッコイ。開拓時代のアメリカ西部だ。ここではなんでも起こる。賭けは成立しない」ニヤリと笑った。「おまえは気づいていなかったかもしれないが、監視されていたんだ」

「気づくべきだった」とマッコイは言った。「何が起きているのかを」

「で、それはなんだ、マッコイ?」とノートンは訊いた。

「あんたは話してくれた、そうだろ?」

「何を?」

「ビルズランド・ドライブのあんたの車の後部座席で」とマッコイは言った。「自分が不当に扱われていると感じたやつは相手を出し抜こうとする」

ノートンは咳払いをすると、地面に唾を吐いた。マッコイを見た。機嫌がいいようには見えなかった。

「ケリーがあんたを出し抜いた、違うか? サザン・ゼネラル病院から強奪した金を奪って逃げた。人生を変えるチャンスに飛びついた。ほとぼりが冷めるまでここで身を潜めていた。やつが運転役だったんだな?」

ノートンは微笑んだ。そこにはユーモアのかけらもなかった。「賢いやつだ」

「いつもの運転役に何があった? 逮捕されたのか?」

「はしかだ」とノートンは言った。「娘から伝染《うつ》された」

「三万ポンドかそこらだ、ベルファスト近郊のどこかに埋めたに違いない」

「そうなのか?」とノートンは言った。

「そしてあんたは、彼がその場所を吐くまで指を一本ずつ切り落とした」マッコイは言った。

ノートンは微笑み、頭を振った。「たいした想像力だな、マッコイ。警官にしとくにはもったいない。それだけの想像力があるなら、何か本でも書くべきだ」

ノートンはしゃがみこむと左を指さした。「そこの先のベルファストは、愛すべき街だが危険な場所だ。いつも人々が殺されている。間違った地区に迷い込み、間違ったことを言い、間違った人物に会う。哀れなフィン・ケリーに起きたのもそういうことだ。間違ったときに間違った場所にいた」

また微笑んだ。

「おれにはなんの関係もない。間抜けなやつがIRA《ボーイズ》とひと悶着起こしたんだろう。間違いない。じゃなければ、どうしてフォールズ・ロードで両膝を撃ち抜かれて死んだんだ？　ここではよくあるひどいトラブルの犠牲者のひとりだ。そうだよな、ダンカン？」

運転手はうなずいた。眼も銃も一瞬たりともマッコイから離さなかった。

「同じことはだれにでも起こりうる。よそ者にも。グラスゴーのポリ公がベルファストをうろつきまわって訊き込みをしたのかもしれない。IRA《ボーイズ》がそいつを車に連れ込んだとしても驚くことじゃない。このような畑に連れてきたのかもしれない。結局のところ、そういうやつにはここに来るだけの理由がある、違うか？　ただの警官とは違うかもしれない。何かたくらんでいたに違いない。だから拷問してから殺したんだ。そいつが何者か突き止めるためにな」

マッコイは恐怖のあまり考えることができなかった。両膝を撃たれ、ボルトカッターで指を切り落とされるイメージが何度も頭をよぎって離れなかった。息をしようとした。頭をはっきりさせようとした。なんでもいいから何かが起きてくれることを願った。心臓の鼓動が速くなった。すぐに何かをする必要があった。

「あんたのスタイルじゃないんじゃないか」とマッコイは言った。

「どういうことだ？」とノートンは訊き、金の〈ダンヒル〉のライターで煙草に火をつけた。

「まあ、理屈はわかる。理にはかなっている。父親をおびき寄せるためにアリスを誘拐する。彼がスコットランドに戻ったところで捕まえる。戻ってこない父親なんていない」ことばを切って、首を振った。「だが失敗した、そうだろ？　少女はそこまで幼くなかった。ほとんどティーンエイジャーといってもよかった。扱いにくかった。だから黙らせるためにドラッグ漬けにした。ウィスキーを無理やり飲ませた。そんなことをするだけでも充分ひどいのに、幼い子供にあんなことまでするなんて……」

ノートンはライターをカチッと閉めると、歩み寄ってきてマッコイの腹を蹴った。激しく。

「おまえが何をほのめかそうとしているのかわからんが、マッコイ、そんなことはしちゃいねえ」

「ほんとうに？」とマッコイは訊いた。まだ痛みに顔を歪めていた。

ノートンの顔にわずかに動揺が浮かんだ。

マッコイは続けた。唯一の希望だった。

「彼女が検査を受けていたとき、おれは病院にいた。彼女はレイプされていた。繰り返し。最近はそういう連中とつるんでるのか、ノートン？　そういった変態と？　人々がそのことを知ったら、あんたはこれからどうやってミルトンのあたりをゴッドファーザーみたいに歩くつもりだ？　通りで人々から唾を――」

――〝吐きかけられる〟ということばを言うことはできなかった。スチュワートのブーツが顔を襲った。

マッコイは草むらを転がり、痛みをこらえようとした。横たわっていた。ノートンがスチュワートに怒鳴っている。小さな声だったが、怒っていた。とても怒っていた。マッコイは少しだけ眼を開けて見た。スチュワートが両手を上げ、首を振っていた。マッコイはまた眼を閉じた。とにかく二分ほど時間が稼げた。それがどれだけ役に立つかはわからなかった。心が漂い始めていた。脳震盪の後遺症なのか、それとも起きていることに対処したくなくて、心がシャットダウンしてしまっているのかわからなかった。だが落ち着いていて、眠くさえあった。ノートンとスチュワートが言い争っているのを聞いていた。体の下に乾いた草を感じていた。遠くで太陽が山の後ろに落ちていくのが見えた。

突然引き上げられ、フェンスにもたれるように立たされた。ノートンが眼の前に立っていた。

「おまえがいなければ」と彼は言った。「だれも死体をグラスゴーやおれ、銀行強盗と結びつけたりはしない。さて、どうしてここにいるダンカンにおまえを撃たせちゃいけない理由がある？」

「ないさ。やるように言え」とマッコイは言った。冷静に聞こえるように努めた。

ノートンは眉を上げた。

「だがそうすれば、紳士的な銀行強盗のイメージは消え去る。いくら金を手に入れようともだ。あんたは少女を誘拐して眼の前で何度もレイプさせた男として記憶されることになる。すぐに人々はあんたがやったと考えるようになる。そう考えるのが自然だからな」

ノートンは青ざめていた。「おれは関係ない！」

「そうなのかもしれない」とマッコイは言った。「可哀そうにな」

スチュワートが進み出て、またブーツを引いて蹴ろうとした。

「もしそのクソ野郎がまたおれに触れるなら、話はここまでだ」

ノートンが手で制し、スチュワートは下がった。

「おれならなんとかできる」とマッコイは言った。「報告書から暴行の事実を消し去る。起訴しないほうがだれも知ることがなく娘のためだと母親を説得する。解放してくればそうする。もし真実が明るみに出て、人々がほんとうに彼女に起きたことを知るようになったら、そのときは通りでおれを撃ち殺せばいい」

ノートンはマッコイを見た。そのまなざしの奥で心が揺れているのがわかった。ノートンが運転手に手を差し出し、銃を顎で示した。

「それを寄越せ。行って、車から煙草を持ってこい。なくなった」

スチュワートはうなずき、銃を渡すと去っていった。

ノートンはマッコイの前にひざまずき、銃をマッコイの口に入れて思いっきり押し込んだ。金属とオイルの味に息が詰まりそうになった。ノートンが引き金に指を掛けた。

「おかしな真似をすればこうなるぞ。ひどい痛みを味わうことになり、おれに引き金を引いてくれと頼むことになる。いいか？」

マッコイはうなずこうとした。

「だれだ？」とノートンは訊いた。「そいつはだれだ？」

ノートンが銃を口から抜き出すと、マッコイはむせて地面に向かって唾を吐いた。最後のチャンスだったが、なかなか声が出てこなかった。「彼女は、赤毛の男だと言っていた。その男がやったんだ。男は自分をダンカンおじさんと呼ぶように言っていた」

ダンカン・スチュワートが車から戻ってきた。手には〈ロスマン〉の新しいパッケージを持っていた。彼が差し出すと、ノートンは受け取ってポケットに入れた。そしてスチュワートに向き合うと、銃を構えて顔を撃った。

マッコイは胸に温かい血が飛び散るのを感じた。スチュワートが倒れ、頭だったところから血が噴き出しているのが見えた。マッコイは地面に覆いかぶさるようにして吐いた。何も出てこなかった。唾液だけだった。スチュワートの温かい血が顔を伝い落ちるのを感じ、また吐いた。顔を上げると、ノートンが運転手の膝に狙いを定めているのが見えた。左の膝を撃ち、それから右の膝を撃った。胸にもう一発撃った。あたりを煙と銃弾、そして血のにおいが満たし、耳のなかで銃声が鳴り響いた。

ノートンが戻ってきた。「クソ変態野郎には当然の報いだ」

マッコイはうなずいた。

ノートンは背を向けると車に向かって歩きだした。マッコイはここに置き去りにされるのだと悟った。両手、両足を縛られ、血まみれで死体のそばに横たわって。

叫んだ。「ノートン！　ノートン！」

ノートンは振り向かなかった。彼は車まで歩くと、乗り込んでエンジンをかけた。ヘッドライトがわだちのできた畑に白い光を投じた。

「ノートン！」ふたたび叫んだ。車のエンジンにかき消されないように大きな声で叫んだ。

「戻ってこい！」

マッコイは車がゆっくりと旋回してから、ゲートに向かい、幹線道路につながる未舗装道路に入るのを見ていた。ライトが丘の向こうに消えていくのを見送った。夕闇が迫るなか、顔に付いたスチュワートの血が乾いてきた。

39

キツネがまた戻ってきて、スチュワートの死体のまわりを恐る恐るまわっている。マッコイが叫ぶと去っていったが、今度はそれほど遠くには行かず、死体から二、三メートルのところに坐って、様子を見ていた。マッコイには叫ぶことしかできないのだとキツネが悟るのもすぐだろう。やがて死体に向かって動きだした。三メートルしか離れていない彼は一部始終を聞くことになるだろう。

背中で縛られたロープを引っ張ってみた。だめだった。立ち上がろうとした。が、両足をきつく縛られていてバランスが取れずに転んでしまった。やわらかい地面に顔を打った。横になったまま、どうしようかと考えた。農夫が現われて警察に電話してくれるまで、ひと晩じゅうここに横たわっていることになるのだろう。そして死体の横で縛られて何をしていたのかを説明しなければならない。

どう話せばいいかわからなかった。何か考えようとしたが、頭のなかがパニックに陥っているのか、ぼんやりとして働かないのか、あるいはショック状態なのか、何も思い浮かばなかった。スチュワートに起きたことをそれほど悔いてはいなかった。やつは悪党だ。涙を流すつもりはなかった。やつか自分かのどちらかだったのだ。自分は正しい選択をした。

キツネがまた死体のほうに近づこうとしていた。マッコイが叫ぼうとしたとき、キツネが驚いて顔を上げ、暗闇のなかに去っていった。

数秒後、車のエンジン音が聞こえた。それからヘッドライトが見えた。幹線道路を通り過ぎていくと思ったが、スピードを落とし、未舗装の道路に入って、畑に向かってきた。

また恐怖が襲ってきた。ノートンの気が変わり、戻ってきてケリをつけようとしているのかもしれない。車が進み、今はヘッドライトに眼がくらむまでになっていた。さらに近づいてきて、数メートル離れたところに停まった。マッコイは眼を閉じた。ヘッドライトがまっすぐ彼を照らしていた。エンジンが止まり、ヘッドライトが消えた。眼を開けた。最初は何も見えなかった。白い閃光が眼に焼きついた。ドアが開き、バタンと閉まる音がした。そしてだれかが向かってくる音がした。

「なんてこった、マッコイ。こんなところで何をしてる?」

見上げると、ニヤニヤ笑っているスティーヴィー・クーパーがいた。人生でだれかを見てこれほどうれしかったことはなかった。泣きだしそうだった。クーパーの従兄弟のショーンが後ろから進み出てくると、眼の前の光景を見て眼を大きく見開いた。

「ショーン」とクーパーが言った。「こいつを自由にしてやれ。おれは飲み過ぎていて無理だ」

クーパーは左右に揺れていた。ばかみたいなニヤニヤ笑いを顔に貼りつけていた。ショーンはマッコイのそばにひざまずくと、ペンナイフを取り出して、手首のロープを切ろうとした。

クーパーはまだニヤニヤと笑っていた。煙草を取り出したが落としてしまい、くそっとつぶやいて拾い上げた。「愉しい夜を台無しにしやがって」と彼は言った。「せっかく盛り上がってきたところだったのに」

ショーンがなんとかロープを切り、マッコイは自由になった。手首をさすり、血が戻ってくる痛みに顔をしかめた。

「ここで何をしてるんだ、スティーヴィー？　どうしておれがここにいることがわかった？」

クーパーはなんとか煙草に火をつけると、ショーンを指さした。彼は、今はマッコイの脚のまわりのロープを切ろうとしていた。「おまえが通夜を去ってから、ずっとあとをつけさせてた。おまえから眼を離さないように言っておいた。おまえがここに着いたあと、ショーンが戻ってきてここにおれを連れてきたんだ」死体を指さした。「そのクソはだれだ？」

「ウィリアム・ノートンの運転手だ」とマッコイは言った。

クーパーは驚いた顔をした。近寄って覗き込んだ。

「言うとおりだ。ダンカン・スチュワート。たちの悪いやつだ。いや、だった」彼は笑った。「ノートンのクソじじいはここで何をしてたんだ？」

ショーンがなんとかロープを切り、マッコイの足首に痛みが走った。

「長い話になる。何か飲むものはないか？」

クーパーはうなずいた。車に向かうと〈ハープ〉の缶を持って戻ってきた。蓋を開けると半分飲んでから、マッコイに手渡した。マッコイはぬるいラガービールを口に含んでから吐き出し、残りをいっきに飲み干した。

「ここから出られるか？」とマッコイは訊いた。

クーパーはうなずいた。「もちろんだ。通夜はまだ続いている。おれは戻らなきゃなんねえ。いとこのアンが友達を連れてきて、そいつが安っぽい発疹みたいにおれに付きまといやがる」死体を顎で示すと言った。「そいつをどうしたい？」

マッコイはショーンにもたれかかり、なんとか立ち上がった。「知ったことか。さっさと行こう。頼む」

一九七一年八月三日

南フランス　ヴィラ・ネルコート

午前二時四十五分、地下室はまだサウナのようだった。なぜここがこんなに暑いのかわからなかった。訊きもしなかった。アンプや録音機材のせいだろう。それらすべてが接続されていて、熱を発しているのだ。それがなんであれ、ほんとうは好きだった。仕事をするために鉱山に下りていくような感覚だった。

暑さはひどかったが、目的は果たした。そこにいるのはミュージシャンだけだった。ディーラーはいない。ガールフレンドも、取り巻きもいない。連中はみんな階上《うえ》にいて、芝生に引っ張り出してきたソファに手足を伸ばして寝転がり、ニューヨークのレストランやハンプトンズ行きの最高の航空会社がどこかについて話している。

ロングホーンズ（テキサス大オースティン校のスポーツチームの愛称）のキャップをかぶったニッキーは椅子に坐り、

サックスを脇に置いて居眠りをしていた。最近は、だれもが眠ってしまったり、何日も現われなかったり、録音するはずだった時間を窓を眺めて過ごしたりしながら、大きな〈シトロエン〉が到着するのを待っていた。彼自身は完全に麻薬を断ったわけではなかったが、少なくともまだ、時折演奏をするヤク中というよりは、時折ヤクをやるミュージシャンではあった。

立ち上がって、ヘッドフォンをはずすと伸びをした。スコットランドのサッカーチームの短パン一枚になっていた。そのほかのTシャツや靴、ソックスは暑さがひどくなるにつれて脱いでいった。ひと晩じゅう《グッド・タイム・ウィメン》——今はなんと呼んでるのか知らないが——を録音していたせいで指が痛かった。

ニッキーが突然体をまっすぐ起こし、眼をこすった。「今、何時だ?」と訊いた。

「もうすぐ三時だ」とボビーは言った。

「なんてこった、終わったのか?」とニッキーは訊き、キャップをかぶりなおした。

「だと思う」とボビーは言った。「キースが来てるならな。もう来てるはずだ」

ニッキーはうなずき、立ち上がった。ニヤッと笑う。「階上《うえ》に行って、売人《キャンディマン》が子供たちに何を持ってきてくれたか見に行かないか?」

ボビーは微笑むと、ギターをスタンドに置いた。

「どうぞお先に、アルフォンズ殿（『アルフォンズとギャストン』という漫画のなかのセリフ。たがいに必要以上に礼儀正しく譲り合うギャグが有名）」

一九七三年七月二十日

40

マッコイはフェリーの手すりにもたれかかり、埠頭を見下ろしていた。頭上をカモメが旋回している。すでに最後の車も上船し終わっていたが、クーパーの姿はなかった。今朝もホテルの部屋にはおらず、ベッドが使われたあともなかった。マッコイはひとりで朝食を食べた。ダイニングルームのドアを見つめたまま、クーパーが入ってくるのを待った。が、来なかった。

空を見上げた。澄み切った青空。またひどく暑い日になりそうだ。船はあまり好きではなかったが、この船旅は愉しみにしていた。なるべくデッキで時間を過ごし、新鮮な空気を吸って頭のなかのもやもやを吹き飛ばすつもりだった。腕時計を見た。出航まで十五分。埠頭のクレーンが大きな貨物船の荷下ろしをしており、指示をする怒鳴り声が遠くで聞こえていた。

クーパーとショーンは昨晩、マッコイをホテルで降ろしたあと、通夜に戻るために夜の街へとそそくさと消えていった。マッコイは車のなかではあまり話さなかった。まだ起きたことを受け入れるのに苦労していた。まだ安全でないようで怖かった。クーパーとショーンは気にしていないようだった。クーパーは道中のほとんどをショーンから彼のいとこの女友達の話を聞きだすのに費やしていた。ある意味ではありがたかった。一番したくなかったのは、もう一度すべてを話すことだった。

もう一度、腕時計を見た。あと十分。あきらめてお茶でも飲みに行こうかと思ったとき、青い〈ビバ〉が倉庫をまわってフェリーに向かって猛スピードで走ってきた。停まると、クーパー――起きたばかりのようで、葬式用のスーツを着たままで手ぶらだった――が降りて勢いよくドアを閉め、乗船口に走ってきた。係員が首を振りながら舷門を上げようとしているところを駆け上がった。なんとか間一髪間に合った。顔を上げるとマッコイを見て拳《こぶし》を突き上げた。

「やったぞ！」とクーパーは叫ぶと、タラップを駆け上がった。

十分後、ふたりは紅茶を飲みながら、カフェの窓からしだいに小さくなっていくベルファストの港を眺めていた。

「昨日の晩はどこに行ったのかは訊くまでもないんだろうな？」とマッコイは言った。

「ああ」とクーパーは言って、ニヤッと笑った。「どちらにしろ話せない。アンの家だ。それがどこにしろな。ショーンがドアをノックする音で眼が覚めた。自分がどこにいるのか、さっぱりわからなかった。クソおまわりが来たかと思ったよ！」

「気分はどうだ？」とマッコイは訊いた。

「二日酔いだ。正確にはクソひどい二日酔いだが、何カ月ぶりかで自分らしく感じている。あのクソみたいなものがようやくおれの体のなかから出ていったようだ」

「それはよかった」マッコイは言った。「元に戻ったな」

「こいつを飲んだらな」クーパーはそう言うとポケットから〈ブッシュミルズ〉のハーフボトルを取り出し、ふたりのマグカップに注いだ。ひと口飲むと顔をしかめて飲み干した。

「で、昨日の晩、いったいどんなクソがあったのか話す気になったか？」

マッコイは話した。すべてを。銀行強盗、アリス・ケリー、ノートンのアドバイス、フィン・ケリーの死、そしてアリス・ケリーの件でノートンに話したこと。

クーパーは椅子の背にもたれて話を聞いていた。「で、これからどうなる？」

「望むらくは、何も起きないでほしい」とマッコイは言った。「ベルファストの警察《RUC》は遺体がケリーだとは特定していない。おれから言うつもりもない。ノートンはおれを放《ほう》っておいて、ミルトンの善良な人々に五ポンドを配る大物に戻る」

「金はどうなった？」

「ノートンが取り戻した。警察はここまで銀行強盗事件では捜査に何の進展も得ていない。それが変わるとは思わん」

クーパーは何か考えているようだった。

「つまりノートンは今三万ポンドを隠していて、だれもそれを探していないということか？」

マッコイの警報のベルが鳴り始めた。「スティーヴィー……」

「なんだ？」と彼は言った。どこか身構えていた。

「ノートンを敵にまわしたくはないだろう。やつは年を取ったかもしれないが、それでもまだそれなりの力を持っている。やめといたほうがいい」

「そうなのか？」とクーパーは言った。「いつから、おまえがボスになったんだ？」

「そんなつもりじゃ――」

「おまえがどういうつもりかはわかってる、心配するな。それに何日か前、おまえはビリーに言っただろ。おれがまだゲームに参加していることを示すために、目立つ必要があるって。ノートンの件はそのためにはいい方法だと思うがな」

反論しようとしたが、無駄だとわかっていた。昔のクーパーが戻ってきたのだ。自分のやりたいとおりにする。たとえマッコイが何を言っても。

「気をつけてくれ、いいな？」

クーパーはうなずいたが、マッコイには彼がもう何マイルも離れた場所にいるのがわかった。すでにどうやってノートンの金を手に入れるかを考えていた。

マッコイが紅茶のお代わり二杯と、ベーコンロールをふたつ買って戻ってくると、クーパーは眠っていた。どうやら睡眠が必要なようだ。靴を床に脱ぎ、座席を三つ占領していびきをかいていた。マッコイはベーコンロールをふたつとも食べると、デッキに戻った。遠くにスコットランドの海岸線が見えた。故郷はもうすぐだ。

何度か試したあと、なんとか風のなかで煙草に火をつけることができ、煙を深く吸い込んだ。なんのために帰るのだろう？　休暇はまだ数日ある。レイバーンは敵意を抱えているだろう。ローラ・マレーには泊まる場所が必要だ。コーラの缶をトレイシー巡査に預けたことを忘れかけていたが、それが何をもたらすのか、アンジェラが嘘を言っていたのかどうかはすぐにわかるはずだ。このままフェリーに乗って、アイルランドに引き返したい気分だった。グラスゴーには愉しいことは何も待っていない。煙草を海に投げ捨てた。クーパーを起こすために階下《した》に戻った。あと二十分で到着するはずだ。

41

帰宅すると、ドアに大きな茶色の封筒がピンで留めてあった。黒のフェルトペンで〝ミスター・マッコイ〟と書かれていた。それをはずしてからドアを開けた。フラットはうだるような暑さで、淀んだ空気が充満していた。部屋のなかを歩きまわってすべての窓を開けた。バッグを置くと、キッチンテーブルに坐って封筒を開けた。

なかには白黒の写真が入っていた。大きかった。四切サイズだろうか。六歳か七歳くらいの少年の写真だ。少年は汚く、服は擦《す》り切れてぼろぼろだった。洗濯物が干してあるごみだらけの裏庭に立っていた。手に持ったおもちゃの消防車をカメラに向かって見せ、満面に笑みを浮かべている。裏返した。

リアムのこと、ありがとう。すばらしい写真が撮れた。お礼に夕食はどう？　ミラ

写真をテーブルの上に置いてもう一度見た。少年は輝いていた。どんなにひどい生活を

していても、おもちゃの消防車があれば幸せだった。今のところは。マッコイはこの写真を額《がく》に収めてフラットのどこかに飾ろうと思った。部屋のなかを見まわし、どこに飾ろうか考えた。久しぶりに部屋のなかを見て、かなりひどい状態だということに気づいた。

アイロンをかけなければならない衣類が椅子の上に積み上げられている。暖炉のそばには肘掛け部分が欠けた擦り切れた肘掛け椅子があった。変えようと思って、まだ手をつけていない壁紙。思い起こした。アンジェラといっしょだったときはこんなじゃなかった。あのときはわが家だった。居心地がよかった。理想の場所。もう一度見まわした。今は違った。週末に少し内装を模様替えしてみようかと思った。

三十分後、風呂に入ってひげを剃ると、半袖のシャツと〈リーバイス〉のジーンズに着替えてから、セントラル署のあるスチュワート・ストリートに向かうタクシーに乗った。四日ぶりだった。挨拶に立ち寄るぐらいなら、マレーも反対するはずはない。それに指紋に関する結果がそろそろ出ているかもしれなかった。

「おや、ひょっとして、陽気な放浪者殿《メリー・ワンダラー》じゃないか?」署に入っていくと、受付担当のビリーが言った。「戻ったのか?」

「まだだ」とマッコイは言った。「マレーはいるか?」

ビリーはうなずいた。「残念ながらな。戻ってきて以来、ずっと頭痛持ちのクマみたいだ。まったく困ったもんだ。ワッティーに訊いてみろ。あいつがボスのお守《も》りをしてる」

マッコイはうなずくと、刑事部屋に向かった。タイプライターに覆いかぶさっているワッティーの大きな金髪の頭が見えた。一本指でキーを打つたびにガシャッと音がしていた。背後に忍び寄った。「ワトソン！」と叫ぶと、彼が跳び上がった。

「何すんだよ！」とワッティーは言った。「心臓発作を起こすところだったぞ」彼は上から下までマッコイを見た。「こんなところで何してるんだ？　ロスシーだかブラックプールでのんびり休暇中じゃなかったのか？」

マッコイは机の端に坐った。「おまえの様子を見に来た。どうしてるかと思ってな」

ワッティーは浮かぬ顔をした。「よくない。フィン・ケリーの手がかりはどこにもない。アリスがようやく意識を回復した。マレーといっしょに事情聴取に行ったけど、予想どおり何も覚えちゃいなかった。あんたがいなくなったときとクソほども変わっちゃいないよ」

「いなくなったわけじゃない。職務中に受けたひどい負傷のせいで、数日間離脱しなきゃならないだけだ」

「気分はどうだ？」ワッティーは眼をぐるりとまわして訊いた。

「いい。だがマレーが考えを変えてくれないかぎり、あと二日は退屈な苦行を強いられる。そんなわけだから……」マッコイは立ち上がった。「ボスがなんと言うかたしかめよう」

「むしろあんたのほうこそ、気をつけろよ」とワッティーは言った。

マッコイはうなずくと、マレーのオフィスのドアのほうに歩き、ノックした。待った。もう一度ノックした。

「なんだ？」ドアの反対側から声が聞こえた。

マッコイはドアを押し開けるとなかに入った。マレーは机に覆いかぶさるようにして、タイプされた手紙の上に何かを書いていた。顔を上げた。マッコイを見てあまりうれしそうには見えなかった。

「マッコイ。おまえはまだあと二日は病欠扱いだ。こんなところで何をしてる？」

「ちょっと通りかかったんで、寄って挨拶しようと思ったんです」

「嘘をつけ」彼は机の前の椅子を指さした。「坐れ」マッコイの肩越しに眼をやると、開いたドアに向かって叫んだ。「トレイシー！　お茶をふたつ頼む！」

「どんな具合ですか？」マッコイは何食わぬ顔で訊いた。「ケリーの件で何か進展は？」

「さっぱりだ」とマレーは言った。「あとかたもなく消えちまった。情報屋も何も知らない。だれがやったにせよ、だれにも知られずにやったようだ」

「こんなことを訊きたくはないんですが」とマッコイは言った。「ワッティーとロニー・エルダーの件はどうなってます？」

マレーは首を振った。「そっちのほうも進展はない。エルダーの死に関する内部調査はまだ続行中だ。小耳に挟んだところだと、レイバーンは彼らにワッティーも同じだったと言ってるらしい。ワッティーが少年を殴り続け、怒鳴り続けるのを止めなければならなかったと。血気盛んな若手警官が一線を越えたんだと言っている」

「なんてこった」とマッコイは言った。

「レイバーンも必死だ。自分をよく見せるためならなんでも言うだろう。結局はどちらを信じるかにかかっている。二年目のルーキーか、二十年目のベテランか」真剣な表情だった。「ワッティーが無傷で切り抜けられるとは思えん」

「けどあいつじゃない！」マッコイは食ってかかった。「レイバーンなんだ！　あいつが――」

マレーは手を上げて制した。「わかっているし、そのことはおまえもわかっているはずだ。だが少年が死んだんだ。警察が拘留しているあいだに。だれかが責めを負わなければならない。そして、レイバーンはそれをすべて自分で負うつもりはないようだ」

トレイシーがお茶を載せたトレイを持って現われ、机の上に置いた。マレーが礼を言った。彼女は途中で立ち止まって言った。「ミスター・マッコイ、お帰りなさい」

「ありがとう、トレイシー。帰りに寄って挨拶するよ」

マッコイが向きなおると、マレーが眉を上げて見ていた。

「どうしました？」とマッコイは言った。そして悟った。「いやいや、マレー、そんなんじゃないんだ。彼女は頭がいい、うまくやってくれればいいと思ってる。それだけだ」

「ならいい」マレーはそう言うと、ビスケットを口に押し込んだ。

マッコイは紅茶のカップを手に取るとひと口飲んだ。不味い。

ケリーの件は無事、八方ふさがりとなったようだ。もうひとつの件を尋ねる頃合いだ。マッコイはビスケットを取った。さりげなく聞こえるように訊いた。「強盗事件のほうはどうですか？　何か進展は？」

「ない」とマレーは言った。「少なくとも停滞している。どういうことかわかるか？　初動捜査が大事なんだ。捜査がうまくいくときはそういうもんだ。強盗事件もケリー事件もレイバーンが指揮を執っているときに起きた。始まる前から失敗が眼に見えていた」

ここまではいい。

「レイバーンと言えば、あいつを見ませんでしたか？」とマッコイは訊いた。

マレーは首を振った。「まだ停職中だ。毎日、パブで過ごしている。警官のたむろするバーで飲んでいて、おまえにいかに人生を台無しにされたかをだれかれかまわず話している」マレーはもうひとつのビスケットを取るとむしゃむしゃと食べた。「あいつは執念深いろくでなしだ。気をつけろよ。何かばかなことをやりかねないからな」

マレーは紅茶の残りを飲み干すと、指を舐め、皿からビスケットのかけらを拾い上げた。

「さて、おれの報告に満足したなら、出ていって、おれに仕事をさせてくれ。火曜日に会おう」

マッコイがマレーのオフィスから出てくると、トレイシーがマッコイのほうを見ていた。立ち上がった。「ちょっと出てくるわ。何か買ってきてほしい人いる?」彼女は刑事たちに訊いた。

反応はない。

「わたしが訊かなかったって言わないでよ」彼女はそう言うと財布を取って、ドアのほうに向かった。

マッコイはワッティーに別れを告げ、火曜日に会おうと言うと、トレイシーのあとを追った。

トレイシーは通り沿いの新聞販売店の日よけの影に立って待っていた。マッコイが近づいてくるのを見ると微笑んだ。「大丈夫ですか?」と訊いた。「フィン・ケリーが連れ去られたときに負傷したと聞きました」

「頭にこぶができただけだ。大丈夫だ。医者とマレーが共謀して、おれを遠ざけようとしてるんだ」

「ラッキーですね。この天気が続くあいだは、わたしも何日か休みがほしいくらいです」

彼女はスカートの後ろから封筒を取り出し、彼に差し出した。

「フラットの同居人から渡されました。コーラの缶の指紋に関する結果が書いてあります」

マッコイは受け取った。今も封がされていることに気づいた。「見ていないのか？」

彼女は首を振った。「自分には関係ありません。そろそろ戻ったほうがいいみたい。気をつけてくださいよ、いいですね？」

マッコイはうなずいた。「ありがとう、トレイシー」

彼女はまた微笑んだ。「巡査部長試験で推薦をお願いするときに覚えておいてくださいね」

マッコイは彼女が通りを渡り、署の両開きのドアのなかに消えていくのを見送った。結果を手にしたが、ほんとうはそれを知りたくなかった。さらに面倒なことになるだけだった。ボビー・マーチは死んだのだ。もはやどうでもいいことだ。

彼は封筒の折り返し部分の下に指を滑り込ませ、封を開け、なかの折りたたまれた紙を取り出して開いた。結果を読んだ。

思ったとおりだった。さらに面倒なことになった。自分を責めた。

彼は紙と封筒をくしゃくしゃにすると、バス停のごみ箱に捨てて歩きだした。

42

住所を紙に書いてもらってあったが、あまり役には立たなかった。ロンドン・ロードを行ったり来たりしたが、探しているものは見つからなかった。

「〈ブレーマー・バー〉とお菓子屋のあいだだ」ビリー・ウィアーはそう言っていた。「見逃しようがないよ。ドアベルのところにカードが貼ってある」

そして今、〈ブレーマー・バー〉と〈グリックマン〉のあいだを、紙切れを手にうろうろしていた。あきらめようとしたそのとき、ひとりの男がギターケースを持って、〈ブレーマー・バー〉から出てきた。マッコイはシャーロット・ストリートを走って、男を止めた。

「よう相棒、このあたりにリハーサル・スタジオがあるのを知らないか？　メイソン・スタジオだ」

男はうなずき、たいそう長い顎ひげに手をやって形を整えた。男は〈グリックマン〉の先を指さした。「一六五番地。けどベルを押し続けなきゃならないよ。だれも聞いていないから」

マッコイは礼を言うと、ビリー・ウィアーと彼の役に立たない指示に毒づき、一六五番地に向かった。ベルを押すと、ドアがすぐに開いたことに驚いた。開けた人物を見て、さらに驚いた。

少年――マッコイが金をやったボビー・マーチのファン――がそこに立っていた。彼のほうも驚いていた。

「あちこちにスプレーで落書きをしていたのはおまえだろう？」とマッコイは訊いた。

「違うよ」その答えは早すぎた。「こんなところで何をしてるの？」

「おまえと同じだ」マッコイはそう言うと、湿ったにおいのする玄関に足を踏み入れた。

「アンジェラを待っている」

「こっちだよ」と少年は言った。「ぼくらといっしょに待てばいい」彼は廊下を進むと、潜水艦に乗り込むときのような重いドアを開けた。すぐにギターの音が聞こえてきた。少年はドアの脇に立ってマッコイをなかに入れた。部屋は狭く、うだるような暑さで、壁にはフェルトが貼られ、床はさまざまな擦《す》り切れた絨毯《じゅうたん》の寄せ集めだった。少年と同じくらいの年の男の子が三人、大きなスピーカーのようなものに寄りかかって『メロディ・メイカー』の記事を読んでいた。驚いて顔を上げた。

「この人は――」

「マッコイだ」

「マッコイもアンジェラを待っている」と少年は言った。

少年たちのひとり、痩せて腰まで髪を伸ばし、紫のタンクトップにコーデュロイのパンツを穿いた子がマッコイを上から下まで見た。「あんたもマネージャー?」と訊いた。

「いや、違う」とマッコイは言った。ほかに言うことを思いつかなかった。「きみらはバンドなのか?」

痩せた少年がうなずいた。「ホーリー・ファイヤー」

「きみがボーカルなのか?」マッコイはスプレーの少年に訊いた。

少年はうなずいた。「ジェイク・スコット」

彼らはいっときその場にたたずんでいた。だれもどうしたらいいかわからなかった。

「リハーサルをしたければ続けてくれ。おれはここに立ってるだけだから」とマッコイは言った。

ジェイクがうなずき、マッコイは煙草に火をつけた。彼らはギターのノブや床の上のペダルをいじってチューニングをした。スピーカーから低いハムノイズが聞こえてくる。ジェイクがマイクを握った。「準備はいいか？」と訊いた。

バンドは準備万端のようだった。

ジェイクがマイクに覆いかぶさるようにした。「《イントロデューシング・ミスター・クロウリー》」彼がうなずくと、ドラマーがカウントを始め、演奏が始まった。

マッコイはアマチュアによくある、最近人気のあるバンドの焼きなおしを想像していた。いま聴いているような演奏は想像していなかった。バンドは恐ろしくタイトで、どこかスパイダース・フロム・マーズに似ていたが、ほんとうに驚かされたのはジェイクだった。

歌いだすまでは緊張しているように見えたが、突然自信にあふれ、体をくねらせて、くるくるとまわった。その声はロッド・スチュワートと、はっきりとは指摘できないだれか——フリーのだれかかもしれない——を足して二で割ったような感じだった。曲もよかった。高音のリフ、メリハリの利いたドラム、それらを上まわるように歌い上げるボーカル。

背後でドアが開くのを感じた。アンジェラが入ってきて、マッコイに微笑むと壁にもたれかかった。バンドはインストゥルメンタルのミドルエイトを力強く演奏し、最後のコーラスを繰り返し、ジェイクが叫ぶようにエンディングを歌って終わった。

「いいでしょ？」とアンジェラが言った。

「ああ、すばらしい」とマッコイは言った。あまり驚いているように聞こえないよう努めた。

アンジェラは微笑んだ。「いい感じよ、みんな。でもユアン」ドラマーがシンバルの後ろから覗き込んだ。「三つ目のコーラスに入るときに遅れた。またよ。練習するって言ってなかった？」

ドラマーがやましそうな顔をした。シフトを入れなければならなかったとかなんとかぶつぶつ言いながら、次はちゃんとやると言った。

アンジェラはうなずいた。五ポンドをポケットから出し、ジェイクに渡した。「缶ビールとフィッシュ・アンド・チップスを買ってきて。二十分で戻ってくるのよ。今夜のセットを通しでリハする必要があるから、いい？　ロンドンから来た連中も見に来るだろうから、しっかりやるわよ」

少年たちはうなずき、ひとりずつ足を引きずるように出ていった。

「マネージャーなのか？」マッコイがアンジェラを見て尋ねた。「いつからそんなことに？」

「ジェイクがメアリーランドで三番目に出演したくそバンドのリードボーカルをやってるのを見てからよ。彼らをこのステージに上げるのは大変だったわ。あるカバーバンドでギタリストを見つけたの、よりによってウィショウ出身の」

彼女はことばを切って、マッコイを見た。「何をニヤニヤ笑ってるの？」

「すごいじゃないか！」とマッコイは言った。「まるでミセス・くそったれ・ショービズだ」

「何がいけないのよ？」

「大賛成だよ。きみならすばらしいマネージャーになれる。音楽業界を知り尽くしてるし、統率力もある。ばかな話には耳を貸さないし、しかもバンドは最高だ」

「認めてくれてありがとう」とアンジェラは言った。

「今夜はどこで演奏するんだ？」マッコイは訊いた。

「〈エレクトリック・ガーデン〉。ザ・モブっていうくそバンドのサポートよ。ちょうどギグの機会も探してるところだったし」

「なるほどな。ところで話があってここに来たんだ」

「不吉そうね」とアンジェラは言った。

何も言わなかった。

彼女はマッコイを見た。「なんてこと、そうなのね。いいわ、でもここを出ましょう。汗と十代の男の子のにおいでむせ返りそうよ」

ふたりは結局、グラスゴー・グリーン・ガーデンの芝生に坐った。マッコイはアイスクリームのヴァンまで行き、コーラの缶をふたつ持って戻ってきた。ひとつをアンジェラに渡し、隣に坐った。

「あーあ」と彼女は言い、缶を開けた。「またあの顔をしてるわ」

「どんな顔だ？」とマッコイは訊いた。

「〝アンジェラ、またきみをがっかりさせて悲しいよ〟っていう顔よ。いっしょだったときによく見たわ」

おむつをした幼児が母親の手から逃げて、笑いながら走りだすのをふたりで見ていた。

「で、わたしは今度は何をしたの？」と彼女は訊いた。

簡単ではなかったが、彼は率直に話した。「ボビー・マーチ。きみの指紋が遺体のそばにあった注射器から見つかった」

アンジェラは手を伸ばし、芝生の上に置いておいた煙草のパッケージとライターを取った。一本抜くと火をつけた。

「もう話したでしょ、ハリー、わたしが部屋をあとにしたとき、彼は元気だった。わたしが打ったんじゃないわ」

「信じられない」マッコイは静かに言った。

「それが問題だったのよ、ハリー、あなたはいつも信じてくれなかった。わたしが真実を話していたときでさえ。いつも自分のほうがよく知っていると思っていた」

彼女はため息をついた。マッコイに腕の内側が見えるようにまわした。注射の痕とあざに覆われていた。

「わたしがやったのよ。自分で打った。そのあと、彼が使うために残してきた。彼は自分のをアメリカに置いてきたから」

彼女は袖を下ろすと、ジャケットを着た。グラスゴー・グリーン・ガーデンを眺めた。

「あの男の子、また逃げちゃったわ」と彼女は言った。幼児はまたも自由を求めて脱走していた。

マッコイは彼女を見た。「話してくれるか？」と訊いた。

アンジェラは彼のほうを見ると微笑んだ。頬を伝う涙を拭った。「いやよ」

「オーケイ」とマッコイは言った。「きみしだいだ」

「ああ、ちくしょう！」彼女は煙を吐き出した。「話す価値もないわ。ほかのみんなと同じ、悲しくて愚かな話よ。自分の腕に注射の針を刺して終わり」微笑んだ。「片眼を失うまでは愉しかった。そんな言い方しない？　ええ、わたしもスティーヴィーと同じ頃には片眼を失ってた」

「どうして？」とマッコイは訊いた。「きみはおれよりも多くのドラッグと付き合ってきた……」

「好きだからよ」草を摘んでいじくりだした。「エリーがクーパーと付き合いだしたとき、彼女にはグラスゴーには知り合いがいなかったから、よくいっしょに過ごすようになった。わたしは彼女が好きだった。彼女には自分の人生があり、麻薬が好きだった」肩をすくめた。「で、試してみることにした。どんな魅力があるのかたしかめてみた。それで終わりよ。一週間に一回が、二回になり、毎日になって、そのときにはもうそんなに愉しくなくなった」

「彼女のせいなのか？」

アンジェラは首を振った。微笑んだ。「いいえ、全部自分ひとりでやった。彼女はずっと警告していた。自分は打っても打たなくても大丈夫なごくまれな人間なんだって言ってた。ほとんどの人はそうじゃないから、わたしは注意するべきだって。でも右から左に聞き流してた」

「これからどうするつもりだ？」マッコイは訊いた。

肩をすくめた。「昨日の晩、彼女が電話をしてきた。アップステート・ニューヨークのどこかにセラピストと医者付きの農場があるらしくて、治療をしてくれるそうよ。わたしにそこに行くようにって言った」

「行くのか？」とマッコイは訊いた。

「わからない。高価だし。それにわたしはここにいて、ここに仕事がある。バンドはここにいる。だから自分で麻薬を断つしかない」

「自分で断つのはそんなに簡単じゃない」マッコイは言った。

「そうね。でもほかに方法はない。違う、ハリー？」そう言うと煙草を草むらに突き刺して火を消した。「わたしのことは知ってるでしょ」と彼女は言った。「一度口にしたらだれにも止められないって」

「けどこれは難しいかもしれない。きみよりまともな人間だってうまくいかなかったんだ」

彼女は眼をぐるりとまわした。「いつもわたしのことを信じてくれてありがとう。そのことば、そのままお返しするわ」

「そういう意味じゃない」と彼は言った。「難しいって言ってるだけだ」

彼女は立ち上がった。「人生と同じよ、ハリー。人生と。それにはっきりさせておくけど、わたしはほんとうにボビー・マーチには打っていない。彼のことはそれほど好きじゃなかった。彼の麻薬を自分に打ったら、そこを出た。それを置いてきた。体を触りたがるロックスターは趣味じゃないの。じゃあまた会いましょう」

彼女はロンドン・ロードのほうに歩いていった。マッコイは彼女が通りを渡り、リハーサル・スタジオの入口に消えていくのを見送った。芝生に横になると雲を見上げた。

彼女の言うことを信じない理由はなかった。が、そのことが余計にわからなくしていた。彼女でなければ、だれがボビー・マーチに打ったのだろう。それを知りたくないという気持ちもあった。自分がほんとうに気にしているのかどうかさえもわからなかった。

43

マッコイがミラとの夜の外出に何を期待していたにせよ、それはこのようなものではなかった。これがなんなのかさえ、よくわかっていなかった。ふたりはブライスウッド・スクエアを見下ろす窓のある大きな部屋に立っていた。カーペンタージーンズを穿いた太った男が床に坐ってハーモニウムを演奏し、歌っている。マッコイにはその歌は男が即興で作ったように聞こえた。ギタリストがふたり、その両脇に坐り、いっしょに演奏しようとしていたが、ふたりとも戸惑っていた。

スコットランド芸術協会ビルに集まった人々――ヒッピーと裕福そうな中年のカップルが半々――を見て、何か芸術的なものが行なわれるのだとは思っていたが、これは予想を超えていた。

どうやら、彼が見ているのは有名な詩人のアレン・ギンズバーグのようで、彼に会えること自体が名誉なことらしかった。マッコイは一度も彼のことを聞いたことはなかったが、ミラがどこに行こうとしているか話してくれたときは知っているふりをした。今は、恐ろしいことに、音楽家たちは退出して彼が自分の詩を朗読していた。

ミラがマッコイのほうを見て微笑んだ。彼も微笑み返し、興味があるふりをした。

彼女は耳元に顔を寄せると言った。「帰りたいんでしょ、違う？」

彼がうなずき、ふたりは人ごみを縫ってドアに向かった、外はすてきな夏の夜だった。九時になってもまだ明るく、暑さも和らいでいて快適だった。

「ミスター・ギンズバーグは趣味に合わなかったかしら？」とミラが訊いた。

「そういうわけじゃない。きみは好きなのか？」

「少しはね。でも彼はわたしには男性的すぎる。わかる？」と彼女は言った。

マッコイはうなずいた。ほんとうは彼女が何を言っているのかわからなかった。今夜はどこか調子が噛み合わず、これがデートなのか、ただのリアムの件のお礼なのかわからなかった。ミラという女性は考えが読み取りにくく、多くを語らず、またブロークンな英語もあまり役に立ってくれなかった。

「何か飲むかい？」と彼は尋ねた。

彼女はうなずいた。手で額《ひたい》を叩いて言った。「バッグをクロークに預けてあるんだった。すぐに戻る」

マッコイは煙草に火をつけ、階段に坐り、彼女が戻ってくるのを待った。どのパブに行こうか考えようとした。そのとき閃《ひらめ》いた。〈エレクトリック・ガーデン〉。ホーリー・ファイヤー。しかも角を曲がってすぐだ。背後でドアが開く音がしたので立ち上がり、振り向いてバンドを見に行こうと言おうとしたが、そこにいたのはミラではなかった。レイバーンだった。そして調子がいいようには見えなかった。

これまでスーツを着て、ブーツを履き、ブリルクリームでオールバックにしているレイバーンしか見たことがなかった。今回は違った。穿いたまま寝てしまったようなズボンに、アイロンのかかっていないシャツ、無精ひげ、そして髪の毛の半分は額にかかっていた。酒のにおいもした。

「こんなところで何をしている、レイバーン」マッコイは訊いた。そして気づいた。「おれのあとをつけていたのか？」

「話がしたい」と彼は言った。

「手短にすませろ」とマッコイは言った。「人を待っている」

レイバーンはうなずいた。「見たよ。ブロンドの女の子。魅力的だ」

「やめろ、レイバーン。用件はなんだ？」

「おまえの相棒と話をしてほしい」と彼は言った。

「だれだ？　ワッティーのことか？」マッコイは訊いた。

うなずいた。「やつがエルダーを激しく非難して、殴り倒し、自分を止められなくなったと内部調査で証言するよう説得してほしい。おれではなく、あいつがやったんだと」

「どうしておれがそんなことをすると思うんだ？」マッコイは訊いた。

レイバーンは広場を見渡した。「飲みに行きたくないか？」

「断る」マッコイは言った。

レイバーンはため息をつくと、ズボンのポケットから、半分ほど残った〈ベル〉のボトルを取り出し、キャップをまわしてはずすと口いっぱいに含んだ。マッコイに差し出した。

マッコイが首を振ると、さらにもうひと口飲んだ。酒がレイバーンの胃へと落ちていった。

「おれは勤続二十三年だ。妻と三人の子供がいる。このままではすべてを失う。年金もなくなる。クビになるか、クソ交通課に飛ばされる。そんなことは受け入れられない。ワッティーは若くて、経験も浅くミスをした。戒告を受けるだろう。停職になるかもしれない。が、あいつには守るべき人間はいないから、なんとかやり過ごせる」

マッコイは首を振った。「わかってないな、レイバーン。おまえのせいでひとりの少年が自殺したんだ。おまえは無実の少年を死ぬほど怯えさせ、いじめた。しかもそうすることに喜びを感じていた。大家が二十ポンド着服するのを見逃したり、警官だからってもぐりの酒場でただ酒を飲んでファックするのとはわけが違う」

「マッコイ、くだらないことを言うな。ただあいつに――」

「あいつには真実だけを話せとしか言うつもりはない」

レイバーンはマッコイをじっと見た。ボトルからもうひと口飲んだ。眼を細めると言った。「なんでおまえなんかに頼んだんだろうな。よく知っておくべきだった。おまえはいつもおれを恨んでいたよな、マッコイ。イースタン署のときからだ。金曜日に賄賂を受け取る警官を鼻で笑っていた。だれよりも聖人を気取っていたもんな、おまえは。だれよりも善人のふりをしていた。きっとこの日が来るのを待ってたんだろう。両手をこすり合わせてマレーに駆け寄り、おれがどれほど悪徳警官か話して、やつのケツに鼻を押しつけたんだろう」

「終わりか?」とマッコイは言った。

「まだ始まったばかりだ」とレイバーンは言い、前に進み出た。「ずっと続くぞ、マッコイ。だから気をつけろよ。今度困ったときに、周囲を見まわしても、だれも助けちゃくれないぞ。確実だ。この街の警官全員におまえとワトソンが裏切者のコンビだと言いふらしてやる」

「失せろ、レイバーン」とマッコイは言った。「おまえの戯言《たわごと》を個人攻撃と受け取る前にな」

「もう遅い」とレイバーンは言った。「おれはおまえの戯言をクソ個人攻撃と受け取ってきた。ほんとうさ。おまえがいなければ、こんなクソにはなっていなかったんだ。おれが署を指揮しているあいだ、おまえはおれの後ろを嗅ぎまわり、陰謀をめぐらせ、おれを監視し、報告したんだ」

「おまえは間違ってる、レイバーン。おれがおまえをスパイするために時間を無駄にしたと考えてるなら、どうかしてるぞ。おまえのことなんか少しも気にしちゃいないし、気にしたこともない。おまえは不正を行なって完全にお手上げになった警官のひとりでしかない。おまえが署の責任者からはずされたのはおれのせいじゃない。おまえとおまえのしでかした愚かな失敗のせいだ。これ以上おれに関わるな」

レイバーンはマッコイに向かって微笑むと、ボトルからもうひと口飲んだ。「いや、おまえを放《ほう》ってはおかない、マッコイ。なぜならおまえのせいだからだ。そしてその償いはしてもらう。ワトソンを説得しないかぎり、おまえに付きまとってやる。なんせおれには失うものは何もないからな、違うか？　こうなったらもうやけくそだ」

彼は顔を近づけた。息にウィスキーのにおいがした。「ワトソンの気を変えさせるか、背中に気をつけるか。選ぶのはおまえだ、マッコイ。おまえが決めろ」

マッコイは彼がウエスト・リージェント・ストリートに向かって歩道を歩いていくのを見送った。言うとおりだ。レイバーンは罠にはまったネズミだ。非常に危険な存在だった。

「お待たせ！」

振り向くとミラが手にバッグを持って立っていた。

「どこに行くの？」と彼女が訊いた。

マッコイがふたり分のチケットを買い、いっしょになかに入った。心配する必要はなかった。〈エレクトリック・ガーデン〉はがらがらだった。どうやらザ・モブの人気は下降気味のようだ。マッコイは、からっぽの会場はどこか気を滅入らせるといつも思っていた。

人が入っていないと、ほんとうの姿が見えてくるのだ。べたべたした床、剝がれかけた壁紙、タイルが半分なくなったミラーボール。彼とミラを除くと、そこには三十人ほどしかいなかった。ほとんどがザ・モブの友人か家族のようだ。十人ほどいるグラムロック風の若者たちは、ホーリー・ファイヤー目当てなのかもしれない。

ふたりは飲み物を買って、奥のテーブルに坐った。マッコイはアンジェラが忙しそうに動きまわっているのを見ていた。照明の男と話し、ロンドン訛りのふたり組を前方のテーブルに案内し、飲み物を用意しながら、小さな包みを彼らのジャケットのポケットに落としていた。

ミラは充分愉しそうだった。写真を撮りながら歩きまわったり、人々と話したり、ポーズを取らせたり、ただ写真を撮らせてもらったりしていた。マッコイはビールを飲みながら、レイバーンのことを考えた。彼についてできることはあまりなかった。ワッティーは真実を話すだろうし、レイバーン自身の言っていたとおり、彼はもうおしまいだった。なぜ自分の問題をすべてマッコイのせいにしようとするのかわからなかった。自分自身のせいでクソな状況に陥ったと認めるよりも、だれか他人のせいにするほうが簡単なのだろう。

ミラが戻ってきて坐った。「ほんとうにいいバンドなの？」ニヤニヤしながら訊いた。

「もちろんだ」とマッコイは言った。「これから何年も、今日ここにいたことを自慢することになるよ」

彼女は悲惨な状況の会場を見まわした。マッコイの言ったことを信じているようには見えなかった。「あなたがそう言うなら」

アンジェラがふたりの男から顔を上げたところで、マッコイは手を振った。彼女は立ち上がるとやって来た。「来てくれたのね」と彼女は言った。「観客数に貢献してくれてありがとう。彼らが登場したら、大きな拍手を送るのを忘れないでね、いい？」

マッコイはうなずいた。「アンジェラ、こちらはミラ。ミラ、アンジェラだ」

アンジェラはミラに向かってうなずいた。「はじめまして」大きな歓声が上がり、彼女は顔をしかめた。「行ったほうがいいみたい」そう言うとステージのほうに急いだ。振り向くと戻ってきて言った。「ハリー、自分のことは自分で面倒見てね、いい？」

マッコイは少し戸惑いながらうなずいた。彼女はステージのほうに戻っていった。

「彼女と寝てたんでしょ」とミラは言った。

「ああ」とマッコイは答えた。

「わかるわ。おたがいの眼つきで」

マッコイはうなずいた。

「今はわたしと寝たいのね」と彼女は言った。

もう少しでビールを噴き出しそうになった。「そんなこと言ってないだろ！」と彼は返した。

彼女はニヤッと笑った。「どうして？　ほんとうのことでしょ？」

「ああ」と彼は言った。

「よかった。わたしもよ」

ざわざわと音がして、照明が落ちた。バンドがステージに登場した。暗闇のなか、ジェイクがひずんだマイクを通して朗読を始めた。

「そして見よ、聖なる炎《ホーリー・ファイヤー》が地に降り注ぎ、清める。信じぬ者たちを焼き尽くし、その跡には灰が残る。そして生き残った者たちは喜びの祝宴に集《つど》い、喜びの踊り、性の踊り、今を生きる踊りを踊る」

そしてスポットライトを浴びると、彼はニヤリと笑った。眼にはシルバーのメイクをしていた。「行くぞ」と彼が言い、演奏が始まった。

バイクの発進音のようなギター、叩きつけるようなドラム、声のかぎりに歌うジェイク。ミラがマッコイを見てニヤッと笑い、親指を立てた。耳をつんざくような轟音《ごうおん》のなかで、それ以上のことはできなかった。彼女はにじり寄ってくると、マッコイの太ももに手を置いた。

三曲目が終わる頃には、その手は彼の股間にあった。

マッコイは彼女に体を寄せた。「行こう」と言った。「じゃないと立ち上がれなくなる」

一九七三年七月十三日

ロイヤル・スチュワート・ホテル　五一四号室

ノックの音を聞いたとき、あの女が戻ってきたのだと思った。アニー？　アンジー？　気が変わったに違いない。ドアに向かった。まだ少し吐き気がしていた。コカインとマンディー。ベストの組み合わせとは言えない。だがその気分だったのだ。グラスゴーに戻ってくるのはいやだった。ただどこか別の場所にいたかった。何も感じたくなかった。

壁にぶつかりながら、広間へ歩いていくと、床の上にバッグがあるのが見えた。拾い上げると、重さがおかしかった。すでにわかっていたが、とにかく見た。なかにあったのは青いメモ帳とペン、レシートが何枚かだけだった。テープがない。彼は床に坐り込んだ。無駄だとわかっていたが、とにかくもう一度見た。さらにもう一度。が、なかった。あの女が持っていったに違いない。突然頭に浮かんだ。ひと筋の希望。返すために戻ってきたのかもしれない。

立ち上がると、ドアを開けた。眼の前には十代の少年がいた。外に泊まり込んでいたグループのひとりだ。怯えているようだ。ボビー・マーチと書かれたタンクトップを着ていた。自分で作ったようだ。ラメの半分が剝がれ落ちていた。

「あの女じゃないのか」とボビーは言った。

少年はぽかんと見つめていた。「ごめんなさい」と言った。「ただあなたと話したくて、非常階段で上がってきたんです。あなたは最高の――」

ボビーは少年を手で制すると、リビングルームに戻ってソファに腰かけた。テープはない。ローリング・ストーンズのオーディションの二日目。唯一のテープ。彼にとっての〝刑務所から釈放〟カード。彼がいかに偉大なギタリストであるかを人々に再認識させるもの。今回のアルバムはクソだ。それはわかっていた。レコード会社もわかっている。だれもがわかっている。それを埋め合わせる何かが必要だった。

散らかったコーヒーテーブルの上から煙草を探し、二、三本残ったパッケージを見つけた。火をつけた。

このアルバムを出したあと、あのテープをリリースするつもりだった。新たな契約。再出発。だがそれももうない。頭を抱え込んだ。グラスゴーに戻ってこなければよかった。

ここは今も父親の街だ。今も逃げ出さなければならない街。逃げ出さなければならない男。

顔を上げると、少年が立っていた。ほとんど忘れていた。

「坊主、名前は?」と彼は訊いた。

「ジェイク」と少年が答えた。

「よし、ジェイク、ここにいるからには、きみが使えるってことを見せてくれ。ハイになりすぎてて自分じゃできない。友達に自慢できるぞ」

少年はうなずいた。「何をすればいいの?」

ボビーはほくそ笑むと、自分とキット・ランバートのことを思い出した。あの頃は世間知らずで同じ質問ばかりしていた。今度は違う答えが返ってくるだろう。

「トイレのどこかに青い洗濯バッグがあるはずだから探してくれ。どこかに隠そうとしたはずだ」

少年はうなずくと消えていった。

キット・ランバート。彼のことを思い出すのは久しぶりだった。いろいろあったが、彼のことは好きだ。生命力にあふれ、エネルギッシュだ。彼は床に煙草を落としてしまい、悪態をついて拾い上げた。思っていた以上にぼうっとしていた。

「これ?」

マーチは顔を上げた。うなずいた。「じゃあジェイク、おれの言うことをよく聞くんだ、いいか？　おれの言うとおり正確にやるんだ。いいな？」

少年は真剣な顔でうなずいた。

説明した。

粉をスプーンの上に置く。

そこに小さじ一杯の水を入れる。

その下からライターで泡が出るまで温める。

煙草のフィルターを半分入れる。

針を刺して、注射器に吸い上げる。

ゴムのチューブをおれの腕のまわりに巻く。

血管が浮き出るのを待つ。

「ほんとうにできるか？」とボビーは訊いた。

少年は注射器を手にうなずいた。たくさん入っているように見えたが、眼がぼやけていてよくわからなかった。どうでもよかった。ただどこか別の場所に行きたかった。どこか安全な場所に。グラスゴーも、父親も、なくなったテープもないどこかへ。

「オーケイ」彼は腕を差し出した。「血管に刺すんだ」

少年はうなずいた。覆いかぶさるようにすると、針を刺した。

「強すぎる！　なんてこった！」

「ごめんなさい」と少年は言った。恥ずかしそうだった。

「大丈夫、もう大丈夫だ。オーケイ、そうしたらプランジャーを押すんだ。ゆっくり！」

少年はうなずき、プラスチックのプランジャーをゆっくりと押し下げた。

ほとんどすぐに効いてくるのを感じ、微笑んだ。上物だ。グラスゴーでは期待していなかった。少年が「大丈夫？」と言っているのが聞こえた。うなずこうとしたが、頭がひどく重かった。温かさが全身に広がっていくのを感じながら、ソファに横になった。サンセット・サウンド・スタジオでのあの日のことを思い出した。《サンデー・モーニング・シンフォニー》をキメたときのこと。すばらしい日々だった。すべてが思いどおりになると思っていた日々。ずっと——

一九七三年七月二十一日

44

目覚めると、ベッドの反対側に手を伸ばしたが、彼女はいなかった。起き上がると、寝室のカーテンの隙間から射し込んでくる朝の光に眼をしばたたいた。

「おはよう」とミラが言った。彼女はベッドの端の椅子に坐って、カメラをマッコイに向けた。シャッターを何回か切った。

「もう服を着たんだね」と彼は言った。

「ええ。街でリアムと十時に会うことになってるって言ったでしょ」

マッコイは首を振った。「おれとベッドに戻るより、あの偉大なろくでなしとグラスゴーのごみためをうろつきまわるほうがいいって言うのか?」

「そうよ」と彼女は言った。「それに遅れてるの」

彼女は近寄ると、キスをした。

「マッコイ、このことはそれ以上には考えないで」

「なんだって？　きみはおれのことをベッドの支柱に刻んだ切り込みのひとつだって言うのか」と彼は言った。

彼女は微笑んだ。「そのとおりよ」

「心配いらない、乗り越えるよ」

もう一度キスをした。「チャオ！」

マッコイはもう一度横になり、彼女の足音とドアのバタンと閉まる音を聞いた。それが答えだった。

マッコイは午前中の残りの時間を、これまでに決してしなかったことを全部やって過ごした。洗濯、片付け、〈ウールワース〉で電球を買う。それらを愉しんでのんびりと過ごした。気分転換に仕事のことは心配しないようにした。〈ガルブレイス〉から袋ふたつの買い物を手に戻ってくるときに気づいた。天気が変わってきている。午前中はずっと蒸し暑かったが、今は空気は重いものの、山の向こうの遠くに黒い雲が立ち込めていた。熱波もどうやら収まりそうだ。

〈ハインツ〉のトマトスープを飲み干すと、ドアをノックする音がした。一瞬、レイバーンかと思ったが、やつがそんなに礼儀正しくノックをするはずもなかった。ドアを開けると、そこにはジャンボが立っていた。

「ミスター・クーパーが会いたいそうです」と彼は言った。

ジャンボは新しい服を手に入れたようだ。水色のシャツに新しいジーンズ、白いスニーカー。

「とてもおしゃれじゃないか」とマッコイは言った。

ジャンボは恥ずかしそうだった。「ビリーが買ってくれたんだ。だれかの頭のおかしい弟みたいな恰好はやめるようにって言って」

「たしかに、それは大事だよな」とマッコイは言った。「ちょっと待っててくれ」

ふたりは坂を上って、ハインドランド・ロードに入り、クーパーの屋敷に向かった。

ジャンボが空を見上げた。「嵐が来る」と彼は言った。

マッコイはうなずいた。「おまえがウィー・タムのやつを痛めつけたのか、ジャンボ?」と訊いた。

ジャンボは動揺したようだった。「ビリーにやるように言われたんだ。そろそろ自分のしのぎを持つ必要があるって言って」

「で、おまえはどう思ったんだ?」マッコイは訊いた。

「いやだった」と彼は言った。「やりたくなかった」

「だが、ビリーの言うとおりだ、ジャンボ。それがビジネスなんだ。きれいごとじゃない」

ジャンボがそのことを話したくないのは明らかだった。無言のまま、いっとき歩き続けた。

「庭仕事をしてるんだ」と彼は言った。「それが好きなんだ」

「そうらしいな。得意なんだってな」

「アンジェラが市の仕事に就けるかもしれないって言ってた。公園とかの。ほんとうかな?」とジャンボは訊いた。

「おれにはわからない、ジャンボ。申込用紙に記入して応募する必要がある。面接もあるかも。試験が必要だとは思わないがわからない」

「ミスター・クーパーはなんて言うだろうか?」と彼は訊いた。「怒るかな?」

マッコイは答えなかった。知るかぎりでは、自主的にクーパーの下を去る者はいなかった。彼はその種のことを侮辱と受け取った。ジャンボがそうしたら喜ばないだろう。

「こうしよう、ジャンボ。夏ももうすぐ終わりだ。来年の春まで待つのはどうだ? 植え付けが始まって人手も必要になる頃だ。それにそれまでに読み書きも上達するだろう、どうだ？」

ジャンボはうなずいた。その考えに満足したようだった。ふたりはハミルトン・パーク・ロードに入った。もしジャンボが無事に春を迎え、刑務所にも入っていないようなら、すべてがうまくいくよう、マッコイからクーパーに話してやろうと心に決めた。自分にできるせめてものことだ。ジャンボはポケットから鍵を出すと、舌を出しながら慎重に鍵穴に差し込み、大きな玄関の扉を開けた。

マッコイは家のなかを進んだ。少し虚《うつ》ろで静かだった。アイリスの愚痴も聞こえてこない。

「これ以上、外にはいないほうがいいぞ」マッコイはそう言いながら庭に出た。

クーパーはテーブルに坐っていた。彼の前には灰皿と茶色の封筒があった。顔を上げた。

「あ？」

マッコイは空を指さした。灰色の雲が空の低い位置にあった。

「ああ、そうか。まあ、坐れ」とクーパーは言った。彼はいつもの恰好に戻っていた。半袖シャツ、ジーンズ、ジェームズ・ディーン風のオールバック。

「どうしたんだ？」とマッコイは訊き、椅子を引き出して坐った。「雨の水曜日みたいな顔をしてるぞ」

「アンジェラがいなくなった」とクーパーは言った。

「なんだって？」マッコイは訊いた。「彼女とは昨日の晩に会ったぞ」

「あい、だがもういない。いなくなった。消えた。消え失せた。しかもおれの金を一万五千ポンド持ち逃げしやがった」

マッコイは理解しようとした。「彼女が？　どこに行ったんだ？」

「アメリカだろう」とクーパーは言った。「エリーのやつといっしょだ。間違いない」

「ほんとうなのか？」とマッコイは訊いた。「とてもじゃないが――」

クーパーは拳《こぶし》をテーブルに叩きつけた。「もちろんたしかだ。探そうとしないようにすてきな書き置きを残していった。もし探そうとしたら、これが――」茶色い封筒をマッコイのほうに押し出した。「グラスゴーのギャングのボスの半分の手に渡ることになると言って」

マッコイは封筒を手に取ると開けた。四切サイズの写真二枚を取り出した。一枚はクーパーが注射を打っている写真、もう一枚は彼がベッドの上で気を失っている写真だった。アリーが現像していた写真だ。コピーはないと言っていた写真。

「くそっ」とマッコイは言った。

「まさにクソだ」とクーパーは言った。「あの女はおれをコケにしやがった」

マッコイはクーパーの〈エンバシー〉の箱を手に取った。火をつけた。「彼女にそんな才覚があるとは思っていなかった」

「そうなのか？　いっしょに暮らして、子供もいたからな。愛は盲目ってわけか？」

「おまえはどうなんだ？」とマッコイは訊いた。

「もちろんわかってたさ」とクーパーは言った。「だから雇った。敵は近くに置いたほうがいいからな。とはいえ、ここまでするとは思っていなかった」

「一万五千ポンドのために、橋を燃やすまでしてグラスゴーを去るだろうか？　こんなことを言うべきじゃないとは思うが、そこまでの価値があるのか？」とマッコイは尋ねた。

「どこに行くかおまえに何か言ってなかったのか？」クーパーが訊いた。

「おれに？」とマッコイは言った。「ないよ！　あるわけないだろ、スティーヴィー」

ニューヨークの高価な治療施設のことはひとまずおいておくことにした。

「失っても大丈夫なのか？」マッコイは訊いた。「その金を」

クーパーは首を振った。「うまくいってはいるが、そこまでじゃない。あの女は金のほとんどを持っていきやがった」

「どうするつもりだ？」

彼は肩をすくめた。「これからも金は稼ぐことはできる。あの写真が流出したら、おれの評判を修復することはできない。彼女の言うとおりにするしかない。放《ほう》っておいて、機会が来るのを待つ。このまま自由放免にするわけにはいかない」彼はまっすぐマッコイを見た。「どれだけ時間がかかろうと、彼女を捕まえるつもりだ」彼は言った。「だれもおれにこんなことをして逃げおおせはしない」

マッコイには彼を信じるしかなかった。ただ、アンジェラが安全にジャンボジェットに乗り、スティーヴィー・クーパーの手の届かないところに行ったことを願うだけだった。

マッコイは考え込んでいるクーパーをその場に残して、家のなかをドアまで戻り、『ブルーンズ』を読みふけっているジャンボにさよならと言って、小道を歩いていった。ちょうど門を閉めたとき、緑の〈ダイムラー〉が角を曲がってきて、クーパーの家の前に停まった。助手席のドアが開いて、ウィリアム・ノートンが出てきた。いつものブレザー、スラックス、そしてぴかぴかの靴といういでたちだった。

彼は空を見上げた。「このいい天気も崩れそうだな」と彼は言った。マッコイのほうを見た。「まだあのクソみたいな畑のなかを歩いてるかと思ったよ」

「いいや」とマッコイは言った。「戻ったよ。おまえのおかげじゃないがな」

ヘビー級ボクサーのような見た目の若い男が運転席から降りてきた。「大丈夫ですか、ミスター・ノートン？」

「大丈夫だ、ジャッキー」と彼は言った。「二十分ほどそのあたりを走ってきてくれ」

男は車に戻ると、走り去っていった。

「新しい運転手か？」マッコイは訊いた。「時間はかからなかったな。どこかに運転手の製造ラインでもあるのか？」

ノートンは微笑んだ。「おれの組織に入って、出世したがってる若造は山ほどいるんでな」

「今度のやつは変態じゃないことを願ってるよ、な？」とマッコイは言った。

ノートンの顔から笑みが消えた。

「心配するな。約束を破ったりはしない。で、ここで何をしてるんだ？」

「おまえがクーパーの門番だったとは知らなかったよ」と彼は言った。「なるほど、汚い警官はどこにでも出没するというわけだ」

「言っておくが、おれは門番でもなければ、汚くもない。もう一度訊く。ここで何をしてる？」

ノートンは歩み寄ると、自分の顔をマッコイの顔に近づけた。「おまえには関係ない、坊主。おれが怒る前にそこをどくんだ」

マッコイは数秒間そこに立ったままでいた。ふたりは眼を合わせた。そしてマッコイが脇によけ、ノートンを庭の小道に通した。

通りを進み、グレート・ウエスタン・ロードに向かった。ノートンとクーパーが何をたくらんでいるにせよ、知りたくはなかった。

45

「休暇中でよかったな」

マレーがマッコイを見て──正確にはマッコイの服を見て──うなるように言った。

「どうしたんですか？」マッコイは自分の服を見た。「気に入らないんですか？」

「いいや、そうじゃない。おまえみたいな年齢の男がジーンズなんて穿くべきじゃない」

とマレーは言った。

マッコイは坐った。「おれは三十ですよ、マレー、五十歳じゃない。大目に見てください」

マレーは椅子のなかで姿勢を正した。「ジーンズを穿くには年を取りすぎだ。くそティーンエイジャーじゃないんだぞ。で、休暇中だというのにやって来て、いったいなんの用だ？」

「わかってるでしょ」とマッコイは言った。「じっとしていられないんだ。レイバーンに会いましたか？」

マレーは首を振った。「あのばかは停職中だ。なんでおれが？」

「おれをつけまわしている。クソみたいなことをわめいて、いろいろと脅してきた」

マレーはイライラしているようだった。「なんてこった、クソみたいな穴にはまってまだ充分じゃないというのか。あいつはわかってるのか？」

「あいつはよくわかってますよ。だからやってるんです。クビにされて、年金も失うことになると思ってるんです」

マレーは書類に眼を落とし、並べなおした。

「そうなるんですよね？」マッコイは訊いた。

返事はない。

「マレー？」

マレーはパイプを探し始めた。「正確には違う」

「正確にはどうなるんですか？」とマッコイは訊いた。疑い始めていた。「あいつはどうなるんですか？」

マレーは『ヘラルド』の下にパイプを見つけた。ペンナイフでボウルをほじくり、古い煙草を灰皿に落とした。「レイバーンにあまり厳しい処分を望まない人たちがいる」

「あいつのくそフリーメーソン仲間ですか？」とマッコイは言った。

マレーはうなずいた。「あいつはあらゆるコネを使っている。残念なことにそれが功を奏しているようだ」

「頼むよ、マレー！　あいつは十六歳の少年を追い詰めて死なせたんだ。それがなんの罪にも問われないというのか？　少女が生きてたというのに、殺人罪で彼を逮捕した。あいつがそんなことをしてなければ、あの少年は今も生きてたんだ」

「口のきき方に気をつけろ、マッコイ。おれがだれなのか忘れるな」

マッコイはうなずいた。ただレイバーンがどれだけ軽い処分になるのか聞きたかった。

「いいか、おまえが怒鳴る前に言っておくが、これはおれが言ったんじゃない。わかってるな」

マッコイはただ彼を見ていた。答える気にはなれなかった。

「わかってるな？」マレーが訊いた。

マッコイはもう一度うなずいた。

「レイバーンは二十三年、警察にいる。上層部や組合にも友人がいる。言っておくが連中はずっと同じ考えだというわけじゃない。今は性的異常者が監房で首を吊ったことをあまり気にしちゃいない。通りからその手の連中がひとり減っただけだと思っている。レイバーンは捜査を解決に導くことはできなかったが、やつの経験の浅い肩には重荷だったんだ。やつはベストを尽くした。上層部は、長いキャリアのなかのひとつのミスを非難するべきではないと考えている。そしてそのつもりのようだ」

「あいつは知ってるんですか？」マッコイはうんざりしたような口調で訊いた。

「明日には知ることになるだろう」とマレーは言った。「一ヵ月の無給停職処分が科せられ、おとなしくしていて、できるだけ早く引退するように言われるだろう」

「満額の年金を受け取って？」とマッコイは訊いた。

マレーはうなずいた。

「で、ワッティーはどうなるんですか？」とマッコイは訊いた。「あいつは何か処分を受けるんですか？」

「軽い叱責程度だ。文書による厳重注意。心配することはない」

マレーは椅子の背にもたれかかると、マッコイが爆発するのを待った。「さあ、おまえの意見を言ってみろ。吐き出すんだ」

しなかった。ただ肩をすくめただけだった。マレーの後ろの壁に飾られた額《がく》に入った表彰状や感謝状、園遊会での女王陛下との写真を見ていた。若い頃のマレーが優勝カップを掲げた新聞の切り抜きが額に入れられていた。〃ホーイック、優勝を飾る！〃とある。

「ほかのだれも気にしちゃいないのに、どうしておれに気にしてほしいというんですか？なんの意味があるんですか？」彼は尋ねた。

「おいおい、マッコイ、そんなにむきになるな」

「そんなことできませんよ。どうしてできるというんだ？　少年の母親にそう言うつもりですか？　すまないお母さん、おれたちがあなたの息子を殺した。けどむきにならないでください。おれたちの仲間のひとりがハメをはずしただけなんです。でも何もするつもりはありません。わかってくれますよね？　そう言うんですか？　彼には上層部にお友達がいて、おれたちと同じパブで飲んでいる、彼はおれたちの仲間なんだって」

「待て、マッコイ、それは違う――」

　マッコイは首を振り、マレーは言いかけたことばを呑み込んだ。「わめき散らして、あんたを気分よくさせるつもりはない。あんたにも責任がある、マレー。後ろの壁に飾ってあるものを見てください。いいとこ取りはできませんよ。何が起きたのか知っているくせに、一日か二日、手をこまねいて見守って、それからどうするんですか？　すべて台無しにするつもりですか？　レイバーンと同じであんたの手もあの少年の血にまみれている。それを洗い落とすのにおれを使わないでください」

「よく聞け、マッコイ――」

「いいえ」マッコイは静かに言った。「今回はだめです。あんたの話は聞き飽きた。もう戦う気力がなくなった」微笑んだ。「グラスゴー市警はとうとうおれの闘争心を打ち砕いたようだ」

彼は立ち上がるとオフィスを出ていった。

「マッコイ！」マレーが叫んだ。「今すぐここに戻れ！」

振り向かなかった。

46

二杯目のビールから手の震えが止まった。もう一杯注文し、自分がたったいま仕事を辞めたのかどうか考えようとした。問題は辞めたかどうかをあまり気にしていないことだった。自分が信頼していたひとりの男が一線を越えたのだ。そしてもし彼が一線を越えたのなら、戦いは負けだ。あきらめたほうがいい。マレーが一線を越えれば、すぐに警察はレイバーンのような男でいっぱいになるだろう。責任を放《ほう》り出して私複を肥やし、自分たちの都合のいいように法律を曲げる無知なろくでなし。もしそうなら、自分はその一員にはなりたくなかった。

ロニー・エルダーはただの性的異常者だ。なぜそんなに気にする？　立派なレイバーンに比べれば、なんの価値もない。上の連中のそんな声が聞こえてくるようだ。本部のばかどもが、何が正しくて、何が間違っているのかを決めている。そんな連中と戦うのはもううんざりだ。自分は全力を尽くした。みんなはよく言っていた。「市当局と戦うことはできない」と。権力を握っているものが必ず最後には勝つ。たとえそれが哀れでばかなロニー・エルダーを見捨てることであっても。死んだ少年の青く腫れあがった顔が今も眼に浮かんだ。

残りのビールを飲み干し、そろそろ出ることにした。〈エスキモー〉では二杯までが限度だ。一番いたくない場所は警官の集まるパブだった。〈ビクトリア・バー〉に行き、隅のほうに坐って、ひとり眠ってしまうか気にならなくなるまで飲むかのどちらかにしよう。立ち上がったそのとき、パブのドアが開いた。ワッティーがそこに立っていた。手に煙草のパッケージを持って、満面に笑みを浮かべていた。

マッコイを見つけると、急いで駆け寄ってきた。彼に煙草を渡した。「なんだと思う？」彼は叫んだ。パブの客の半分が彼のほうを見た。ワッティーは顔がふたつに割れそうなほど大きな笑顔を見せた。

「父親になるんだな」とマッコイは言った。思わず微笑んでいた。

ワッティーはマッコイをつかむと、抱きしめて飛び跳ねだした。マッコイを離そうとしなかった。突然、パブの客全員が笑顔になり、奥にいたカップルが叫んだ。「おめでとう！」

「信じられるか？」彼は訊いた。「おれが父親だって？」

マッコイはなんとか脱出し、ワッティーの背中を叩いた。「おめでとう。だれかの父親になるのにおまえ以上の男はいないよ」

ワッティーはマッコイを見た。突然涙ぐんだ。「ほんとうか？」と彼は訊いた。「今までに言われたなかで一番うれしいことばだよ」

「もちろん嘘だ」とマッコイは言い、ニヤリと笑った。「何かいいことを言わなきゃいけないと思っただけだ。坐って落ち着いてくれ、飲み物を取ってくる」

マッコイはバーカウンターへ行き、飲み物を注文した。ワッティーと陽気なおしゃべりをして、酒を飲むのは、今のマッコイには一番必要のないものだったが、死ぬ気でやるつもりだった。ワッティーにはその資格があった。雨の週末のようなマッコイの憂鬱《ゆううつ》な気分に関係なく、祝ってもらう資格があった。バーテンダーがビール二杯とウィスキー二杯を店のおごりだと言って渡すと、マッコイは飲み物を持って戻り、テーブルに坐った。

ワッティーはどこかぼうっとしていた。「まだ信じられない。彼女から聞いたとき、倒れそうになったよ」

「だれから？」とマッコイは訊いた。

「メアリーだよ、ほかにだれが……」気づいた。「冗談はいいかげんにしてくれよ、マッコイ。おもしろいじゃないか。あんたに頼みたいことがあるんだ。メアリーとおれで話し合った」

「あい、そうなのか。なんか心配だな」

「名付け親になってくれないか？」とワッティーが言った。

今度はマッコイが涙ぐむ番だった。煙草に火をつけることでごまかそうとした。吸い込んで咳き込み、なんとか立ちなおろうとした。「光栄だよ」と彼は言った。「ありがとう。ほんとうにありがとう」

ワッティーはニコニコと笑い、ポケットから煙草のパッケージをもうひとつ取り出すと、パブのみんなに配り始めた。

マッコイは自分のウィスキーをぐいっと飲み干すと、もう一本煙草を吸い、また呟き込んだ。そしてあきらめた。「こんな湿っぽいところはもう勘弁してくれ」と彼は言った。「飲み干したら、こんなクソみたいじゃないところへ行こうぜ。酔っぱらうんだ。ちゃんと酔っぱらおう」

ワッティーがトイレに行き、マッコイはドアのほうに向かった。外から雷の音が聞こえた。取っ手を引こうとしたとき、ドアがこちらに開いてマッコイの顔にぶつかりそうになった。後ろに下がると、そこにはビッグ・タムが立っていた。眼の下にくまがあり、すえたアルコールと汗のにおいを放っていた。

「大丈夫か、タム？」マッコイは訊いた。

タムは大丈夫そうなふりもせず、ただ首を振って、鞭を打たれた犬のようにそこに立っていた。「受付デスクの男があんたがここにいるかもしれないと言ってたんだ」と彼は言った。

ワッティーが、社会の窓のボタンを留めながらふたりのそばに現われた。

タムは神経質そうにワッティーを見た。「あんたとふたりだけで話せるか、ハリー？」

彼は静かに尋ねた。

とてもじゃないが、タムと和解するような気分ではなかった。「何か言いたいことがあるなら、ワッティーにも話してくれ。あんたしだいだ」

タムはマッコイを見た。うなずいた。

三人は飲み物が残っていたテーブルに戻った。マッコイがタムのために椅子を引いてやり、彼は疲れたように坐った。

「まだここにいることになるようだ。バーに行ってくるよ」とワッティーが言った。

「何があった、タム?」マッコイは訊いた。「どうしておれに会いに来た?」

タムが何を言おうとしているにせよ、マッコイは聞きたくないと思った。だれかがジュークボックスに金を入れ、フランク・シナトラが流れてきた。《ニューヨーク・ニューヨーク》

「ウィー・タムのことだ」タムは床を見つめながら言った。「あの子は自殺するつもりだと思う」

マッコイは椅子の背にもたれかかった。予想していなかった答えだった。「なぜそう思うんだ?」と訊いた。

タムはジャケットから〈レイン〉のハーフボトルを取り出してひと口飲んだ。キャップを元に戻すと、ゆっくりとねじった。

「メイがアリバイをでっちあげた」彼は静かに言った。「嘘をついた。あの少女が殴られた日、妻はあの子といっしょじゃなかった。アレック・ペイジがやられたときもだ」

「まさか今になってそのことに気づいたと言うんじゃないだろうな、タム？　ふざけんな！」

タムは頭を振っていた。顔を上げてマッコイを見た。「命に懸けて誓うよ、ハリー、おれは知らなかったんだ、ほんとうに知らなかったんだ。妻を信じていた」

マッコイは彼を見た。おそらくほんとうのことを言っているのだろう。常にメイがボスだった。常に彼の代わりに決断を下し、何をすべきか、何が重要かを彼に指示していた。

マッコイはため息をついた。あたかも一日がまだ充分にひどいものではなかったと悟ったかのように。

「最初から話してくれ、タム。どうしてあんたの息子が自殺すると思うんだ？」

ワッティーがビールを三杯持って現われ、テーブルに置いた。タムは自分のビールを半分飲むと、不安そうにマッコイを見た。「ここ何日か家に帰ってきていない。メイが半狂乱になって、おれに探しに行かせた。妻は今日の午後、カフェで会うというメッセージを受け取った。息子はさよならを言うために会いに来たと言ったそうだ」

「いいか、あんたの息子はここ数日、困難な状況にあった」とマッコイは言った。「おれでも力にはなれなかっただろう。気分転換したいだけで、列車でロンドンに行ったとかいうだけのことかもしれない」

タムは首を振った。「息子は妻に、ここではもう終わりだと言った。もうおしまいだと。最後にもう一度会いたかったと言ったそうだ」

「ほんとうに真剣だったのか？　同情を誘っているとかじゃなく」

彼は首を振った。「メイが、あんなに真剣なウィー・タムは見たことがないと言っていた。彼女は怯えて、おれにあんたを探しに来させた。怖くて自分ひとりでは来られなかったんだ。妻は、息子のしたことは悪いことだとわかっているが、どうしても自殺する前に見つけたいと言っている」

「なんとも慈愛に満ちたことで」とマッコイは言った。「彼女が、息子が殴った女の子にも同じ慈愛を示さなかったのが残念でならんよ」

タムは眼に涙を浮かべてマッコイを見た。「頼む、ハリー、お願いだ。自殺する前にあの子を見つけ出すのを手伝ってくれ。どんなことをしたにせよ、それでもあの子はおれの息子なんだ」彼は頰の涙を拭った。「あの子は具合が悪い。あの子のせいじゃないんだ」

「ひとつはっきりさせておこう、タム。あんたのクソ息子を探してやるが、あいつが自殺しようが、メイが失意のあまり死んでしまおうが知ったこっちゃない。おれがあいつを探すのはあいつがアレック・ペイジとドニー・マクレーを殺した――」

「あの子がドニー・マクレーを殺したというのか？」タムは驚いたようだった。「そんなはずはない、マッコイ」

「いいや、あいつがやった。メイはそのことについてはあんたに話していないのか？　もし知っていたら、ここには来なかったか？」

タムは今はすすり泣いていた。シャツの袖で眼を拭っていた。「知らなかった、知らなかったんだ……」

「あい、だがいま知った。それにおれは必ずメイも捕まえてやるからな。殺人の従犯でもなんでもあのクソ性悪女を捕まえてやる」

「ハリー」ワッティーが言った。「頼む、落ち着いてくれ」

タムは震える手でポケットからボトルを出すとひと口飲んだ。

マッコイは自分を止めることができず、タムの手からボトルを叩き落とした。ボトルはパブの壁に当たって粉々に砕けた。ガラスの破片があちこちに飛び散り、安ウィスキーのにおいがその場を満たした。

「息子を見つけたいなら、酔いを醒ませ。自分を哀れむのはやめろ。聞いてるか？」

タムはうなずいた。落ち着こうとしていた。

「メイが最後にウィー・タムに会ったのはどこだ」

「今日の午後、カフェで」

「なんというカフェだ?」ワッティーが訊いた。

タムは少し考えた。「〈ベナッシ〉だと言っていた」

「どこだ?」とワッティーは訊いた。

「グレート・ウエスタン・ロードだ。ちょうど向かいに――」マッコイはことばを切った。言った瞬間、なぜウィー・タムがそのカフェを選んだかがわかった。「クーパーの家がある」

マッコイはワッティーを見た。「あいつは自殺するつもりなんか毛頭ない。ローラを追ってるんだ」

47

思っていたとおりだった。雷の音が聞こえた。ふたりがパブを出ると、とうとう天気が崩れた。遠くでまたごろごろという雷鳴が聞こえ、重い雲があっという間に頭上を覆った。雨が突然激しく降りだし、まるでモンスーンのようだった。ふたりは走りだし、ずぶ濡れになる寸前になんとか車にたどり着いた。

「なんてこった」とワッティーは言った。顔から雨を拭いながら、キーをまわした。「待ち望んでたのにこのタイミングかよ」

ふたりはスチュワート・ストリートを曲がると、ワイパーをフル稼働させながら、ハミルトン・パーク・ロードに向かった。

「どうして彼がローラを追ってると確信してるんだ？」ワッティーが訊いた。

「あいつは前にローラを襲っている」とマッコイは言った。「彼女を蹴るまでした。彼女に気があるんだ」体を乗り出して、フロントガラスの結露を拭った。「それにそれ以外にあいつがクーパーの家のまわりをうろつく理由がない」

自分のせいだという思いは口にしなかった。彼がウィー・タムを脅し、だれに襲われたかローラも知っていると話したのだ。警告しようとした結果、彼を追い詰めてしまい、ローラを永遠に黙らせなければならないと思わせてしまったのかもしれなかった。今は、彼女を見つけることとしかできることはなかった。とにかく早く。

ワッティーは車をグレート・ウエスタン・ロードに入れ、古い〈アルビオン〉のヴァンの後ろにつけた。

「もっと速く走れないのか？」マッコイは訊いた。

「無事に着きたいなら、これ以上は無理だ」とワッティーは言った。苛立っているような口調だった。「あんたが運転してみたらどうだ。クソ大変なんだ。眼の前一メートル先も見えやしない」

また雷鳴が響き、突然、光が車内を照らした。

「それに雷がクソ近づいてきている」とワッティーは言った。「神よ救いたまえ」

二分後、ふたりはハミルトン・パーク・ロードに入り、車を滑らせるようにして、クーパーの家の前に止めた。マッコイは車のドアを開けると、土砂降りのなかに飛び出し、屋敷の扉に向かって走った。扉を叩くと、ビリーの「待ってくれ」という声が聞こえ、扉が開いた。

「どうした、マッコイ、この天気はなんなんだ。おれはてっきり――」

「ローラはいるか？」ことばをさえぎるように尋ねた。

ビリーは首を振った。「アイリスといっしょにアイリスの妹の家に行った。二時間ほど前に出ていった」

「くそっ！　戻ってきたら、ここから一歩も出すんじゃないぞ、ビリー。わかったか？　彼女から眼を離すなよ」

ビリーはうなずいた。「何があった、マッコイ」だが彼はすでに背中に向かって話していた。マッコイは車に向かって走り、ドアを開けると乗り込んだ。

「ハグヒルまで行かなければならない」とワッティーに言った。「すぐにだ!」

ワッティーは車の向きを変えると、反対側の歩道に乗り上げてから、道路に戻った。

「無線で制服組を二、三人向かわせられるか?」マッコイは訊いた。

ワッティーは首を振った。「無線が通じない。たった今、試してみた。この雨のせいでシステム全体がダウンしてるようだ」マッコイのほうを見た。「正確にはどこに向かってるんだ?」

「ケニーヒル・スクエア。アレクサンドラ・パレードからすぐのところだ」

ワッティーはうなずいた。グレート・ウエスタン・ロードを街に向かって走りだした。道路は水浸しで、フラットの脇では、パイプから水が激しく噴き出していた。通りにいた人々はみな、戸口に避難して、空を見上げている。ほんとうに聖書のようだった。マッコイが車を降りていたのは二分ほどだったが、すっかりびしょ濡れで、シャツやジーンズが体に貼りついていた。

「せいぜい十分というところだ」とワッティーは言った。「事故らないかぎり」

十分もかからなかった。ワッティーは道中、濡れた道路で車を滑らせながら、猛スピードで走り続けた。ケニーヒル・スクエアで曲がると、肉屋のヴァンの後ろに車を止めた。ふたりは玄関に向かって走った。アイリスの妹のチューリップは最上階の五号室に住んでいた。階段を上がり始めると、アコーディオンと人々の踊る音が聞こえてきた。マッコイが膝に手を置いて、息を整えているあいだに、ワッティーがドアをノックした。水がふたりから滴り落ち、石の床に血のような染みをつけた。

チューリップがドアを開けた。彼女は小柄な女性で、いつもきちんとしていた。が、今日は違った。明らかに飲んでいて、まるで床で二、三回転したようだった。顔は真っ赤で、髪はすべてほどいてあり、熱気が波のように彼女から立ち昇っていた。

「ハリー！」彼女は叫んだ。「あなただとは思ってなかったわ！　さあ、入って、入って」彼女は玄関のドアをぱたぱたと開いたり閉じたりして、部屋のなかに空気を入れようとした。「ここはくそオーブンみたいよ。この雨でもまだ充分じゃない。エイダンに言ったのよ、そろそろ――」

「アイリスはいるか？」マッコイはさえぎった。

「いいえ」と彼女は言った。「パブから電話をしてきて、ローラという女の子と向かってるって言ってた。最近はいつもいっしょなのよ、あのふたり。まだ来てないわ。たぶんこの天気でタクシーも拾えないいんじゃないかしら」

マッコイはワッティーを見た。ふたりが聞きたい話ではなかった。チューリップもふたりの顔にそれを見て取ったようだった。

「どうしたんだい、おふたりさん？」彼女は訊いた。

「彼女たちを探しにだれか来なかったか、チューリップ？」マッコイは訊いた。「だれかこの辺をうろついていなかったか？」

彼女は首を振った。しだいに心配そうになっていた。「いいえ、だれも。どうして？」

「たぶん、なんでもないと思う」とマッコイは言い、笑顔を作ろうとした。

彼女の後ろで玄関ホールに面したドアが開き、タータンチェックのハンチングをかぶった老人が頭を突き出してまわりを見た。「チューリップ！　小さなベニーがきみのことを探してるぞ。ソーセージロールがあるって」

彼女はふたりを見た。「入る？」

マッコイはうなずいた。ほかに何をすればいいかわからなかった。考える時間が必要だった。それに何か飲むものも。玄関ホールを通り、たくさんの女王陛下の写真の前を通り過ぎて、リビングルームに入った。ワッティーが後ろからついてきて、驚いた様子で写真を見ていた。

「同じ日に生まれたの」とチューリップは言った。「ずっと好きなの」

リビングルームはチューリップの言うとおり、うだるように暑かった。二十人ほどがそこにいた。子供たちが浮かれて走りまわるなか、レコードプレイヤーが響き渡り、グラスや、ナッツとポテトチップスの皿があちこちに置かれていた。

みんながハローというようにうなずいた。小さなベニーが叫んだ。「ふたりとも濡れネズミみたいだ！」みんなが笑った。マッコイは差し出されたウィスキーを手に取り、女王が描かれた皿や食器でいっぱいの飾り棚の隣に、空いたスペースを見つけた。

「ここで何をするつもりだ、ハリー？」ワッティーが隣に滑り込んできて訊いた。「ふたりはここにはいない」

「わかってる」とマッコイは言った。「考えてるんだ。何かいいアイデアはあるか？」

ワッティーは首を振った。「いいや、けどここに突っ立って酔っぱらっていても、なんの役にも立たないぞ」

もっともだった。マッコイはウィスキーを飲み干すと、グラスを飾り棚の上に置いた。

「ふたりのルートをたどって、どこでタクシーを拾おうとしているか探してみるか？」

ワッティーはうなずいた。「何もしないよりはましだ」

マッコイは周囲を見まわし、チューリップを見つけて別れの挨拶をしようとした。彼女は今は部屋の反対側の窓際に立っていた。フラメンコダンサーの写った写真で顔をあおいでいた。マッコイは人ごみをかき分けて、彼女のほうに少しずつ近づいていった。通常は、チューリップの家のリビングルームからはアレクサンドラ・パークを見渡すことができた。今日は見えなかった。激しい雨が窓を伝い、何も見えなかった。なぜこのフラットを買ったのか、彼女はいつも言っていた。公園と木々の景色が好きなのだと。

　外を見た。アレクサンドラ・パークに行ったことがあったかどうか、思い出せなかったが、そこが巨大な公園で、ゴルフコースまであるということは知っていた。雨が窓を激しく叩き、鉄の柵の向こうにある木々に囲まれた小さな池しか見えなかった。シェパードが雨のなかを吠え、飛び跳ねながら走りまわっていた。可哀そうに、雷の光と音に怯えていた。もう一度ごろごろと音がすると、犬が遠吠えをあげ、茂みの下に隠れようとした。数秒後、閃光が三回から四回走り、公園が照らされた。

　そのとき見えた。池のそばのコンクリートの小道に靴が転がっていた。最初に流行《はや》ったときからアイリスが履いていた厚底靴《プラットフォームシューズ》だ。

「くそっ」マッコイは小さな声で言った。「くそっ」

　振り向くとドアに向かい、パーティーの参加者を押しのけながら進み、ワッティーをつかんだ。「来い」と彼は言った。「行くぞ。彼女がどこにいるかわかったかもしれない」

48

マッコイは階段を駆け下りた。ワッティーが彼の後ろをばたばたと音をたててついてきた。そして広場に出た。

「どうしたんだ？」ワッティーは閉まった戸口に立って訊いた。激しく息をしており背中から湯気が立ち昇っていた。「何をそんなに突然急いでるんだ？」

「靴の片方が見えた。公園に」とマッコイは言った。奇妙に聞こえていることに気づいた。

「チューリップの家の窓から」

ワッティーは疑わしそうな顔をしていた。「靴？　だれの靴だ？　おれには……」

マッコイは広場から公園の周囲を囲んでいる鉄の柵を指さした。

「いいから来い！」走りだした。背後でワッティーが毒づき、歩道の水たまりを縫ってついてくる水音が聞こえた。

柵のない部分があり、なんとか通れそうな隙間があった。マッコイは体を押し込み、どうにか通った。振り向くとワッティーが立ち止まって、柵の隙間を見ていた。

「狭すぎる」と彼は言った。「おれには無理だ」

彼は柵を上りだしたが、だめだった。濡れていてつかめなかった。何度かやってみて、最後になんとか体を持ち上げ、柵の上に体重を預けると、なかば飛び降りるように、なかば落ちるようにして反対側の地面に転がった。落ちるときにびりっという音がし、シャツの半分が柵のてっぺんの尖った部分に引っかかり、破れて残った。

「ちくしょう!」ワッティーはそう言うと立ち上がった。両膝と両手が泥で覆われていた。シャツの残骸を引き剝がすと、木の下に投げ捨てた。「あとで新しいシャツを買ってもらうからな」と不平がましく言った。

「おまえがばかみたいにでかいのは、おれの責任じゃない」とマッコイは言った。「来い」

また雷が鳴り響くなか、ふたりは小道を急いだ。前が見えるように顔の雨を拭い続けなければならなかった。しばらくすると、また二度、稲光が走った。マッコイは小道の先を指さした。

「あそこだ!」と彼は言った。

駆け寄ると、女物のプラットフォームシューズの前で立ち止まった。赤のスエード地で、すり減っていて履き古しているようだった。

「アイリスのだ」とマッコイは言った。「間違いない」

ふたりは周囲を見まわした。激しい雨のなか、よく見えなかった。雨が木々から滝のように流れ落ち、地面を叩いてしぶきを上げていた。小道はすでに二センチほど水に浸かっていた。池の水位が上昇し、あふれ出して芝生を水びたしにしていた。

「どうする？」とワッティーが訊いた。

「わからない」とマッコイは言い、まわりを見た。「遠くには行っていないはずだ、おそらく――」

「聞こえたか？」とワッティーが訊いた。

「何が？」とマッコイは言った。「おれには何も――」

ワッティーがシッと言った。「聴け！」

ふたりは静寂のなか、立っていた。聞こえるのは雨が叩きつける音だけだった。ワッティーに気のせいだと言おうとしたとき、うめき声が聞こえたような気がした。うなじの毛が逆立ち、振り向いて公園を見まわし、どこから聞こえたのか探そうとした。

「な、言っただろ」とワッティーは言った。

「ローラ？　アイリス？　そこにいるのか？」マッコイは雨音に負けないように叫んだ。

左の茂みのほうでがさがさという音がした。ワッティーが振り向くとまた茂みが音をたてた。マッコイは地面から棒を拾い、掲げたままそこに立っていた。待った。そして音のするほうに歩きだした。

「アイリス？　きみなのか？」マッコイは叫んだ。「きみが――」

突然、うなり声とともにシェパードが茂みのなかから飛び出してきて、吠えながら小道を走り去っていった。

マッコイはほっとして息を吐いた。まだ心臓がばくばくと脈打っていた。棒を下ろした。そのときまたうめき声を聞いた。ワッティーを見た。うなずいていた。彼も聞いたのだ。

「アイリス、きみなのか？」もう一度叫んだ。「ローラなのか？」

マッコイは茂みに沿って動き、音の出どころを探った。動きを止め、立ったまま息をこらえて、暗闇に眼を慣らそうとした。そしてそのとき見た。茂みの下から女性の手が突き出ていた。思わず後ろに飛び退き、小さな声で悪態をついた。

「ワッティー！　ここだ！」

またうめき声がし、手が動いた。マッコイがひざまずいて茂みを押し分けると、そこにアイリスがいた。マッコイに背を向けて地面に横たわっていた。

「アイリス、大丈夫か？」とマッコイは訊いた。

ワッティーがアイリスのそばにひざまずいて抱き上げ、小道まで運んで横たえた。アイリスの後頭部に大きな傷があり、そこから血が流れていた。眼は閉じられたままだった。うめき声をあげ、何か言おうとした。マッコイは彼女の脇にひざまずき、自分の頭を彼女の頭に寄せた。

「アイリス、ハリーだ。大丈夫か？」

眼がぴくぴくと動いて開いた。すぐに焦点が合ったようで、マッコイに気づいた。「ハリー？」ささやくような声で言った。

マッコイは濡れて、血だらけの髪の毛を彼女の顔から払った。「そこに横になってるんだ。大丈夫だ。大丈夫だから」

彼女は話そうとした。唇は動いたが、声が出なかった。マッコイは顔を近づけて、彼女が何を言っているのか聞こうとした。息にジンのにおいがし、彼女がいつもつけている香水の香りもした。おたがいにいがみ合いながらも、マッコイは自分がアイリスを好きなのだということに気づいた。彼女が危害を加えられるのを見るのはいやだった。彼女の手を取ると弱々しく握り返してきた。

「もう一度頼む、アイリス。もう一度言ってくれ。聞こえなかった。なんと言ったんだ？」

さらに耳が彼女の唇に触れるほど顔を近づけた。

「ローラ」とアイリスは言った。「あいつがローラを連れていった」

マッコイは胃が沈むような感覚を覚えた。「どういう意味だ？　アイリス？　アイリス？」

マッコイは両手で彼女の頭を抱くようにして持った。指が血で濡れていた。「あいつはどこだ？　教えてくれ」

彼女の唇が動いたが、声は出なかった。一瞬またたいてから眼を閉じた。

「アイリス、しっかりしろ、しっかりするんだ」とマッコイは言った。パニックになっていた。

彼はシャツを脱いでたたむと、彼女の頭の下に置いた。彼女は横たわったまま、小さく浅い呼吸をしていた。まぶたの下で眼が左右にぴくぴくと動いていた。マッコイは公園のなかを見まわした。だれかに見られているような気がして不安になった。

「だれかいるのか？」と叫んだ。

また雷鳴がし、それが静まると、くぐもった悲鳴が聞こえた。池の左側のどこかから聞こえてくるようだった。ふたりは顔を上げた。

「行ってくれ！」とワッティーが言った。「アイリスはおれが見ているから。早く！」

49

マッコイはアイリスを抱《いだ》くワッティーをあとに残して走りだした。池をまわり込んで、雨が打ちつけるなか、自分がどこに向かおうとしているのか見ようとした。池の脇の茂みを何度も手で払い、小道の水たまりに滑りそうになりながら進んだ。また稲光が走り、突然、公園全体が見渡せた。眼の前には形の整った花壇があり、その先にも別の幅広い小道が広がっていた。その先はよく見えなかった。暗闇のなかにいくつかの形と輪郭が見えるだけだった。

花壇の横を走り抜け、滑って悪態をついた。足元が覚束《おぼつか》なかった。芝生はほとんど泥状になっていて、ぬかるんでべたべたとしていた。一瞬しゃがみこんで、自分の今いる位置を確認しようとした。視界の片隅の遠い丘のふもとに何か形が見えた。よく見えるように顔から水を拭った。眼を細めて焦点を合わせようとした。大きな木か、何か背の高い、細い建物のように見えた。それがなんであれ、その横で何かが動いていた。

立ち上がると、その方向に歩きだした。その形がまた動いた。眼を凝らし、雨に毒づいた。男だと思ったが、それがほんとうに人なのか、雨の向こうに影が動いているだけなのかわからなかった。たしかめる方法はひとつしかなかった。走りだした。五十メートルほどまで近づいたところで、それが何なのかわかった。噴水だった。二階建てバスほどの高さのある巨大な噴水だった。

そのとき叫び声がした。噴水のあたりから聞こえてきた。だれかが怯えた声で「いや!」と叫んでいた。そして水しぶきの音と悲鳴がした。

さらに走るスピードを上げ、丘のふもとまでたどり着くと噴水の周囲のコンクリートを走り、止まろうとして水たまりに足をとられた。激しく転び、頭を地面に打ちつけた。しばらくそこに横たわっていた。だれかに頭を蹴られたような感覚だった。両手と両膝をついて起き上がると、低い壁を使って立ち上がった。

中央の塔の柱のあいだにだれかがいた。何か——敷物か衣類の山——の上に立っているようだった。また稲光が走り、公園を銀色の光で照らすと、それがだれなのかわかった。ウィー・タムがそこに立っていた。ニヤニヤしている。彼が立っていたのは敷物の上ではなかった。体だった。ローラ・マレーの体だった。

マッコイは噴水のプールのなかに入った。

「そこで止まれ、マッコイ」ウィー・タムはそう言うと、足元の体を踏みつけた。うめき声が聞こえ、ローラが体を折った。「彼女はまだ死んでないが、あんたがこれ以上近づくと死ぬことになる」

マッコイは止まった。ウィー・タムの左手に刃物がきらめいたことに気づいた。

「そのままそこにいるんだ」

マッコイは、膝まで水に浸かり、ウィー・タムを見ていた。次にどうすればいいかわからないまま、ただそこに立ちすくんでいた。

「邪魔しないでくれ、マッコイ。おれは忙しいんだ」ウィー・タムはまたニヤリと笑った。「実際、もうすぐ終わるところだったんだ」

彼はナイフを月明かりにかざすと、顔に走った縫い目の痕に沿って引っかいた。血が流れ落ち、濡れたシャツに赤い線ができた。

「そろそろやり始めたことを終わらせる頃合いだと思ってね」クスクスと笑った。

ローラがまたうめき声を上げ、ウィー・タムの足の下から逃れようとした。マッコイに眼をやった。青白い怯えた顔が月明かりに照らされていた。「ハリー、助けて、お願い」

「彼女を放《はな》すんだ、タム。さあ」とマッコイは言った。「放すんだ」

ウィー・タムはローラを見下ろした。「だれもがおれに指図できると思っている。いつもだ。おまえ、ママ、アレック・ペイジ。おまえらみんな、おれのことを大物たちとは付き合えないただの小物だと思っていやがる。この女までもだ」

彼がローラを踏みつけ、彼女はうめき声を上げた。

「自分のような人間にはおれはふさわしくないとはっきり言いやがった」しゃがみこむと彼女の髪を引っ張った。「けど、今はそこまでうぬぼれていないだろ、どうだ？」

ローラは怯えた眼で彼を見た。

「もう態度を変えたんだろ？　よろこんでファックするんだよな。おれの言うことはなんでもするんだよな、なあ？」

彼は空を見上げた。雨と血が顔を滴り落ちる。

「タム、やめるんだ」とマッコイは言った。「お願いだ、頼む、それは……」

タムはかがみこむと、ローラの首に腕をまわし、彼女を引き上げて抱きしめた。ナイフを彼女の腹に押し当てた。

マッコイはパニックになっていた。何をすればいいのか、どうすれば彼を止められるのかわからなかった。叫んだ。「タム、お願いだ。まだ子供じゃないか！」

ローラは抵抗し、狂気に満ちた眼でマッコイを見た。

タムが彼女の首にまわした腕に力を入れると、彼女の抵抗もしだいに弱まっていった。力なく沈み込み、彼の体に頭を預け、首を絞められた状態でただ息をしようとしていた。

「おしゃべりは終わりだ、マッコイ」ウィー・タムが鋭いナイフを彼女の首に当てた。

「さっさと失せろ」

マッコイは水をかき分けてウィー・タムに向かって進んだ。

「おれはどこにも行くつもりはない、タム」と彼は言った。「クソ絶対にな。彼女を放せ」

「それはどうかな、マッコイ」ウィー・タムはそう言うと、ゆっくりとナイフの刃をローラの肩に押し当てた。彼女が悲鳴をあげ、もがこうとしたが、事態を悪化させるだけだと悟って、すすり泣きだした。ウィー・タムはナイフを引くと持ち上げた。血が刃から流れて彼の手に落ちた。

「もう一歩でも近づいてみろ、おまえの眼の前でこいつを彼女の首に突き刺してやる。さあ、失せろ。本気だぞ」

マッコイは水のなかで倒れないように注意しながら、あとずさった。彼に話し続けさせなければならなかった。「彼女を放すんだ、タム、もう充分だろ。すぐに解放してくれれば、逃がしてやる」

ウィー・タムが彼女の首にまたナイフを押し当て、ローラが悲鳴をあげた。

「本気だ、ハリー、さっさと失せろ。おれにはやることがあるんだ」

マッコイは両手を上げて、噴水のプールから出た。水を滴らせながら、タムから眼を離さずに小道をあとずさった。時間を稼ごうとしていた。ワッティーはどうしたのだろうと思った。ワッティーがここにいれば、ふたりで飛びかかることができるかもしれなかった。十メートル以内に近づく前に、ローラが刺されてしまうかもしれなかったが。

「落ち着くんだ、タム。まだなんとかなる」マッコイは叫んだ。

ウィー・タムは彼を見た。ゆっくりと、そしてはっきりと言った。本気に聞こえるように。「無理だ。もうどうにもならない」

そう言うと彼はローラを柱の根元から突き落とした。彼女は二メートル下の水のなかに落ち、叫びながら転がると、立ち上がって逃げようとした。が、無駄だった。タムが彼女を追って飛び降り、あっという間に追いついた。彼がローラの後頭部を殴り、彼女は水のなかに頭から倒れた。彼は水のなかに手を伸ばすと、彼女の頭と肩を水から引き揚げた。彼女は咳き込みながら水を吐いた。また雷が落ちた。ウィー・タムが膝まで水に浸かりながら、ニヤニヤと笑って立っていた。右手でローラの髪をつかみ、左手にはナイフを持っていた。

「タム、やめてくれ！」マッコイは叫んだ。

そのとき、噴水の後ろの小道を向かってくる人影が見えた。縫うように、影に潜むようにして彼らのほうにやって来た。やっとワッティーが来た。希望が湧いてくるのを感じた。

もしタムをもう少し話させておけば、ワッティーが背後からウィー・タムに飛びかかれるかもしれない。

「タム、おれならおまえをなんとかしてやることができる。おまえはただ——」

また雷鳴が響き渡り、さらに稲光が走った。その光のなかでマッコイは見た。その人影はワッティーではなかった。それはレイバーンだった。がっかりした。まだあとをつけていたのだろう。襲いかかるときを待っていたのだ。

「クソ食らえだ、ハリー！　おれがそんなばかだと思ってるのか？」ウィー・タムが叫んだ。顔は怒りに歪んでいた。「失せろ！　すぐにだ！　さもないとこの女を切り刻んでやる！」

そのとき、噴水の中央の柱の後ろからレイバーンが現われ、ウィー・タムにつかみかかった。

マッコイは走りだした。タムはローラを放すと、回転してレイバーンをはねのけ、ナイフを彼の胸に振り下ろした。レイバーンの動きが止まった。彼はワイシャツが裂け、血が流れ出すのを見ていた。それから切り口に手を当て、水のなかに崩れ落ちた。タムが振り向いたところに、マッコイが噴水の縁《ふち》から飛び込んで体当たりした。

まずナイフが肩を貫通するのを感じた。突き刺さるような感覚でも、切られるような感覚でもなく、だれかに大きなハンマーで殴られるような感覚だった。そして自分の頭がタムの頭とぶつかるのを感じ、ふたりとも水のなかに倒れた。

ふたり同時に、必死で立ち上がろうとし、咳き込んで水を吐いた。マッコイが両手をタムの首にまわそうとした。その瞬間、噴水のぬるぬるした床に滑って後ろに倒れた。タムを引きずり倒すような形になった。上になったタムがマッコイの肩に刺さったナイフの上に倒れ込み、ナイフをさらに数センチ押し込んだ。白熱した激しい痛みの波がマッコイを襲った。気を失いそうだった。叫ぼうとして口を開けると、水が入ってきた。

今度はウィー・タムがマッコイに馬乗りになり、首に両手をまわした。マッコイは立ち上がってタムの手を引き剝がし、なんとか逃れようとしたがだめだった。タムのほうが体重があって有利だった。マッコイはもがきつづけたが、もうこれ以上腕に力が入らなくなってきていた。星が見え始め、寒さに変わって心地よい温かさを感じ始めていた。タムの顔が真上にあるのがわかった。顔を歪め、首筋の筋肉がこわばっていた。マッコイを押さえつけ、窒息させようとしていた。

マッコイはゆっくりと肩に手をやり、ナイフを探った。それに触れると、その振動で体じゅうに新たな痛みの波が走った。もう何も聞こえず、ただ耳に押し寄せてきて、視界もぼやけてきた。最後のチャンスだ。手遅れになる前にそれをつかまなければならなかった。

信じていない神に祈りを捧げ、ナイフの柄をつかんで思い切り引っ張った。

信じられない痛みだった。刺さったときの二倍はひどいかというほどだった。ナイフの刃が抜けるのを感じ、冷たい肌に温かい血が流れるのを感じた。手を自分の腹のあたりまで動かし、力のかぎり、ナイフをひねるようにして突き上げた。別の温かさが噴きかかるのを感じ、首への圧力が少しずつゆるんできた。タムが彼の上に倒れ込み、顔がマッコイの首のあたりに落ちてきた。マッコイはなんとかタムの下から転がって抜け出すと、体を起こし、肺に空気を送り込もうとした。

顔を上げた。レイバーンが小道に立っていた。足元にはローラが横たわっていた。

「死んでるのか？」とマッコイは言い、立ち上がろうとした。

レイバーンがマッコイに眼をやり、首を振った。「生きている。気を失っているだけだろう」

マッコイはうなずいた。水のなかにへたり込み、雨に打たれるに任せて、息を整えようとした。振り向くと、すぐ近くにタムが浮かんでいた。そのまわりを血が赤い雲のように広がっていた。

「こんなことを言うとは思っていなかったが、あんたがここにいてくれて助かったよ、レイバーン」とマッコイは言った。

レイバーンは噴水に向かって歩き、縁を乗り越えて降りると、膝まで水に浸かった。「おれは大丈夫そうだ」とマッコイは言った。傷のまわりの皮膚に触れると、さらに血が流れ出てうめき声をあげた。「クソみたいに痛いがな」

顔を上げると、レイバーンはタムを見下ろすように立っていた。ひざまずくとタムの腹に刺さったナイフに手を置き、引き抜いた。

マッコイは顔をしかめた。「何をしてる、レイバーン。そのままにしておかなきゃだめだ。証拠だぞ」

レイバーンはナイフを掲げて、それを見た。そしてマッコイに眼をやって微笑んだ。「時間をかけて待てば何か出てくると思っていた」と彼は言った。「だがこんなに簡単だとは思わなかったよ」

マッコイは胃のあたりがぞわぞわするのを感じていた。「どういう意味だ？　何を言ってる？」立ち上がろうとしたが、力が入らなかった。

レイバーンは水をかき分けてマッコイのほうに近づいてきた。「おまえとウィー・タム。ふたりで死闘を繰り広げた。やつがおまえを刺し、おまえもやつを刺した。やつは死ぬ前に最後の力を振り絞っておまえの胸を刺した」

「レイバーン……」

「ふたりとも死んだ。おれは生き残ってその話をする。どうやって死体を発見し、哀れなローラに人工呼吸を施したかを。これでおれは名誉挽回ってわけだ、な？」

レイバーンはナイフを前に突き出しながら、マッコイに歩み寄ってきた。マッコイはもう一度立ち上がろうとしたが、血を失いすぎていて力が入らず、ひざまずくこともできなかった。またへたり込んでしまった。

「どのみちおまえはお咎《とが》めなしなんだ、レイバーン」とマッコイは言った。「マレーから聞いた。こんなことをする必要はないんだ」そして笑った。それが真実であるにもかかわらず、手を引かせるためのなんとも説得力のない言いわけにしか聞こえなかった。

レイバーンはさらに近づいてきた。マッコイには見ていることしかできなかった。眼を閉じて顔を空に向け、雨が降り注ぐのに任せた。今度はたしかにもっと温かいものを感じていた。息子のボビーのことを考えた。あの子が生まれたとき、どんなに幸せだったかを。アンジェラにもう一度会いたかった。彼女の手を握りたかった。

「レイバーン、やめるんだ！」

眼を開けると、ワッティーが噴水の縁を乗り越えていた。レイバーンがちょうど振り向いたところをワッティーが顔にパンチを見舞った。レイバーンが倒れ、ワッティーが馬乗りになった。

マッコイは立ち上がろうとし、何か言おうとしたがだめだった。もう何も聞こえなかった。見えるのは水のなかで転がりながら争っているふたつの人影だけだった。そして後ろに倒れると、冷たい水が自分を覆うのを感じ……

一九七三年九月二十二日　―二カ月後―

マッコイはキッチンから庭に出た。クーパーは木製のテーブルの脇の椅子に坐っていた。眼の前には『デイリー・レコード』があり、スポーツ欄で折りたたまれていた。顔を上げた。

「じゃあ、退院したんだな？」と彼は言った。

マッコイはうなずいた。もうひとつの椅子にそっと腰を下ろし、あまり顔をしかめないよう努めた。

「まるでクソ老いぼれみたいだな」とクーパーは言った。

「そんな感じだ」とマッコイは言った。「まだクソみたいに痛い」

マッコイは庭の奥にいる巨体の男のほうを顎で示した。「ジャンボは何をしてるんだ？」

「アジサイの剪定《せんてい》だ」とクーパーは言った。

「なんだ、そりゃ?」煙草を取り出しながらマッコイは訊いた。

「知るかよ」とクーパーは言った。「だが一日じゅうやってる」

ふたりはいっときジャンボを眺めていた。ハサミを手に、集中するあまり舌を出している。空気に秋のきざしを感じた。どこか鋭く、これからやって来る寒さへの警告のようだ。今年、庭で坐って過ごすのもこれが最後かもしれない。

「おまえが庭のある屋敷に住んでるなんてまだ信じられないよ」とマッコイは言い、煙草に火をつけた。「ギャングのボスらしくないいんじゃないか?」

「あい、だが、それが手に入れたすべてというわけじゃない」とクーパーは言った。「それが今朝届いた」

彼はテーブルの上の封筒を顎で示した。

マッコイは覗き込んだ。アメリカの切手。

「アンジェラからだ」とクーパーは言った。

「あのアンジェラか?」とマッコイは言った。驚いた。

「ああ」とクーパーは言った。「あのクソ女のほかにアメリカに逃げたアンジェラがいるか? だれだと思ったんだ?」

「すまん」マッコイは言った。「なんと言ってる?」

「自分で読んでみろ」とクーパーは言った。
マッコイは手紙を手に取ろうとして、また顔をしかめた。ウィー・タムから受けたナイフの傷がまだ痛かった。医者によると、あと二、三カ月はかかるという。封筒から便箋を取り出し、読み始めた。

ハイ、スティーヴィー
わたしからの便りがあるなんて思ってもいなかったでしょうね!!
お金を持っていってしまってごめんなさい。どうしても数週間ほど必要だったの。会計士の持っている裏口座に返しておいたから、そのうちあなたの元に戻るはずよ。写真は破って捨ててちょうだい。約束する、コピーはあれだけよ。迷惑かけてごめんなさい。これまでどおりの関係でいることを願ってる。
アンジェラ

マッコイは手紙をテーブルに置いた。
「彼女をどうする?」と尋ねた。
クーパーは肩をすくめた。「さあな。今はアメリカにいる。もう会うことはないだろう」

マッコイはうなずいた。クーパーが本気で言っているのかどうかわからなかった。アンジェラがやったことは、たとえ金を返しても元に戻るというものではない。クーパーのような人間にとっては評判こそが大事なのだ。アンジェラが唯一希望を託せるとしたら、彼女が金を盗んだことを知っているのがマッコイとクーパーだけだということだった。ほかに漏れることがあれば、正義が果たされるのを見なければならなくなる。

クーパーは立ち上がった。「刺された痛みにほんとうに効くのがなんだか知ってるか？」

「ヘロインか？」とマッコイは言った。

クーパーはニヤリと笑った。「クソ生意気な野郎だ。酔っぱらうことだよ。来いよ。今日は気前がいい気分だ。おまえのクソだめの〈ビクトリア・バー〉でも行ってやるぞ」

「おれのクソだめじゃない」とマッコイは言い、苦労して立ち上がった。「パーティックのみんなのクソだめだ。おまえのおごりか？」

クーパーはうなずいた。「もちろんだ。どうやらおれは儲かってるようだからな」

アトランティック・プレス・リリース
即時リリース用

ボブ・ポロンツ

一九七三年十月一日

ローリング・ストーンズはここに失われた名作のリリースを発表できることを喜ばしく思う。ウリー・マーチならびにACマネジメントのアンジェラ・バートンおよびエリー・コーエンの協力の下、ボビー・マーチがローリング・ストーンズのギタリストのオーディションに参加した二日目に録音された音源をここにリリースする。キース・リチャーズが「これまでのストーンズの過去最高バージョン」と呼んだことで有名な《デイ・ツー》には次の十曲が収録されている。発売は十二月一日。

ジャンピン・ジャック・フラッシュ

ブラッド・レッド・ワイン
ヴェンチレイター・ブルース
悪魔を憐れむ歌
ストリート・ファイティング・マン
メイベリーン
ソウル・サヴァイヴァー
ジャイヴィング・シスター・ファニー
ブラウン・シュガー
スウェイ

ローリング・ストーンズ・レコードはまた、グラスゴーのバンド、ホーリー・ファイヤーとの世界独占契約を締結したことをここに発表する。ジェイク・スコット、デイヴィー・ウェッブ、ミッチ・レイそしてアンディ・レスターからなるこのバンドは、初のシングル《ミスター・クロウリー》を新年にリリースする。全世界における代理人は、ニューヨークのＡＣマネジメントのアンジェラ・バートンおよびエリー・コーエン。

詳細については０１‐４３４‐１４２３までお電話を。

平和と愛を

謝　辞

フランシス・ビックモア、ジェイミー・ノーマン、そして〈キャノンゲート〉のみんなに感謝したい。トム・ウィットコム、イゾベル・ディクソンと〈ブレイク・フリードマン〉のみんなにも感謝を。アレックス・マローン、ステファン・フォックス、ダミアン・アームストロング、フランシス・マッキー、アレックス・H・N・ギルバート、デレク・マキロップ、ジョン・ニーヴン、ステファニー・ナッシュ、アンソニー・マイケル、デブス・ワーナー、アリソン・レイ、ピーター・シンプソンおよびミッチェル・ライブラリーのみんなの専門的なアドバイスにも感謝したい。

正確には、アレン・ギンズバーグの登場については日にちを数日動かしてある。それ以外の誤りは意図的なものではなく、わたしの責任である。

訳者あとがき

アラン・パークスの〈刑事ハリー・マッコイ〉シリーズの第三弾『悪魔が唾棄する街』（原題 *Bobby March Will Live Forever*）をお届けする。

前作から五カ月後の一九七三年七月十三日、グラスゴーの街はひとりの少女の失踪事件に騒然となっていた。セントラル署の警官が総出で捜索にあたるなか、ハリー・マッコイはひとり蚊帳《かや》の外にいた。捜査の指揮をマッコイの天敵バーニー・レイバーンが執ることになり、レイバーンのいやがらせでマッコイは雑用や進展の見られない銀行強盗事件を押しつけられていたのだ。そんなマッコイはホテルでの不審死事件に駆り出される。死亡していたのはロックスターのボビー・マーチ。一見、麻薬の過剰摂取に見えた彼の死だったが、検視の結果、殺人の疑いが出てくる。さらにマッコイは上司のマレー警部から家出した姪のローラの捜索を秘密裏に行なうことを依頼される。

一方、幼なじみのギャング、スティーヴィー・クーパーはグラスゴー北部の王となっていたが、背中に負った傷の痛みに苦しみ、ヘロインの依存症となっていた。変わり果てたクーパーの姿にマッコイは親友を救うために動きだす。

レイバーンが指揮を執る少女失踪事件はやがて予想もしなかった展開を見せ、グラスゴー市警全体を揺るがす大混乱へとつながっていく。

複数の事件が複雑にからみあうなか、マッコイはそのひとつひとつの真相を解き明かしていく。

本作『悪魔が唾棄する街』は主人公ハリー・マッコイが、同時に複数の事件に取り組む、いわゆるモジュラー型の警察小説となっている。少女失踪事件、銀行強盗事件、ロックスターの不審死、そしてマレーの姪の失踪。これらの捜査を進めながら、レイバーンとの確執、クーパーの依存症からの離脱などにも対処しなければならず、まさにマッコイの孤軍奮闘するさまが描かれる。

マッコイの危うさはこれまでと同様か、それ以上である。本作のなかでマッコイは三度も襲撃に遭う。そのうちのふたつは命を落としてもおかしくないレベルだ。クーパーとの危なっかしい関係もあいかわらずだが、今回はクーパーの危機をマッコイが救うことになる。クーパーを麻薬の依存症から離脱させ、組織を存続させるためにクーパーの副官ビリーに指示を出し、さらに依存症に苦しむクーパーの写真を流出させようとする裏切者をあぶりだそうとする。まさに八面六臂《はちめんろっぴ》の活躍だが、刑事である立場を考えるとそれでいいのかと心配にもなってくる。

マッコイとクーパーの関係が変わりないのとは対照的に、マッコイのまわりには小さな変化のきざしが見えだす。マレー警部の夫婦関係に変化が見え、彼は検察医のギルロイと急接近する。注目の事件の指揮を補佐するまでになった、成長著しいワッティーは、恋人メアリーとのあいだで人生の転機ともいえる出来事を迎える。グラスゴー北部のギャング王となったクーパーだが多様な麻薬の需要により、その事業にも変化が現われだす。ジャンボはギャング稼業に馴染めず悩みを抱える。シリーズのなかで、マッコイの周辺は少しずつ変わっていく。こういった周囲の変化がどう物語に影響していくのかを見守るのもシリーズを愉しむポイントかもしれない。

その一方でマッコイの過去もより深く掘り下げられている。本作ではマッコイの別れた妻、アンジェラが再登場する（一作目にも登場していたのを覚えているだろうか）。マッコイがふたりで過ごした日々に思いを馳せる一方で、アンジェラはしたたかにたくましく人生を生きている。クーパーのビジネスにも関与し、彼をも手玉に取る悪女としての一面も見せ、ファム・ファタールのような存在感を発揮する。魅力的な登場人物の再登場は今後のシリーズの展開を彩ってくれそうだ。

本作はエドガー賞最優秀ペーパーバック賞を受賞している。個人的にはその大きなポイントとなったのは、音楽――特に六〇年代から七〇年代のロック――への著者の大きな傾倒を物語に巧みに織り込んだことではないかと思っている。物語全体の縦軸のような形でボビー・マーチというロックスターの半生が描かれる。グラスゴーから仲間とともにスターになることを夢見てロンドンを目指し、バックバンドとしての下積時代を経てデビュー、やがてヒット曲をものにする。だが、その影には常に麻薬が存在し、破滅的な将来も暗示される。ボビー・マーチはあくまでも架空の人物なのだが、このひとりのロックスターの半生を描くにあたって、著者はローリング・ストーンズ――キース・リチャーズ――やロッド・スチュワート、さらには実在する音楽プロデューサーなどを登場させている。ボビーがローリング・ストーンズのギタリストのオーディションに合格し、バンドへの参加を要請されるが断ったという架空のエピソードまで用意している。こうして虚実を織り交ぜて描くことで、ボビー・マーチというミュージシャンが実際に存在したかのように描いてみせているのだ。やがてこのボビー自身の回想が、実際の彼の死の真相を解き明かす。ボビーの回想とマッコイの追う不審死事件の真相がやがてひとつになり、過去と現在が渾然《こんぜん》一体となっていくのである。

　一方で、物語のなかではボビーにあこがれ、彼の死を悲しむひとりの少年の姿も描かれる。マッコイが最初に会ったときはただのファンの少年だったのが、偶然再会したときには、彼もロックスターになることに憧れる才能豊かな少年だということがわかる。ひとりのロックスターの成功と破滅の半生を描くとともに、これからスターになっていく少年の姿を対照的に描いている。栄光と挫折、人生の終焉《しゅうえん》と希望に満ちた未来の陰影が鮮やかだ。著者のアラン・パークスは、音楽業界でミュージックビデオやアートワーク、写真撮影といった仕事に携わってきており、本作にはその経験が遺憾なく発揮されている。

　本シリーズの既刊は次のとおりとなっている。

1　*Bloody January*（二〇一七）『血塗られた一月』
2　*February's Son*（二〇一九）『闇夜に惑う二月』
3　*Bobby March Will Live Forever*（二〇二〇）本作『悪魔が唾棄する街』
4　*The April Dead*（二〇二一）
5　*May God Forgive*（二〇二二）
6　*To Die In June*（二〇二三）

四作目にあたる次作 *The April Dead* は一九七四年四月を舞台に、マッコイがアメリカ人水兵の失踪とグラスゴーで頻発する爆破テロに立ち向かう。また、五作目の *May God Forgive* はCWAスティール・ダガー賞の候補作になるなど、このあとの作品についても非常に高い評価を受けている。十二作まで続くであろう本シリーズを是非最後まで紹介したい。引き続きよろしく応援願いたい。

二〇二四年二月

血塗られた一月

Bloody January

アラン・パークス
吉野弘人訳

刑事マッコイが囚人ネアンから告げられた少女射殺事件。それはグラスゴーを揺るがす〝血塗られた一月〟事件の始まりだった。捜査の中でマッコイは、自身と因縁のあるダンロップ卿が事件に関係していることに気づく。何かを隠す卿は警察へ圧力をかけ、捜査を妨害するが……傑作タータン・ノワール、ここに始動！

ハヤカワ文庫

闇夜に惑う二月

February's Son

アラン・パークス

吉野弘人訳

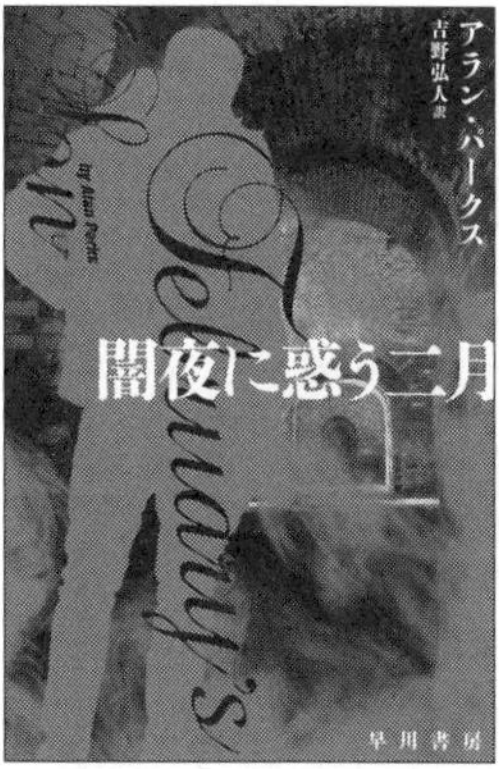

オフィスタワー屋上で、惨殺死体が発見された。刑事マッコイは捜査に乗り出すが、容疑者の男を取り逃してしまう。そんな中、教会でホームレスが自殺する事件が起こる。無関係なように見えるふたつの事件。だが、捜査の中でマッコイはこれらの事件が自らの過去につながっていることに気づき……。シリーズ第二弾

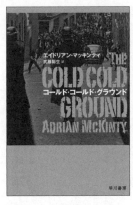

サイレンズ・イン・ザ・ストリート

I Hear the Sirens in the Street

エイドリアン・マッキンティ
武藤陽生訳

フォークランド紛争の余波で治安悪化が懸念される北アイルランドで、切断された死体が発見される。胴体が詰められたスーツケースの出処を探ると、持ち主の軍人も何者かに殺されていた。ふたつの事件の繋がりを追って混沌の渦へと足を踏み入れたショーン警部補に、謎の組織が接触を……大好評のシリーズ第二弾！

ハヤカワ文庫

アイル・ビー・ゴーン

In the Morning I'll Be Gone

エイドリアン・マッキンティ
武藤陽生訳

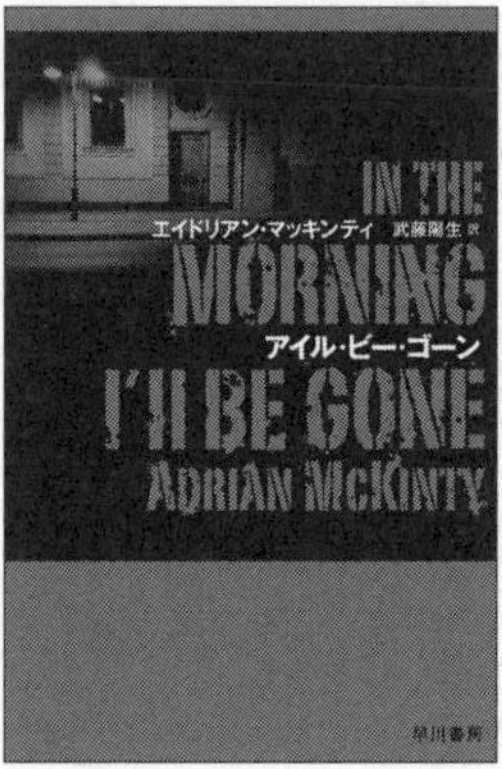

元刑事ショーンに保安部《MI5》が依頼したのはIRAの大物テロリスト、ダーモットの捜索。ショーンは任務の途中で、ダーモットの親族に取引を迫られる。四年前の娘の死の謎を解けば、彼の居場所を教えるというのだ。だがその現場は完全な〝密室〟だった……刑事〈ショーン・ダフィ〉シリーズ第三弾　解説／島田荘司

ハヤカワ文庫

レイン・ドッグズ

Rain Dogs

エイドリアン・マッキンティ
武藤陽生訳

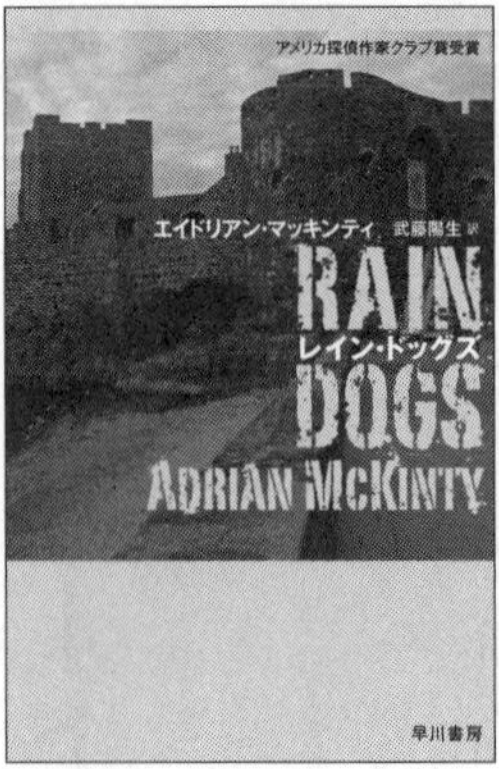

〈アメリカ探偵作家クラブ賞最優秀ペイパーバック賞受賞作〉北アイルランドにある古城で転落死体が発見された。事件当時の現場は完全な密室状態であり、捜査は難航を極める。さらに、ショーン・ダフィの元に警察高官が爆殺されたという連絡が入る。彼はＩＲＡの手によって殺されたというが……解説／阿津川辰海

ハヤカワ文庫

ポリス・アット・ザ・ステーション

Police at the Station and They Don't Look Friendly

エイドリアン・マッキンティ
武藤陽生訳

麻薬の密売人が殺された。事件の捜査にあたるショーン・ダフィ。だが、北アイルランド情勢はかつてないほどの苛烈さを極め、捜査はままならない。ショーンは事件の背景に紛争の影響があることを突き止めるが、何者かに命をねらわれ、さらに警察からはＩＲＡのスパイだと疑われてしまい……。解説／法月綸太郎

ハヤカワ文庫

訳者略歴　山形大学人文学部経済学科卒，英米文学翻訳家　訳書『フォーリング―墜落―』ニューマン，『喪失の冬を刻む』ワイデン，『血塗られた一月』『闇夜に惑う二月』パークス（以上早川書房刊）他多数

HM=Hayakawa Mystery
SF=Science Fiction
JA=Japanese Author
NV=Novel
NF=Nonfiction
FT=Fantasy

悪魔《あくま》が唾棄《だき》する街《まち》

〈HM506-3〉

二〇二四年三月二十日　印刷
二〇二四年三月二十五日　発行

（定価はカバーに表示してあります）

著者　アラン・パークス
訳者　吉《よし》野《の》弘《ひろ》人《と》
発行者　早川浩
発行所　株式会社　早川書房
郵便番号　一〇一 - 〇〇四六
東京都千代田区神田多町二ノ二
電話　〇三 - 三二五二 - 三一一一
振替　〇〇一六〇 - 三 - 四七七九九
https://www.hayakawa-online.co.jp

乱丁・落丁本は小社制作部宛お送り下さい。
送料小社負担にてお取りかえいたします。

印刷・中央精版印刷株式会社　製本・株式会社明光社
Printed and bound in Japan
ISBN978-4-15-185503-0 C0197

本書は活字が大きく読みやすい〈トールサイズ〉です。